L'ANGE ROUGE

NEDIM GÜRSEL

L'ANGE ROUGE

roman

TRADUIT DU TURC
PAR JEAN DESCAT

ÉDITIONS DU SEUIL
25, bd Romain-Rolland, Paris XIVe

Titre original : *Şeytan, Melek ve Komünist*
Éditeur original : Doğan Kitap, Istanbul

ISBN original 978-605-111-972-4

ISBN 978-2-02-103453-0

www.seuil.com

À Nâzım Hikmet,
annonciateur de « beaux jours »
qui ne sont jamais venus

Triste dans sa barbiche en pointe
le diable écoutait
et le mensonge jetait une indescriptible douleur
dans sa tête sagace de révolté.

Nâzım Hikmet

Qui peut prétendre qu'il connaît son vrai père ?

James Joyce

Dans ce roman, hormis Nâzım Hikmet et les personnages historiques, tout est fiction.

Berlin

I

Je ne me souvenais pas d'avoir jamais vu Berlin si désert, si entièrement enfoui sous la neige. Quand l'avion a commencé à descendre vers l'aéroport de Tegel, la première chose que j'ai vue, c'est un tapis blanc qui s'étalait à l'infini. Le ciel nuageux, couleur d'argent, commençait à s'assombrir; le soleil était invisible. Dans cette clarté d'agonie terne et sans éclat, le monde semblait tout dépeuplé, irréel comme un conte ancien. Ensuite, j'ai peu à peu distingué les lacs gelés, les arbres surgissant de la neige et les toits blancs. Et bien sûr la tour de la télévision rougeoyant dans le crépuscule. La première fois que je suis venu, j'ai appris que les Allemands de l'Ouest appelaient ce symbole de Berlin-Est l'« Asperge ». À cette époque-là il y avait le Mur, la ville était coupée en deux comme une pastèque de Diyarbakır, et cette tour, qui faisait la fierté des habitants de la partie orientale, est peut-être le seul souvenir de ce temps qui me fasse un peu rêver. Je me disais qu'il fallait absolument que je monte un jour là-haut, que j'aille m'y percher, par défi, tel un oiseau migrateur et que je regarde la ville et le mur étendus à mes pieds.

Parfois, quand le temps était plus clair, quand le soleil brillait, une croix de lumière apparaissait sur les vitres du petit restaurant tournant. Comme si Dieu prenait sa revanche sur le communisme. Erich Honecker avait fermé toutes les églises de Berlin-Est, mais il ne pouvait pas empêcher ces jeux de lumière. Il me serait facile, maintenant, de grimper au sommet de cette « Asperge » et de contempler Kreuzberg et ses ruelles où se promènent mes compatriotes, les toits de Charlottenburg, les lacs et les forêts, le clocher en ruine de Kaiser-Wilhelm-Gedächtniskirche, qui rappelle la guerre et devant lequel, jadis, je passais tous les jours.

Je m'étais, certes, familiarisé avec ces mots interminables attachés les uns aux autres à la manière des voitures des tramways de l'Est, avec les sons fermes et les inflexions rigides de ce beau parler, mais je ne savais pas la langue de Goethe. Ce qui m'intéressait alors, c'était le poète Nâzım Hikmet, sur lequel j'écrivais un livre.

Cette fois, en descendant de l'avion, je n'ai pas pris l'autobus 109. J'ai sauté dans un taxi en donnant l'adresse de mon hôtel. Nous avons traversé l'épaisse futaie de Volkspark. Le Hohenzollernkanal était pris par la glace. Il s'étirait vers la ville, large, blanc, uniforme. La neige recouvrait la chaussée autant que les trottoirs. Nous avancions très lentement. Or j'étais pressé, je voulais être à l'heure à mon rendez-vous. J'ai essayé en balbutiant de dire au chauffeur de rouler plus vite, mais cela n'a pas paru l'émouvoir. Mes propos devaient être inintelligibles. L'allemand me plaisait beaucoup, il avait fait ma conquête du temps où je séjournais ici, mais je ne l'avais pas appris. Je n'en avais ni le temps ni d'ailleurs le désir. La seule chose qui m'intéressait n'était pas la « révolution », comme on disait à l'époque, mais la recherche. Longtemps, très longtemps, je suis resté immergé dans l'univers de Nâzım Hikmet. Il m'a fallu de nombreuses années pour me débarrasser de son influence.

Tandis que nous quittions la Kaiser-Friedrichstrasse pour nous engager dans les rues étroites de Charlottenburg, le taxi a considérablement réduit l'allure. On se serait cru dans un film en noir et blanc tourné au ralenti. On avait l'impression d'avancer mais on restait pour ainsi dire sur place. Je commençais à perdre patience. Les voitures stationnées le long de la rue étaient enfouies sous la neige. Cafés et restaurants étaient ouverts mais complètement déserts. Des lumières blafardes brûlaient derrière les vitres embuées. Un autobus vide nous a dépassés sans bruit. Même lui allait plus vite que nous. J'ai eu envie de le faire remarquer au chauffeur, mais je ne trouvais pas les mots. Et je n'avais pas le cœur de faire mes doléances en anglais. Cahin-caha, lentement mais sûrement, nous avons fini par arriver à mon hôtel de la Bleibtreustrasse. Une fois là, je me suis rendu compte que mon agitation était tout à fait déplacée.

La pendule de la réception indiquait seize heures. J'avais oublié le décalage horaire entre Istanbul et Berlin. Il restait une heure avant mon rendez-vous, une heure entière, et je ne savais pas comment la passer par ce temps de neige. J'ai déposé ma valise dans ma chambre au quatrième étage, puis je suis allé faire un tour dans la Kurfürstendamm. Les vitrines illuminées, les cafés élégants étaient toujours là, mais, à part quelques rares voitures aux roues équipées de chaînes, les rues étaient à peu près désertes. La ville semblait dépeuplée. La neige étouffait les sons. On n'entendait même pas le bruit de l'autobus à étage qui passait. Après le vacarme et les embouteillages d'Istanbul, le calme et le silence de Berlin m'ont semblé inquiétants.

À cinq heures précises, quand je suis entré dans le café Weyers, il faisait déjà nuit. J'ai pris place à une table à gauche du bar, dans l'espace réservé aux fumeurs. Par-delà la vitre, derrière les branches dénudées, on apercevait confusément la Ludwigskirche, dans le parc enfoui sous la neige. Son clocher vert moisi et ses murs de brique aux formes indécises lui donnaient une allure spectrale. Elle avait un air étrange, mystérieux, et paraissait venir d'une autre planète. Elle me semblait très différente de l'édifice dont jadis, assis dans le parc, je contemplais au clair de lune le reflet dans l'eau stagnante du bassin, et dont je gravissais parfois l'escalier pour, non pas assister à la messe, mais observer les fidèles. Je ne trouvais pas que Berlin avait changé, mais j'avoue que je ne l'aimais guère sous la neige.

Une serveuse a allumé la bougie posée sur la table. Elle avait rassemblé ses cheveux roux en queue-de-cheval sur sa nuque et enduit ses lèvres d'un rouge couleur brique. Elle portait un chemisier blanc sous un gilet rouge, un pantalon noir ajusté et soigneusement repassé, et une cravate rouge à pois blancs était nouée autour de son cou. Ses yeux bleus faisaient penser aux yeux «étincelants» qui, comme le dit Nâzım Hikmet dans *Kuvayı Milliye*, allaient si bien à Mustafa Kemal. Ne vous formalisez pas si je cite ce poète à tout bout de champ. Je m'explique sans plus attendre: je suis venu dans la capitale de l'Allemagne réunifiée pour récupérer des documents qui le concernent. J'aurais dû vous en informer dès le début, mais la descente sur Tegel par ce temps de neige, le chemin interminable, la peur d'être en retard à mon rendez-vous et l'émotion (mêlée de tristesse, dois-je le dire ?) de revoir Berlin ont fait que j'ai oublié.

La serveuse est revenue et m'a demandé ce que je désirais. J'ai failli répondre : « Les documents, et que ça saute ! » Malheureusement, ce n'était pas elle qui les détenait, mais un individu qui était en retard et dont je ne connaissais même pas le nom. J'ai commandé un café et un *Korn*. Il n'y avait pas d'autre client. Au bout d'un moment, l'établissement a commencé à se remplir. Cependant la personne que j'attendais n'était toujours pas là.

Deux jours plus tôt, une voix rauque m'avait déclaré au téléphone, sans révéler son identité, qu'on détenait d'importants documents concernant Nâzım Hikmet et le parti communiste turc et que, plutôt que de les remettre à certaines institutions, on voulait les confier à un écrivain dont l'honnêteté ne faisait aucun doute. La voix, encombrée de mucosités, éraillée par l'alcool et le tabac, était celle d'un vieillard. Les mots turcs sortaient au compte-gouttes de sa bouche, comme s'il avait commencé à oublier sa langue maternelle. L'homme parlait lentement, sans faire de pause. Il ne voulait pas donner de détails dans l'appareil mais proposait de me rencontrer à Berlin le jour qui me conviendrait. Je suggérai un rendez-vous le surlendemain au café Weyers.

À présent, je regrettais de m'être précipité et d'être venu là sans même poser de questions. Pourquoi m'étais-je si vite laissé convaincre ? Sans doute parce qu'il s'agissait du grand poète auquel j'avais consacré plusieurs années de ma vie : j'espérais apprendre des choses nouvelles à son sujet. Quant au PCT, je n'en avais cure. Après tout, j'étais biographe et non historien politique.

Je me suis dit que l'homme ne viendrait probablement pas à notre rendez-vous. Soit il voulait me tester, soit il se payait carrément ma tête. C'était peut-être même un copain qui me faisait une blague. Il s'excuserait à mon retour à Istanbul en disant : « Je n'aurais jamais pensé que tu irais jusqu'à Berlin pour les beaux yeux de Nâzım. » Et je répondrais : « Tu as raison. Qui va à la chasse deviendra gibier. »

J'ai pensé aux *Chasseurs dans la neige*, le célèbre tableau de Bruegel. Suivis par les chiens, les chasseurs avancent, les mains vides, sous un ciel de plomb, dans un paysage qui disparaît sous la neige ; ils se suivent, bredouilles, longeant une rangée de hêtres sur lesquels sont perchés des corbeaux. La scène tout entière exprime une profonde tristesse. Même si ma chasse n'avait rien de commun avec celle de Bruegel, j'avais moi aussi l'impression de rentrer bredouille. J'étais en colère, je me sentais floué. On se payait ma tête et j'avais fait tout ce voyage pour rien. On m'avait leurré. Dieu sait ce qui pouvait arriver ensuite ! Heureux encore si ce n'était qu'une mauvaise blague ! En fait, j'étais peut-être tombé dans un piège. Qui sait si on ne m'attendait pas au coin d'une rue pour me tuer ? Un cadavre gisant dans la neige, un écrivain assassiné à Berlin. Mourir dans cette ville martyrisée, maintes fois détruite et brûlée mais qui renaissait toujours de ses cendres… Chassé comme un perdreau. Mais pourquoi ? Pourquoi aurait-on voulu me tuer ? Je ne faisais de mal ni ne devais rien à personne. Je n'étais ni ancien espion ni membre d'une société secrète. Mon seul tort était, après plusieurs années d'interruption, de poursuivre la traque de Nâzım Hikmet et, repris par ma vieille passion pour le grand poète, de chercher à Berlin les traces de son passage.

Cela dit, il n'a pas laissé ici beaucoup de souvenirs. Il est venu un certain nombre de fois à Berlin-Est à l'occasion du Festival de la jeunesse, mais il a surtout séjourné à Leipzig, pour préparer les programmes de Notre Radio, organe du PCT. Il souffrait si fort du mal du pays qu'il serait volontiers allé chez le docteur Faust pour pactiser avec le diable. Il ne lui aurait demandé ni la jeunesse ni la richesse, il se serait contenté d'une heure à Istanbul. Le cœur brisé par la nostalgie, il eût été prêt à sceller ce pacte avec son propre sang. Mais la maison de Faust n'est pas là, elle est à Prague, et Nâzım n'a jamais mis les pieds à Berlin-Ouest. Il est mort à Moscou en 1963, bien avant que le Mur tombe. Et, au fond, tant mieux. Sinon il aurait vu s'écrouler la cause à laquelle il a voué sa vie et pour laquelle il a été emprisonné. Il en serait peut-être mort de chagrin. N'a-t-il pas dit, alors qu'entre 1938 et 1950 il était enfermé dans la prison de Bursa, que la vie de l'homme est d'une durée excessive mais qu'elle est plus courte que celle du corbeau ? Certes, dans sa jeunesse, il n'a pas vu Lénine, mais il a monté la garde auprès de sa tombe. Du moins, il n'a pas été écrasé par la chute des idoles. Il a fièrement écrit : « Ils ont voulu me chasser de mon parti / Mais ça n'a pas marché. »

Je l'imaginais, à l'âge de dix-neuf ans, un après-midi, à Moscou, sous la neige, du côté de la place Pouchkine. La nuit tombait et les réverbères n'étaient pas encore allumés. C'étaient les années de disette. Venu par le train Batoum-Moscou, il avait traversé des régions où sévissait la famine et, en découvrant qu'il régnait en Russie une misère plus grande que celle qu'il avait connue en Anatolie, il s'était senti encore plus attaché au pays de la révolution. Pouchkine était toujours aussi menu et solitaire dans son manteau de bronze. Élégant comme un dandy pétersbourgeois. Nâzım regardait le grand poète. N'ayant pas lu ses poèmes, il ne mesurait pas encore sa grandeur, trop occupé sans doute à parcourir inlassablement les œuvres de Marx et d'Engels. Il n'avait pas froid. Le feu de la révolution brûlait en lui, il tenait dans sa main le *Que faire ?* de Lénine et ses yeux bleus lançaient des éclairs. S'il en avait eu l'occasion, c'est au camarade Vladimir Ilitch qu'il aurait demandé ce qu'il fallait faire. Il a passé le reste de sa vie à chercher la réponse à cette question sans jamais la trouver. Même si, avec l'autorisation du Parti, il a monté la garde devant le tombeau de Lénine.

J'étais en train de penser aux événements qui ont suivi la mort de Nâzım, après le printemps de Prague, et qui ont mené à la destruction du mur de Berlin, et je me disais que le Parti avait disparu en emportant avec lui un passé peu glorieux, lorsque la serveuse aux cheveux rouges est venue m'apporter un message accompagné d'un second *Korn* que je n'avais pas commandé. J'ai lu ce qui était écrit sur le papier : « N'allez pas imaginer que je ne suis pas venu à notre rendez-vous. Je vous observais, assis sur un tabouret de l'autre côté du bar. Vous ne vous en êtes même pas rendu compte. C'est ce que l'on fait dans *ce genre* de rendez-vous. Comme l'a dit, dans un poème, Nâzım Hikmet, que nous autres, dans le Parti, appelions Şair baba, le "Papa Poète", celui qui mène le jeu "ne se montre pas tout de suite". J'ai les documents. Et les informations. Retrouvons-nous demain soir à la même heure, c'est-à-dire à cinq heures de l'après-midi, au Dressler. »

Ainsi donc, il m'avait suivi, il était entré derrière moi dans le café, et avant de repartir il avait pris le temps de m'écrire un long message et même de m'épier – probablement avec un sourire narquois. De toute évidence, il voulait piquer ma curiosité. Estimons-nous heureux, me suis-je dit, s'il n'a rien de mieux à faire… J'ai repensé au tableau de Bruegel. Nâzım, un soir, après avoir comme moi avalé verre sur verre malgré l'interdiction que lui faisaient les médecins de boire et de fumer, avait écrit un poème où il relatait ses souffrances et ses promenades à Peredelkino, dans la forêt de bouleaux : il y avait dans son poème les mêmes arbres dénudés que dans le tableau, les étoiles, et même une fenêtre où brillait une lumière jaune, mais il n'y avait pas de chasseurs. Le poète n'aimait pas la chasse et je me rappelle qu'il répétait sans cesse « Qui va à la chasse deviendra gibier ».

Probablement parce que j'avais le ventre vide, j'ai été pris de vertige et ma vue s'est obscurcie. Entre-temps, le café s'était rempli. J'ai commandé une soupe au chou. J'ai un faible pour le chou rouge et je dois reconnaître que pendant mes séjours à Berlin je m'en passe abondamment l'envie. Mais je n'ai pas commandé de bière. Il faut croire que j'avais peur, perché sur mon haut tabouret, de ressembler à un de ces vieux Allemands perdus dans la contemplation morose d'une chope géante ; par ce temps de neige, je me suis dit que pour faire passer tout le schnaps que j'avais englouti il valait mieux que j'accompagne ma soupe d'un breuvage plus raffiné et j'ai commandé un verre de vin. Comme tout disparaissait dans la fumée du tabac, j'ai allumé un cigare. Un écriteau portant en caractères gothiques l'inscription « *Rauchen polizeilich verboten* », qui devait avoir eu jadis sa place dans un café de Berlin-Est, était accroché en évidence sur le mur, comme une plaisanterie d'un goût douteux. À côté de lui on avait mis sous verre une réclame datant de l'époque de la guerre froide : sur fond rouge, un jeune homme tiré à quatre épingles fumait un de ces cigares rectangulaires qui étaient en vogue en ce temps-là. Moi, j'ai encore du respect pour Cuba, j'honore la mémoire de sa révolution et je déteste les cigares roulés dans du papier ; pourtant, il y avait dans cette publicité un petit air de bon vieux temps.

Le temps d'autrefois n'appartient qu'à nous : les jeunes ne connaissent pas et ne veulent pas connaître ce Berlin qui s'identifiait au mur qui le traversait et le coupait en deux. Il neigeait sur la ville et la nuit tombait dès cinq heures du soir. On ne quitte pas Istanbul en plein hiver pour venir ici si on n'est pas, comme moi, un fervent admirateur de Nâzım, qui accorde encore du prix à son existence vouée au communisme, ou un fieffé curieux qui n'a pas peur de prendre des risques. Ou tout simplement un amoureux inconditionnel de Berlin, avec ou sans le Mur et la guerre froide. Fidèle, au mépris de l'idéologie. Ce n'est sans doute pas par hasard que l'hôtel où je suis descendu se trouve dans une rue dont le nom allemand signifie « reste fidèle ». Quand les deux Allemagnes ont été réunies, ou plutôt quand l'Ouest a fait main basse sur la RDA, la ville a été élevée au rang de capitale. Quoi qu'il en soit, cela fait longtemps qu'elle n'a pas connu un hiver aussi rigoureux. Il y avait dans l'air ce jour-là, et pas seulement sur les dessins qui ornaient les murs du café, un je ne sais quoi qui me rappelait le passé. J'avais l'impression que les projecteurs des miradors qui se dressaient autrefois le long du Mur allaient jeter leurs faisceaux lumineux sur les eaux ténébreuses de la Spree, que des patrouilles de gardes et de chiens allaient surgir, que les contrôles allaient se multiplier au Checkpoint Charlie et qu'on allait échanger des espions sur le Glienicker Brücke.

Le Mur n'existe plus, mais il vit encore en nous. Pas tous, bien sûr, mais certains d'entre nous. Parce qu'il était le symbole d'une époque. Un produit de la guerre froide. Non content de couper la ville en deux, il marquait la frontière entre deux mondes, deux systèmes politiques opposés, deux civilisations vivant dans la crainte d'une nouvelle guerre. Oui, c'était un symbole. Et sans doute la chose la plus infâme, la plus terrible, la plus inadmissible dans les derniers soubresauts de notre siècle expirant. Et une source de fierté pour beaucoup d'entre nous. Car le fait de le haïr nous valorise.

Nous avons tôt fait d'oublier que le vingtième siècle a été le temps des massacres, des destructions, des génocides, le temps des crimes et des assassins. Les plaies ne sont pas cicatrisées et nos cœurs saignent encore à l'évocation des horreurs inscrites dans la mémoire collective. Si mes souvenirs sont exacts, avant de recevoir une balle dans la nuque et d'être jeté dans un trou, le poète andalou a dit : « Non, le sang, je ne veux pas le voir ! » Je sais que le sang qu'il évoquait alors n'était pas le sien mais celui du torero, mais écrire un poème, n'est-ce pas un peu comme prendre une montagne à bras le corps ou affronter un taureau ? À chaque passe tu sens se rapprocher la corne acérée. Tu regardes la mort sans ciller à l'instant où la balle de l'assassin va se planter dans ta nuque. Sois maudit, vingtième siècle qui as emporté dans ton tourbillon tant de grands poètes, les as fait pourrir dans les geôles ou dans les camps, les as entraînés avec toi dans le gouffre, les as broyés, piétinés, pulvérisés ! Disparais au plus tôt de ma vie. Et sache bien que je ne te regretterai pas !

Le vingtième siècle est bien fini, on peut dire qu'avec la chute du mur de Berlin il est allé rejoindre le passé. En laissant derrière lui des millions de morts. Mais quand j'aborde la question des poètes et de la poésie je ne peux pas ne pas évoquer Nâzım Hikmet, non seulement parce que c'est à lui que je dois d'être revenu à Berlin, mais surtout parce qu'il se félicitait de vivre au vingtième siècle. Il n'a pas vécu assez pour l'enterrer. Et il est passé sans voir le Mur. Il a vu s'ouvrir le chemin de l'espace et il s'en est réjoui comme un enfant. Quant au Mur, il a été bâti deux ans avant sa mort. Mais il n'a manifesté ni joie ni dépit. Il s'est contenté de dire que les bâtisseurs du communisme, venus des quatre coins du pays, œuvraient à la sueur de leur front, que leur tâche n'était pas aussi facile que l'on croyait, que pour eux « le thé n'était pas toujours chaud et sucré, leur pain pas toujours frais et tendre », et que l'on construisait l'édifice en chantant.

Mais se rendaient-ils compte qu'en édifiant le communisme, au prix d'un immense travail et de grands sacrifices, ils érigeaient les murs de leur propre prison ? Savaient-ils, en alignant les plaques de béton à l'ombre des chars soviétiques, que ce mur n'était pas, comme le disaient les dirigeants, un rempart « contre le fascisme », qu'il n'était pas non plus destiné à contrer les assauts des restes d'un IIIe Reich résolu à venger sa défaite, mais bien plutôt à endiguer l'exode vers la liberté, dressant une frontière entre le monde libre et le monde carcéral ? J'en doute fort. D'ailleurs, n'en déplaise à Nâzım, ils ne chantaient pas comme dans ses poèmes. En élevant les barbelés qui complétaient ce mur qu'ils considéraient comme une partie indispensable de l'édifice, ils ne faisaient qu'obéir aux ordres de leurs dirigeants. Lorsque

Nâzım Hikmet parlait de la construction du communisme à qui voulait l'entendre, et particulièrement aux camarades qui attendaient l'occasion de le trahir, il faisait l'impasse sur le mur de Berlin. Des années après s'être assis gravement sur le sol, seul, au soleil, adossé au mur, lors de la promenade, dans la prison d'Ankara, il refusait de voir cet autre mur qui se dressait face à lui et il s'exclamait, en tendant la main vers le soleil : « le cœur des bâtisseurs est en liesse / mais le chantier n'est pas un lieu de fête / il se dresse sur le sol poussiéreux / dans la boue et la neige ». Il se trompait. Le mur qui s'élevait séparait les familles et élevait une barrière entre les hommes. Ce n'était pas seulement Berlin qu'il coupait en deux, c'était le monde entier.

À quoi sert un mur ? N'est-ce pas à délimiter l'espace des pièces où nous sommes confinés, où nous faisons l'amour et dormons, où nous rendons l'âme ? Ou bien à enclore un jardin, à séparer une cour de la rue, la prison de la liberté. On peut aussi se tenir debout devant lui, les mains liées derrière le dos, en attendant la balle mortelle ; ou bien le compisser. Comme on dit : « Le chien qui sent la mort pisse sur le mur de la mosquée. » J'avais réellement envie d'uriner, mais j'avais la flemme d'aller aux toilettes. Sans quitter ma place, j'ai rapidement déroulé dans mon esprit mes considérations sémantiques. Les images tombaient drues sur ma tête comme pleuvaient les bombes sur cette ville au temps de la dernière guerre. Les fenêtres murées, une vieille femme se jetant dans le vide du dernier étage d'un bâtiment en ruine, un soldat de l'Est jetant sa kalachnikov, sautant pardessus les barbelés et, poursuivi par les chiens, courant vers la liberté. La nuit, je rêve de chiens plantant leurs crocs dans mes parties charnues avant de s'attaquer à mes joues et de me déchirer le visage.

Ce mur, comme la muraille de Chine, comme tous les murs qu'a connus l'Histoire, a été construit non pas pour nous protéger mais pour enfermer les gens, pour les retenir. Pour qu'ils restent toute leur vie là, où tout le monde surveillait tout le monde, où la Stasi fouinait partout, où la liberté restait une vaine promesse, dans ces rues désertes où même les travailleurs en salopette n'avaient pas le droit de se promener, sur ces places où les écrasaient les statues de ces dirigeants que l'on ne pouvait voir qu'aux tribunes du Premier Mai, sur ces larges avenues dépeuplées, pour qu'ils s'étiolent dans leurs usines vétustes. Ce mur de plusieurs kilomètres ne suivait pas un tracé rigoureux. Il a été construit morceau après morceau, renforcé de blocs de béton armé, bordé d'un côté – d'un seul côté – de barbelés et de miradors, protégé par des chiens dressés à attaquer, ses élément préfabriqués ont été assemblés sur place et sa partie supérieure a été lissée, comme une pâte aplatie par le rouleau du pâtissier, afin de ne pas donner prise aux mains de ceux qui tenteraient de s'y accrocher. Je pense qu'il est inutile d'entrer dans les détails, d'évoquer tous les subterfuges imaginés en leur temps pour franchir le Mur en s'y hissant ou en creusant des tunnels. Je dirai seulement ceci : après la Première Guerre mondiale, un écrivain pragois qui passa à Berlin les six derniers mois de sa courte vie sous la protection d'une très jeune femme, avait prévu la construction du Mur et subodoré les désastres qu'elle allait entraîner. Si vous en doutez, je vous renvoie au texte dudit écrivain intitulé *La Muraille de Chine*. Vous y découvrirez les conséquences politiques de cette muraille et ses effets sur la vie des hommes.

Ceux qui avaient édifié ce mur avaient pourtant assuré qu'il était un moyen de défense. Ils semblaient attendre une attaque imminente de barbares prêts à assaillir ces bastions. Or il n'y avait ni barbares à l'horizon ni véritable menace militaire. En fait, c'étaient eux qui assaillaient leurs propres compatriotes. Les chiens dressés, accoutumés à la vue du Mur et des uniformes, se jetaient sur toute personne en tenue civile qui s'approchait de l'espace interdit.

Et si les chiens que j'ai aperçus tout à l'heure dans la cour de l'hôtel allaient se jeter sur moi ? L'un est assis au pied d'une longue table couverte de neige, les yeux tournés vers la porte. L'autre, perché sur un fauteuil de pierre, semble prêt à l'attaque. Certes, ils sont en bronze, mais sait-on jamais ! Il paraît que la neige étouffe les sons, c'est peut-être pour cela qu'on ne les entend pas aboyer. Je me dis que, l'été, les clients, assis autour de cette table qui n'est pas sans évoquer celle où Jésus et ses apôtres célébrèrent la Cène, prennent là leur petit déjeuner en compagnie de ces chiens. À l'ombre du marronnier, loin de la foule et des rues ensoleillées. Comme si le monde se limitait à cet hôtel douillet, à cette cour où deux chiens montent la garde.

Depuis que j'ai commencé mon récit, vous avez sans doute remarqué que j'ai souvent parlé de chiens. Mais je tiens à souligner que tout ce que j'en ai dit, y compris à propos du tableau de Bruegel, est parfaitement exact. Ces animaux tenaient également une place importante dans la vie de Nâzım Hikmet. Du temps où il se cachait à Izmir pour échapper à la police, tout au début de son activité politique clandestine, il fut mordu par un chien, et, comme il le raconta peu avant de mourir dans un roman autobiographique, n'osant pas, de crainte d'être arrêté, se rendre à l'hôpital d'en face, il passa de longs jours dans la terreur d'avoir attrapé la rage. Ceux qui sont plus ou moins familiers de l'œuvre du poète connaissent cet épisode, mais ce que l'on sait moins, c'est que son père fut mordu par le chien qui ne le quittait pas et qu'il aimait beaucoup, et mourut des suites du vaccin antirabique qu'il se fit administrer. Ce qui n'empêcha pas Nâzım de posséder, dans sa datcha de Peredelkino, un lévrier russe du nom de Diable, d'écrire une élégie quand il mourut et, pour combler le vide qu'il laissait derrière lui, de faire l'acquisition non pas d'un, mais de deux autres chiens. Ce qui n'empêcha pas non plus lesdites bêtes, que ses amis connaissaient bien et dont il ne se séparait pas, de mordre leur maître.

Les lieux m'étaient déjà familiers. D'ailleurs, comme la plupart des biographes, j'ai une excellente mémoire. On entrait dans l'hôtel de la Bleibtreustrasse par un passage étroit entre le café Deli et un fleuriste. Le café était alors désert, mais chez le fleuriste une femme, un bouquet de roses blanches à la main, se tenait devant la caisse. Malgré le mauvais temps, il y avait donc des gens qui achetaient des fleurs pour les rapporter chez eux ou les offrir à leur amoureuse. Pour accéder à la réception, il fallait passer devant les chiens de bronze. Soucieux de ne pas être en retard à mon rendez-vous, je n'avais pas traîné à l'hôtel. J'avais quand même eu le temps de remarquer le mur qui séparait le vieux bâtiment gris de la cour intérieure. Il était très haut mais il n'empêchait pas les branches du vieux marronnier qui poussait de l'autre côté de s'étaler au-dessus des chiens. Ce mur divisait la cour en deux parties égales. Ainsi donc, il n'y avait pas à Berlin un mur mais plusieurs. Est-ce pour cela que les Berlinois emploient le pluriel quand ils évoquent le Mur ?

Je ne suis pas resté longtemps au Weyers. Je suis allé plusieurs fois aux toilettes, mais le temps m'a paru assez court. Je dois avouer que je ne m'en suis rendu compte que le matin suivant, au petit jour, en répondant au téléphone.

*

* *

De très bon matin, dès potron-minet, comme on dit, le téléphone s'est mis à sonner de façon insistante, comme dans les romans d'espionnage. En fait, seules les créatures vivantes sont capables d'insister, et « dès potron-minet » est une locution dont le sens nous échappe totalement. Si je ne me trompe, dans ses premiers poèmes, en un temps où l'on ne faisait plus le moindre cas de la tradition littéraire, Nâzım Hikmet employait lui aussi des expressions inattendues, du genre « je crache dans la rime ». Mais je m'éloigne du sujet. Il était dit que les faits se dérouleraient à l'ombre du poète. J'avais le sentiment que les choses prenaient un tour désagréable. J'ai reconnu tout de suite la sonnerie du téléphone. Elle avait le même son las et sénile qu'à Istanbul. Encore engourdi par le sommeil, j'ai demandé qui était à l'appareil.

– Ne vous inquiétez pas, je serai au rendez-vous.

– Oui, je sais, vous l'avez écrit sur le mot que vous avez confié à la serveuse.

Il aurait fort bien pu oublier, car il semblait passablement éméché.

J'étais furieux. Il faut dire que cela n'avait rien d'agréable d'être tiré au petit jour d'un sommeil aviné par cette voix pâteuse. J'ai appris par-dessus le marché que la veille il m'avait suivi jusqu'à l'hôtel. Il avait trouvé le numéro dans l'annuaire. Le timbre de sa voix laissait entendre qu'il était insomniaque.

– Excusez-moi si je vous ai réveillé, mais je dois sortir.

– C'est entendu, coupai-je. Au Dressler, à cinq heures cet après-midi.

Il a raccroché comme si de rien n'était. J'aurais envie de dire « comme dans un poème de Lorca ». Tout de même, il avait connu Nâzım Hikmet, peut-être même avait-il grandi auprès de lui… Je savais qu'à la prison de Bursa le poète avait pris sous sa protection un petit villageois du nom de Balaban incarcéré pour une peccadille et en avait fait un artiste peintre célèbre, qu'il avait engagé le jeune Orhan Kemal à renoncer à la poésie et lui avait enseigné l'art d'écrire des romans, mais j'ignorais s'il s'était chargé de l'éducation d'un militant communiste. Au cours de mes recherches sur Nâzım, j'étais arrivé à la conclusion que durant ses années d'exil il avait constamment auprès de lui un jeune homme qui lui servait de chauffeur et de garde du corps, qui l'accompagnait dans ses voyages, qu'il appelait tantôt « mon passeport vivant », tantôt « mon ombre », mais je ne savais absolument pas qui c'était et ne connaissais même pas son nom – sans doute était-ce un membre du parti communiste turc, mais l'aspect politique de ce problème ne m'intéressait absolument pas.

Cinq heures de l'après-midi… Un vers qui évoque la mort… Selon toute probabilité, l'homme du téléphone n'avait jamais entendu parler de ce vers tiré du poème que Nâzım, en pensant avec tristesse à sa mère, avait écrit en réaction contre un poème de Yahya Kemal, un homme qu'il détestait, et qui ne parlait pas de châles, de roses et de castagnettes mais de la mort; tout comme il ignorait que Nâzım, n'ayant pas eu le courage de fracasser le crâne de l'amant de sa mère, s'était rattrapé en brisant la cadence du vers. Et il n'avait pas lu mon livre, car s'il l'avait lu il aurait éprouvé le besoin de faire allusion au moins à Lorca, à Sánchez Mejías tué par la corne acérée d'un taureau sous l'ardent soleil andalou. Car dans mon livre je comparais Nâzım à un toréador. À chaque passe, tu sentiras la mort d'un peu plus près, chaque fois la corne acérée se rapprochera. Et tu t'abandonneras non à ton ennemi, non à la femme aimée, mais à la mort.

Puisqu'il m'avait suivi la veille au soir, il avait dû m'emboîter le pas à ma sortie du café. Je m'étais arrêté un instant juste en face, devant la vitrine d'un magasin d'articles funéraires. Il y avait là toutes sortes de cercueils. Ils étaient tous aussi solides que des Mercedes, on voyait tout de suite qu'ils étaient de fabrication allemande. Il n'y avait pas un chat. Caché dans un coin, il avait bien dû remarquer que je titubais dans la neige. Il aurait pu alors s'approcher, se présenter et me proposer d'aller me dégriser en buvant un café avec lui. Pourquoi ne l'avait-il pas fait? Pourquoi avait-il remis au lendemain notre rencontre? Le prétexte qu'il invoquait dans son message n'était pas bien convaincant.

Je cherchais les réponses à ces questions et n'avais plus du tout sommeil. Je me suis levé pour aller regarder par la fenêtre. La rue était déserte. La neige s'était accumulée sur les toits. Des stalactites pendaient des gouttières de l'immeuble d'en face. Un instant je me suis félicité d'être à

Berlin plutôt qu'en Andalousie, puis je me suis dit que cette ville avait été témoin de plus de violences que la Grenade où Lorca avait été assassiné. La journée à venir s'annonçait très chargée. J'ignorais comment elle finirait, mais je savais déjà qu'à cinq heures de l'après-midi il allait se passer des choses importantes.

II

Je n'avais pas du tout envie de sortir à une heure si matinale. D'ailleurs, qu'aurais-je fait dehors ? On avait de la neige jusqu'aux genoux, je n'avais pris ni le numéro de téléphone ni l'adresse d'aucun de mes amis, et je connaissais déjà la ville. Elle avait rapidement changé après la chute du Mur. Elle ne s'était pas étendue, mais on l'avait rénovée et les centres commerciaux édifiés dans les espaces disponibles l'avaient transformée en un tas de verre et de béton. J'ai revu en pensée mes jours passés dans l'ancien Berlin et mon séjour à la Maison des écrivains, sur les bords du lac de Wannsee.

C'était une grande résidence entourée d'un jardin. Elle avait des murs de brique, deux tours dressées vers le ciel, et elle était bâtie dans un style fort original. J'occupais une chambre haute de plafond, dotée d'un balcon. On accédait par un escalier au salon d'entrée, garni de lambris d'acajou. La chambre, bien éclairée, était beaucoup plus grande qu'une chambre d'hôtel, lumineuse, et du balcon on pouvait contempler les pavillons à toit d'ardoise, les pelouses humides et les arbres majestueux répandant leurs feuilles d'automne en une féerie de couleurs, rouge, jaune et kaki. Le sol était planté de bouleaux géants. Tout comme le peuplier est le symbole de l'Anatolie et fait partie du décor des bourgades de la steppe, je croyais que le bouleau était un des éléments de la nature russe. Et il était tout à fait surprenant, pour ne pas dire ahurissant, que les bouleaux du parc de la Maison des écrivains soient plus somptueux que ceux que Nâzım Hikmet pouvait voir de sa datcha de Peredelkino. Évoquant les périodes sanglantes de l'Histoire, ils déployaient au printemps leurs fleurs rouge vif et, l'automne venu, leurs feuilles au rouge tout aussi intense. La nuit, leurs ramures agitées par le vent semblaient s'avancer vers moi.

Un tableau accroché au mur du salon représentait également des bouleaux. Parmi d'énormes rochers noirs prêts à basculer et à tout écraser sur leur passage. Dans le lointain, le peintre avait placé une étendue d'eau dont on n'aurait su dire si c'était la mer, un lac ou un ruisseau. Ajoutée après coup d'un trait de pinceau, c'était la seule source de lumière dans cette forêt où le soleil ne pénétrait pas. Clarté ténue, mystérieuse, évanescente. En regardant le tableau, on sombrait malgré soi dans une profonde mélancolie.

Un peu plus loin que la Maison des écrivains, de l'autre côté de la route, la gare, jouxtée par l'hôtel Wannsee Hoff, aux murs couleur rose fanée, qui se dressait tel un monument à la solitude, donnait envie de quitter au plus vite ces lieux de détente estivale consistant en quelques boutiques et une station d'autobus adossées à un jardin de bière. La cabine téléphonique placée devant la station de taxis était toujours vide. Elle ne servait pas à grand-chose, pas plus que l'agence de voyages dont la vitrine était constellée de photographies en couleurs de pays lointains. Wannsee, perdu dans la forêt, semblait avoir rompu tout contact avec le monde. Du fond du parc de l'hôtel on pouvait voir accoster les bateaux transportant des voyageurs, quelques voiliers et au large la frontière de l'Allemagne de l'Est sur l'autre rive. Il n'y avait ni mur, ni barbelés, ni tours de guet, mais la nature les remplaçait le long du lac, qui se rétrécissait pour donner naissance à une rivière. Il était aussi difficile de passer par là que de franchir la porte de Brandebourg. Cela ne pouvait se faire sans une autorisation, qui ne permettait pas de rester de l'autre côté plus de vingt-quatre heures.

Les voiliers allaient et venaient, glissant sur les eaux. Été comme hiver, le lac était trouble. Il semblait cacher dans sa vase un passé sanglant et ténébreux. Quand la nuit tombait, les pavillons restaient dans l'ombre car il n'y avait pas de réverbères. En automne, de petits nuages bleus et blancs se pressaient dans le rougeoiement du couchant. Quelques canards faisaient la mitre près de la berge et, très rarement il est vrai, un cygne glissait parmi les roseaux. Le pourtour du lac était noyé dans la verdure. Des arbres, des arbres, rien que des arbres. J'avais l'impression que ce paysage de carte postale ne durerait pas, qu'un jour une tempête allait se lever et l'emporter sans laisser pierre sur pierre. Ou, tel Macbeth face à la forêt en marche, je m'exclamais : « Que de sang répandu durant les temps anciens / Que de crimes affreux commis jusqu'à ce jour ! »

Les jours de cafard, ou quand j'étais fatigué par mon travail, je sortais faire un tour. L'été, certains se baignaient tout nus dans le lac ou faisaient l'amour dans les cabines, on s'abritait à l'ombre de parasols qui rappelaient les parapluies des années trente, on mangeait des saucisses à la sauvette. L'eau du lac était tiède et peu profonde et, habitué à me baigner à Istanbul dans les ondes de la mer, j'en sortais après avoir nagé quelques brasses. Je ne me mêlais pas aux gens dévêtus qui se doraient au soleil sur la plage. Toujours je marchais, pour chasser ma tristesse et échapper à la solitude, en murmurant des vers de Nâzım. « Je n'ai pas besoin de courage / j'ai des sandales / en cuir brut de buffle / elles sont inusables / et elles tapent, mon vieux / elles tapent sur les sentiers pierreux. » Mais tandis que dans le poème un navire venu de Varna se dirige vers le Bosphore, là, à Wannsee, les bateaux fluviaux qui s'éloignaient du débarcadère promenaient les touristes sur le lac et, au bout de quelques heures, les ramenaient de l'autre côté de la frontière.

C'est au cours de ces longues marches que j'ai découvert le tombeau d'Heinrich von Kleist et de sa maîtresse, Henriette Vogel. Après avoir passé la nuit dans une auberge des environs, un matin, tandis qu'ils prenaient le petit déjeuner au bord du lac, le poète avait pointé le canon de son revolver sur le cœur de son amie et fait feu avant de se tirer une balle dans la bouche. Je me suis dit que cet acte mûrement prémédité mettait en quelque sorte en évidence le côté ténébreux de l'esprit romantique allemand et que le poète, dont tous les livres se terminent par une catastrophe, avait réussi sa sortie. Les nazis eux-mêmes n'avaient-ils pas décidé le génocide dans le salon d'une villa placée au beau milieu des beautés de la nature, de l'eau, du sol, des arbres, des fleurs et du chant des oiseaux ?

En fait, la décision d'anéantir la race juive avait été prise au plus haut niveau de l'État quelques mois plus tôt. Et la réunion qui s'était tenue par un jour de janvier neigeux était destinée à mieux organiser les choses, car il n'est pas aussi facile qu'on le croit de transformer la peau de millions d'êtres humains en abat-jour, leur graisse en savon et leurs cheveux en ficelle. Et il fallait bien rendre hommage à la technologie moderne et à l'industrialisation. On avait donc étudié le problème sur la rive ouest du lac de Wannsee, dans la villa Minoux, qui ressemblait à un palais fabuleux avec ses murs blancs et les colonnes de marbre de son entrée.

Les bâtiments qui entourent la villa sont un peu différents, quoique assez pompeux, mais charmants. Le parc est planté d'arbres géants, le toit est orné de sculptures puériles sans nulle trace de méchanceté, de violence ou de luxure. Le lion assis qui regarde les eaux calmes du lac était-il là dans son coin ? Peut-être que non. La plage d'en face était déserte. Les corps nus qui se baignaient par les chaudes journées d'été, les chansons sur un air d'accordéon, les bières mousseuses, les femmes blondes n'étaient plus qu'un souvenir. Les arbres avaient depuis longtemps perdu leurs feuilles, car c'était l'hiver. Les loups pourraient dévorer tranquillement les chevreaux, sans craindre d'être dérangés par les chasseurs, ils se repaîtraient à leur aise de tous les enfants juifs, y compris du Petit Chaperon rouge.

La réunion avait commencé exactement à dix heures trente du matin – vous savez bien qu'aucune règle ne force à faire ce genre de chose la nuit – et selon toute probabilité les lumières de la villa n'étaient pas allumées. Mais peut-être l'étaient-elles, après tout, parce que le temps était couvert. Dehors il y avait une épaisse couche de neige, mais à l'intérieur il faisait bien chaud. Des bûches sèches crépitaient dans la cheminée. Comme l'exigeait la discipline du Parti, ils étaient arrivés à l'heure. La plupart avaient moins de quarante ans. Il y avait là de hauts dirigeants du parti national-socialiste, des bureaucrates représentant les ministères chargés de la sécurité et de la question juive, et aussi des ministres et des secrétaires d'État. Certains étaient docteurs en droit. Ils avaient une même vision d'ensemble de la façon de se débarrasser des Juifs d'Europe. Nous savons qu'après la réunion Himmler, le bras droit de Hitler, l'Obergruppenführer Heydrich et son bras droit, l'Obersturmbannführer Eichmann, venus entendre dresser le procès-verbal, ont fumé un cigare en sirotant un cognac devant la cheminée. On peut supposer que les « experts » qui mirent en œuvre le projet minutieusement organisé du génocide contemplaient, leur verre à la main, les sculptures de la cheminée. Que représentaient donc ces sculptures ? Des enfants à demi nus qui s'amusent en riant. L'un joue de la flûte, l'autre du tambour de basque ou de la lyre. Ils sont joyeux, innocents, charmants. En pendant à cette scène, une figure de femme aux seins nus se faisant laver les pieds par un serviteur évoque l'amour de la vie.

Des spécialistes avaient dressé à l'intention des membres de la commission la liste de ceux qui, vêtus d'un manteau marqué de l'étoile jaune, seraient, en plein hiver, chargés dans des wagons à bestiaux et expédiés à l'Est pour y périr dans les chambres à gaz ou mourir de faim ou d'épuisement. Les Juifs habitant les pays occupés par les Allemands n'étaient pas les seuls à figurer sur cette liste, ceux d'Angleterre, des pays neutres et même de la Thrace turque s'y trouvaient aussi. Après des années d'âpres réflexions et bien des nuits d'insomnie, on avait fini par mettre au point la solution finale. Et, face à la cheminée, on écoutait Heydrich, qui avait jadis été un bon violoniste, interpréter de façon émouvante des sonates de Beethoven.

En gros, il s'agissait d'exterminer dix millions de Juifs. Autrement dit, du plus grand crime de l'Histoire. Dehors, la nature était plongée dans son sommeil hivernal. Des enfants patinaient sur le lac ou faisaient des batailles de boules de neige, sur le quai d'en face gisaient des bateaux au carénage. C'était le train-train. La vie, comme un long fleuve tranquille, coulait sans hâte dans son lit. Le procès-verbal de Wannsee appartient à l'Histoire, il est la trace écrite du grand génocide du vingtième siècle, le seul vestige de millions de morts sans sépulture. Mais non loin de là, sur une parcelle ombragée par des chênes, il y a un tombeau.

C'est le tombeau d'Heinrich von Kleist et de sa maîtresse. Le poète avait-il enfin trouvé sur les bords du Wannsee la mort qu'il poursuivait sans trêve ou pensait-il pouvoir là, en ce lieu paisible, dans ce petit abri douillet, blotti au sein d'une nature violente, se reposer des tempêtes qui se levaient dans son jeune esprit rebelle ? Il avait tué sa bien-aimée sans la moindre hésitation.

Et c'est là que fut perpétré, des années plus tard, le crime des nazis, face à ce paysage à couper le souffle, que j'ai découvert au cours de mes longues marches et qui s'étend, tout plat, dans les nappes de brouillard, jusqu'à l'église de Spandau.

Si vous êtes à Berlin, vous aurez beau faire, même si vous allez vous cacher dans un lieu de villégiature éloigné du centre de la ville, le souvenir de la violence ne vous quittera pas. Les jours de destruction et de guerre ont beau être passés, Hitler a beau s'être suicidé dans son bunker, les mitrailleuses que les spartakistes ont placées près de la porte de Brandebourg ont beau être rouillées depuis longtemps, le souvenir du vingtième siècle viendra vous relancer. Les coups d'État sanglants, les génocides, les camps de concentration ne vous lâcheront pas. Votre esprit sera encore sous l'Occupation. Des troupes portant le brassard à la croix gammée, chaussées de hautes bottes à bout pointu et marchant au pas de l'oie vous couperont la route, les spectres se mettront à danser dans la nuit. Tous les politiciens du vingtième siècle aux mains tachées de sang, Talat pacha exterminant les Arméniens, Goebbels se suicidant après avoir empoisonné ses enfants et ses chiens, entreront dans la ronde devant le cadavre de Rosa Luxemburg épanoui dans le canal comme un blanc nénuphar. La promenade que vous ferez en forêt pour chasser votre tristesse et votre fatigue tournera au cauchemar à votre première halte au bord d'un lac. Vous aurez envie de rentrer au plus vite dans votre chambre et de vous laisser tomber dans un fauteuil, de sangloter, la tête dans vos mains, et de chasser une fois pour toutes de votre esprit l'histoire de ce siècle. Et les vers du poète sur lequel vous travaillez depuis des années vous reviendront, comme si ce cauchemar n'avait pas existé, comme si les hommes qui ont fait feu sur le palais d'Hiver n'avaient pas été par la suite passés par les armes, comme si ceux qui voulaient la liberté et l'égalité n'avaient pas été exilés en Sibérie et comme si lui-même n'avait pas vécu là peu de temps après la Nuit de cristal, Nâzım Hikmet, champion du désenchantement, chuchotera naïvement à votre oreille : « Je n'ai jamais maudit le sort de m'avoir fait naître trop tôt / J'appartiens au vingtième siècle / et je m'en félicite / C'est assez pour moi / d'être dans les rangs de ce siècle / d'être de notre côté / et de me battre pour un monde nouveau. »

Ces vers que j'évoquais au bord du Wannsee me parvenaient de l'autre rive du lac, « notre côté », comme disait le poète, et aggravaient mon désespoir, ma désolation et la solitude que je m'efforçais de surmonter en écrivant à la lumière de ma lampe la biographie de Nâzım. Le vingtième siècle, qui avait commencé par la révolution d'Octobre, autrement dit par l'entrée dans ce communisme dont la destruction du Mur allait précipiter la chute, n'était pas fini et les blessures étaient encore fraîches. La violence destructrice n'était plus là, mais son spectre rôdait encore.

Parfois, je poussais jusqu'à la forêt de Grunewald, non pas, bien sûr, pour y cueillir des champignons, ni me promener, l'été, sur les bords des petits lacs, mais pour m'éloigner de Berlin, qui ravivait dans mon esprit les fantômes du passé. Et quand j'en avais assez de la nature je prenais un train de banlieue pour aller souffler un peu à Savignyplatz. Il y avait là un square entouré de restaurants et de petits cafés. Installé au Florian, je bavardais, jusque tard dans la nuit, avec des écrivains et des intellectuels berlinois. De quoi parlions-nous ? De la marche du monde, bien sûr, et de ce que nous pouvions savoir sur ce qui se passait à l'Est. C'était le temps où Honecker dirigeait d'une main de fer la République démocratique allemande, où derrière chaque pierre se cachait un agent de la Stasi, où tout le monde se méfiait de tout le monde, où chacun dénonçait ses voisins, ses collègues, ses amis et même ses proches – je préfère ne pas ajouter son conjoint –, où toutes les portes étaient fermées pour qui n'était pas membre du Parti. Ce n'étaient pas les années « de pain, de roses et de liberté » dont parle Nâzım, la chute du Mur était imminente. Mais, pour autant qu'il m'en souvienne, nous ne critiquions pas le régime des pays communistes. Il est vrai que beaucoup de choses clochaient encore, le bien-être du peuple laissait beaucoup à désirer, les libertés et les droits de l'homme étaient malmenés, mais les beaux jours étaient proches. Et puis tout le monde bénéficiait de la sécurité sociale ; à Moscou, par moins trente degrés, il suffisait, chez soi, d'ouvrir un robinet pour pouvoir se laver à l'eau chaude et les soins hospitaliers étaient gratuits. Ce n'était pas si mal. Et même, au grand dam des intellectuels dissidents qui passaient à l'Ouest, des gens comme Nâzım et Sabahattin Ali invitaient à franchir la frontière dans l'autre sens et à se réfugier à l'Est.

Après ce genre de discussions politiques, je me détendais à la pension Mona, une maison de rendez-vous de la Kantstrasse à laquelle on accédait par un escalier abrupt. C'était un petit paradis à cent lieues des vicissitudes de la vie politique, où des filles à demi nues défilaient sur des talons hauts pour séduire les clients avant de leur montrer tout leur savoir-faire dans des chambres obscures aux murs tapissés de miroirs, dans le reflet rougeâtre des abat-jour. J'ai entendu dire qu'après la chute du Mur les filles venues de l'Est ont considérablement rajeuni les cadres, mais il y a bien longtemps que je ne fréquente plus ces lieux.

Ce n'était pas loin de mon hôtel. Après avoir dégusté un café au lait, comme au bon vieux temps, à l'une des tables du Kant Cafe qui donnent sur la rue, il m'a pris soudain l'envie d'aller au Mona. Histoire de me rendre compte de l'effet qu'avait eu sur les maisons closes le plus grand événement politique du siècle ou, en d'autres termes, pour voir en quoi la chute du mur de Berlin avait modifié la vie des putes. Mais je me suis dégonflé. J'étais fatigué et je manquais de sommeil. Dehors, dans les rues désertes, il neigeait et il faisait froid. Je ne sais comment, au moment où je me suis couché pour sombrer dans un profond sommeil, j'ai soudain songé à Ipek. « Mon ange berlinois ! Ma bien-aimée à moi ! » murmurai-je, non pour rimailler mais parce que Ipek avait été, à Berlin, la seule femme dont je me sentais proche, le seul amour de ma maudite existence de vagabond.

Ce n'était pas une blonde aux yeux bleus comme l'héroïne du film *L'Ange bleu*, mais elle chantait elle aussi de belles chansons et il y avait dans ses regards langoureux et dans son charme quelque chose de Marlene Dietrich. Elle était brune. Il fallait la voir monter sur la scène, effrontée comme savent l'être les femmes du Moyen-Orient, avec ses longues jambes mises en valeur par les bas à résille, sa peau blanche, ses escarpins roses et ses seins dressés, qu'elle dévoilait généreusement dans les moments d'enthousiasme ou lorsqu'elle avait trop bu. Mais sa voix rauque, plus encore que son corps, ravissait les spectateurs. Elle chantait ces airs de style « arambesque » qui faisaient alors fureur parmi les jeunes Turcs de Kreuzberg appartenant à la deuxième ou même à la troisième génération d'émigrés. Vous avez bien lu : non pas « arabesque » mais « arambesque », forme aboutie du *rand besk*. Le mot est un mélange de l'anglais *rhythm and blues* et du mot « arabesque », il s'agit de chansons dont la musique est turque et les paroles allemandes. Je ne comprenais pas les mots, j'étais sous le charme de la voix douce et tendre d'Ipek. Quand je la priai de me traduire en turc au moins un titre, elle me dit : « Contente-toi d'être heureux. » En effet, par la suite, quand elle fut ma maîtresse, avant de me quitter elle me rendit vraiment heureux.

Quand Ipek ne venait pas me voir à la Maison des écrivains, c'était moi qui allais chez elle. Elle disait être un *Koffer Kind*, une « enfant de la valise », ou plutôt une « enfant de la balle ». Elle passait sa vie tantôt ici tantôt là, tantôt en Turquie tantôt à Berlin. Comme tant d'autres, elle apprenait et oubliait tour à tour le turc et l'allemand. Elle habitait sous les combles d'une maison bleu indigo donnant sur le canal. En bas, près d'un pont, un marché turc s'était installé à l'ombre des saules. Elle allait y faire ses courses. Avant de m'asseoir devant la table de fer forgé dressée par Ipek, je flânais parmi les poivrons, les aubergines, les tomates rouge sang et, si c'était l'automne, les étals croulant sous les coings et les grenades. Au milieu des éclats de voix, de grosses mémères, des vieillards à casquette et pantalons étroits, des jeunes à collier de barbe ou en blue-jeans faisaient leurs emplettes. Kreuzberg ne différait en rien des bourgades d'Anatolie. Seul le nom de la rue (Kottbusser Damm) rappelait qu'on était en Allemagne. L'un criait : « Si tu n'aimes pas ma chicorée frisée, belle-sœur, comment as-tu fait pour choisir mon beau-frère ! », un autre vantait ses poivrons farcis et Berlin, plus qu'à un navire en train de sombrer, ressemblait à un port de pêche écoulant ses fruits de mer. Je parcourais le marché d'un bout à l'autre et, non content de regarder, je goûtais les pommes, les poires, les grenades fraîchement cueillies. Je faisais un détour par les boutiques des rues adjacentes. Sur les enseignes on pouvait lire « Berlin Simit Sarayı », « Özgül Supermarket », « Antep Sofrası », Bizim Köfteci », « Büro Yıldız », « Bolu Helâl Et pazarı », « Güneş Elektronik ». J'ai même trouvé un « Café-Bistro Aile Salonu » et un « Café Köyüm ». Dans un « Salon de chou et de börek », de jeunes moustachus délurés et des vieux coiffés de bonnets jouaient au jacquet ou aux cartes en dégustant leur thé noir « sang de lapin ». Les marronniers avaient commencé à perdre leurs feuilles, mais l'ombre des tilleuls et des platanes était encore fraîche. Même si je ne pouvais pas me promener sous les tilleuls d'Unter den Linden et si l'autre côté du Mur était interdit, je déambulais sous les saules en longeant le canal avant d'aller chez Ipek, de déguster, accompagnés d'un raki, les amuse-bouches préparés par ses belles mains aux doigts effilés et, lorsque le marché se dispersait et que le bruit s'apaisait, de faire longuement l'amour devant la fenêtre ouverte, debout sur le tapis de Gördes, enveloppés dans une couverture portant inscrits les mots « Je t'aime » dans toutes les langues du monde. Mais à Berlin c'est en turc que je faisais l'amour à Ipek, même si le soir, quand elle montait sur la scène, elle chantait des chansons en allemand.

C'était peut-être de mauvais augure pour notre amour, mais Ipek ne faisait pas dans le sentiment. Sans ôter ses bas résille, elle se juchait sur moi, me clouait sur mon large lit, dans ma chambre de la Maison des écrivains de Wannsee, mettait tour à tour ses deux seins dans ma bouche, prenait mon sexe en elle et restait là longtemps. Et puis elle est sortie de ma vie pour ne plus revenir. Quand le jour jetait ses premiers rayons par la fenêtre, ma chambre sentait la sueur, le sperme et la solitude. Ipek, tel un fauve attiré par l'odeur du sang, lacérait mon corps de ses ongles et me poignardait de ses yeux noirs et de sa langue fourchue qui chantait des chansons. À chaque coup la mort entrait plus profondément en moi, puis elle se concentrait dans mon corps en feu, dans mon sexe encore tendu par le désir. Je me rappelle qu'après son départ j'avais l'impression de me trouver sous les arbres, sur l'une des collines dominant le lac, et de descendre, par le sentier qui jouxte le petit parc, vers le tombeau encore ouvert de Kleist et de sa bien-aimée.

III

Je me suis réveillé vers midi. Heureusement, j'avais oublié de tirer les rideaux, sinon j'aurais dormi toute la journée. M'aurait-il attendu si j'étais arrivé en retard ? Peut-être m'aurait-il tout simplement laissé tomber. Qui était cet homme, où travaillait-il ? Habitait-il à Berlin ou venait-il d'ailleurs, sinon de Turquie, du moins d'un autre pays d'Europe, de Russie, peut-être, pour m'apporter ces documents ? Et pourquoi m'avait-il choisi, moi ? À l'en croire, c'était parce que j'étais un écrivain honnête. D'où tenait-il cette conviction ? Était-ce parce qu'il avait préféré ma biographie à tous les autres livres consacrés à Nâzım Hikmet ? Je n'allais pas tarder à avoir la réponse à ces questions, mais comment passer le temps en attendant ? « J'ai envie de saisir le temps / Dans sa fuite rapide il laisse sur mes doigts une poussière d'or. » Mais le temps ne fuyait pas vite à Berlin par ce jour de neige ; il semblait transi, figé dans la glace. Bizarrement, depuis mon arrivée, chaque fois que je pensais à quelque chose, que j'engageais la conversation avec quelqu'un ou que j'évoquais un souvenir, les vers de Nâzım me venaient à l'esprit. Je songeais à un petit fait de sa vie, à une de ses paroles que je citais dans sa biographie sans avoir pu prouver son authenticité. Ce n'est pas facile, d'être biographe. Non seulement il faut se plonger dans des recherches minutieuses, mais en plus il faut un talent d'écrivain. Il ne s'agit pas de relater une vie dans l'ordre chronologique, il faut s'insinuer dans l'univers d'une personne, partager ses amours, ses peines, voire ses passions, pour pouvoir comprendre sa vision du monde – en supposant qu'elle en ait une. Et enfin, s'il y a à un moment du récit un fusil accroché au mur, ce fusil doit absolument tirer à la fin du livre. Car chaque vie humaine constitue un tout cohérent dont toutes les parties sont liées et où tous les comptes sont faits. Chez Nâzım, c'est peut-être le crédit qui l'emporte. Il n'y a guère eu de changements dans ses positions politiques et dans ses modes de pensée, il est resté fidèle jusqu'au bout à l'idéologie à laquelle il avait adhéré dans sa jeunesse. Il a connu bien des chagrins, durement souffert de l'exil, aimé beaucoup de femmes et été aimé de beaucoup. Celles qui l'ont aimé ont pleuré en diverses langues, mais il a écrit dans une seule, son cher turc, tous ses poèmes, qui sont parfois de véritables cris. Il a aimé la langue turque comme le paysan aime sa glèbe ou ses bœufs, comme le menuisier aime son bois et son rabot. En véritable gourmet du verbe, il savourait chaque mot, le mastiquait soigneusement avant de le digérer dans le creuset de la poésie. Il était amoureux de la langue turque et voulait palper ses mots avec ses mains ; les voir couler entre ses doigts comme une eau baignée de soleil était son plus grand bonheur et, aux jours difficiles, son unique consolation.

À l'évidence, Nâzım ne me lâchait pas, j'étais comme obsédé par d'innombrables questions restées sans réponse. Je me suis abandonné au jour présent. Quand je dis « jour », c'est façon de parler, car d'ici peu le temps allait s'assombrir et à cinq heures ce serait le soir. En bas, on ne servait plus le petit déjeuner et j'ai fait apporter quelque chose dans ma chambre. Je devais avoir la nostalgie des petits déjeuners allemands, car dans ce quelque chose il y avait non seulement diverses variétés de jambon, de fromage, quantité de beurre et de confitures, mais aussi du saumon. Et une assiette chargée de fruits. Je me suis rassasié tout en buvant du thé au citron. Le thé n'était sans doute pas bien infusé, et il n'y avait ni olives ni fromage blanc, mais j'ai tout englouti : malgré l'heure tardive, les nombreux verres de schnaps que j'avais bus la veille au Weyers m'avaient ouvert l'appétit.

Je suis sorti de l'hôtel et me suis dirigé vers Ku'damm. L'arrêt de l'autobus n° 29 était toujours au même endroit. Mais cette fois je n'ai pas pris celui qui venait de Savignyplatz, comme les jours où j'allais chez Ipek. Pataugeant dans la neige, j'ai marché sur le large trottoir jusqu'à l'église en ruine en longeant les vitrines encombrées de menus articles au prix exorbitant. À midi, la rue était très animée, la foule, en manteau et cache-nez, emplissait les rues adjacentes. Devant le grand magasin KaDeWe, j'ai pris le 29 et me suis installé comme toujours à l'étage, sur un siège à l'avant. J'étais comme dans une loggia. La circulation était dense et on avançait lentement. Le soleil se montrait, mais c'était un soleil pâle, lointain, tout rond, incapable de faire fondre la neige. Comme un soleil d'une autre planète. À l'époque du Mur on était bel et bien sur une autre planète, dans un autre monde, mais ce monde-là n'était plus, il était désormais enfoui dans les profondeurs de l'Histoire, il n'en restait que quelques traces, quelques poèmes, ceux, enthousiastes ou tristes, parfois, de Nâzım, qui à aucun moment ne remettent en question la réalité, ou du moins ses convictions.

Tout au long du parcours, les branches des platanes bordant la rue effleuraient le toit de l'autobus. Ce grincement, que j'avais oublié, a réveillé en moi de vieux démons. Cette insistance cachait sûrement quelque chose. Peut-être l'homme ne m'avait-il pas tout expliqué au téléphone et me tendait-il un piège. Il faut dire que ce que j'avais écrit sur Nâzım n'avait pas plu à tout le monde. En réfléchissant aux raisons de l'attachement inconditionnel du poète au communisme, pour lequel il était prêt à sacrifier sa vie, j'étais arrivé à la conclusion que c'était un romantique. Cela avait suscité une vive réaction chez ceux qui partageaient ses convictions et m'avait valu d'être passablement malmené. Pour eux, l'amour du poète pour le communisme, le fait de lui avoir voué sa vie, était parfaitement compréhensible. Mais moi je voulais approfondir la question, je voulais étudier ses relations avec sa mère, Celile hanım, et le traumatisme qu'avait causé au petit Nâzım le fait d'être abandonné par son père, parti vivre avec une autre. Sa mère, rompant avec la conduite des femmes de cette époque, s'était peu occupée de lui. Elle l'avait expédié à l'École navale, où il s'était senti triste et abandonné. Quelques années plus tard, quand il avait découvert à Moscou la révolution d'Octobre, les communistes étaient devenus sa famille – et il ne rompit jamais avec eux. Avant d'aller se cacher avec Piraye, une veuve mère de deux enfants qui fut le grand amour de sa vie, il avait trouvé refuge au sein de la famille constituée par les héritiers spirituels de Lénine.

L'autobus a tourné en direction d'Urania et j'ai vu les nouveaux bâtiments qui bordaient la voie. Avant, dans ce secteur et de l'autre côté du canal, il n'y avait que des terrains vagues. C'était là que commençait le monde dont Nâzım était amoureux, avec ses barbelés, ses tours de guet et ses soldats flanqués de chiens-loups. J'avais l'impression d'aller chez Ipek. Elle m'attendait, assise à sa table de fer forgé. Après avoir fait l'amour comme d'autres se battent, nous allions reprendre nos querelles. J'étais furieux de la voir, lorsqu'elle était en scène, montrer ses seins à tout moment et sans que personne le lui demande. Quand je faisais mon service miliaire, en Turquie, une troupe d'effeuilleuses venait parfois se produire sous une tente dans la cour de la caserne. Lorsque la chanteuse attaquait « Mes nichons m'appartiennent », nous nous mettions tous à crier : « Fais voir, fais voir ! » Devant cette foule de soldats en permission dominicale qui ne voyaient pas d'autres femmes que les pensionnaires des maisons closes, elle commençait par se trémousser voluptueusement, puis, d'un geste brusque, faisait sauter son soutien-gorge. Et comme elle ne se pressait pas d'ôter le bas, nous hurlions des jurons. Quand je racontai cela à Ipek, elle eut un sourire malicieux et je lui demandai en plaisantant si elle accédait aussi à cette demande. Une fois, sur scène, par défi, elle chanta la chanson « Je ferai tout ». Au début, ne sachant pas l'allemand, je ne m'en souciai guère, mais ayant appris le sens des paroles, furieux, je restai longtemps sans la voir. Contrairement à mon attente, elle s'abstint de venir à Wannsee et je dus me résoudre à prendre ce maudit autobus après être descendu du train rouge et jaune à Savignyplatz pour aller me jeter à ses pieds en m'excusant.

Le souvenir d'Ipek est encore planté en moi, tel un poignard rouillé. Il se débat avant de sombrer, il fait saigner ma blessure à moitié cicatrisée. « Ma table de travail, mes papiers, ma machine à écrire / mes vêtements sont ensanglantés / j'ai ouvert ma poitrine / à deux, nous dévorons mon cœur à belles dents. » Nâzım avait raison d'écrire ces vers, en tout cas il avait compris que les femmes sont des cannibales. Ce sont elles qui ont causé sa mort. Je l'ai écrit dans mon livre et cela a déclenché un scandale. Si ce rendez-vous était un piège, peut-être la voix que j'avais entendue au téléphone voulait-elle me demander des comptes sur mes écrits. Les camarades pouvaient vouloir me faire lécher mon crachat.

Parfois, après une dispute, Ipek me chassait de chez elle. Je me retrouvais sur le pavé et mettais un certain temps à reprendre mes esprits. Quand j'étais un peu calmé par la fraîcheur qui montait du canal, j'allais traîner dans les rues. Je me promenais sans but à Kreuzberg. C'est à cette époque que j'ai découvert les anciennes maisons qui se succèdent dans Naunynstrasse. Ces vieux bâtiments, qui ressemblent à des gamelles emboîtées les unes dans les autres, ont abrité, au début du siècle, avant que les Turcs s'y installent, des ouvriers polonais venus de Silésie. Je me réfugiais dans les arrière-cours et sanglotais sous l'œil des chats ou des souris qui fouillaient dans les poubelles. Un jour, la lumière s'alluma à une fenêtre. « Qu'est-ce que tu as à brailler comme un veau à une heure pareille ! » me lança une voix de femme avant qu'un seau d'eau se déverse sur moi. Plus j'étais humilié, plus j'étais attaché à Ipek. Je dois avouer que ses cheveux bruns, sa dureté, ses paroles blessantes me procuraient un plaisir que je n'avais encore jamais connu. Nos réconciliations étaient aussi enflammées que nos querelles et nos étreintes.

J'avais beau chercher, je ne trouvais en elle rien de doux, à part son nom, *Ipek*, la « soie ». Ses regards étaient aussi durs que ses manières. Ou que la pression de son corps, qui semblait vouloir, à chaque mouvement, me faire entrer en elle plus profond lorsque nous faisions l'amour. Elle se plaçait sur moi et parfois, quand elle atteignait l'orgasme, elle serrait mon cou comme pour m'étrangler. « Meurs dans mes bras. » Je ne sais plus très bien si elle me murmurait cette phrase à l'oreille ou si c'est moi qui l'imagine. Quand elle serrait mon cou je perdais soudain ma semence, comme un pendu, et m'agitais sous elle en poussant des cris. Elle mettait aussitôt sa main sur ma bouche et continuait à me chevaucher jusqu'à ce que je sois complètement épuisé. Elle ne me fouettait pas, c'est vrai, mais juchée sur moi, les jambes ouvertes, elle me tenait comme un cheval docile. Je suis persuadé que si elle avait eu une cravache en main elle l'aurait utilisée, car elle était de ces femmes violentes, voluptueuses, pour ne pas dire enragées, qui n'ont aucun mal à soumettre un homme. À cette époque-là, je pensais que l'amour consiste moins à dominer qu'à se soumettre ; je crois l'avoir écrit quelque part, en évoquant la relation de Nâzım avec une jeune femme « aux cheveux blonds comme les blés et aux cils bleus ». En fait, ce n'est pas avec sa dernière épouse, Vera Tulyakova, qu'il a éprouvé ce genre de sentiment, mais avec Piraye, sans doute la femme qu'il a le plus aimée et à qui il a dédié ses plus beaux poèmes. Pour ceux qui connaissent mal sa vie intime, je dois dire qu'il trompa Piraye, qui avait deux enfants d'un premier mariage et qui l'attendit pendant des années ; et il la trompa, qui plus est, dans une cellule sordide de la prison de Bursa avec sa cousine Münevver, qu'il finit par épouser par la suite et qui fut la mère de Memet, son fils unique. Or, comme il s'apprêtait à divorcer de Piraye, Münevver le planta là et retourna auprès de son ex-mari. Accablé, le poète voulut se suicider. « Seule la mort peut m'accueillir », dit-il dans un poème. En d'autres temps, avec cette énergie du désespoir que l'on ne trouve qu'en prison, il essaya de se faire pardonner en écrivant, d'une écriture rapide, dans les lettres frappées du sceau « contrôle » qu'il envoyait à Piraye, « d'ailleurs tu ne m'as jamais aimé, quand je te déclare ma flamme, tu dis que je me prends pour un acteur », ou en invoquant dans ses vers sa « sœur aux cheveux rouges » en ces termes : « Mon épouse / Mon abeille / Tes yeux généreux / tes yeux d'or / sont plus doux que le miel. » Quant à moi, je pensais, comme Nâzım, que l'on ne peut abdiquer que devant la mort, mais les faits réels me désorientaient. Devant Ipek, j'étais complètement désarmé, j'avais tout de suite hissé le drapeau blanc. Je dois avouer que je le brandis encore ; mais il y a bien longtemps qu'il n'y a plus personne pour me soumettre et me dominer.

Ipek avait une petite valise et c'était moi qui la portais. Craignant peut-être qu'on ne lui vole ses costumes de scène, au lieu de les laisser au club elle les rapportait chez elle tous les soirs. Ou plutôt je les rapportais. Au petit matin, dans le froid glacial. Été comme hiver, quel que soit le temps. Il y avait aussi les beaux jours d'automne où les arbres perdaient leurs feuilles tandis que nous cheminions côte à côte le long du canal, bras dessus bras dessous. Souvent je marchais derrière elle comme un domestique, tenant dans ma main la valise contenant ses souliers rouges à talons aiguilles, sa boîte à maquillage, ses bas. Le bonnet à oreilles de lapin qu'elle manipulait comme une crotte de chat, mettait pour entrer en scène, retirait après la deuxième chanson, et remettait à la fin de son numéro, quand elle montrait ses seins. Et surtout il y avait ses soutiens-gorge. Jour et nuit, je portais sa valise du club à chez elle et de chez elle au club. Sans jamais me plaindre ni protester. Sans jamais dire « aujourd'hui, c'est ton tour ». Une fois, seulement, excédé, je lui ai dit : « Si tu veux, mets-toi dans la valise, je vais te porter aussi ! » Selon son habitude, elle marchait devant moi. Elle s'est retournée et m'a dit, avant d'éclater de rire : « Pourquoi pas ? Après tout, je suis une enfant de la valise ! » – « *Ich bin ein koffer kind !* » C'est fou ce qu'elle était attirante, même quand elle était fatiguée, même quand elle n'était pas maquillée. Si Nâzım l'avait connue, Dieu sait quels vers magnifiques il aurait écrits en l'honneur de ses yeux noirs comme du charbon.

Tout le temps qu'a duré notre relation, elle ne m'a pas pris une seule fois tendrement dans ses bras. Soit « on faisait l'amour et on se battait », comme elle disait, et elle me serrait dans ses bras à m'étouffer, comme si elle voulait me détruire, me pulvériser, soit elle me repoussait rudement après m'avoir fait galoper jusqu'à l'épuisement. Même dans les périodes où elle ne chantait pas, je ne me souviens pas que nous ayons jamais partagé un moment de tendre intimité, comme deux amants ou deux amis. Les rares nuits où j'espérais rester seul avec elle, le téléphone sonnait ou un de ses amis débarquait à l'improviste et ils parlaient jusqu'au matin de la pluie et du beau temps ou de ce qui se passait en Turquie. C'était le plus souvent quelque réfugié politique, il évoquait le général Evren et les officiers en uniforme kaki, blanc ou bleu, couverts de médailles, qui, arborant un sourire sinistre, faisaient inlassablement des discours aux balcons des mairies et des préfectures. Ipek les appelait les «porteurs de médailles» et, quand elle était en colère ou avait trop bu, ce qui était chose courante, elle les traitait de noms que vous me permettrez de ne pas mentionner ici; mais la garce avait beau boire, forcer sur le raki, s'habiller en dépit du bon sens, elle était toujours à son avantage. Seuls son nom et sa voix étaient en désaccord avec son caractère.

Elle avait une voix rauque, mystérieuse, envoûtante, qui semblait sortir des profondeurs d'une grotte. Bien qu'elle soit née en Turquie, cette voix n'évoquait pas la steppe, les montagnes lointaines, les campements de nomades dans les hautes vallées, avec leurs troupeaux et leurs tentes de feutre, les chants douloureux des femmes au soleil couchant, les combats à mort (comme je vous l'ai dit, les «combats» d'Ipek étaient d'un tout autre genre), mais l'atmosphère de Berlin à la veille de la Seconde Guerre mondiale. Elle était douce et mouillée. Elle ramenait à cette ville, qui fut fondée sur un îlot il y a des siècles, dans la région humide de la Spree, avant de s'étendre plus loin, dans le climat de la Prusse qui est au moins aussi rude, sec et impitoyable que l'était ma bien-aimée. C'est peut-être pour cela qu'Ipek était insaisissable, et je comprends mieux maintenant pourquoi elle glissait toujours entre mes mains et pourquoi elle ne m'a jamais vraiment appartenu. Alors que j'étais pour elle une proie facile. Sachant que je nageais en eaux profondes, elle me pêchait au harpon. Elle avait compris dès notre première rencontre que j'étais docile comme un dauphin, soumis et mélancolique comme les saints derviches des villes de ma steppe natale.

Pour employer une expression éculée, je dirais que je m'en souviens «comme si c'était hier». C'était une nuit chaude.

J'avais assisté à Kreuzberg à une de ces réunions politiques qui finissaient très tard. En sortant, je bus plusieurs bières seul, debout au comptoir. Nous nous étions séparés après avoir longuement discuté, toujours sur les mêmes sujets, maudissant à qui mieux mieux le régime du 12 Septembre, disant qu'il fallait absolument faire quelque chose, évoquant même ce que nous ferions si nous prenions le pouvoir. Ensuite, je fus pris de cafard. Mon livre sur Nâzım n'avançait pas et mon pays n'allait pas vers la démocratie. Quant à l'Union soviétique, qui était pour nous le bastion du socialisme, elle semblait vouloir éviter de s'opposer ouvertement au régime fasciste instauré en Turquie. En fait, si je m'intéressais à la politique, je n'étais pas vraiment impliqué. Aux yeux de mes amis plus engagés, qui se donnaient entre eux du « camarade », je n'étais qu'un plumitif, un chercheur sans grande importance. La recherche, certes, a un rôle à jouer, mais la politique tend vers un but. D'ailleurs, j'étais biographe, j'étudiais la vie d'un homme, non les rapports sociaux. « C'est vrai, vous avez raison, répondais-je à ceux qui me disaient que je perdais mon temps, la vie d'un homme est peu de chose, mais elle est ce qu'il y a de plus précieux et de plus important au monde ! » Ils me regardaient d'un air étonné et, dans mon dos, ils se gaussaient de moi. Et je me consolais en buvant. Après les réunions à Kreuzberg, au lieu d'aller avec eux, selon la coutume, boire un raki dans une auberge turque, je descendais coup sur coup, debout devant le zinc, d'énormes verres de bière. Je me doutais bien qu'un de ces soirs j'allais descendre moi aussi, entraîné par toutes ces bières. Je commençais à tourner dans ma tête des phrases sans suite du genre : « Si tu ne descends pas, tu seras descendu. »

Et un beau soir, en effet, je m'écroulai bel et bien, ma vue s'obscurcit, la tête me tourna et je me retrouvai allongé par terre. Et au lieu de rentrer à Wannsee j'allai reprendre mes esprits dans l'atelier de mon ami Yeter. Yeter, comme son prénom le laisse entendre – *yeter* veut dire « ça suffit » –, était le dernier-né d'une famille nombreuse. Il était venu d'Anatolie chercher du travail à Berlin et, après avoir gagné un peu d'argent et ayant découvert qu'il avait du talent, il se consacrait à la peinture. Ses tableaux réalistes et pleins de vie, parés des couleurs bariolées des tapis des nomades, étaient bien cotés sur le marché de l'art berlinois. Il produisait en série des œuvres reflétant le monde des pauvres paysans de la steppe et des brigands errant dans les montagnes. Comme toujours, il me fit très bon accueil. Après m'être reposé un moment sur le divan, dans son vaste atelier situé en face du Mur, je voulus prendre congé.

– Tu peux rester si tu veux, me dit-il, tu n'as pas l'air en grande forme.

Comme il était trop tard pour aller prendre le dernier autobus et que le métro ne circulait plus depuis longtemps, j'acceptai son offre. Il fit du thé et nous commençâmes à bavarder. Par la fenêtre ouverte, on apercevait le Mur, dont le tracé incertain fuyait au loin. Là-bas, c'étaient les miradors, les barbelés, les bottes bien cirées, les gardes et les chiens-loups, ici, c'était la liberté. La liberté de discuter, de créer et d'aimer. La liberté de boire de la bière et de refaire le monde. C'était nous, c'est-à-dire le Parti, qui nous en chargerions. Et après… La suite était assez vague, nous n'avions pas encore vraiment décidé de ce que nous ferions. D'où nos discussions enflammées. Certains d'entre nous disaient :

« Commençons par renverser le fascisme, le reste ira tout seul. » Si je ne me trompe, ils étaient la majorité. Mais si la liberté était de ce côté-ci, où était le bonheur ? Selon Yeter, il était de l'autre côté du Mur. Il pensait le franchir un jour, aller là-bas chercher le bonheur et, quand il l'aurait trouvé, faire son portrait. Ensuite, il filerait à Moscou et déposerait ce tableau, avec trois œillets rouges, sur la tombe de Nâzım, dans le cimetière de Novodievitchi.

– Ça suffit, Yeter, dis-je, même si le bonheur ne se trouve pas derrière le Mur mais par-delà le mont Kaf, ça ne vaudrait pas la peine d'aller le chercher.

Et puis, jusqu'au matin, nous ne parlâmes plus de politique, mais de l'art, de la littérature et des femmes. Il me montra une toile posée contre le mur (pas le mur de Berlin, mais celui de son atelier). C'était un portrait de femme peint à l'huile. La femme était jeune, avec de longs cheveux noirs et des yeux noirs. Elle souriait d'un air moqueur, avait un nez légèrement aquilin et de longs cils.

– Qui est-ce ? demandai-je.

Il ne répondit pas tout de suite. Absorbé dans la contemplation du portrait, il semblait m'avoir oublié. Les bruits de la nuit d'été entraient par la fenêtre.

– Ça, dit-il au bout d'un moment, c'est une « Belle Rose de ma Pensée ».

C'était le titre d'un roman alors très en vogue, surtout en Allemagne, qui parle d'un ouvrier turc de Berlin qui se prend de passion pour une voiture Mercedes et rentre au village dans ladite voiture.

– Elle s'appelle Mercedes, c'est ça ?

– Non. Ipek.

Ce fut ma première rencontre avec Ipek. Quant à elle, elle me vit pour la première fois quelques jours plus tard dans l'atelier de Yeter. La suite est tout à fait banale. Elle commença par m'inviter au club où elle chantait, puis dans sa mansarde. Nous vécûmes nos premiers instants d'intimité à une heure tardive dans un restaurant turc de Kreuzberg, en sortant nous échangeâmes notre premier baiser, au petit jour nous étions au lit, elle commença par « me prendre en mains et m'étouffer », puis ce fut notre première bagarre. Elle se produisait dans une boîte de nuit de Kreuzberg et chantait, dans la fumée des cigarettes et des joints, pour un public nombreux constitué surtout de Turcs, elle était applaudie et très appréciée et se faisait pas mal d'argent. Je me trompe peut-être mais j'avais l'impression qu'elle imitait Liza Minnelli. J'avais vu *Cabaret* quelques années plus tôt, et le film m'avait beaucoup impressionné. On ne peut pas dire qu'Ipek ressemblait beaucoup à l'héroïne du film, mais quand elle montait sur scène et que tombait sur elle la douce lumière argentée des projecteurs elle se métamorphosait et il ne restait plus rien de sa dureté ni de sa violence. Elle devenait une femme de rêve, une brune troublante. Elle usait de son charme et le dispensait aux spectateurs fascinés par sa bouche d'un rouge éclatant et ses seins, qu'elle ne tardait pas à dévoiler généreusement. Tandis qu'elle chantait, debout ou perchée sur un tabouret devant le décor d'un bar désuet, en aguichant les spectateurs par ses gestes langoureux, je rêvais au temps de la République de Weimar. J'évoquais les gens en uniforme caca d'oie, portant des brassards rouges, qui se substituaient aux foules en smokings et hauts-de-forme. Les croix gammées prêtes à se ruer sur les brassards. Au son de la voix langoureuse d'Ipek, je rêvais que les croix gammées volaient comme des boomerangs et venaient se planter dans la gorge de ceux qui les arboraient.

Mais jamais elle ne m'a serré tendrement dans ses bras, n'a déposé sur mes lèvres un baiser furtif ou n'a chanté une chanson pour moi tout seul.

– Je suis une artiste professionnelle, disait-elle, contente-toi du numéro spécial que je fais pour toi au lit. Je ne vais pas en plus chanter chez moi !

– Alors fais-le dehors ! Quand on se promène en forêt, par exemple, tu pourrais chantonner rien que pour moi.

– Tes yeux verts rien que pour moi, tralalala ! N'y compte pas. Ou alors il faudra me payer.

– C'est Zeki Müren qui chante ça. Tes yeux à toi ne sont pas verts mais d'un noir de jais.

– C'est vrai. Si tu veux, je te chanterai « Ma belle aux yeux noirs » : « Je garderai jalousement ma belle aux yeux noirs / du vent qui souffle, de l'oiseau qui passe / des fourmis courant sur le sol… »

Voilà comment elle était, Ipek. Pleine d'entrain, toujours prête à plaisanter, un peu méprisante. Elle adorait se moquer de ma jalousie. Je n'ai toujours pas compris comment j'ai pu la supporter si longtemps. Quand on la vexait, elle se vengeait en se moquant de vous et en vous ridiculisant. À moins qu'elle n'y renonçât provisoirement, pour une raison inexplicable. Elle était blessante, cruelle, impitoyable. Et pourtant je l'aimais, je la laissais me maltraiter et même, je l'avoue, j'y prenais parfois un certain plaisir. Une nuit que nous étions chez elle – c'était, comme aujourd'hui, au cœur de l'hiver –, elle était au lit et moi dans le fauteuil de chêne du vestibule.

Je me réveillai en sursaut au milieu d'un cauchemar. Je transpirais abondamment alors que la pièce était glaciale. Je me levai et courus dans sa chambre. Quand j'ouvris la porte, la belle dormait, recroquevillée sous sa couverture. Je soulevai lentement cette dernière et me couchai à côté d'elle. Elle me dit sèchement qu'elle voulait rester seule. Ainsi donc, elle ne dormait pas ; peut-être avait-elle aussi fait un cauchemar, mais elle refusait de se blottir dans les bras de son amant, de s'abandonner, confiante, dans la chaleur de sa tendresse. Comme j'insistais, elle se mit à hurler et me chassa carrément de sa chambre. Je passai le reste de la nuit comme un ours en cage, à faire les cent pas du vestibule au balcon, de la cuisine et de la salle de bains au fauteuil de chêne garni de tissu rouge où je me laissais retomber. Je venais d'allumer une cigarette quand je sentis sa main me saisir par la nuque et m'attirer. Je n'eus pas à tourner la tête, ce fut elle qui, m'attrapant par les cheveux, me renversa et plaqua sur ma bouche ses lèvres rouges. Je sentis tout d'abord sa langue pointue glisser sur mon palais, puis son souffle brûlant sur mon visage. La porte du balcon était restée entrouverte mais je n'avais plus froid. Dehors, la neige tombait à gros flocons. L'air s'était radouci. Elle me renversa sur le fauteuil, me déshabilla et m'enfourcha. Je ne sais pas combien de temps nous restâmes ainsi, l'un sur l'autre, l'un dans l'autre. Après avoir joui, elle ne me repoussa pas comme d'habitude. Elle se glissa doucement contre moi comme un chat affectueux et se mit à me caresser les cheveux. Oui, pour la première et dernière fois, dans cette nuit de neige, ma douce amie me caressa les cheveux comme on caresse un enfant et murmura à mon oreille un *Kindertotenlieder*. Pas en entier, les premiers vers seulement. Je ne savais pas l'allemand, mais quand j'étais seul dans ma chambre de Wannsee, quand Ipek, qui m'avait promis de venir, se faisait attendre, désespéré, je pensais à l'amour de Nâzım pour Celile hanım ou, pour changer, au visage rond, aux yeux noirs et au large front de ma mère morte depuis longtemps, et je comprenais le sens de ce chant interprété par Kathleen Ferrier que je passais en boucle jusqu'à le savoir par cœur.

> Le soleil va se lever, si brillant,
> Comme si cette nuit n'avait pas apporté le malheur.

Oui, elle murmura ces mots à mon oreille puis, posément, comme on dit une prière, elle attaqua :

> N'enferme pas la nuit en toi
> Il faut se plonger dans l'éternelle clarté
> ....
> Quelle belle journée
> N'aie donc pas peur !

Le jour commençait à poindre, une clarté blafarde apparaissait à la fenêtre. Le soleil allait bientôt se lever. Peut-être allait-il faire fondre la neige et briller dans un ciel bleu et sans nuages. Les ouvriers se rendant au travail allaient bientôt traverser le pont. Le premier autobus allait démarrer. Et aussi le premier métro, le premier train, le premier avion. Un cygne allait survoler la glace en train de fondre dans le canal. Ou peut-être un cormoran allait plonger la tête dans l'eau trouble. J'avais l'impression de tenir la main d'Ipek et sa voix résonnait en moi. Et, pour la première fois, cela ne me faisait pas souffrir.

Une lampe s'est éteinte dans ma tente
Ne cesse pas de briller, clarté sereine du monde

*
* *

Cette nuit-là, elle m'avait encore jeté dehors et, en me promenant dans Kreuzberg, je tombai sur la baraque du père Hasan. Il vivait là, avec toute sa famille, dans une cabane de bois délabrée que la municipalité lui avait attribuée gratuitement, juste au pied du Mur, tout à côté de l'église de saint Thomas l'Évangéliste. Ensuite, à deux pas de là, commençait un monde inconnu. Le père Hasan avait été l'un des premiers à monter dans le train à Sirkeci, avec sa valise de bois, pour venir à Berlin. L'entrée portait en grosses lettres l'inscription «*Baumhaus an der Mauer*», il avait aménagé en potager le jardinet devant la bicoque et y faisait pousser des tomates, des piments et des laitues. Il sortit de l'armoire une bouteille de raki et la déboucha. Il remplit des verres à thé en disant : «Qui a bu boira, mon petit.» Plutôt que d'évoquer ma mésaventure avec Ipek, je lui demandai si les patrouilles qui allaient et venaient le long du Mur ne le dérangeaient pas et s'il s'intéressait à ce qui se passait de l'autre côté ; il me répondit, en caressant sa barbe blanche avec la gravité d'un derviche : «Je ne m'intéresse pas du tout à ce qui se passe de l'autre côté du Mur, mon petit, je bêche mon jardin et fais pousser des légumes pour assurer ma subsistance.»

Je suis descendu de l'autobus au Checkpoint Charlie. Peut-être aurait-il mieux valu que je me mêle à la foule cosmopolite de Kreuzberg qui n'est plus, désormais, constituée uniquement de Turcs. Ou que j'aille, comme jadis, sonner à la porte d'Ipek. Quel accueil m'aurait-elle fait ? Après m'avoir fait entrer et avoir pris de mes nouvelles, aurait-elle de nouveau offert à ma bouche ce qu'elle avait de plus précieux, ses beaux seins blancs qu'elle appelait les « jumeaux » ? Ou m'aurait-elle claqué la porte au nez ? En fait, elle n'aurait eu aucune raison de se conduire ainsi. C'était elle qui était partie, me laissant seul dans cette « maudite » ville, et elle n'avait jamais pris de mes nouvelles. Mais à cette heure-là elle n'était probablement pas chez elle. Le soir, avant de monter sur scène, elle allait se promener et boire dans un des cafés du quai, en face des saules, et quand elle entrait en scène elle était passablement éméchée, mais elle chantait ses chansons sans se tromper et envoyait promener son soutien-gorge avant la fin du programme ! J'ai éprouvé une douleur poignante, due à la nostalgie du passé plus qu'à la peine d'avoir été quitté, quoique je ressentisse encore de la jalousie. « Oublie les amandiers en fleurs / À quoi bon / évoquer / ce qui ne reviendra jamais ? » Au début de l'été, derrière les barreaux de sa prison de Bursa, Nâzım voyait des amandiers en fleurs, mais ici, à Berlin, il y a des marronniers, des tilleuls et des platanes, et même de langoureux saules pleureurs auxquels il avait consacré un poème dans sa jeunesse, mais point d'amandiers. Ou alors c'est moi qui ne sais pas les voir. Je me suis rappelé que l'un des frères Grimm était venu planter un peuplier sur la tombe de Kleist mais que cet arbre, qui sur la terre aride, les monts et les vallées grisâtres d'Anatolie verdoie, s'était étiolé et flétri sur le sol fertile de Wannsee. En peu de temps la tombe avait été envahie par l'herbe et les abords du tertre étaient restés privés d'ombre pendant de longues années. Jusqu'à ce que la fille de l'aubergiste témoin du suicide – du meurtre et du suicide – plante un chêne, dont le gel, un beau matin, avait eu raison à son tour.

Et puis le temps a passé, l'eau s'est insinuée entre les racines, et les arbres se sont remis à pousser. Le poète et sa bien-aimée sont depuis longtemps retournés à la terre mais leurs noms restent gravés sur la pierre :

HEINRICH VON KLEIST
GEBOREN 18 OKTOBER 1777
GESTORBEN 21 NOVEMBER 1811

NUN,
O UNSTER BLICHKEIT,
BIST DU GANZ MEIN

HENRIETTE VOGEL
1780-1811*

Ainsi donc, pour accéder à l'immortalité, il faut tuer et se donner la mort.

Là, un matin, sous les arbres dont la lumière ne parvient pas à traverser le feuillage, avant de descendre vers le bord du lac à l'endroit où il se déverse dans la rivière, il m'est

* Heinrich von Kleist / Né le 18 octobre 1777 / Décédé le 21 novembre 1811 / Ô Immortalité / Désormais tu es mienne / Henriette Vogel / 1780-1811.

venu l'idée de tuer Ipek de mes mains. D'appuyer le canon d'un pistolet sur l'un des « jumeaux » et de lui tirer une balle en plein cœur avant de retourner l'arme contre moi.

Quand je m'étais disputé avec Ipek, ou plutôt quand elle me jetait dehors, je rentrais à Wannsee bien décidé à ne plus la voir. Je m'enfermais dans ma chambre pour travailler. Mais je ne tenais pas longtemps. La Maison des écrivains, qui était l'endroit idéal pour échapper à la vie fatigante de la ville, aux soucis quotidiens, pour trouver refuge au sein d'une nature paisible, devenait soudain une prison. Il n'y avait à proximité ni café ni cinéma. Même les boutiques où je faisais mes emplettes étaient trop loin pour qu'on s'y rende à pied. Je montais donc dans le train jaune et rouge et allais reprendre mes esprits dans l'un des cafés de Savignyplatz. La solitude y était plus supportable que dans ma chambre.

Quand je repartais, tard dans la nuit, la gare était déserte. J'attendais le train dans le froid en regardant les tags sur le mur d'en face. Ils étaient très différents de ceux du mur de Berlin. Ils n'exprimaient pas la colère générale, l'envie de s'évader, ils ne traitaient d'aucun thème particulier. Certes, ils dénotaient un effort de composition et une certaine recherche esthétique, mais on ne peut pas dire qu'ils étaient d'une grande perfection, leur graphisme puéril et naïf voulait seulement susciter l'émotion et la peur. C'était par exemple un vampire portant une cape bleue et guettant sa victime dans les bois. Un monstre assoiffé de sang ou une femme juchée sur un haut tabouret et laissant pendre ses jambes gainées de bas à résille noirs. Sur un autre dessin, la même femme était vue de dos. D'autres représentaient Berlin au lendemain de la guerre. Des veuves travaillant à déblayer les ruines dans une rue dont il ne restait que la plaque portant son nom ; des terrains vagues ouverts sur le ciel parmi les décombres. J'ai vu ce genre d'images sur d'autres murs, dans les restaurants, les cafés, sur les photos placardées dans l'aéroport de Tegel. Berlin n'était plus qu'une ville de rêve qui n'existait que dans la mémoire des personnes âgées ayant survécu à la guerre, et n'avait rien de commun avec la réalité.

Avant la guerre, la vie s'écoulait aussi selon un schéma bien établi. Comme aujourd'hui, le métro circulait tantôt sous terre tantôt au grand jour, passait devant de vieux édifices, s'arrêtait et repartait dans des stations bondées à toit de verre. Il y avait des gens marchant dans les rues ou assis aux terrasses ensoleillées des cafés ou dans les jardins où l'on servait de la bière. Des phaétons tirés par des chevaux, des tramways, des boutiquiers à grosses moustaches, coiffés de casquettes et chaussés de souliers noirs, posant pour la photo devant leur boutique sous l'enseigne en lettres gothiques, des marchands pleins de vigueur et d'énergie insolente, parce que les affaires marchaient bien.

Et puis un jour tout s'était écroulé, il n'y avait plus pierre sur pierre. De tous ces beaux immeubles, il n'était resté qu'un mur et des tas de décombres. Moi-même, après avoir subi les fureurs d'Ipek, n'étais-je pas un tas de ruines ? Face au mur, dans la gare de Savignyplatz, je n'étais qu'une plume au vent, la jeune femme de Kreuzberg, cette « enfant de la balle », m'avait anéanti, j'étais fatigué, démoralisé, blessé, tel un soldat d'une armée vaincue. Avant de la connaître, j'étais solitaire mais je tenais sur mes pieds. Depuis notre rencontre, je ne valais pas plus que le bonnet à oreilles de lapin qu'elle arborait toujours durant son tour de chant, ôtait et remettait, puis jetait dans un coin jusqu'au lendemain.

Quand je rentrais, en pleine nuit, de Savignyplatz, je songeais à Ipek. Son spectre venait d'abord s'asseoir près de moi, puis il s'installait sur le siège d'en face. Elle me tournait le dos, mais je ne savais pas si c'était pour me provoquer, pour ne plus me voir, ou pour m'inciter à la suivre. J'avais du mal à ne pas aller à sa porte lui fredonner les paroles de cette chanson stupide : « Tue-moi ou prends-moi. » À part moi, il n'y avait presque personne dans le wagon. Tout juste quelque vieillard monté à Charlottenburg ou des jeunes pris de boisson qui descendaient à Grunewald et se perdaient dans les bois. Dieu sait où ils allaient ainsi dans la nuit, dans quelle maison ils trouvaient refuge. Je traversais la forêt avec pour toute compagnie mon reflet dans la vitre, au lieu des arbres et de la verdure qui, le jour, rappellent à l'homme qu'il fait partie de la nature sauvage. C'était l'image d'un écrivain dont la barbe et les cheveux blanchissaient prématurément. Pas vraiment un écrivain. Un biographe. Quelqu'un dont le travail consiste à fouiller dans la vie des autres. En route vers Wannsee, un homme prêt à commettre un suicide ou un meurtre, ou même les deux. Un possédé prêt à endosser la fin de Kleist, qui semblait faite pour lui. N'étais-je pas, en ce temps-là, une sorte de possédé ?

Parfois, Ipek venait à Wannsee sans prévenir. Elle me trouvait dans ma chambre devant ma table jonchée de feuilles de papier, de carnets de notes, de livres aux pages écornées, au texte souligné par endroits, ou dehors, dans le jardin de derrière, dont le pavillon avait vue sur le lac. Quelquefois elle attendait mon retour assise sur une chaise de la terrasse du jardin de devant, fumant cigarette sur cigarette face aux bouleaux dont le vent faisait bruire les feuilles. Dieu sait à quoi elle pensait et ce qui lui passait par la tête dans ces moments-là. Je ne saurai jamais si c'était vraiment pour être avec moi ou pour échapper à l'atmosphère étouffante de Kreuzberg et aux assiduités de ses admirateurs qu'elle venait jusque-là, dans ce lieu de villégiature. Mais si elle m'avait vraiment aimé, elle ne m'aurait pas traité si froidement après nos étreintes, elle ne m'aurait pas cherché querelle ou jeté dehors. Prétextant qu'elle devait aller travailler, elle ne restait pas tard, et je me souviens que nous faisions toujours l'amour l'après-midi ou au coucher du soleil, quand les arbres s'enfonçaient dans l'ombre. Pourtant, ces visites inopinées flattaient mon orgueil. Il n'y avait pas de téléphone dans ma chambre et à l'époque les portables n'existaient pas. C'est peut-être pour cela, parce qu'elle avait la flemme de m'appeler d'une cabine, qu'elle n'annonçait pas ses visites. Ou peut-être avait-elle une autre raison qu'elle gardait secrète.

Je me disais qu'elle avait traversé tout Berlin uniquement pour être avec moi, pour partager ma solitude parmi les papiers et les livres épars. Je voulais le croire, mais un doute tenace s'était insinué dans mon esprit : les visites inopinées d'Ipek n'avaient-elles pas pour but d'explorer en mon absence la Maison des écrivains ? La frontière orientale se trouvait un peu plus loin, ainsi que le Glienicker Brücke, sur lequel on procédait aux échanges d'espions. Le Mur commençait sur l'autre rive du lac. Vu de loin, il semblait un obstacle négligeable, mais il était bien là, séparant deux mondes. Ipek travaillait peut-être pour la mafia turque de Kreuzberg. Peut-être qu'à mon insu elle faisait passer des gens de l'Est à l'Ouest, se livrait à la contrebande ou était mêlée à d'autres ténébreux trafics. Je dois dire qu'à cette époque-là je ne connaissais rien en dehors des œuvres de Nâzım Hikmet.

Un week-end, alors que je dînais seul au buffet de la gare de Wannsee, elle apparut soudain, tel le génie de la lampe d'Aladin. Elle était plus belle que jamais. Elle était parée et pomponnée comme pour entrer en scène. Je buvais posément, assis à une table à côté du téléviseur. J'aimerais pouvoir dire que ma table était bien servie et que je ne manquais de rien, mais ce n'était vraiment pas le cas. La cuisine était fermée et il n'y avait pas de plats chauds. Seuls les trains de banlieue s'arrêtaient dans cette gare déserte que les rapides traversaient à toute allure et je n'avais, pour accompagner mon pain, qu'une tranche de saucisson et quelques-uns de ces cornichons au vinaigre dont les Allemands sont si friands. Quand je dînais seul dans ces conditions, je fredonnais pour moi-même cette vieille chanson : « Tu as encore empoisonné mon vin ». Mais ce soir-là j'avais mon antidote : la présence d'Ipek et l'idée qu'elle allait passer la nuit avec moi.

Elle me proposa d'aller le lendemain matin, après le petit déjeuner, en excursion sur le lac à bord d'un des bateaux qui partaient de l'embarcadère de Wannsee. Je me dis à présent qu'elle voulait juste faire croire à une balade d'amoureux, que ce qu'elle désirait, ce n'était ni se promener sur le lac ni prendre le petit déjeuner avec moi, mais aller jusqu'à Kladow, voir la plage de près et repérer un endroit où pourrait accoster un canot à moteur ou un voilier. Pour ne pas éveiller les soupçons, elle avait besoin d'être accompagnée de quelqu'un que l'on connaissait dans le secteur. Un écrivain, par exemple – car les pensionnaires de la Maison des écrivains obtenaient sans difficulté le visa pour ce genre d'excursion.

La nuit, mon sommeil était perturbé par les trains rapides qui traversaient sans s'arrêter la gare de Wannsee. Le bruit des rails atteignait ma chambre, se répercutant sur les toits d'ardoise, les branches qui frémissaient dans l'obscurité et la pelouse du parc, comme une soudaine ondée printanière. J'avais envie de partir, de fuir pour toujours ce pavillon silencieux, ce large escalier, ces couloirs obscurs, le tableau représentant un paysage forestier, le piano du salon sur lequel personne ne jouait, le plancher grinçant, la lampe allumée parfois jusqu'à l'aube, jetant sa lumière sur la vie de ce poète disparu qui avait connu tant de souffrances et de séparations. Mais la pensée qu'Ipek allait peut-être, de nouveau, débarquer à l'improviste, dans son manteau à col de fourrure, me clouait sur mon lit. J'étais comme rivé à Wannsee. Étais-je donc condamné à rester là, dans cette Maison des écrivains qui avait tout d'une maison de retraite et où l'on n'entendait rien d'autre que le bruit des trains, condamné à vivre et à écrire sur les bords de ce lac hanté par les fantômes du passé ? « Oui, disait Ipek quand je lui faisais part de mes craintes, tu vieilliras à Berlin. Ou plutôt à Wannsee. Et sans moi. Seul avec tes livres, à scruter la vie de Nâzım Hikmet, dont tu ne verras jamais la fin. » Et, en effet, les livres étaient mes seuls compagnons, mon seul amour, et chaque fois Ipek, s'arrachant à mes étreintes, s'enfuyait, insaisissable, comme les trains rapides.

Elle me cachait quelque chose et Dieu sait ce qu'elle tramait. Mais j'étais tellement absorbé par mon travail que je préférais ne pas trop m'interroger sur les raisons de ses venues à Wannsee. Il me suffisait de savoir que j'allais la voir, que, même si ce n'était pas son unique but, elle resterait un peu avec moi et m'appartiendrait durant quelques heures. Dans un de ces brefs moments d'intimité entre nos étreintes et nos disputes, elle me confia un jour que, comme beaucoup de Berlinois, elle sortait rarement de son quartier. Cette ville, petite tache au soleil, qui aurait voulu se propager comme une épidémie mais venait buter sur le Mur, ne l'intéressait guère. Elle se contentait de vivre à Kreuzberg parmi les Turcs et de chanter sur scène en aguichant ses admirateurs. Mais, même si elle ne l'avouait pas, je me rendais compte qu'elle était intriguée par l'autre côté du Mur et que, peut-être, elle y allait en secret.

*

* *

J'ai continué mon chemin, les bras ballants, en passant Checkpoint Charlie. À l'époque où j'étais avec Ipek, il fallait demander un visa pour vingt-quatre heures qui coûtait vingt-cinq Marks. Quand je franchissais enfin le Mur, même pour peu de temps, je longeais les rues bordées d'immeubles décrépits déchiquetés par les obus, je débouchais sur l'allée Pouchkine et je poussais jusqu'au monument du parc de Treptow à la mémoire des soviets. Non par compassion pour les soldats de l'armée rouge qui gisent là, mais pour rafraîchir ma foi et mon espoir de voir venir les « jours de pain, de roses et de liberté ». Au bord de l'allée revêtue de dalles, la statue de la mère patrie pleure ses enfants. Des deux côtés, symbolisant les drapeaux en berne, se dressent des triangles géants de marbre rouge ornés du marteau et de la faucille. Deux soldats agenouillés coulés dans le bronze, un pistolet-mitrailleur dans une main, un casque dans l'autre, silencieux, tête nue, les yeux baissés et l'air triste, portent le deuil de leurs camarades de combat. Je n'aurais jamais imaginé que ceux qui gisaient là dans seize sarcophages de pierre puissent un jour avoir froid. Les morts ignorent le froid, ils restent muets et solitaires. Je me suis rappelé aussi les bas-reliefs représentant des scènes pathétiques de la Seconde Guerre mondiale qui ornent les flancs des sarcophages. Et la douleur qui se lit sur les visages de ces mères venues de Sibérie, des plaines fertiles d'Ukraine et des usines à cheminées de brique de Kharkov, pleurer ces héros tombés au champ d'honneur aux portes de Berlin, l'air résolu, portant bien haut le drapeau rouge orné du marteau et de la faucille. Et naturellement le portrait de Lénine qui leur a insufflé leur courage. J'ai noté un jour les phrases en allemand et en russe gravées dans le marbre, en lettres d'or, à la gloire de Staline. Je les garde dans mes archives mais je n'ai pas pu les traduire. Ce sont, à n'en pas douter, des phrases patriotiques, car les noms d'Alexandre Nevski et de Kosma Minine y figurent. Staline est mort depuis longtemps, ses statues géantes ont été déboulonnées, mais sa parole demeure, inscrite dans la pierre, au cœur de Berlin-Est.

On ne s'est pas contenté de retirer les statues du « Petit Père des peuples », qui ne mérite guère ce nom ; les actes de ce dictateur petit par la taille mais grand par sa cruauté ont été effacés des pages de l'Histoire. Les statues de Lénine ont connu ensuite le même sort.

Je me demande comment on s'y prend pour déboulonner

une statue. La démantèle-t-on pièce après pièce ? Y a-t-il des vis ? Est-ce que les statues ressemblent à ces pantins articulés munis de ressorts dont raffolent les enfants, avec leur ossature métallique incorporée au bronze ou au marbre ? Est-il d'usage de les jeter à bas d'un seul coup ou plutôt de les démonter minutieusement ? Ce sont les moustaches de Staline qui sont parties en premier, ces moustaches qui, aux dires de Nâzım, « traînaient dans notre soupe quand nous allions au restaurant », après quoi on a fait descendre le crâne au moyen de cordes, puis ça a été le tour des bottes, qui, pour le poète, se trouvaient « tout en bas », ensuite on s'est attaqué à Lénine, en commençant par sa casquette et sa barbiche et en finissant par les souliers. Je dois dire que l'amour et le respect que le maître portait à Lénine étaient sans limites. Malgré tant de désillusions, de discussions, d'arrestations et d'exécutions, n'a-t-il pas écrit un jour à son propos, tout attendri : « que c'est bon, de pouvoir t'appeler camarade » ? N'a-t-il pas clamé, contre vents et marées, que Lénine le rassurait et lui inspirait confiance, qu'il l'avait suivi, en tant que membre du Parti, pendant quarante ans et que « [s] on cœur bondissait de joie » à l'évocation de son nom ? Il n'a pas cessé de le faire, il ne s'est jamais lassé de répéter qu'il était de la même chanson, de la même rivière, du même bastion, du même édifice que lui. Le jour même de la mort de Staline, il écrivit ces vers à la gloire du dictateur : « Il était à nous tous / à nous tous / Je l'aime / comme j'ai aimé Marx, Engels et Lénine. » Était-il sincère ou voulait-il seulement faire bonne impression auprès des camarades ? Pleurait-il pour de bon ou versait-il des larmes de crocodile ? Non content de déclarer « J'avais envie de sangloter », il ajouta ces vers dédiés, à Berlin-Est, au combat pour la paix : « Nous étions là, quatre-vingt mille, assis en rond / au nom de la paix entre les peuples / et chacun de nous était une parcelle de Staline. » Quand, en dépit de ceux qui disaient « ce n'est pas le moment », ou bien « on sait bien pour qui roulait Nâzım », ou encore « Nâzım n'aurait jamais écrit ça », j'ai fait abondamment paraître ces vers que j'avais trouvés dans les archives Nâzım Hikmet de Moscou, presque personne, pas même les esprits les plus critiques, n'a cru que c'était Nâzım qui avait rédigé ce texte élogieux. Car il avait écrit à propos de Staline : « Il a disparu un beau matin / ses bottes ont quitté les lieux / elles ne se dressent plus dans l'ombre de nos arbres / ses moustaches ne traînent plus dans notre soupe / notre poitrine est soulagée de milliers de tonnes de pierre, de bronze et de papier. » C'est vrai, il a bien écrit cela, mais c'était après le XXe Congrès du Parti, après le rapport de Khrouchtchev qui révélait les crimes du « Moustachu ».

Il imaginait Lénine venant discrètement assister au congrès et prenant des notes, assis au premier rang. Il se figurait que la solution était un retour vers Lénine. En fait, la plaie était plus profonde, mais lui il gardait Lénine au fond de son cœur. « Dur métier », répéta-t-il tout au long de ses années d'exil, et je sais que lorsqu'il se rendit à Berlin avant même d'être membre du Conseil mondial de la paix, il noua avec cette ville, dont il ne connaissait, il est vrai, que la partie orientale, une relation… comment dire ?… « chaleureuse », ou plutôt « affectueuse ». J'ai trouvé des photos où il figure parmi des jeunes à l'occasion des manifestations en faveur de la paix. Certes, il avait vieilli, ses cheveux blonds bouclés avaient blanchi, mais son cœur malade, qu'il continua de soigner pendant des années, battait toujours pour le pays de la paix, qu'il avait rallié en franchissant des milliers de kilomètres. À part ces photographies, il ne reste pour ainsi dire aucune trace de son séjour à Berlin-Est. Et les trois petits poèmes qu'il a écrits ici ne sont pas du meilleur tonneau. Il n'y dit rien de la situation politique de la ville, qu'il n'évoque dans aucune image. On dirait qu'il a hâte de la quitter pour retourner à Moscou auprès de la femme aimée. Je savais que dans les poèmes écrits durant son exil Nâzım Hikmet fait une place importante aux villes qu'il parcourt. Et il est tout à fait stupéfiant qu'il n'y évoque jamais Berlin. En approfondissant mes recherches, j'ai découvert que lorsqu'il y a séjourné il a pris part aux travaux du parti communiste turc, préparé des programmes politiques diffusés par Notre Radio à Leipzig, qu'il a parfois présentés lui-même. C'étaient là des propos vantant la politique extérieure des soviets, mais il faut bien avouer qu'ils ne s'accordaient pas à la personnalité du poète. Il a évoqué dans une émission le monument du parc de Treptow dédié aux soldats de l'armée rouge tués pendant la Seconde Guerre mondiale, mais alors qu'il était incarcéré à la prison de Bursa, en Turquie, il avait déjà rappelé dans son fameux poème épique non seulement les héros de Stalingrad, mais ceux qui étaient tombés devant Berlin, dressant ainsi pour eux un monument dans son style à lui, en donnant libre cours à son imagination mais sans perdre de vue la réalité. Sur le mur de sa cellule, à côté du portait à l'huile de Piraye qu'il avait peint lui-même, il avait accroché une carte d'Europe sur laquelle il suivait au jour le jour le déplacement du front. Comme Cevdet bey, l'un des héros inoubliables de *Paysages humains*, maniaque de la radio, il mettait les voiles vers d'autres mers en écoutant le son grinçant de son Telefunken à six lampes. Il n'était qu'un Allemand gisant au fond de l'océan, il considérait le monde avec les yeux de Hans Müller de Munich tandis que son corps boursouflé se rappelle les trois choses qu'il aimait le plus dans sa vie de marin : « La bière à la mousse dorée / Anna, qui a la chair blanche et dodue des pommes de terre de Prusse Orientale / le chou rouge. » Ou bien il était en Russie en compagnie d'Ivan « au nez retroussé » opposant une résistance héroïque aux chars allemands. Et, de Bursa, il annonçait la bonne nouvelle à Zoe, la jeune partisane que les nazis, en 1941, avaient pendue après l'avoir torturée : « Nous ne sommes plus en 1941 / mais en 1945. / Ce n'est plus aux portes de Moscou / mais aux portes de Berlin / que les nôtres se battent. »

À cette époque-là, après 1945 et les combats des « nôtres » aux portes de Berlin, dans les années où le Mur coupait la ville en deux, le monument qui se dressait à Treptow n'était pas fait avec les mots de Nâzım, il était de marbre et de bronze. Je suis allé le voir. Ivan, le combattant victorieux, se dresse au sommet d'une tour qui se hisse par étages vers le ciel comme la tour de Babel. Il tient dans sa main droite un glaive plus grand que lui et à ses pieds gît une croix gammée brisée, tel le dragon terrassé par saint Georges. Je me suis dit qu'il eût été moins glorieux de montrer le soldat serrant contre lui le petit Allemand mourant qu'il avait sorti de l'abri où il se terrait ou celui qui, après avoir été filmé en train de planter le drapeau rouge sur le toit du Reichstag, exhibait les montres qu'il avait volées. Le héros connaissait-il l'humiliation muette des centaines de milliers de femmes violées ? À cette époque, je ne me suis pas appesanti sur ces thèmes, afin de ne pas effrayer les « mulets chargés de porcelaine ». Je croyais encore au peuple soviétique et à son leader Staline, qui avaient vaincu le nazisme. Pourtant, quand j'évoquais avec respect les soldats soviétiques mourant aux portes de Berlin, je pactisais un peu avec le diable. Quoi qu'il en soit, j'avoue que tandis que je cheminais, à Treptow, dans l'allée des peupliers qui se tiennent droits comme des soldats, il ne me serait même pas venu à l'idée qu'un jour le Mur s'écroulerait et que je me poserais ce genre de questions. Certes, le Mur était là, où que j'aille, il se dressait devant moi, mais, curieusement, cela ne me dérangeait pas.

Les statues de Staline puis celles de Lénine ont été déboulonnées les unes après les autres, mais on n'a pas touché à celles des monarques et dans les rues on a même réinstallé celles qui en avaient été retirées. Leurs noms ne s'inscrivent plus sur les plaques, mais ils trônent de nouveau sur les places. Alors que je cherchais le café Unter den Linden, je suis tombé sur une statue de Frédéric II, despote et penseur, ennemi des femmes mais ami de Voltaire et encore plus ami avec le grand chambellan de Fredersdorf. Il avait fière allure, sur son cheval, avec son chapeau, sa cape et son escorte d'intellectuels, ce symbole du militarisme à la prussienne, il ressuscitait l'atmosphère d'un autre temps. Si le pouvoir communiste avait retiré la statue après la Seconde Guerre mondiale, c'était parce qu'elle symbolisait l'ancien régime, mais on l'avait remise en place, pour célébrer, peut-être, le sept cent cinquantième anniversaire de la fondation de Berlin. Comme on avait réhabilité les victimes de Staline, tous ces malheureux expédiés en Sibérie. Et je souriais dans ma moustache, ce qui est une façon de parler car je n'ai pas de moustache, en me disant que ce Frédéric dont on réhabilitait la statue avait été enterré avec ses chiens dans le parc du palais.

Il faut dire que dans cette ville les chiens ont leur place dans la statuaire. En effet, à ce moment précis je me suis souvenu d'une autre statue, celle de Bismarck se promenant avec son chien. Je ne sais pas si elle est toujours là. C'était l'automne. Un de ces magnifiques jours d'automne ensoleillés comme on en voit à Berlin. Elle avait tout de suite retenu mon attention, avec ce chien-loup assis à sa droite sur son derrière – oui, lui aussi il était assis sur son derrière, comme le chien de la statue de la cour de mon hôtel. Derrière lui se dressaient deux platanes et un érable qui laissaient tomber leurs feuilles. Et dans le marbre étaient gravés ces mots : « Au prince Otto de Bismarck, avec la gratitude des habitants de Grunewald. » Avec son chapeau de feutre, sa redingote soigneusement boutonnée et son bâton dans la main gauche, il avait l'air d'un prince des temps anciens, et pourtant il semblait être l'un d'entre nous. Sa forte moustache tombante était bien de son époque, mais le gant de cuir de sa main gauche, qu'il tenait dans sa main droite, l'en distanciait un peu. Les feuilles jaunes, rouges, cuivrées, qui jonchaient le sol humide commençaient à pourrir. Il flottait encore dans l'air une odeur de pluie. Cheminant dans le jardin, devant les bâtiments à deux ou trois étages entièrement équipés dont on a envie de dire : « Ça, c'est des maisons ! », arpentant le quartier de Berlin qui était, avant la guerre, le quartier résidentiel des juifs fortunés, je m'étais assis un instant sur le côté droit de la rue, au bord du petit lac dans lequel les saules pleureurs laissent tremper leur chevelure. Un peu plus loin se cachait parmi les arbres la statue de Bismarck, ni trop grande ni trop petite. C'est par sa simplicité même et non par des proportions colossales qu'elle exalte la personnalité du grand homme d'État. Le chancelier qui a fait l'unité allemande sous hégémonie prussienne et institué un système de sécurité sociale qui fonctionne encore parfaitement de nos jours y semble un simple citoyen se promenant avec son chien. Je songeai au cuirassé portant son nom qui fut coulé durant la guerre. Ce bâtiment dont les canons vomissaient la mort et qui était l'expression même de la force destructrice de l'Allemagne nazie était-il un hommage à ce Bismarck vainqueur d'une autre guerre, la guerre franco-allemande de 1870, et pour lequel j'éprouvais du respect ? Je ne le crois pas. L'Europe a connu bien des destructions durant la série de guerres dont la première a imposé sur tout le continent la puissance prussienne. La défaite a donné naissance à une Allemagne nouvelle. Avec l'aide du capitalisme occidental et pour faire front à Staline, est née du néant une Allemagne conforme au système libéral, dont, aujourd'hui encore, le monde libre est indissociable. On peut voir à Berlin la statue de son accoucheur. C'est une statue de dimensions modestes qui se dresse près de l'arrêt de l'autobus 109 que je prenais chaque fois que j'atterrissais à l'aéroport de Tegel. Konrad Adenauer a l'air d'un client du café Graffiti, qui se trouve tout près de là. Son chapeau à la main, vêtu discrètement, la démarche indolente, c'est un piéton parmi les autres. Vous pourriez le prendre pour un compatriote qui, à la nuit tombée, se serait fourvoyé dans le quartier. Si je ne me trompe, Hikmet disait : « ce qui fait la grandeur des villes, ma chérie, ce n'est pas la largeur des rues / ce sont les monuments qu'y ont érigés les poètes ». En tout cas, Nâzım, qui faisait l'éloge des statues de Lénine, n'a jamais soufflé mot de la statue géante qui, du sommet de la plus haute colline de Prague, contemplait cette ville à laquelle il a consacré l'un de ses poèmes les plus sensibles et les plus inspirés. Quand, après le XXe Congrès du parti communiste soviétique, on l'a descendue de son perchoir et fait sauter à la dynamite, il s'est contenté de déclarer : « en pierre en bronze en plâtre et en papier, elle mesurait sept mètres de haut ».

*
* *

Cette fois, je ne me suis pas attardé dans les lieux qui gardaient l'empreinte des années de la guerre froide. Je suis arrivé sur l'Alexanderplatz, dont il est impossible de savoir où elle commence et où elle finit et qui, en s'évasant et en se scindant en trois, débouche sur la Karl-Marx-Allee. Le Stad Berlin Hôtel se dressait toujours, dans toute sa laideur, près de la station de tramway, mais il ne restait pas trace des cafés enfumés du temps de la République de Weimar décrits dans les romans d'Alfred Döblin, des femmes des rues, des petits restaurants sentant la choucroute, ni des rues populeuses qu'arpente, à sa sortie de prison, le héros Franz Biberkopf. Les travaux de démolition continuaient et on avait retiré de la façade du palais de la République la couronne de blé entourant un marteau et un compas, symbole de l'Allemagne démocratique, mais, un peu plus loin, les statues de Karl Marx et d'Engels étaient toujours à leur place devant l'Hôtel de Ville. Je me suis senti comme poussé vers ces deux compères qui m'avaient fait trembler des années durant, au point que je n'osais pas proférer sur eux le moindre mot malveillant. C'était une sensation étrange venue du fond de mes entrailles, comme si un aimant géant m'attirait par là. Marx était assis, Engels restait debout. Ils semblaient très sûrs d'eux. J'ai eu envie d'aller m'asseoir sur les genoux de Marx et de m'écrier : « Tu es un voleur, tu m'as pris toute l'énergie de ma jeunesse ! » Et ensuite de le serrer dans mes bras, de baiser ce large front qui avait orné, au fil des années, mes chambres d'étudiant, de caresser sa barbe drue. Là-dessus, il s'est mis à neiger. Le cœur serré, comme si je faisais mes adieux à un vieil ami, je me suis éloigné sans me retourner. Il était cinq heures tapantes quand j'ai poussé la porte du café Dressler.

J'ai laissé mon manteau au vestiaire, pris place à une table et j'ai attendu. Personne n'entrait ni ne sortait. Pendant une heure, je n'ai cessé de me poser des questions. Cette histoire de documents secrets était certainement une mauvaise plaisanterie, quelqu'un m'avait tendu ce piège pour se moquer de moi ou, qui sait ?, pour venger je ne sais qui. J'étais le chasseur chassé, c'est une chose qui arrive surtout aux naïfs de mon espèce, trop sûrs d'eux et à qui on fait gober n'importe quoi. Sans m'informer, sans poser de questions, poussé par ma passion excessive pour Nâzım, j'avais débarqué à Berlin en plein hiver, dans le froid et la neige, je traînais dans les rues, je me morfondais dans des bistros, je passais des heures à attendre un type que je n'avais jamais vu et dont j'ignorais tout. Je jouais à cache-cache avec lui dans cette ville en ruine, butant à chaque pas sur les vestiges d'un amour inachevé, du suicide et de la violence. Je n'étais pas dans la capitale de l'Allemagne réunifiée, j'étais dans la ville des fantômes !

J'étais décidé à repartir le lendemain matin par le premier avion. J'étais également résolu à aller me coucher au plus vite, mais, contrairement à ce qu'on dit, il n'y a pas si loin de la coupe aux lèvres, et après avoir bu quelques verres de vin je me suis détendu, j'ai retrouvé ma bonne humeur. Après tout, même si je n'avais pas atteint mon but, j'étais revenu à Berlin. J'avais renoué avec le souvenir des jours anciens et des amours passées, j'avais vu de mes yeux le changement soudain, la véritable résurrection de cette ville. Et ce n'était pas si mal.

Quand je suis sorti, la neige avait cessé de tomber. Tout était blanc. Avec l'énergie que le vin m'avait insufflée, j'ai fait un saut jusqu'à l'Oranienburgstrasse. Là, j'ai bu quelques tequilas au Café de Cuba, qui donne sur de vieux bâtiments aux fenêtres murées, considéré un instant sur le mur les photographies en noir et blanc de Castro et Guevara servant de publicité pour les bons cigares que nos deux révolutionnaires avaient aux lèvres, je me suis rappelé une fois encore le bon vieux temps, l'émotion exprimée par Nâzım dans « Reportage à La Havane », j'ai murmuré ses vers écrits à l'intention de son ami Abidin Dino, qui vivait à Paris : « Serais-tu capable de peindre le bonheur, Abidin / pourrais-tu peindre Cuba au cœur de l'été 1961 / si, par une chance inouïe, je mourais aujourd'hui, pourrais-tu peindre ma joie sans tache / quel dommage qu'il ne te soit pas donné de peindre la naissance de ce jour à La Havane ! », puis je suis ressorti et j'ai trouvé la force d'aller jusqu'au bout de la rue.

En dépit du froid, les « oiseaux de nuit », disons plutôt les « belles de nuit », alignés le long des murs, exerçaient le plus vieux métier du monde. On voyait tout de suite qu'elles venaient des anciens pays socialistes, Russie, Roumanie, Pologne. On ne trouve guère ces corps superbes, ces beaux yeux verts, ces cheveux blonds et soyeux, ces regards doux et engageants chez les femmes d'autres pays. C'est une des séquelles non politiques du Mur. Tandis que je négociais les services de l'une d'elles, j'ai aperçu la coupole d'une synagogue qui se dressait tel un spectre sur le trottoir d'en face. Cet édifice qui depuis la guerre n'avait pour ainsi dire plus de visiteurs avait un aspect silencieux et grandiose. Il était ténébreux, comme tous les temples qui ont perdu leurs fidèles. La communauté était depuis longtemps redevenue poussière dans des fosses communes, même ses os avaient disparu, et ceux qui, par miracle, avaient survécu avaient fui depuis longtemps dans des pays lointains. Suite à la décision prise à Wannsee, dans la villa Minoux, on avait entassé hommes, femmes et enfants dans des wagons à bestiaux pour les envoyer à la mort. Pas la moindre lumière ne filtrait aux fenêtres de la synagogue. Des policiers montaient la garde. Bien entendu, ma belle humeur est tombée et j'ai dessaoulé. Comme je faisais autrefois quand j'allais à Berlin-Est, après avoir parcouru des rues étroites en longeant les murs en ruine d'immeubles aux fenêtres toujours murées, j'ai pris un tramway. Puis, quittant le Berlin qui s'efforçait, comme les filles de l'Oranienburgstrasse, de dissimuler ses blessures de guerre, j'ai regagné, dans un autre Berlin, mon hôtel de la Bleibtreustrasse.

IV

Quand la jeune réceptionniste m'a annoncé, avec son regard interrogateur et son perpétuel sourire : « Il y a un message pour vous », sans doute sous l'effet d'un optimisme passager ou du soleil de Cuba qui me réchauffait encore j'ai entendu : « Il y a un massage pour vous. » J'ai souri, interloqué. Qui donc pouvait bien venir me masser à une heure pareille ? J'ai regardé la jeune femme d'un air engageant, mais elle n'a pas réagi. Bien entendu, il ne pouvait s'agir que d'un massage érotique. À quoi d'autre pouvait-on s'attendre dans un hôtel berlinois ? Je dois dire que la lecture du message inscrit sur le bout de papier que me tendait la jeune femme m'a fait l'effet – dans ce froid glacial – d'une douche brûlante : « Je vous ai vainement attendu au Dressler. Rendez-vous demain au même endroit et à la même heure, mais je n'attendrai pas longtemps. » Ainsi donc, il était venu. Mais, à la différence du cow-boy entrant dans le saloon avec des allures de gangster, dans ce western qui fit la joie de mon enfance, il ne demandait pas si j'étais venu moi aussi. Je n'arrivais pas à comprendre. Peut-être m'avait-il observé, assis dans un coin. De toute évidence, il avait changé de comportement depuis la veille. Comment diable avions-nous pu nous manquer ?

J'ai eu l'idée de demander à la réceptionniste s'il y avait un autre Dressler. Il y en avait un, en effet, un peu plus loin, Ku'damm 208. Dans l'ascenseur, je me suis dit que le message que je tenais en main valait mieux qu'un massage. J'avais encore une chance, notre homme avait dû penser qu'un fait imprévu m'avait empêché de venir. En tout cas, il tenait vraiment à me rencontrer. Il m'avait choisi et voulait absolument me remettre les documents. À moi et à personne d'autre. Dès que j'ai ouvert la porte de ma chambre, j'ai laissé tomber mon manteau et me suis jeté sur le lit tout habillé. Mort de fatigue, je me suis endormi aussitôt.

*
* *

Il n'y avait pas grand monde au café Dressler. Je dois dire que je n'ai jamais vu une grande affluence dans aucun des cafés de Berlin, même les plus accueillants. Celui de Ku'damm était un peu exigu, mais des œuvres de grands peintres expressionnistes allemands étaient accrochées aux murs. C'étaient surtout des reproductions d'aquarelles, de gravures, de lithographies et de dessins qui ornaient jusqu'à l'escalier descendant aux toilettes. Avant de prendre place, je les ai contemplées. Il y avait là les répugnants bourgeois joufflus de Grosz, qui ressemblent plus à des cochons qu'à des êtres humains, tenant dans une main une coupe de champagne et dans l'autre un cigare éteint qui a l'air d'un sexe mou, et des putes prostrées à leurs pieds dans des poses obscènes. En revanche, les figures de Kirchner, plantées fièrement au milieu de la rue, avec leurs longs manteaux à col de fourrure et leurs bonnets poilus, étaient fort aguichantes. Fines et élancées, ces créatures déchues révélaient le milieu interlope de la République de Weimar, ces « veuves patriotiques », au lieu de porter le deuil des soldats morts sur le front, s'adonnaient au plaisir et ressemblaient plus à des paons qu'à des oiseaux de nuit. Les clients, cachant leur visage sous leur chapeau melon, se pressaient derrière elles d'un air conquérant. J'ai revu le sourire distant et énigmatique de l'Ange bleu, plus mélancolique que jamais, dans la fumée des cigarettes. Et aussi Ipek dévoilant ses seins nus. J'avais beau ne pas comprendre les paroles, je me rendais bien compte que les chansons qu'elle chantait, à moitié ivre, étaient des plus scabreuses. J'avais le sentiment qu'Ipek venait directement de cette époque. Elle avait beau se dire « enfant de la balle », elle ne faisait, en fait, que perpétuer cette irresponsable vie de débauche. J'imaginais Franz Biberkopf tel un navire perdu sur la mer de misère de l'Alexanderplatz. Le Berlin des voyous, des mendiants, des proxénètes et des prostituées ne se trouve pas seulement dans le roman de Döblin ou dans les tableaux des expressionnistes ; les cafés-concerts et les orgues de Barbarie font encore résonner sa voix. J'avais l'impression d'entendre le joyeux vacarme, le crissement des tramways, les sirènes des usines, les éclats de rire sensuels des maisons closes, toute cette agitation qui n'existe plus que sur des photos couleur sépia. Maintenant il neigeait, il ne passait plus que quelques rares voitures et c'était un tout autre univers, un monde silencieux, qui s'était insinué dans le regard de ces gens assis autour des tables de marbre du Dressler.

J'ai attendu assis à une table près de la baie vitrée. Au bout d'un moment, un homme d'un certain âge, coiffé d'une casquette noire, est entré et s'est installé en face de moi sans me saluer, comme si nous étions de vieux amis. Il tenait à la main une serviette de cuir noir avachie et râpée et portait un pardessus qui lui descendait jusqu'aux talons. Il avait mis une veste de velours sur un chandail bleu marine qui laissait dépasser le col de sa chemise. Ses yeux étaient de la même couleur que le chandail, ses lèvres épaisses et charnues. Malgré le pli amer de sa bouche, il était loin d'être repoussant. Mais sa moustache incongrue rompait l'harmonie de ce visage angélique. Une moustache épaisse, rousse, grisonnante et comme tachée de givre, si laide qu'on avait envie de lui dire : « Tu ferais bien de couper ça. » Ses cheveux d'un blond terne et très pâle, presque blancs, semblaient avoir été oxygénés. Ses dents aussi étaient jaunes, mais elles, c'était à cause de la crasse. Et de l'âge. Du tabac, du manque de soins, de la mauvaise alimentation, tout ce que vous voudrez.

Il a posé sur la table sa serviette à soufflet. En dépit de l'âge, ses cheveux n'étaient pas tombés, ils étaient longs et lui cachaient les oreilles. Ils étaient bouclés, comme ceux des angelots des tableaux de la Renaissance. En revanche, il n'avait pas leurs bonnes joues vermeilles et ses traits étaient creusés. Il en est venu tout de suite au fait, sans même se présenter.

– Je vous connaissais, car j'ai vu des photos de vous. Mais avant-hier soir, chez Weyers, je vous ai trouvé plus jeune que je ne croyais.

– À qui ai-je l'honneur ?

– Peu importe qui je suis.

– Dites-moi au moins votre nom.

Il a souri, laissant voir une dent difforme. Son expression angélique avait disparu. Dans le grand miroir qui occupait toute la longueur du bar, j'ai vu que ses cheveux étaient clairsemés, mais seulement à l'arrière du crâne. Apercevant par la même occasion les bouteilles alignées sur les étagères, j'ai appelé le garçon et demandé à l'homme ce qu'il voulait boire. J'étais son hôte, m'a-t-il répondu, et c'était à lui de passer la commande. Et il a encore souri, d'un air flagorneur, avant de commander pour moi un schnaps et une bière, et pour lui-même seulement une bière.

– Alors nous faisons ça à l'allemande ! ai-je lancé.

– Oui, c'est ça.

– Pourquoi faites-vous tant de mystère ?

– Il n'y a aucun mystère. Tout est clair comme le jour.

– C'est ça, clair et net.

– Je n'aime pas beaucoup cette expression. Que voulez-vous dire ?

À sa façon de parler, on voyait qu'il y avait longtemps qu'il n'était pas allé en Turquie, mais il était au courant de tout. S'il connaissait l'expression « clair et net », c'était certainement qu'il écoutait la radio turque, qui ne cessait de l'employer.

Il n'avait pas d'accent étranger, il parlait un peu comme les présentateurs de radio.

– Votre turc est toujours impeccable.

– Oui, c'est ça.

Ce « oui, c'est ça » commençait à me taper sur les nerfs, mais je n'en ai rien laissé paraître. Je lui ai redemandé son nom.

– Vous n'avez qu'à dire le Communiste. Vous pouvez même ajouter le Traître. Ou bien l'Ange. Oui, c'est ça, appelez-moi l'Ange.

Ces propos étaient-ils l'expression de son amertume ou était-il en train de se payer ma tête ? Pour parler la langue de sa génération, il y avait dans son comportement quelque chose de « goguenard », mais je ne saurais dire s'il en avait après moi ou après lui-même.

Le mot « communiste », qui lui allait comme un gant et sous lequel il voulait cacher son identité, a fait soudain surgir en moi de vieilles images. J'ai vu une foule en colère qui brandissait une pancarte où était écrit : « Sa mère est une pute et son père un cocu » et qui hurlait : « Les communistes à Moscou ! » J'ai sursauté. Bien des années avaient passé, le monde avait changé, mais il y avait encore des gens qui pensaient que tous les communistes devaient partir en Union soviétique. Il faut dire que le petit homme blond, tout menu, qui était assis en face de moi, serrant dans sa main sa serviette à soufflet, semblait débarquer tout droit de Moscou. Il ressemblait toutefois plus à un « espion venu du froid » qu'à un communiste ordinaire. J'ai repensé aux communistes ordinaires. À ces hommes qui, à leur manière, étaient droits et honnêtes mais qu'en Turquie, au temps de la guerre froide, le peuple traitait de « sales cocus ». C'étaient des artistes et des intellectuels, l'élite de notre pays. Des journalistes qui trempaient leur plume dans le sang.

Au Sansaryan Han, le siège de la police politique, ils étaient torturés par l'Homme au doigt coupé. Battus, injuriés, tués. Jetés dans des cachots, déportés. Ces « vétérans », aujourd'hui oubliés, disent qu'ils n'hésiteraient pas à tout recommencer. J'ai songé ensuite à ce fameux préfet d'Ankara qui déclarait : « Si ce pays a besoin du communisme, eh bien, c'est nous qui le lui donnerons, qu'est-ce que vous croyez ? » Le communisme est comme la cargaison d'un navire en train de sombrer et que l'on vend à vil prix. À quoi bon toutes ces organisations secrètes, politburos, Comité central, présidences à trois membres de régions et de districts, ces cellules du Parti toujours prêtes à se dénoncer mutuellement, ces cadres, secrétaires, secrétaires généraux, à quoi bon le Parti, les gens exclus du Parti et réintégrés, puis exclus de nouveau, jetés dehors comme des chiens, à quoi bon tant de sacrifices, la prééminence du prolétariat, si une poignée d'élus peut en un tournemain apporter le communisme à un pays !

À cette époque-là, pour qualifier un communiste, on employait surtout des termes du genre « pervers », « criminel », « sinistre », et même, dans le peuple, « maquereau ». Je me dis maintenant que, comme l'a écrit dans un fameux poème non pas Nâzım mais un de ses disciples, nous étions prêts à tout pour ce pays. Certains mouraient, d'autres se contentaient de faire des discours. Et certains étaient des communistes, autrement dit des proxénètes.

J'imaginais mon communiste ordinaire coiffé d'une casquette noire, rentrant chez lui avec une miche de pain sous le bras et s'arrêtant à mi-pente. Ses moustaches, qui n'avaient rien à envier à celles de Staline, se dressaient dans l'air brumeux. Oui, comme le loup, le communiste affectionne le temps brumeux. Quand il marche, il se retourne constamment pour voir s'il n'est pas suivi. Ou si les foules marchent à sa suite. Pourtant, quand le communisme a gagné notre pays, nos héros à nous ne regardaient pas derrière eux, ils scrutaient la pente à gravir. Et celle-ci était fort raide, elle n'en finissait pas, on y laissait sa peau. Comme les fameuses rues vertigineuses d'Istanbul, la rue Akaretler, par exemple. C'est là, chez le docteur Şefik Hüsnü, que le Congrès du PCT tenait ses réunions. Le communiste gravissait la pente à pas lents, en s'arrêtant de temps en temps pour se reposer, il n'était pas vêtu de « feuilles de la couleur du soleil » mais il serrait sous son bras un pain tout chaud et était coiffé d'une casquette noire. Oui, il faisait froid, on était en janvier ou peut-être en février. Ou même au début de mars. Le communiste ordinaire rentrait chez lui et soudain il songeait à sa jeune épouse. Il allait bientôt rejoindre sa bien-aimée et ils pourraient épancher leur tendresse devant le poêle qui ronronne. Cela valait la peine de gravir cette côte en haletant. D'ailleurs, la vie n'est-elle pas elle-même une longue pente raide qu'il faut gravir ? Mais le communisme existait, et la première hirondelle venait annoncer le printemps.

Tout en montant la pente à grand-peine malgré sa jeunesse, le communiste avait l'esprit serein. Le communisme était arrivé dans son pays, le Parti avait pris le pouvoir, nationalisé les moyens de production, chacun travaillait selon ses forces et recevait selon ses besoins, la dictature du prolétariat était en route et, au prix de quelques sacrifices, on finirait par fonder une société sans classes où tous les hommes seraient égaux. Les logements sont confortables, ils sont un peu exigus, c'est vrai, et les gens s'y entassent, mais qu'est-ce que ça peut faire ?, l'eau chaude coule des robinets. Les magasins sont presque vides, on n'y trouve pas le moindre article de luxe, mais on a la sécurité sociale, les transports en commun et la retraite à un âge raisonnable. Ça y est, mon gars ! Depuis que le communisme est entré dans le pays, on ne le traite plus de tous les noms, il a changé d'habit, il n'a plus la faucille et le marteau gravés sur le front ni le couteau entre les dents. Mais il porte une casquette, parce que, après avoir monté la côte et, par-dessus le marché, gravi un escalier de plusieurs étages, il va reprendre haleine dans son nid douillet. En ôtant sa casquette, au moment de la suspendre au mur, il voit une autre casquette accrochée au clou. Il y a donc un homme dans la maison, et puisqu'il n'y a personne au salon, c'est que son propriétaire est dans la chambre à coucher, en train de faire des galipettes avec sa femme. Et il y a longtemps que ça dure. Et alors, me direz-vous, que fait le communiste ? Vous vous figurez qu'il va réagir comme n'importe qui. Que le sang va lui monter à la tête, que, furieux de surprendre sa femme avec un autre alors qu'il rentre chez lui bien fatigué, il va s'emparer d'un couteau et leur régler leur compte à tous les deux. Mais vous n'y êtes pas du tout ! Je vous l'ai dit, le communisme est arrivé dans le pays, désormais ce ne sont pas seulement les biens matériels, mais aussi les femmes, qui sont à tout le monde. Le communiste, comme si de rien n'était, garde sa casquette dans sa main, se laisse tomber dans un fauteuil et attend d'un air morose que l'autre communiste ait fini son affaire.

Ainsi, pendant des années on a ramené le communisme à une histoire de casquette. Voyant que la propagande hostile insinuait qu'il voulait tout collectiviser, y compris les femmes, Nâzım Hikmet s'est retroussé les manches et a écrit ces vers : « Chanter tous ensemble la même chanson / tirer tous ensemble le filet hors de l'eau / travailler le fer, tous ensemble, comme de la dentelle / manger tous ensemble des figues au miel / et pourvu qu'il ne s'agisse pas de la peau douce de notre bien-aimée / pouvoir dire toujours et en tout lieu / nous sommes tous ensemble… » Et puis tout a changé. Même en Turquie on a protesté dans les rues dont Morisson Süleyman, *alias*

Sülü le Berger, Premier ministre dans les années soixante, avait dit qu'on n'allait pas les abîmer en y marchant. Et le sang a coulé. Sur les places ensanglantées, pendant les grèves, lors de l'occupation des universités, on a manifesté contre la Sixième Flotte, contre l'Amérique, contre ceux qui ont la maîtrise des eaux et qui occupent les sommets, avec le slogan : « Que peut attendre un peuple d'ânes juchés sur des chevaux ? » (L'emblème du parti de la justice était un cheval blanc.) Et puis, à défaut du communisme, nous avons eu le putsch et la junte. Et les juntes se sont succédé, portées, l'une après l'autre, par la foule. Les militaires ont mis des lunettes noires et tenu des discours patriotiques. Ils se sont juchés sur le peuple comme ils jouaient à saute-mouton dans leurs casernes. Maintenant, ils sont en lieu sûr. Pas un regret, pas une excuse. Oui, c'est ça.

C'était mon tour, à présent, de dire « oui, c'est ça », quant à l'autre, assis en face de moi, il restait muet. Comme le silence se prolongeait, il a baissé la tête.

– Je n'aime pas beaucoup parler, a-t-il dit au bout d'un moment. Ni rester trop longtemps sans rien dire.

– Oui, c'est ça, moi non plus. Excusez-moi, j'avais la tête ailleurs.

– C'est la fatigue. Vous avez l'air un peu endormi.

– J'étais en train de penser que le communisme avait fait une brève incursion dans notre pays.

– Vous êtes un homme cultivé, un intellectuel, vous écrivez des biographies minutieuses et savantes. Vous connaissez sûrement *En attendant Godot*.

– Vous voulez dire que nous attendons le communisme mais que, comme Godot, il ne viendra jamais ?

– Moi, je n'attends plus rien. Tout est fini. Le Mur est tombé. Le communisme a fichu le camp et il ne reviendra jamais !

Pourtant, il n'y a pas si longtemps, nous étions persuadés que les peuples opprimés étaient en train d'édifier le communisme, le vrai, avec un seul régime, un seul parti, un seul drapeau, nous piaffions d'impatience à l'idée de l'imminence d'une société sans classes. Le communisme n'a pas trouvé sa place en Turquie, mais il s'est implanté dans d'autres pays, et même dans une bonne partie du monde, et il y est bloqué, il lui est impossible d'aller s'installer ailleurs. Vous avez sûrement entendu cette anecdote, mais laissez-moi quand même vous la raconter. Le président des États-Unis d'Amérique, la main sur le cœur, demande à Dieu : « Quand finiront le chômage et la crise économique ? » Dieu lui répond : « Quand tu seras parti. » Puis vient le tour du secrétaire général du parti communiste soviétique : « Mon Dieu, dit-il, j'ai beau ne pas croire en toi, il faut quand même que je te pose cette question. Quand le communisme sera-t-il enfin définitivement en place ? » Et Dieu répond au camarade secrétaire général : « Quand je serai parti. »

Et voilà, qu'on le veuille ou non, Dieu est toujours là, je ne sais où. Il ne s'en ira pas, et même, comme il est dit dans le Coran, il est plus proche de nous que notre carotide, mais le communisme, lui, a déguerpi sans demander son reste. Il a été passé une fois pour toutes par profits et pertes. J'étais curieux de savoir comment le communiste assis en face de moi prenait cela.

– Et c'est le communisme qui est parti, n'est-ce pas ?

– Et alors ?

– Ce qu'on a voulu faire passer pour le communisme était une escroquerie. Une tricherie…

– Elle était bien séduisante. C'était un jeu de hasard…

– En tout cas, ce n'était pas le communisme.

– Quoi qu'il en soit, le communisme ne viendra plus. Mais les communistes, eux, pourraient bien revenir. Il faut rester sur nos gardes.

Il a commencé par éclater de rire, puis il s'est mis à ricaner, tout en tenant fermement la poignée de sa serviette. On nous a apporté les bières mousseuses. Il a bu d'un trait la moitié de la sienne, puis essuyé d'un revers de main son affreuse moustache.

– Ce n'est pas le moment de plaisanter, a-t-il dit, et puis j'imagine que vous n'avez pas que ça à faire.

– Oui, c'est ça.

Ce « oui, c'est ça » faisait maintenant la navette entre nous. Mais ce n'était pas notre seul trait commun. Nous étions comme deux boxeurs qui testent leur adversaire, risquant de brefs assauts avant de reculer, nous nous efforcions de cacher notre méfiance sous une fausse ironie. Avant de boire une autre lampée de bière, il m'a dit que les documents concernant Nâzım se trouvaient dans sa serviette.

– Il fallait le dire tout de suite, que l'oiseau communiste était dans le sac ! ai-je répondu.

Il a de nouveau ricané, mais cette fois on voyait bien qu'il riait jaune. En fait, il m'apportait les copies des notes qu'il avait prises, pendant des années, pour le compte de la Stasi. Il s'était si bien pris au jeu de la délation qu'après la mort du poète il avait continué à écrire au jour le jour des rapports sur d'autres suspects, en l'occurrence les membres du Comité central du PCT. Mais ces rapports à caractère politique n'étaient pas dans sa serviette, il ne voulait pas que soient révélés certains secrets. Sauf ses secrets à lui. La vie de Nâzım devait être transparente et apparaître à tous sous son vrai jour. Ce n'était pas le premier communiste venu, c'était un grand poète révolutionnaire, une légende qui vivait encore parmi nous. Je devais utiliser ces notes pour réécrire sa biographie. Ou plutôt je devais mettre en lumière la vie quotidienne du poète pendant ses années d'exil, ses souffrances, ses amours et ses querelles. Certes, lui-même l'avait déjà fait, dans une certaine mesure, dans son poème « Autobiographie », mais ses propres déclarations, et même ses aveux, ne suffisaient pas. Mon interlocuteur avait accompagné Nâzım dans ses voyages, il lui avait servi tantôt de chauffeur, tantôt de secrétaire, et même de messager. Pendant quelque temps ils avaient été détenus dans la même prison.

– Je ne veux rien en échange de ces rapports, pas même de l'argent, a-t-il enchaîné. Tout ce que je vous demande, c'est de les publier sans les modifier, sans rien ajouter ni retrancher.

Il n'allait pas apprendre au biographe que je suis l'importance des documents et des faits matériels, mais il y avait tout de même une question de méthode. Pour reconstituer la vie de quelqu'un, il est nécessaire d'entrer dans son univers, autrement dit de tout partager avec lui. Je n'étais pas convaincu que mon interlocuteur s'en était donné la peine. Je n'allais pas tarder à comprendre, en lisant les rapports, que je me trompais.

– Ne vous inquiétez pas, lui ai-je répondu. Sur ce point vous pouvez me faire confiance, je n'aime pas les biographies romancées.

– Alors tant mieux.

Il a ouvert sa serviette et en a sorti un épais dossier. Avant de le poser devant moi, il n'a pas manqué de vider son verre.

– Voulez-vous une autre bière ? ai-je dit.

– Non merci, j'ai beaucoup à faire aujourd'hui.

– Avec un temps pareil ?

– Le temps ne m'a jamais posé de problème. Je n'en dirais pas autant des sautes d'humeur.

– Les sautes d'humeur ?

– Oui, c'est ça. Disons que la vie a ses humeurs.

– Je ne vois pas très bien à quoi vous faites allusion.

– Vous comprendrez quand vous lirez le dossier. Tous les êtres humains ont leurs caprices. Le temps presse. Et le cercle se resserre autour de moi.

– Quel cercle ? Vous êtes sous surveillance ?

– Lisez le dossier. Allez, salut ! Vous n'ajouterez rien, n'est-ce pas ?

– Et je ne retrancherai rien, vous avez ma parole.

– D'accord.

– Nous nous reverrons.

– Je ne le crois pas.

Il a remis tout d'abord sa casquette, puis son manteau. Il semblait soulagé. Comme s'il avait vidé son sac. Il a payé l'addition et est sorti du café sans saluer ni jeter un regard en arrière. Je l'ai vu dans le miroir traverser la rue, sa serviette à la main, en s'enfonçant dans la neige, et gagner le trottoir d'en face. Puis il a disparu dans une petite rue. À ce moment-là les lumières de Ku'damm se sont allumées et la neige s'est remise à tomber.

V

Une fois de plus, j'étais seul dans un café. Du moins n'étais-je pas dehors, confronté à mon incurable solitude, dans cette ville sombre et lugubre pleine des souvenirs de mon passé, poursuivi dans les autobus de nuit et les rues étroites par un amour dont les plaies n'étaient pas encore cicatrisées. Celui qui, l'instant d'avant, me faisait face était certainement aussi seul que moi, et même davantage, et il avait peur. Il craignait qu'on ne lui tende un piège, à moins qu'il ne fût poursuivi par le remords. Il avait sans doute peur de la mort – il en avait l'âge et « son temps était venu ». Nâzım a employé cette expression qui figure dans la description que fait le Coran de la fin du monde, et si je l'emploie à mon tour, c'est pour lui faire un clin d'œil, mais je suppose que vous en avez assez de tous ces clins d'œil, je vous entends d'ici maugréer « Je suis las de ces allusions », quant à moi, je préférerais dire, dans la langue appréciée et comprise par ma génération, que « vous en avez marre ». Mais je ne tiens pas du tout à jouer les romanciers, je ne suis pas un grand styliste, je ne suis qu'un modeste biographe. C'est un peu comme être un communiste ordinaire, même si je n'ai pas l'intention de m'arrêter à mi-pente, dans la rue, en rapportant à la maison la miche de pain que je porte sous mon bras.

Je n'avais aucune envie de rentrer à mon hôtel, qui se trouvait pourtant à deux pas de là, j'étais plutôt d'humeur à me taper quelques schnaps. Autrefois, quand nous buvions nos premières bières dans ce bistro du passage Beyoğlu où des tonneaux servent de table et qui arbore le nom de Cité de Pera, le garçon criait : « Une bière pression argentine ! », et avec ladite bière il n'oubliait jamais d'apporter une vodka ; nos estomacs étaient aussi solides que nos convictions, la révolution nous semblait imminente, comme disait Nâzım Hikmet, elle allait instaurer un ordre « vaste et lumineux » comme le front de notre bien-aimée, et l'on pourrait se promener libres, les bras ballants, en combinaison de travail. En ce temps-là, quand je buvais, je ne me perdais pas, comme ce soir-là à Berlin, dans d'interminables soliloques. Nous avions tant de choses à nous dire sur les beaux jours à venir !

J'ai eu un instant l'impression que cette soirée répétait le même scénario que celle de la veille au Dressler d'Unter den Linden. Certes, j'avais atteint mon objectif et les documents m'avaient été remis, mais de nouveau je me retrouvais seul dans un café. J'aurais pu inviter cet homme à dîner, ou du moins insister pour qu'il reste encore un peu ; qui sait ?, il avait peut-être encore bien des secrets à me confier. Je vous l'ai dit, je n'avais pas envie de lire tout de suite le dossier, et les schnaps, ainsi que les bières, arrivaient les uns après les autres sans que je les commande – ou peut-être les commandais-je sans m'en rendre compte. J'aime bien boire un peu d'alcool, mais quand je travaille je m'abstiens absolument d'absorber ce poison. Je me passe mon caprice en voyage, mais quand je bois je n'aime ni lire ni travailler. Si je suis seul, je m'entretiens avec mon passé, je me laisse entraîner dans la sarabande des souvenirs qui viennent se saouler avec moi.

Lorsque je suis sorti du café, il était près de minuit. Je suis passé à l'hôtel poser le dossier et suis ressorti me perdre dans les rues enneigées. Je savais que j'avais trop bu pour pouvoir trouver le sommeil. Tout était désert. Le gel avait succédé à la neige et la température avait fortement baissé. Autrefois, en turc, « température » se disait *sukunet*. Je n'ai pas connu cette époque mais j'ai tout de même été le témoin de trois putschs. La révolution, j'en ai seulement rêvé. Jusqu'à la chute du Mur. Ensuite, je me suis mis au travail. J'aurais pu m'adonner à la débauche et à la boisson, mais je n'en ai rien fait. Je n'ai pas accepté de gaspiller mon existence. J'ai voulu que, pour la postérité, la biographie de Nâzım ne se limite pas à des rêves de révolution. Pour qui ? Pas pour mes enfants, bien sûr, puisque je n'en ai pas ; pour mes lecteurs, peut-être, en supposant qu'il y en ait. Hé, lecteur, me voici à Berlin, c'est pour te servir que je me suis mis en route. Et toi, où es-tu ? As-tu déserté la surface de la terre, comme les communistes, cette espèce en voie de disparition, ou bien te caches-tu quelque part ? Auras-tu un jour la patience de lire ces lignes jusqu'au bout, avec intérêt, ou même à contrecœur ?

J'avais souvent parcouru les rues désertes et mal éclairées de Berlin, mais c'était la première fois que je sortais par un froid pareil. Au début, je ne me rendais pas compte que j'étais en train de geler, l'alcool réchauffait mes entrailles et mon sang bouillonnait. D'ailleurs, il bouillonne toujours quand je bois. N'était-ce pas ce qui se passait quand j'étais avec Ipek ? À Kreuzberg, quand, au lendemain d'une longue nuit où nous avions beaucoup bu et nous étions beaucoup disputés, je laissais là mes camarades et allais seul dans cette boîte obscure, et lorsqu'elle montait sur la scène, mon sang ne bouillonnait-il pas pour ma belle chanteuse aux cheveux noirs ? Ensuite, avant le jour, dans sa maison donnant sur le canal, pris dans l'engrenage de nos corps nus soudés l'un à l'autre, nous faisions fougueusement l'amour comme si rien n'allait nous séparer, comme si la nuit ne devait jamais finir. Mais le matin venait, le soir venait aussi. Les jours se sont succédé, la roue du temps a tourné. Et je n'étais jamais retourné à Berlin. Il a fallu cette voix éraillée, au téléphone, pour que je revienne ici, traîner la nuit dans les rues par un froid glacial. Autrefois, avant de connaître Ipek, je venais souvent dans cette ville. Vous me direz : « Qu'est-ce que tu fiches dans les rues ? Va donc dormir dans ton hôtel et demain rentre en pleine forme dans ton pays, tes dossiers à la main ! » Et vous aurez raison. Mais imaginez que vous êtes à Berlin, poursuivi par les fantômes du passé, seul, de surcroît, et ivre, que vous vous sentez à l'étroit dans la chambre d'hôtel, ce « pays hostile », comme disait Nâzım. Alors vous sortez, vous allez dehors chercher le salut, la chaleur d'une femme, dans une maison de rendez-vous ou le refuge ténébreux de l'eau croupie du canal. Étant, sans aucun doute, amoureux de Celile hanım, la mère de Nâzım… « Encore Nâzım ! » dites-vous. Mais non, cette fois-ci ce n'est pas de lui qu'il s'agit mais d'un autre poète, Yahya Kemal, dont la passion pour Celile hanım a empoisonné l'enfance de Nâzım, au point qu'il a écrit : « Je le vois, obèse et triste, dans sa vitrine. » Yahya Kemal, donc, au paroxysme du désir, écrivit ces vers : « Regarde l'eau dormante du golfe, tu y verras / l'une des nuits passées qui gît dans ses profondeurs. » J'ai fait comme celui que Nâzım qualifie de « plus grand poète ottoman », j'ai gagné le bord du Landwehrkanal et scruté l'eau stagnante. Là, dans ses profondeurs, gisait la nuit où fut assassinée Rosa Luxemburg.

Il neigeait alors. Les corps francs de Noske étaient partis faire la chasse aux communistes. Ils arrêtèrent, dans l'immeuble où ils se cachaient, Karl Liebknecht et Rosa Luxemburg, qui étaient les meneurs des spartakistes. Tout en sachant quel sort les attendait, ils étaient restés à Berlin pour soutenir jusqu'au bout le combat de la classe ouvrière et participer à la création d'un ordre social qui mettrait fin à l'exploitation et aux inégalités. Les soldats les conduisirent à l'hôtel Éden pour les interroger. Chemin faisant, ils les frappèrent à coups de crosse et Rosa Luxemburg, qui n'était qu'un petit bout de femme, s'écroula sur le sol. Ensuite, avec l'aide de six officiers (si je donne ce chiffre, c'est par un tic de biographe, mais il est sans importance), ils les firent monter sans ménagement dans une voiture et prirent la direction de la prison de Moabit. Arrivés à Tiergarten, prétextant une panne de voiture, ils firent descendre les prisonniers. Ils abattirent Liebknecht d'une seule balle et emportèrent son cadavre. Puis ce fut le tour de Rosa Luxemburg. Un soldat brisa d'un coup de crosse le crâne de cette femme merveilleuse qui brûlait de l'ardeur révolutionnaire, et qui, même si ses propos savaient être violents, n'aurait pas fait de mal à une mouche. Le lieutenant Vogel l'acheva d'une balle dans la nuque et ils jetèrent son corps dans le Landwehrkanal. Un peu plus tard, au mois de mai, alors que les arbres étaient en fleurs, le cadavre en putréfaction remonta à la surface.

Le spectre de Rosa s'épanouit sur l'eau noire comme un blanc nénuphar. Penché au-dessus du canal, j'ai déposé un baiser sur son front éclaté. Et j'ai murmuré les mots de Nâzım : « j'ai semé nos morts sur le sol comme une graine ». Rosa était l'un de ces morts. Sont venus ensuite ceux qui ont péri brûlés dans les chaudières des locomotives de Tchang Kaï-chek, ceux qui sont morts en Espagne, à Stalingrad, dans mon propre pays après les putschs successifs et en Amérique du Sud, ceux qui ont pourri, des années durant, dans les cachots. La fin de Rosa n'a rien de commun avec le désenchantement du communiste qui, s'apprêtant à suspendre sa casquette, voit une autre casquette noire accrochée au clou. Le meurtre perpétré à Berlin un soir de janvier a ouvert la porte à des jours de violence et de dévastation.

Dans une lettre envoyée de prison à l'épouse de Karl Liebknecht, qu'elle appelait Sonitchka, Rosa déclarait qu'elle était prête à mourir en faisant son devoir, dans un combat de rue ou sur la potence. Peut-être sentait-elle que sa fin était imminente, mais elle ne se doutait certainement pas qu'elle serait massacrée si sauvagement, de façon humiliante, sans même être interrogée. Après être sortie de prison, elle avait tout de suite repris le combat, sans faire de pause, même si, parfois, elle était à bout de fatigue. Se cachant dans des chambres d'hôtel ou chez des amis, elle n'était plus qu'une sorte d'oiseau migrateur, un drapeau rouge déployé devant les marins et les ouvriers qui avaient pris les armes. Les articles qu'elle écrivait dans le journal qui justement portait le nom de *Drapeau rouge* suffisaient à soulever ceux qui en avaient assez d'avoir faim et étaient hostiles à la guerre, et à éveiller chez les travailleurs le rêve d'un monde meilleur.

Ses ennemis faisaient courir le bruit qu'elle était une sorcière envoyée par les bolcheviks en vue de détruire l'Allemagne. Les murs étaient couverts d'affiches stigmatisant la « sale juive polonaise » et les journaux réactionnaires pleins d'articles injurieux et menaçants. Elle changeait d'hôtel tous les soirs, mais elle n'était pas seule quand elle affronta la mort. Elle avait Karl à ses côtés et le *Faust* de Goethe dans son sac à main.

Dans cette nuit de neige, le souvenir de Rosa était un vrai monument à la foi, cette foi que j'avais perdue, comme beaucoup de ceux qui n'ont pas vécu cette époque. Je n'avais plus de rêves, ni de pays pour lequel j'aurais été prêt à être jeté en prison, à subir des interrogatoires, à être torturé et même mis à mort. L'ardeur révolutionnaire s'était éteinte en moi depuis longtemps. Il faut dire qu'aucun autre temps n'a jamais brûlé d'une telle passion. Où est passée cette flamme du siècle écoulé qui consumait le cœur de Nâzım ? Qu'en reste-t-il ? À peine une poignée de cendres. Quelques braises que l'on attise en soufflant dessus mais qui s'éteignent aussitôt.

Nâzım avait dix-neuf ans quand, en compagnie de trois amis, il quitta Istanbul occupé pour gagner l'Anatolie. La police militaire avait transféré l'un de ses camarades d'Inegöl à Istanbul. Quant à lui, il assuma lui-même ses frais de voyage pour se rendre à Ankara. Il voulait rejoindre le front et combattre, aux côtés des forces de Mustafa Kemal, l'ennemi qui tenait en main « les terres les plus fertiles d'Anatolie, les villes les plus brillantes, quinze provinces, neuf grandes villes, sept lacs et onze fleuves, trois mers, six chemins de fer et des millions d'hommes ». Il avait un pays qui alimentait ses rêves, qui était sa raison de vivre et pour lequel il était prêt à mourir. Mais son oncle, Ali Fuat pacha (l'un des compagnons d'armes de Mustafa Kemal), s'y opposa. Même pour la patrie, il refusait de voir son neveu mourir si jeune. Or celui-ci s'était mis en tête de se battre et de donner sa vie pour la bonne cause. Il se mit en route pour Ankara non pas à pied, ni en voiture à ressort, mais à dos d'âne. En chemin, il fit la connaissance de pauvres paysans d'Anatolie qui se déplaçaient dans des chariots primitifs. Il vit des soldats blessés et fatigués qui rentraient du front, des femmes en haillons, des brigands, des enfants atteints de trachome et des gens aux yeux agrandis par la faim. Il dormit dans des étables au toit d'argile, sentant la bouse séchée, qui faisaient office de maisons. Quand il arriva à Ankara, notre jeune aristocrate n'était pas encore revenu de ses surprises. Il rencontra un groupe d'étudiants qui venaient tout juste de rentrer de Berlin. Il y avait parmi eux un jeune homme, un certain Sadık Ahi, qui avait pris part au soulèvement des spartakistes et s'était battu sur les barricades. Nâzım avait déjà vu dans un petit village du littoral ce jeune homme qui venait pour la première fois en Anatolie, mais, Dieu sait pourquoi, il n'avait pas jugé bon de se lier avec lui. À Ankara, en revanche, ils devinrent amis. Le poète entendit pour la première fois évoquer Rosa Luxemburg ; le jeune homme lui parla de la roue de l'Histoire, de la lutte des classes, des maîtres et des esclaves, des serfs et des seigneurs féodaux, du conflit « permanent » qui opposait le prolétariat à la bourgeoisie. Et aussi de la mort de Karl et Rosa. Et des dix longues journées qui avaient ébranlé le monde, cette révolution d'Octobre qui avait commencé lorsque Lénine, avec son large front, ses pommettes saillantes, ses yeux bridés, sa barbiche et sa casquette, était descendu du train à la gare de Finlande, à Petrograd.

À bien y réfléchir, je comprends mieux maintenant pourquoi Nâzım, au lieu de rester à Ankara, choisit d'aller à Moscou. C'était parce qu'il voulait voir de ses yeux ce qui se passait dans le monde. Est-ce par hasard que le bateau qui les prit à son bord à l'embarcadère de Sirkeci et les conduisit à Inebolu en se faufilant parmi les navires de guerre qui avaient jeté l'ancre dans le Bosphore s'appelait le *Nouveau Monde* ? C'était un vieux rafiot tout plat qui ressemblait à un fer à repasser. Le frère de celui qui avait transporté Mustafa Kemal et ses compagnons d'Istanbul à Samsun. Eux, ils avaient sauvé la patrie et fondé la République. Nâzım, lui, se considérait comme un jeune soldat de la révolution qui allait à Moscou pour sauver le monde. À l'UCTO (Université communiste des travailleurs orientaux), consacrant vingt-quatre heures sur vingt-quatre de ses études à Lénine, vingt-quatre heures à Marx, vingt-quatre heures à Engels, et se contentant de trois cents grammes de pain noir par jour, il trouverait bien vingt-quatre minutes pour « faire quelque chose ».

Le vingtième siècle attendait beaucoup des écrivains, des poètes, des penseurs qui vibraient à l'unisson. Ils devaient écrire des livres, entonner des chants, montrer la voie, éclairer le peuple et, revêtus de l'habit d'« ingénieurs des esprits », fonder un nouvel ordre mondial. Jusque-là, les penseurs s'étaient contentés d'interpréter le monde, désormais ils avaient pour mission de le changer. Ils devaient sauver tout d'abord le pays, puis l'humanité tout entière. Et moi, presque cent ans plus tard, bien incapable de sauver l'humanité, je ne pouvais même pas me sauver moi-même. J'étais là pour un poète. En fait, j'essayais de rassembler les morceaux épars d'une vie. C'était comme reconstituer un puzzle. Cependant je ne pouvais pas m'empêcher d'interpréter les faits. J'étais là, tout tremblant, dans la nuit berlinoise. La ville était depuis longtemps plongée dans les ténèbres, mais les reflets de la neige jetaient une clarté trompeuse à la surface de l'eau prise par la glace. Bien des gens étaient passés par ici, la plupart sans laisser de traces ; ceux qui en avaient laissé avaient été tués ou étaient des tueurs. C'était ici qu'avait germé le mouvement communiste turc. J'ai songé à Sadık Ahi et à ses compagnons. Dans un petit local de la Kantstrasse, durant la Première Guerre mondiale, ils avaient fait paraître le premier numéro de *Kurtuluş*. Et ils avaient distribué dans les usines des tracts commençant par ces mots : « Les morts n'ont pas encore pourri, le tumulte de la guerre retentit encore à nos oreilles. Mais maintenant, dominant les cris des charognards et les accents sauvages du bruit des combats, on entend la voix forte et profonde des grands, des immortels prophètes : PROLÉTAIRES DE TOUS LES PAYS UNISSEZ-VOUS ! »

Sadık Ahi était un ouvrier spécialisé dans la fabrication de matériel de guerre. En même temps, on peut dire qu'il s'était familiarisé avec la clandestinité, car sa famille comptait des cheikhs qui s'étaient insurgés contre les Ottomans. Peut-être est-ce pour cela qu'il n'avait eu aucun mal à adhérer aux thèses communistes et que, en tant que travailleur exploité, il s'était voué à la révolution. Il était entré au Parti comme on entre au couvent. Dès lors, il avait cheminé dans les rues de Berlin avec un foulard rouge, persuadé d'être suivi par les masses. Il marchait contre la tyrannie, les spéculateurs, la police montée et les soldats casqués ayant mis baïonnette au canon. Il marchait, le vieux monde était ébranlé, et il se sentait comme le croiseur *Aurore* braquant ses canons sur le palais d'Hiver. Il était comme lui, puissant, résolu et bardé d'acier. S'il avait pressé le pas, il se serait envolé. À Ankara, il raconta à Nâzım comment il défilait, son foulard rouge déployé dans le vent, devant les « palais des parasites », et il lui inspira son poème : « Le front dressé / Foulard rouge au vent / Il marche / Il arpente les rues à grands pas / Balance ses bras comme de lourds marteaux / Enflant comme un bouclier sa poitrine velue. » Sadık Ahi, à Berlin, au petit matin, dans son bureau de la Kantstrasse, écrivait dans l'éditorial de *Kurtuluş* : « je suis emporté par l'ouragan qui souffle depuis deux siècles, qui parfois s'apaise et semble cesser, puis se déchaîne à nouveau ». Ce qui résonnait à Berlin, ce n'était pas encore la chanson « Je m'abandonne au vent de mon destin », mais les couplets de « L'Internationale » :

Debout ! les damnés de la terre
Debout ! les forçats de la faim
La raison tonne en son cratère
C'est l'éruption de la faim

C'est vers ce combat-là que marchait Sadık Ahi le bienheureux, emporté par le vent de son destin. Plus tard, il serait élu député sous le nom d'Eti, et il oublierait les jours de Berlin.

Dans le salon haut de plafond, à deux fenêtres, de la pension donnant sur le Tiergarten, le poêle de faïence ronronnait. Sadık Ahi était l'un de ces jeunes Turcs venus pendant la guerre dans la capitale de l'Allemagne. Ils avaient fait connaissance en étudiant Karl Marx et maintenant ils se chauffaient, rassemblés autour du poêle. On était en janvier 1919. Quelques jours plus tôt ils s'étaient battus sur les barricades avec les ouvriers armés et les comités de soldats. Ils étaient entrés au Reichstag, s'étaient allongés sur les bancs et avaient allumé leurs cigarettes d'un air victorieux. Ils avaient brandi le drapeau rouge devant les marins insurgés. Ils s'étaient mêlés aux centaines de milliers d'ouvriers qui marchaient dans les rues de Berlin. Ils s'étaient emparés triomphalement des linotypes du journal *Vorwärts*. Mais ils avaient déchanté dès le lendemain, quand ils avaient dû se replier face à l'artillerie lourde des forces gouvernementales. Pris sous le feu des fantassins postés sur les toits, aux fenêtres et au coin des rues, ils s'étaient réfugiés dans la pension tenue par Frau Baumbach pour échapper aux corps francs qui semaient la terreur. Accablés, ils pensaient au palais de la Sûreté, dernier refuge des spartakistes. Que devaient-ils faire à présent ? Les points d'interrogation pleuvaient dans leurs têtes, leurs regards exprimaient l'angoisse. Dehors, il neigeait, le vent soufflait fort. C'était un temps idéal pour aller marcher dans les rues drapé dans des foulards rouges, mais nul ne bronchait ni ne desserrait les dents. Ici, la révolution avait été écrasée, il ne restait plus qu'à rentrer au pays et à y poursuivre la lutte.

À leur arrivée à Berlin, ils avaient vu que, à la différence d'Istanbul, il y avait partout des panneaux réglementant la circulation et les rappelant constamment à l'ordre : « Ne pas marcher sur la pelouse », « Baignade interdite », « Défense d'attendre sur le quai sans être muni d'un billet », « Accès interdit aux chiens et à leurs maîtres », etc. Les Allemands, avec leur sens de l'ordre et de la discipline, réglaient tout minutieusement. Les trains partaient à l'heure, le métro, tantôt souterrain tantôt aérien, faisait la navette, les tramways et les phaétons transportaient les voyageurs à toute vitesse. La grève n'était pas entrée dans les mœurs. Quand une grève était annoncée, ce mécanisme réglé comme une montre s'arrêtait soudain : le bruit de la ville cessait instantanément, même les chiens disparaissaient des rues. Quand commença le soulèvement et que les combats de rue gagnèrent toute la ville, ni le métro ni les tramways ne s'arrêtèrent de circuler. Et les gens continuèrent leurs allées et venues comme si de rien n'était, comme si personne ne mourait sur les barricades. Et même nos jeunes Turcs, avant que la police ne parte à la chasse aux spartakistes, n'éprouvaient pas le besoin de se terrer dans la pension où ils étaient descendus. Mais quand ils apprirent que le soulèvement était écrasé et que les leaders spartakistes avaient été exécutés, ils comprirent que le vent avait tourné, que le droit de se réunir et de manifester appartenait désormais au passé, et ils se mirent à chercher le moyen de quitter Berlin au plus vite.

Ils décidèrent donc, la mort dans l'âme, de « retourner dans leurs pénates » par le premier bateau partant de Hambourg. C'étaient surtout des étudiants, mais il y avait aussi, parmi eux, des ouvriers. Et un tout jeune poète venu à Berlin étudier la philosophie. Il s'appelait Lemi Nihat. On sait qu'il a publié un récit, intitulé « Le revenant », dans le premier numéro de *Kurtuluş*. Et qu'en rentrant au pays il est mort d'un refroidissement, sur la mer Baltique, à bord du *Méditerranée*, sans être rassasié de la vie et laissant son œuvre poétique inachevée. Il est temps que je précise qu'au cours de mes recherches sur l'influence exercée sur Nâzım par le groupe spartakiste j'ai lu, imprimé dans la graphie ancienne que j'ai du mal à déchiffrer, « Le revenant » et « Le libre divorce ». Personne ne divorce dans ce texte où l'auteur parle de la fumée qui s'échappe d'une cheminée d'usine et d'ouvriers partant au travail aux premières heures du jour. C'est peut-être le premier écrivain de notre littérature à avoir traité de la classe ouvrière d'un point de vue idéologique, et il se peut que Nâzım se soit inspiré de ce récit pour écrire son poème « La cheminée d'usine et sa naissance ». Le jeune écrivain, lui, évoquait le spectre de l'ancien régime ; mais il ne voulait faire divorcer personne, ni de gré ni de force.

Nos spartakistes turcs groupés en cercle autour du poêle de faïence du salon étaient plongés dans un silence anxieux, comme s'ils pressentaient la mort de Lemi. Qui sait ? Peut-être avaient-ils peur de finir comme Rosa et Karl. On n'entendait rien d'autre que le crépitement des bûches. Le plancher grinçant était recouvert d'un tapis multicolore et la pendule murale arrêtée. Sur le buffet vitré on avait disposé des soldats de plomb figurant des chevaliers teutoniques. À Berlin, les nuits d'hiver étaient toutes semblables. Quand le charbon venait à manquer, on se chauffait au bois et, comme à Istanbul, un nuage de brume se posait sur la ville. Dehors, quand s'éteignaient les becs de gaz, on ne voyait plus le bout de son nez. De loin en loin, le bruit des tramways à cheval rompait le silence, puis chacun replongeait dans ses pensées et dans sa solitude. Après l'écrasement du soulèvement, après tous ces meurtres, la pendule murale était restée à la même heure, mais la vie suivait son cours.

Là-dessus, un hôte fit son entrée. Il avait un visage en lame de couteau et une nuque plate, c'était un officier à la retraite. Sa femme avait dû le mettre dehors, à moins qu'il n'ait passé la nuit au bordel. Pour faire enrager nos spartakistes turcs, il plaça sur le phono une marche prussienne. Le portrait de

Guillaume II, dont la moustache semblait défier celle de Sadık Ahi, contemplait la scène d'un air de dire : « Prenez vos cliques et vos claques et rentrez chez vous ! » Ils étaient pourtant bien tranquilles, au début, quand ils étaient venus s'installer dans la pension de Frau Baumbach, qui portait le deuil de son fils mort au champ d'honneur en combattant aux côtés des soldats ottomans alliés de l'Allemagne. En dépit de la pénurie et du marché noir, la nourriture, sans ressembler à la cuisine turque, n'était pas du tout mauvaise. Le *Blümchenkaffee* qui chauffait sur le poêle de faïence sentait bon. Certes, il n'avait pas la mousse onctueuse et le dépôt de marc du café turc, et en le buvant on voyait les oiseaux bleus du fond de la tasse. Mais ils étaient heureux et tranquilles, Frau Baumbach les serrait dans ses bras comme s'ils eussent été ses propres fils et ils étaient prêts à vivre là, à répondre à l'invitation formulée par leur hôtesse dans cette expression qu'on ne peut traduire dans aucune langue. Comment dit-on, déjà ? *Gemüklichkeit* ? Mais voilà, il était temps de lever l'ancre et de partir. Non « du temps », comme dit le poème de Yahya Kemal, mais d'Allemagne.

Après leur départ, durant la crise économique, le salon accueillit une foule de gens bien différents venus à Berlin pour se divertir, pour voler un peu de temps au destin dans une atmosphère d'exaltation. Désormais, autour du poêle de faïence, on jouait pour de l'argent. Quelques Turcs, restés là, étaient de la partie. On allait tous ensemble faire des achats. Tout ce qu'on achetait avec de l'or semblait gratuit. Berlin était devenu un nid de prostituées et de maisons closes où les matrones rubicondes quittaient les bras de leurs maris mutilés pour aller se vendre.

Mais le spectre pâle et immaculé de Rosa, bravant ces temps de perdition, demeurait, nouvelle Ophélie, dans l'eau du canal. Celui-ci était sombre et recouvert de glace. Sous le pont du Lichtenstein, il était terrifiant comme un puits sans fond. Avec mes gants, j'ai ôté la neige accumulée sur le monument et fait apparaître le nom de Rosa. J'avais à ma droite les poutrelles d'acier du pont, et des arbres dénudés se dressaient sur le quai d'en face. Il faisait un froid à vous glacer les os. Je me suis dit que l'on devrait graver dans la pierre, à côté du nom de « Rosa la Rouge », la dernière phrase du dernier article qu'elle a publié dans *Le Drapeau rouge* : « Je fus, je suis et je serai toujours. » Certes, c'est de la révolution qu'il s'agissait, mais Rosa est devenue un symbole immortel. Elle évoquera toujours pour les futures générations la révolution pour laquelle elle a donné sa vie. C'est sans doute pour cela que j'ai cru voir son spectre glissant lentement sur l'eau du canal. Ensuite, la nuit a tout envahi.

Quand je suis rentré à l'hôtel, le jour commençait à poindre. J'étais fatigué et je tombais de sommeil. J'ai néanmoins réussi à me dégriser un peu et à reprendre mes esprits. J'ai pris le dossier sur la table et me suis installé dans le fauteuil près de la fenêtre. Après l'avoir feuilleté au hasard, j'ai lu le texte d'un bout à l'autre. Quand je l'ai terminé, la nuit tombait déjà. Il n'était pas moins de cinq heures, mais, ce jour-là, je n'avais aucun rendez-vous.

VI

Je n'avais plus rien à faire à Berlin. La plupart, pour ne pas dire la totalité, des rapports, dont les titres étaient tirés de propos ou de poèmes de Nâzım Hikmet, étaient décevants. Je mentirais si je disais que j'étais sûr qu'ils avaient réellement été tous remis à la Stasi. Car ils rendaient compte non seulement des actes à caractère politique de Nâzım, qui avaient de l'importance pour la sécurité de l'État, mais aussi de sa vie intime, présentée parfois de façon anecdotique. Pour autant que je sache, ce genre de rapports s'abstient de raconter des histoires et se contente de restituer simplement et sans commentaires le déroulement des faits. Or « Diable », délaissant son rôle de reporter ou d'agent de renseignements, se faisait parfois narrateur et critique et, dans son style propre, donnait une appréciation personnelle de ce qui arrivait à Nâzım Hikmet. De plus, ils contenaient des informations de première main dont l'authenticité semblait évidente et que j'aurais eu bien du mal à me procurer. Il y avait là un tas de détails, de souvenirs, de témoignages, et des commentaires qui étaient plus que de simples appréciations de reporter ou que les jugements idéologiques bizarres d'un communiste. Ils mettaient clairement en lumière la vie politique du poète, ses voyages, certains faits de ses années d'exil et surtout ses relations avec le régime soviétique. Ils donnaient également le point de vue de celui qui les avait rédigés, mais surtout ils semblaient exprimer ses émotions et son délire. Il était évident qu'ils disaient vrai, et pourtant ils n'étaient pas convaincants. Pour qu'ils le soient, il aurait fallu mieux connaître la personnalité de l'auteur, avoir sur son compte des informations détaillées. Mais cela m'était impossible, je ne connaissais même pas le vrai nom de cet « Ange ». Ou de ce « Diable ».

Espérant le rencontrer dans les cafés du quartier, j'ai entrepris de passer mes journées au Weyers, puis je suis allé m'installer au Dressler. Je sentais qu'il n'était pas loin, et en même temps j'avais un peu peur qu'il ne me tombe dessus à l'improviste. Sans que je m'en rende compte, une défiance, une antipathie que je croyais réciproques s'étaient établies entre nous. Nous jetions parfois le même regard sur le monde, mais nous appartenions à des univers différents. J'étais intrigué par les sentiments qu'il éprouvait pour Nâzım, même s'il avait fini par le trahir. Mais je n'aimais pas du tout son style, sa façon de s'exprimer, non plus que sa manière de s'habiller.

Même si je refusais de me l'avouer, il y avait autre chose qui me retenait à Berlin : Ipek. Sans aucun doute, après toutes ces années, j'avais envie de revoir ma bien-aimée, peut-être pour la dernière fois – elle avait certainement déménagé et n'avait probablement aucune envie ni de renouer avec moi ni même de me rencontrer. J'étais curieux de savoir ce qu'elle était devenue. Et ce qu'étaient devenus les « jumeaux ». J'avoue qu'une fois rentré à Istanbul, après avoir commencé une nouvelle vie, jeté l'ancre dans un autre port, je n'avais jamais pris de ses nouvelles. Quand mon livre sur Nâzım Hikmet était paru, j'avais renoncé au dernier moment à lui envoyer un exemplaire dédicacé. La revoir eût risqué de rouvrir en moi une blessure encore saignante. Comme dans la chanson de Zeki Müren, « les cendres de l'incendie pouvaient se raviver ».

Je traînais dans les rues de Charlottenburg, j'engloutissais coup sur coup bières et schnaps dans les cafés enfumés et j'avais envie de crier : « Je ne sais si tu te rappelles combien je t'ai aimée ? M'entendras-tu si je t'appelle dans les rues de Berlin ? » Ces chansons sentimentales faisaient désormais partie de ma vie et supplantaient un peu les vers de Nâzım. Je n'arrivais pas à quitter Berlin. Tous les matins je décidais de partir, mais je ne pouvais me résoudre à prendre ma valise pour monter dans l'avion, j'avais même du mal à quitter Ku'damm et ses environs. Je n'allais pas au-delà de quelques rues, comme Ipek l'avait prévu. J'allais peut-être vieillir ici et mourir à Berlin. Sinon à Wannsee, du moins dans mon hôtel de la Bleibtreustrasse.

Un soir, à cinq heures, alors qu'une fois de plus j'attendais « Ange-Démon » au Dressler, il m'a pris l'envie d'aller revoir l'exposition *The Story of Berlin* dans le passage voisin. J'ai payé l'addition et, au lieu de me diriger comme toujours vers Ku'damm, j'ai rejoint le passage par la porte de derrière du café. Le débit de tabac où jadis, quand j'avais de l'argent, j'achetais mes cigares de La Havane était toujours à la même place, ainsi que le marchand de journaux qui lui faisait face. Tout au fond, le bar où j'allais parfois traîner aux heures tardives avait déjà allumé ses lumières. Qui donc prétend que Berlin change vite ? Là, apparemment, rien n'avait changé.

Il est vrai que le centre de la ville s'était déplacé vers l'est. Ku'damm, avec ses immeubles somptueux, ses restaurants et ses passages, était presque désert et semblait être rentré dans sa coquille. L'exposition se tenait toujours au même endroit, à droite, juste à l'entrée du passage. Je l'ai retrouvée telle que je l'avais laissée. Les mêmes images d'un documentaire en noir et blanc étaient projetées sur le mur d'en face. Le seul élément nouveau était la Trabant. L'Allemagne était désormais un seul État et, à l'évidence, quand Berlin, après la chute du Mur, était redevenu une seule ville, on avait apporté ici cette voiture au lieu de l'installer dans un musée. Le rêve de tous les citoyens de la République démocratique allemande se balançait, pendu au plafond par des câbles d'acier, comme un condamné à mort qu'on vient d'exécuter. J'ai pensé à tous ceux qui avaient fait la queue pour acquérir une « Trabit », qui avaient attendu des années, qui se faisaient photographier devant elle au cours d'un pique-nique en forêt ou au bord d'un lac. Il y avait sans doute parmi eux des gens fichés par la Stasi, qui étendait ses tentacules jusque dans les villages les plus reculés et au sein des familles les plus innocentes. La plupart étaient des citoyens ordinaires et « inoffensifs », leurs sourires heureux montraient à l'évidence qu'ils n'avaient nulle intention de renverser le pouvoir en place pour rétablir le capitalisme. Tout ce qu'ils demandaient, c'était de pouvoir voyager librement, et si ce droit leur était accordé, on pouvait être sûr qu'ils ne quitteraient pas leur pays pour n'y plus revenir. La Trabant n'était peut-être pas le triomphe du régime mais elle symbolisait la promesse du bonheur. Cela dit, ceux qui, de l'autre côté du Mur, se pavanaient au volant d'une Mercedes, y compris les ouvriers turcs qui l'appelaient « Belle Rose de ma Pensée », ne trouvaient aucun attrait à ce véhicule où on ne pouvait monter à quatre qu'en se serrant. La République démocratique allemande était une sorte de prison à ciel ouvert où étaient enfermés des millions de gens. Ceux à qui avait été refusée l'autorisation de quitter le pays parcouraient les rues avec des chiffons blancs attachés à l'antenne radio de leur voiture ; ils formaient des files en klaxonnant derrière les tramways et, en souvenir du temps de Rosa et Karl, exhibaient des pancartes où l'on pouvait lire : « Que celui qui sortira le dernier éteigne la lumière. » Et l'été 1989, dans les rues de Prague et de Budapest, en attendant de forcer leurs dirigeants à donner leur démission avant de se réfugier à l'ambassade de l'Allemagne fédérale, ils passaient la nuit dans leur Trabant.

Je me suis dis qu'à côté de cette voiture exposée à l'entrée du passage comme la momie d'un pharaon on aurait bien fait de présenter une de ces limousines noires allouées aux grands du régime et dans lesquelles on venait les attendre tous les matins à la même heure devant leurs villas de Wandlitz pour les conduire à leurs bureaux de la Marx-Engels-Platz. C'est avec le baiser de mort donné à la manière russe au camarade Honecker par Gorbatchev lorsqu'il vint à Berlin-Est célébrer le quarantième anniversaire de la République démocratique allemande que se mit en marche le tango funèbre des limousines. Avant la cérémonie solennelle, le peuple descendu dans les rues défila toute la journée en criant des slogans et en scandant : « Gorby ! Gorby ! » La nuit, les jeunes communistes organisèrent une marche aux flambeaux en clamant « La RDA est notre patrie ! », mais ils n'étaient pas le « peuple ». À Leipzig, dans une autre démonstration de force, on criait :

« Le peuple, c'est nous ! » Pour une fois, les limousines aux rideaux tirés ne conduisaient pas les dirigeants du Parti et de l'État à leurs bureaux de bureaucrates, elles les menaient vers l'arène. Les Trabant, elles, étaient pleines de citoyens ordinaires. Finalement, ce sont eux qui ont gagné, et un beau matin les limousines noires ont disparu des rues de Berlin comme les statues de Staline.

Je me suis approché de la Trabant et j'ai jeté un regard à l'intérieur. On aurait dit un jouet qu'on prend par les roues arrière et qu'on frotte plusieurs fois sur le sol avant de le propulser vers le mur opposé où il va s'écraser comme un scarabée. Les images en noir et blanc défilaient sur le mur blanc en face du guichet, résumant les jours de débauche, de guerre et de dévastation. Elles ressemblaient aux photos sépia qui ornent les murs des cafétérias de l'aéroport de Tegel et de certains restaurants de la ville. Cette fois-ci, à mon arrivée à Berlin, j'avais eu envie, sitôt descendu de l'avion, de renouer avec le passé de la cité en allant boire un café, mais j'y avais renoncé, de crainte d'être en retard à mon rendez-vous. De toute façon le lieu était désert, la plupart des vols ayant été annulés à cause du mauvais temps. Mais j'étais là, maintenant, et le moment était venu de regarder une fois de plus les images que l'on projetait sur les murs pour attirer les touristes.

« Le vrai film est à l'intérieur ! » a dit la dame du guichet. Puis, voyant que je ne comprenais pas l'allemand, elle a poursuivi en anglais : « C'est pire que ce que vous voyez là. C'est dix euros. » Je lui ai dit que je n'étais pas un touriste, que j'avais déjà vu l'exposition et que je comprenais très bien ce qu'elle entendait par « pire ». Je ne sais pourquoi, j'ai songé aux films d'horreur en trente-six épisodes qu'on voyait au cinéma dans mon enfance. Le dimanche, la matinée durait jusqu'au soir et on était aveuglés par la fumée des cigarettes. On grignotait des graines de citrouille, des noisettes, des pistaches, des pois chiches grillés, on buvait de la limonade. Et on regardait, les yeux écarquillés, les scènes horribles qui se déroulaient sur l'écran. De la même manière, à l'entrée de l'exposition *The Story of Berlin*, on projetait des scènes atroces pour attirer le client. Je me suis éloigné précipitamment. Faute de quitter Berlin, je croyais du moins tourner ainsi le dos aux images de violence. Mais je me trompais. Quand je suis entré dans le bar au fond du passage, après avoir commandé une bière, j'ai compris que je ne pourrais jamais me délivrer de cette ville, qu'une main mystérieuse qui ne me lâchait pas me ramènerait toujours là, et que dans toutes les villes où j'irais j'apporterais avec moi une empreinte, une association, un souvenir de Berlin.

Le lendemain, je suis retourné à l'exposition. Plus exactement, je m'y suis rendu machinalement. Cette fois non plus je ne suis pas entré. Les mêmes images se succédaient, la Trabant était toujours pendue au plafond comme un condamné à mort qu'on vient d'exécuter. J'ai remarqué sur le sol des traces de pas, rouges, en forme de pieds, qui menaient au guichet placé à l'entrée du passage. Sur chacune on pouvait lire « The Story of Berlin ». L'histoire de Berlin attirait à elle celui qui les suivait. Ou peut-être l'auteur des crimes. Car à l'évidence un crime avait été commis là. Mais qui était le coupable ? Ce n'était ni une personne ni un groupe, c'était la nation, qui avait tiré de son sein la philosophie la plus profonde et créé la plus belle musique. Et le meurtrier s'était réincarné dans cette foule pour revenir, comme tout criminel, sur les lieux de son crime.

J'avais déjà vu l'exposition lors d'un précédent voyage à Berlin. J'avais lu le roman de la ville, en commençant par les bords de la Spree et les panneaux évoquant la Réforme et son esprit de tolérance, les cavaliers prussiens conduits par le Kaiser et coiffés d'un casque qui ressemblait à une écuelle de hammam. L'histoire du soulèvement, le prolétariat et les barricades. Les soldats rentrant du front appuyés sur des béquilles, les tableaux expressionnistes représentant des prostituées obèses agenouillées devant des colosses à la nuque plate et portant monocle. Le barbu qui s'affole à l'entrée en scène de l'Ange bleu, le tramway tiré par des chevaux appartenaient désormais au passé. Tout comme le film *Metropolis*, héritage des studios Babelsberg. Cependant je n'arrivais pas à chasser de ma mémoire le cinéma muet, le pilote d'un avion à hélice regardant la ville en disant « Voici Berlin ! », ou plus exactement cette phrase apparaissant sur l'écran, et toute cette série d'images qui représentaient les larges avenues bordées de maisons semblables à des casernes, les places, les parcs, les monuments et bien sûr la foule emplissant les terrasses des cafés, toutes choses vouées à devenir des ruines, des morts, des veuves et des orphelins. Je ressentais toujours le poids de la mythologie qui avait scellé le destin de la ville au vingtième siècle. Mais cette époque était passée depuis déjà longtemps, le vingtième siècle touchait à sa fin, le rideau était tombé et, après la chute du Mur, Berlin était remonté en scène. La ville avait changé de costume et, parée comme une vieille coquette, elle pouvait désormais entonner de nouvelles chansons et s'approprier les couplets effrontés que chantait Ipek.

Je me souvenais. Pis encore, tout ce passé sanglant semblait revivre en moi. Je ne connaissais rien d'autre que la violence et les crimes. Moustaches et discours de Hitler, marches aux flambeaux organisées par Goebbels, gens abattus au coin des rues, morts décharnés, des morts, des morts qui n'étaient plus seulement, désormais, sur ces photos et ces panneaux, dans les films d'horreur, mais faisaient partie de ma mémoire. J'avais l'impression de sortir tout droit de l'histoire de Berlin, de la tragédie qui avait traversé tout le vingtième siècle. Les splendeurs de la vieille ville, ses jours heureux et malheureux, son architecture et sa nature incomparables étaient depuis longtemps enfouis dans les profondeurs de l'Histoire et il n'en restait plus qu'une poignée de cendres et ces images qui me transperçaient l'âme et bouleversaient ma mémoire.

J'ai poursuivi ma quête. Là où finissaient les taches de sang en forme de traces de pas commençait un monde nouveau. Je veux parler de ce bar désert et mal éclairé oublié au fond du passage. Les soirées passées dans ce bar, mes retours à Wannsee après minuit, mes promenades à Kreuzberg au petit matin, mes gémissements d'animal traqué traînant encore dans Berlin les blessures du passé étaient les fragments d'un rêve ancien qui, faute de voir le jour, avaient grandi en moi en se multipliant. Le soir à cinq heures, dès que la nuit tombait, je faisais déboucher une bouteille au Hasret Imbiss ; après avoir bu deux rasades et grignoté quelques amuse-gueules, je commençais à espérer retrouver ma bonne humeur. Ce buffet existait déjà autrefois, je passais devant en arrivant de l'aéroport par l'autobus 109. Je distinguais confusément, alignés derrière la vitre, quelques clients qui ricanaient, évoquant des têtes de mouton cuites, ou faisaient grise mine, et les affiches d'Istanbul qui tapissaient les murs. Il ne m'était jamais venu à l'idée de descendre du bus pour manger un kebab et boire un verre en bavardant avec les clients, turcs pour la plupart. À cette époque-là, Nâzım Hikmet occupait toute ma vie. J'étais complètement absorbé par les images du poète, ses vers, sa biographie, que j'essayais de mettre en ordre. Il n'y avait plus de place pour moi. Mon séjour à Berlin était devenu un élément indissociable de la vie de Nâzım, qui était sans aucun doute beaucoup plus colorée, dangereuse et intéressante que la mienne. Il était ma raison de vivre. J'avais le sentiment d'avoir échangé ma vie contre la sienne. Là-dessus, Ipek était apparue et m'avait attiré dans son propre univers, dans un gouffre dont je ne voyais pas le fond; elle m'avait, en quelque sorte, déniaisé. Elle ne me rendait pas malheureux, non, j'étais bien aise de vivre, de coucher avec elle et même de souffrir. Comme dit cette chanson de style oriental que nous chantions parfois ensemble et que reprenaient en chœur ses vieux admirateurs, je songeais à l'avenir sans éprouver nul remords. Je n'avais pas encore perdu ma boussole. J'avais les yeux fixés sur l'« étoile rouge » et j'étais convaincu qu'un jour elle guiderait les masses en marche. Et puis les années avaient passé et j'étais de nouveau à Berlin. Le Mur était tombé, les masses, se détournant de l'« étoile rouge », étaient montées dans leurs « Trabit » et avaient filé vers la « liberté ». Et moi je restais là, je n'arrivais pas à quitter la ville, car j'espérais revoir non mes anciennes amours, j'y avais plus ou moins renoncé, mais le « vieux fusil ». N'y tenant plus, je me suis adressé au jeune garçon qui découpait les tranches de kebab, lui ai décrit non pas Ipek, bien sûr, mais

Ange, et lui ai demandé s'il le connaissait. Il m'a dit que oui, qu'il venait généralement tard. Je me suis éloigné avec l'intention de revenir le lendemain.

Comme toujours, le trottoir était désert. Ainsi que la rue. Parfois passait un autobus presque vide, les portiers des boîtes de nuit en face de la gare rivalisaient pour attirer les clients. Curieusement, à part moi, il n'y avait pas dans les parages le moindre client potentiel. Je me suis arrêté devant le Mon Chéri, où palpitait une lumière rouge en forme de cœur, indifférent aux invitations insistantes du portier, de même qu'à la musique qui sortait de l'établissement. Une blonde peinturlurée a paru sur le seuil. Elle m'a fait un signe de la main. J'ai hésité un instant. Puis, me disant que ce n'était plus de mon âge, je me suis dirigé vers la Stuttgarderplatz. Le café Linz avait déjà fait le plein. J'avais envie d'un café au lait mais, une fois entré et installé à une table, j'ai commandé un *Korn*, puis un autre. Bon, et après ? La suite, vous la connaissez, j'ai bien bavardé, je vous ai raconté à la fois mon aventure avec Ipek et l'histoire de Berlin, restons-en là pour le moment.

Le poète et le diable

« Staline est mon père, c'est lui qui m'a créé »

En 1951, quand j'ai appris que Nâzım Hikmet avait fui la Turquie, j'étais employé au service des émissions en langue turque de Radio Moscou. Nous aurions dû être les premiers informés, mais malheureusement ce ne fut pas le cas. Comme tous les camarades du Comité Central, j'ai appris la nouvelle par Radio Bucarest. Tout d'abord, je n'y ai pas cru, j'ai pensé que c'était une manœuvre destinée à tromper le Parti. Il était invraisemblable que le poète ait quitté son pays sans nous informer et sans solliciter notre appui. Nous savions qu'il était resté vingt-quatre heures en garde à vue et qu'il était surveillé, ainsi que son épouse Münevver et même leur bébé, par des policiers en civil. Nous savions aussi bien d'autres choses. Bien qu'il ait été exclu du Parti (vous trouverez dans mon rapport annexe tous les détails sur ce fait important et tenu secret), à sa sortie de prison – et même alors qu'il était encore derrière les barreaux de la prison de Bursa –, il avait contacté les dirigeants du Parti à Istanbul, disant qu'il avait changé, qu'il s'était assagi, que le jeune écervelé était devenu un communiste mûr et responsable ; il présentait ses excuses et demandait à reprendre sa place au sein du Parti. Bien entendu, nous n'avions pas oublié son passé, mais le temps avait fait son œuvre, il avait purgé injustement des années de prison et son cas méritait d'être réexaminé. Cependant, l'État turc ne le lâchait pas.

Cette fois, ils voulaient le réintégrer dans l'armée alors qu'il avait cinquante ans, qu'il avait été réformé lors de ses études à l'École militaire en raison de sa maladie des poumons, que sa santé avait été gravement affectée par les conditions de la vie carcérale, et qu'il avait le cœur malade et souffrait de sciatique ; ils se rendaient bien compte que cet homme imposant, fort comme un chêne, et père d'un enfant, avait vieilli et sérieusement décliné. Mais ils étaient bien décidés à l'envoyer dans l'est du pays se plier à l'entraînement militaire dans la canicule estivale ou la neige hivernale. Il nous avait communiqué la convocation émanant du bureau de recrutement de la ville de Sivas l'invitant à aller servir deux ans dans l'armée, dans la sous-préfecture de Zan. Si par chance il n'en mourait pas, il était convaincu qu'on ferait en sorte de l'abattre en prétendant qu'il avait cherché à s'évader. Or il avait un enfant et une famille à nourrir. Pour y parvenir, il travaillait jour et nuit dans les studios d'Ipek Film, écrivait pièces et scénarios et même faisait des doublages. Il avait demandé à l'organisation du Parti à Istanbul de faire en sorte qu'il ne soit pas mobilisé. Que pouvions-nous faire ? Il n'occupait aucun poste au sein du Parti, les années l'avaient éloigné et nos liens étaient rompus. Nous l'avions soutenu pendant sa grève de la faim, mais ne nous sommes pas opposés à sa mobilisation. Nous supposions qu'il tenterait de fuir et attendions qu'il sollicite notre aide et se mette à notre disposition. Mais les choses ne se sont pas passées comme nous l'espérions. Il nous a caché les détails de sa fuite. Si nous avions su, nous aurions pris l'avis de Moscou et, bien sûr, n'aurions pas manqué de l'aider. Et il n'aurait pas couru le risque de se noyer dans les vagues déchaînées de la mer Noire.

Pour autant que nous sachions, il s'est entendu avec un proche parent, un jeune bourgeois. Le fait qu'il ait préféré faire confiance à un jeune garçon au profil incertain plutôt qu'au Parti n'a pas manqué de soulever certains problèmes, mais nous nous sommes félicités qu'il ait échappé à la mort et soit venu nous rejoindre. Quand je dis nous rejoindre, c'est façon de parler, bien entendu, car pour le réintégrer dans le Parti il fallait une décision du Comité Central.

Ce qui nous a amenés à faire des recherches sur la façon dont Nâzım Hikmet a organisé sa fuite de Turquie, ce sont les nouvelles et les commentaires parus dès le lendemain dans la presse. Certains journaux assuraient que la thèse selon laquelle il se serait embarqué à Şile, déguisé en pêcheur, à bord d'un sous-marin soviétique qui l'aurait ensuite conduit à Odessa, car il préférait ne pas être vu à Bucarest afin de ne pas compromettre les relations entre la Roumanie et la Turquie, était une invention destinée à donner le change. Nous avons décidé de tirer cela au clair. Ce n'était pas seulement la presse turque, mais la presse mondiale tout entière, qui voyait dans son départ clandestin la main du Kominform. On inventait les scénarios les plus invraisemblables. Notre enquête a fait apparaître que Nâzım est en fait parti de Tarabya à bord d'un canot à moteur avec un certain Refik Erduran, qui était l'amant de sa belle-sœur Melda, dans l'intention de gagner la Bulgarie, qu'ils ont été pris dans une tempête en mer Noire alors qu'ils avançaient à toute vitesse, qu'ils ont demandé l'aide d'un navire qui se trouvait dans les parages et, curieuse coïncidence, s'appelait le *Plekhanov*, et que Nâzım a eu beau crier : « À l'aide ! Je suis le poète turc Nâzım Hikmet ! », l'équipage n'a pas réagi.

Là-dessus, voilà que le moteur cale ! Juste au moment où nos deux lascars sont sur le point de sombrer, ô surprise ! Erduran réussit *in extremis* à relancer le moteur. En arrivant à hauteur du navire, au moment d'accoster, ils voient qu'on a envoyé une échelle. Le poète, après avoir fait ses adieux à son ami, se hisse sur le pont au moyen de l'échelle de corde ; on le conduit aussitôt chez le commandant. Nâzım déclare à celui-ci qu'il est lui-même un ancien marin et lui rappelle sans ménagement qu'en vertu des règlements maritimes il est tenu de porter secours aux personnes en détresse. Il aperçoit alors sur le mur une immense affiche avec sa photo et l'inscription : « Liberté pour Nâzım Hikmet ! » Il va sans dire qu'il est tout haletant d'angoisse, de fatigue et peut-être aussi de peur. On s'explique : il apparaît que le commandant a télégraphié à Bucarest, qui a contacté Moscou. Et en attendant l'arrivée d'une réponse positive, le poète et son jeune camarade, en pleine mer, affrontaient la mort sur leur canot prêt à chavirer. Si je raconte cela, ce n'est pas pour blâmer les lenteurs pesantes de la bureaucratie qui les faisait attendre au lieu de les recueillir immédiatement. Bien au contraire, je tiens à souligner que, dans un cas aussi grave, Bucarest avait tout à fait raison de prendre l'avis de Moscou.

Sitôt débarqué à Constantza, Nâzım, pour faire un bon mot sur le nom du navire, a dit à son commandant: «Je n'aime pas beaucoup ce monsieur, mais c'est à lui, ainsi qu'à vous-même, que je dois la vie.» En fait, je ne crois pas qu'il plaisantait, car je sais qu'il n'aimait ni Plekhanov ni Staline. Cela ne l'a pas empêché de déclarer, dans le port de Constantza: «C'est le grand Staline qui m'a créé.» Mais je pense que c'est plus par peur que par duplicité. À moins qu'il n'ait tout simplement fait preuve de maturité politique. Je ne sais pas pourquoi, avant de l'envoyer à Moscou on l'a fait attendre plus de huit jours à Bucarest, au Grand Hôtel, en lui faisant visiter les environs et en organisant d'émouvantes rencontres. Si vous voulez en savoir plus, vous n'avez qu'à consulter les archives soviétiques du Renseignement. Je tiens cependant à souligner qu'à son arrivée à Moscou en 1951, à l'aéroport de Vnoukovo, aucun politicien, pas même le secrétaire général de notre parti, n'est venu l'accueillir, et que j'étais présent à la cérémonie organisée par l'Union des Écrivains.

Il y avait foule à l'aéroport. Quand l'avion qui amenait le poète de Bucarest s'est posé sur la piste, l'émotion était générale. Je ne vous cache pas que je n'étais pas le moins ému. Je ne l'avais pas vu depuis longtemps. Un jour, n'y tenant plus, j'étais allé sous une fausse identité lui rendre visite à la prison de Bursa, mais il m'avait snobé et, sous prétexte de respecter mon incognito, avait fait mine de ne pas me reconnaître. Après mon passage à l'Est, je suis resté longtemps sans nouvelles de lui, en fait jusqu'à sa grève de la faim. Ensuite, en raison de son opposition à la direction du Parti, je l'ai complètement perdu de vue. Pourtant je dois avouer que j'étais inquiet, car si j'ai pris ce chemin, c'est « à cause de lui ». Je devrais plutôt dire « pour l'amour de lui ». Pour être tout à fait sincère, disons que les deux expressions sont justifiées ; mais comme ce n'est pas de moi qu'il s'agit ici, je ne vois pas la nécessité de m'attarder sur ce point. Disons seulement que c'est lui qui m'a gagné à la cause et qui, par ses poèmes, a enflammé le cœur de l'élève de l'École militaire épris de poésie que j'étais alors. Nous avons séjourné ensemble dans la prison militaire d'Ankara, on ne nous a pas interrogés en même temps mais on nous a jetés dans la même cellule. Ensuite, nos chemins ont divergé. Il a été transféré dans la prison de Bursa, tandis que j'ai été déporté à Balıkesir.

Quand les moteurs de l'avion se sont arrêtés et que les hélices ont cessé de tourner, nous nous sommes approchés. On a mis l'escalier en place. Quand il est apparu à la porte, il a été vivement applaudi. Il nous a tous salués de la main, il a embrassé l'une après l'autre les jeunes pionnières qui lui offraient des bouquets, mais il s'est contenté de me sourire de loin, alors que je m'attendais à ce qu'il me serre dans ses bras. En tout cas, il s'est montré d'une grande froideur. Il semblait de bonne humeur. Il avait un peu maigri et beaucoup vieilli. Ses cheveux et sa barbe avaient blanchi. On voyait tout de suite les traces de la grève de la faim qu'il avait entreprise, avant de l'interrompre, pour obtenir sa mise en liberté – je tiens à rappeler qu'il s'était associé ainsi à la campagne

« Liberté pour Nâzım Hikmet ! » lancée par les intellectuels de gauche et autres démocrates non seulement de Turquie, mais du monde entier. Ses yeux bleus, cernés, n'étaient plus aussi flamboyants. Son nez semblait s'être allongé, peut-être à cause de sa maigreur. C'est en tout cas ce que j'ai ressenti. Vous vous dites peut-être que ce que j'écris là est superflu, si l'on considère les objectifs du rapport, mais si vous avez la patience de le lire jusqu'au bout vous verrez que ce n'est pas sans importance.

Ses cheveux étaient en désordre. Mais avec son costume-cravate, son pantalon au pli impeccable et ses souliers en lézard dont je me demande où il avait bien pu se les procurer, il était très différent du Nâzım que j'avais connu en prison. Fadeïev, président de l'Union des Écrivains, fit un discours. Nâzım lui répondit. Je ne sais pas ce qu'en pensaient les autres personnes présentes, mais, quant à moi, j'ai été fort étonné de l'entendre, dans sa réponse, faire l'éloge du camarade Staline, dire qu'il avait étudié le communisme dans une université qui porte son nom et déclarer carrément : « Staline est mon père, c'est lui qui m'a créé. » Vous avez sans doute compris que ces propos ne m'ont pas paru très convaincants. Comme je l'explique dans le rapport annexe où je m'efforce de relater en détail l'influence politique qu'il a exercée sur moi dans le passé et ses relations avec le Parti, à aucun moment de sa vie Nâzım n'a éprouvé d'admiration pour le camarade Staline, il n'a jamais raté une occasion de critiquer la dictature du prolétariat, qui peut être considérée comme l'œuvre du grand leader, et a même initié un mouvement d'opposition au sein de notre parti en créant une fraction trotskiste. Il convenait donc de le surveiller de près. Cette tâche m'ayant été confiée, vous pouvez être certains que je continuerai à m'en acquitter et à vous rendre compte avec toute ma probité de révolutionnaire et toute mon énergie.

Diable

Post-scriptum :

J'ai mis en ordre l'histoire de la fuite de Nâzım Hikmet telle qu'il l'a rédigée lui-même dans un russe approximatif à l'intention des services de renseignements soviétiques, avant même d'arriver à Moscou. Après l'avoir fait traduire par un camarade qui vit ici depuis longtemps, je l'ai lue attentivement. Je vous ai dit plus haut que je ne savais pas pour quelle raison, après son arrivée, on l'a fait attendre huit jours à Bucarest, et qu'en cas de besoin vous pouvez demander cette information aux services de renseignements soviétiques. Je ne me suis pas trompé. Ceux qui assurent que Nâzım Hikmet a fui son pays pour venir promouvoir ici le Parti Communiste turc et reprendre l'activité politique interrompue durant ses années de prison, et qu'il était prêt, si nécessaire, à rester à Bucarest, sont dans l'erreur. À mon avis, s'il a fui la Turquie, c'est pour sauver sa peau. Je dois signaler qu'il a déformé certains faits (il assure par exemple que la mer Noire était très calme) afin de tromper les autorités compétentes. D'autre part, en supposant qu'il ait effectivement pris contact avec le Conseil Mondial de la Paix par l'intermédiaire de Sabiha Sertel, à qui il a par ailleurs emprunté de l'argent, cela s'est fait à notre insu. Bien entendu, s'il l'avait demandé, nous lui aurions apporté notre soutien matériel dans toute la mesure de nos moyens.

«Votre amoureux est communiste»

J'ai préparé ce rapport sur l'activité politique de Nâzım Hikmet en m'appuyant sur les déclarations que j'ai obtenues d'un certain nombre de camarades âgés et sur les recherches que j'ai effectuées dans les archives de notre Bureau Extérieur et dans celles du Komintern. J'espère qu'il permettra de mieux comprendre son comportement ultérieur.

Je ne vais pas raconter ce qui est arrivé à Nâzım Hikmet avant son arrivée à Moscou – c'était la troisième fois qu'il venait dans cette Union Soviétique qui est prête à accueillir en son sein tous les communistes du monde. Je passerai sur les détails. J'entends aborder seulement certains sujets qui me semblent importants du point de vue du Parti et de la sécurité de l'État.

Comme on sait, le PCT (Parti Communiste de Turquie) a été fondé en 1919 à Moscou par le camarade Mustafa Suphi, qui a été tué, avec tous les membres du Comité Central, dans une embuscade tendue en Mer noire sur ordre du gouvernement d'Ankara. Il est entendu que Nâzım Hikmet est entré au Parti alors qu'il était étudiant à l'UCTO (Université Communiste des Travailleurs Orientaux), à Moscou, dans la première période de l'Union Soviétique (1922-25). Il avait peut-être déjà rejoint nos rangs à Batoum, où il attendait l'autorisation d'entrer en Union Soviétique. On peut donc dire qu'il fut un des premiers militants du PCT.

Après avoir terminé ses études et pris son tour de garde devant le tombeau de Lénine, décédé dans l'année, il rentra en Turquie pour participer au IIIe Congrès du Parti à Istanbul, en 1925. À son retour il ne put s'empêcher d'écrire ces vers dédiés à la Russie : « Pays de Lénine / nous avons vu la force des masses mûries en ton sein / et qui se sont dressées [...] / Nous avons vu ton 1er mai et entendu dans son tumulte / les clameurs de Trotski qui retentissaient comme un carillon. » Vous apprécierez, au dernier vers, l'évocation du traître Trotski, ce valet du capitalisme.

On trouve dans les archives du Komintern les procès-verbaux du IIIe Congrès du PCT, qui s'est tenu dans la maison que le Dr Şefik Hüsnü louait à Istanbul, rue Akaretler, dans le quartier de Beşiktaş, et qui a duré du matin de bonne heure jusqu'au milieu de la nuit. Ils indiquent qu'il est arrivé en même temps que les délégués de l'UCTO Hüsamettin (Özdoğru), Şevket Süreyya (Aydemir), Lâz Ismail (Marat), Vanlı Kâzım et Hamdi Şamilof. Je vous communique un autre poème marqué par l'enthousiasme révolutionnaire qui animait Nâzım à cette époque-là, parce qu'il révèle le délire et les dangereuses impulsions dont doit se garder tout bon communiste. Je tiens à souligner tout particulièrement qu'il a persisté dans ce type de comportement gauchiste, aussi bien quand il a assumé des activités de liaison au sein du Parti que quand il a participé aux prises de décision.

« Lis / écris / brise / hurle / appelle / respire de toutes tes forces... / Dans ta tête / ton cœur / ta chair / tes os la révolution / [...] Allez / poursuivant les armées blanches vers les horizons embrumés / je suis un cavalier rouge / un cavalier rouge / un cavalier rouge / un cavalier... »

Je suis bien conscient que je ne suis pas tenu de faire un rapport sur la poésie de Nâzım Hikmet, mais je souhaite cependant, pour finir, attirer votre attention sur ces autres vers écrits dans le but d'inciter le prolétariat à des actes irresponsables, de transformer le combat révolutionnaire en une dangereuse aventure, sans tenir compte des conditions matérielles ni des directives du Parti : « Le drapeau rouge s'est levé dans l'axe de la terre / au point le plus pointu de l'axe des pôles ! / Glissant dans leurs ceintures leurs pesants marteaux, / faisant étinceler comme la foudre leurs faucilles au soleil, / soldats de l'armée prolétarienne prête pour l'assaut / Vas-y, toi aussi, chevauche la jument rouge, / garde à vous, / komsomol, / au combat ! »

À vingt-deux ans à peine, en Turquie, Nâzım Hikmet fut pris dans le combat révolutionnaire sans y avoir été préparé. À Udel'no, au camp d'été de l'UCTO, il couchait dans des baraques de rondins non équarris, allumait en forêt des feux de camp et chantait des chants révolutionnaires. Il s'était fait une place à part parmi ces jeunes venus des quatre coins du monde. Il était ardent, beau, enthousiaste, chaleureux. Il était prêt à tous les sacrifices pour la révolution, mais n'avait aucun sens des réalités. Je dirais même qu'avec sa petite amie Annouchka il vivait de l'air du temps, au jour le jour. À ses yeux, la révolution d'Octobre n'était pas une lutte à mort des masses, mais une sorte de soulèvement romantique. Kerenski au palais d'Hiver, Lénine au Smolny étaient les héros d'un roman rêvé par le poète. Il voyait comme des jouets les trains blindés qui emportaient jusqu'en Sibérie les commissaires bolcheviks et le croiseur *Aurore* tenant sous le feu de ses canons le palais d'Hiver. D'ailleurs, il a toujours gardé un côté puéril, il n'a jamais vraiment grandi. Néanmoins, en 1924, quand le gouvernement de Mustafa Kemal promulgua la loi sur l'ordre public et que le Parti entra dans la clandestinité, il fit preuve d'une maturité inattendue de la part d'un militant avide de prosélytisme comme lui et accepta de se cacher à Izmir chez des proches. Mais même là il n'arriva pas à se tenir tranquille. L'agitation était un des traits de son caractère, je dirais même sa principale caractéristique. Le 25 mai 1925, quand d'autres camarades furent arrêtés, interrogés au sujet d'une distribution de tracts et présentés au tribunal, il quitta Izmir pour Istanbul, où, après avoir passé une nuit chez sa mère à Cevizli (vous devez vous dire qu'il n'est pas nécessaire de noter dans ce rapport le nom du quartier où habitait sa mère, mais Peyami Safa, un écrivain en vue à cette époque, s'est moqué par la suite de Nâzım en l'appelant «le bolchevik de Cevizli»), il trouva le salut en fuyant à Moscou déguisé en matelot. En fait, la police fouilla la maison et demanda à Celile hanım, qui était malade et alitée, où était son fils, à quoi la pauvre femme répondit qu'elle l'ignorait. Or savez-vous où était Nâzım durant tout ce temps? Dans le lit de sa mère! Enfoui sous les couvertures, il se cachait en retenant son souffle. Je savais qu'il était le petit chouchou de sa maman, mais pour le coup, c'était un peu fort. Bref, il a échappé aux policiers en se cachant dans le lit de sa mère et le lendemain il a fui à Moscou.

Je pense qu'il est inutile de préciser que c'est le Parti qui avait planifié son départ. Si nous l'avons, à l'époque, comme l'a déclaré le garde des Sceaux, embarqué à bord d'un voilier, nous aurions pu refaire aujourd'hui la même chose, mais il ne nous a pas fait confiance et a préféré réaliser son projet avec l'aide de la bourgeoisie.

Je ne vois pas l'utilité de commenter ici la sentence du tribunal d'exception qui l'a condamné par contumace à cinq ans de détention, parce que, contrairement à ses camarades, il n'a pas fait un seul jour de prison jusqu'à son retour en 1928. Je ne suis pas au courant des fredaines qu'il a pu faire à Moscou, tout ce que je sais, c'est qu'il y a épousé une certaine Léna de laquelle il a ensuite divorcé. Nâzım Hikmet, ainsi que les autres cadres qui avaient échappé à l'arrestation, a participé au Plenum du Parti organisé en 1926 à Vienne par le Dr Şefik Hüsnü, qui avait entrepris de rassembler à nouveau le Parti à l'étranger, et il fit peser d'injustes soupçons sur la personne du secrétaire général. Il soutenait ouvertement que la réunion de Vienne marquait la rupture avec le Komintern. Il proposait de désigner les membres du Comité Central non selon les principes léninistes, mais en votant. En 1928, dès son retour en Turquie, il fut arrêté à la frontière et purgea une peine légère de six mois de réclusion pour s'être introduit dans le pays sans passeport ; après quoi il fut remis en liberté. Je suis persuadé que c'est la police politique qui l'a fait si promptement libérer et lui a permis de revenir parmi nous, mais malheureusement je ne dispose d'aucune preuve.

Nâzım Hikmet, participant, toujours en qualité de membre du Comité Central, aux efforts entrepris pour rassembler à nouveau le Parti à l'intérieur de nos frontières, commença à manifester ses tendances de petit-bourgeois et à négliger ses devoirs de dirigeant. Après tout, il ne venait pas de la classe ouvrière, il n'était pas un prolétaire. Bien au contraire, il appartenait à la classe bourgeoise, son grand-père Nâzım pacha était préfet d'Alep et adepte de l'immoralité qui caractérise la confrérie des Mevlevis. Parmi les ancêtres de sa mère figuraient des membres de la noblesse polonaise. À mon avis, Ran, le nom de famille qu'il portait en Turquie, se référait au communisme. Comment cela ? C'est très simple : si vous lisez « ran » en sens inverse, cela donne *nar*, la grenade, qui, comme chacun sait, est un fruit rouge aussi bien à l'intérieur qu'à l'extérieur, et que d'ailleurs j'aime bien. Malheureusement, on a du mal à en trouver. Quoi qu'il en soit, Nâzım Hikmet, en Turquie, était un communiste rouge comme une grenade à l'intérieur et à l'extérieur. Une fois à Moscou, seul son extérieur resta rouge, comme son nom, et cela explique peut-être son changement.

On n'a jamais vraiment cherché à savoir si ses désaccords avec le secrétaire général Şefik Hüsnü avaient des causes personnelles et familiales, mais selon moi, c'est bien le cas. À cette époque-là, le camarade Şefik Hüsnü rentra secrètement en Turquie afin de contrôler la situation et s'engagea dans un combat idéologique impitoyable contre le groupe d'anciens étudiants de l'UCTO. Comme vous pouvez vous en douter, c'était Nâzım qui animait cette équipe. La graine de discorde que le poète avait semée parmi les cadres du Parti ne tarderait pas à porter ses fruits. Je suis convaincu que l'arrestation de 1927 et la trahison de Vedat Nedim Tör sont plus ou moins parties de là. Si Nâzım Hikmet n'avait pas introduit la désunion au sein de l'équipe dirigeante, il est fort probable que Vedat Nedim n'aurait pas livré à la police les camarades qui s'opposaient à lui, ou qu'en tout cas il aurait fait en sorte qu'ils ne soient pas emprisonnés. Il est intéressant de noter qu'alors que beaucoup de ses camarades étaient conduits au centre de détention et soumis à la torture, Nâzım échappait chaque fois aux griffes de la police.

En 1928, à l'initiative de Nâzım Hikmet, certains de ses amis non incarcérés se réunirent dans l'île de Pavli et entreprirent de dénigrer le groupe de Şefik Hüsnü auprès de la section turque de la IIIe Internationale afin d'en prendre la direction. Ils demandaient de l'argent, soi-disant pour payer des révolutionnaires professionnels. Faute d'y parvenir, l'un d'entre eux, le chauffeur Ragıp, vendit sa voiture et réussit à créer une imprimerie clandestine à la tête de laquelle il plaça Nâzım Hikmet, qui avait une certaine expérience dans ce domaine, car il avait travaillé comme correcteur à la revue *Resimli Ay* (Le Mois illustré) dirigée par Zekeriya Sertel. Ils commencèrent à imprimer et à distribuer des tracts sans prendre l'avis de la direction centrale. Là-dessus, à la demande du secrétaire général qui se trouvait à Vienne, Hasan Ali Ediz vint de Moscou à Istanbul pour rétablir l'ordre. Ce personnage, que le Parti appelait « le Nain », se lançant dans une entreprise plus grande que lui, envoya à un certain nombre d'adresses trouvées dans l'annuaire téléphonique des tracts reflétant les points de vue du Comité Central. Vous vous doutez bien qu'en ce temps-là, à Istanbul, seuls les bourgeois avaient le téléphone. Vous pouvez en déduire que le Nain avait pour objectif de faire arrêter par la police l'organisation de Nâzım. Il faut dire que Salih Hacıoğlu et l'électricien Nuri étaient allés peu avant à Moscou informer le Bureau Extérieur des activités que Nâzım avait initiées au sein du secrétariat. Il y avait sans doute d'autres moyens de mettre hors d'état de nuire le groupe d'opposition, mais pour en venir à ses fins Şefik Hüsnü avait choisi cette méthode. Et elle lui réussit. Nâzım et sa bande furent exclus du Parti et continuèrent à trahir en refusant de livrer l'imprimerie à la direction centrale. Par la suite, tout en faisant les cent pas au centre de détention de la Sécurité d'Istanbul, Nâzım avoua à Hikmet Kıvılcımlı, l'un des leaders communistes formés en Turquie les plus sûrs et les plus dignes de confiance, qu'il avait chassé le camarade venu prendre possession de l'imprimerie, sous prétexte qu'il était complètement saoul. Il alla plus loin, déclarant qu'il avait demandé à rencontrer Trotski à l'époque où il s'était réfugié à Büyükada, qu'il avait une grande admiration pour le fondateur de l'armée rouge et préférait ses positions intellectuelles à la force brutale de Staline. Le cercle se resserrait autour de lui, il fut jugé et condamné à mort en 1933 pour avoir collé des tracts sur les murs (si j'évoque ce fait, c'est pour vous informer des conditions dans lesquelles vivaient à cette époque-là les communistes turcs) ; quand il fut relâché au bout d'un an, en raison de l'amnistie générale, il refusa l'offre de notre parti de le faire passer en Union Soviétique, car il craignait que Staline ne le fît exécuter. D'ailleurs, s'il faut en croire les notes que j'ai trouvées dans les archives du même Hikmet Kıvılcımlı, Nâzım était assez naïf ou maladivement rêveur pour se figurer que le prolétariat turc était mûr pour la révolution. Il était persuadé que les communistes allaient renverser les kémalistes et s'emparer du pouvoir.

Les organes de presse du Parti ont maintes fois révélé les agissements de Nâzım Hikmet et ses tentatives pour créer des fractions, qui peuvent être qualifiées de trahison. Si l'on veut se faire une idée de l'opinion que la direction du Parti avait de lui à cette époque, il suffit de jeter un coup d'œil sur le texte publié dans *La Faucille et le Marteau* le 7 janvier 1936 sous le titre « Le fourbe et versatile Nâzım Hikmet », et signé Z.V. Plutôt que de le citer *in extenso*, je me contenterai d'en extraire cette phrase : « S'il porte l'insigne communiste, c'est pour gagner de l'argent et vendre à prix d'or ses livres qui tournent à la feuille de chou. » Je pense qu'il peut être utile que vous ayez connaissance de ces mots qui expriment une indignation profonde et justifiée : « Nâzım Hikmet s'est vendu. S'il vient, battez-le, chassez-le, ne le laissez pas entrer, tel doit être votre mot d'ordre. »

J'ai dit plus haut que je ne sais pas quelles ont été les fredaines de Nâzım Hikmet lors de son premier séjour à Moscou, mais qu'il a épousé une certaine Léna, puis divorcé. Des lettres que j'ai trouvées dans les archives du Komintern font également apparaître une autre femme, nommée Macha. Dans le courrier adressé à Hasan Ali Ediz, *alias* Bücür (le Nain), où il ne se lasse pas de louer son attachement et son dévouement à sa cause, alors qu'il sera plus tard son rival (je dirais même son ennemi), le maître glisse soudain la phrase «Macha n'a pas encore accouché», qui n'a aucun rapport avec le contenu des lettres. S'il ne s'agit pas d'une formule codée, la personne en question pouvait bien être enceinte des œuvres du poète lui-même ou de l'un de ses proches. Vous devez vous dire que si ladite Macha avait eu plus de caractère, elle n'en serait pas restée là. C'est aussi ce que je pense.

Les archives du Komintern renferment beaucoup d'informations sur Nâzım Hikmet, mais je suppose que vous disposez déjà de ces informations et ne vois pas la nécessité d'entrer dans les détails. Il déclare, dans une lettre officielle datant des années 20, qu'il n'est pas satisfait d'avoir été nommé collaborateur scientifique à l'Université des Travailleurs Communistes de l'Est. Et il demande à être renvoyé le plus tôt possible en Turquie pour y poursuivre son activité au sein du Parti et même y assumer des responsabilités. Ainsi donc il portait déjà en lui cette sorte d'ambition, cette insatisfaction, et sous le prétexte d'épouser la cause de la classe ouvrière et d'entraîner les masses, c'est lui-même qu'il cherchait à mettre en valeur. On dit que le fruit tombe toujours au pied de l'arbre, et en décidant fort judicieusement de le nommer collaborateur scientifique, les dirigeants soviétiques l'avaient bel et bien déposé au pied de l'arbre, mais «notre petit gars» avait le sang chaud, il n'entendait pas en rester là, il voulait se jeter dans le feu, jouer les insoumis et prendre la tête de l'opposition au sein du Parti.

On retrouve le comportement poétique, disons plutôt romantique, de Nâzım Hikmet, le drame personnel de ce petit-bourgeois confronté à notre parti, dans le livre *Pourquoi Benerdji s'est-il suicidé ?* qu'il a écrit à l'époque. L'action se déroule dans l'Inde qui gémit sous le poids de l'impérialisme britannique, mais les héros sont en fait des communistes turcs déviationnistes ou traîtres au Parti. Bien entendu, mon propos n'est pas de vous faire perdre un temps précieux à lire ce genre de sottises. Mais je suis convaincu que cela mettrait en lumière l'influence politique de Nâzım Hikmet avant qu'il ne soit condamné à une lourde peine de prison lors de l'affaire de l'École de Guerre en 1938 et ensuite son attitude d'opposant. J'ai fait sa connaissance alors que j'étais moi-même élève de première année à l'École de Guerre. Au moment de l'affaire, je l'ai vu de mes yeux livrer à la police notre cher ami et leader Ömer Deniz.

À l'École de Guerre d'Ankara, je faisais partie avec Ömer Deniz d'un groupe de jeunes qui s'intéressaient aux problèmes du pays et à ce qui se passait dans le monde. Parfois, au dortoir, nous nous rassemblions dans un coin, loin des regards indiscrets, pour lire et commenter les livres de Nâzım Hikmet, qui, à l'époque, étaient en vente libre. Parfois même nous écoutions des disques où il lisait lui-même ses poèmes. J'avoue que nous étions très impressionnés. Nous étions particulièrement émerveillés par « Le saule pleureur », les vers qui évoquent les cavaliers rouges passant comme le vent, et aussi par «Bahr-i Hazer» (La mer Caspienne), le combat que livre le marin assis telle une statue de Bouddha à la barre de son canot aux «armées de vagues bleues et écumantes», descendant et remontant à leur gré comme un cavalier ballotté par un cheval qui se cabre avant de plonger, pour finir, dans les profondeurs de la mer. Le poète écrivait ces poèmes à des fins de propagande politique, mais ce qui nous séduisait, c'était moins leur contenu que leur musique. Il y avait ce timbre puissant, viril, que nous n'avons retrouvé chez aucun autre poète, qui vous secouait, vous rendait inquiet, je dirais même, en parlant pour moi, qui vous transperçait. Ömer Deniz était le plus entreprenant d'entre nous. Il était en outre amoureux d'une fille d'Istanbul. Sous le prétexte d'aller la voir, il décida de faire la connaissance de Nâzım Hikmet et nous l'approuvâmes. À son retour, il était ému, mais semblait un peu déçu. Il nous raconta qu'il était allé au cinéma Ipek, qu'il y avait rencontré Nâzım Hikmet à la sauvette: le poète venait d'être acquitté dans un procès qui traînait depuis longtemps et voulait être réconforté, et il avait conseillé à Ömer Deniz de lire Marx et Engels. Plus tard, devant le tribunal, tous deux contestèrent ce dernier point, assurant qu'en fait il lui avait dit d'étudier la révolution kémaliste et les «six flèches». Ensuite, Nâzım avait proprement congédié notre camarade. Aussitôt après il avait appelé la Première Section et s'était mis à hurler dans le téléphone: «Laissez-moi tranquille, à la fin! Cessez de m'importuner en m'envoyant des policiers en uniforme de l'armée! Ne voyez-vous pas que je trime pour gagner mon pain et faire vivre ma famille ? » On connaît la suite. Quand Ömer Deniz, la seconde fois, se rendit chez Nâzım à Nişantaşı, le poète lui claqua la porte au nez et prévint les chefs de la Sécurité. Nous fûmes tous arrêtés, Nâzım le premier, et cela donna le procès de l'École de Guerre. Quand j'y pense, maintenant, je me rends compte que ce n'est ni l'armée ni le pouvoir politique local qui nous ont grillés, mais que c'est bel et bien Nâzım Hikmet. Oui, c'est lui qui nous a grillés, non avec « Comme Kervem », ce poème dont je suppose que vous connaissez au moins le titre, non parce qu'il suggérait que pour que la lumière brille dans les ténèbres, il fallait que certains soient grillés, mais parce que dans un accès intempestif de paranoïa il avait dénoncé Ömer à la police. Mais qui sait, il avait peut-être d'autres raisons. À l'époque, nous n'avons pas cherché à savoir, car nous étions en admiration devant lui.

Et que faut-il penser de la publication d'un disque de ses poèmes par la maison Columbia ? Est-ce une simple coïncidence ? Je suis persuadé du contraire. Nous ignorions qu'avant cela Nâzım était allé à Ankara et y avait rencontré Şevket Süreyya, un vieux renégat. Je ne l'ai appris que plus tard. Or notre poète est allé à Ankara s'entretenir en tête à tête avec Şükrü Kaya, pour entrer au service de l'État. Mais oui, vous avez bien lu, il s'agit bien du fameux Şükrü Kaya, qui était alors ministre de l'Intérieur. Il est même allé jusqu'à déjeuner chez son ami renégat Şevket Süreyya en compagnie de Şükrü Mensür, le directeur général de la Sécurité. Il s'est saoulé et il a lu des poèmes à table. À l'évidence, il cherchait un moyen d'échapper au procès et, pour y parvenir, il est allé sans vergogne, par l'intermédiaire de Şevket Süreyya, solliciter la bureaucratie. Il a inscrit son beau-fils Memet et sa belle-fille Suzan à l'American College.

Après le procès de l'École de Guerre, on lui mit sur le dos celui de la Marine. Cette fois, il était accusé d'avoir « incité la Marine à la mutinerie ». Lui et les jeunes marins écopèrent d'une lourde peine. Ayant réussi à obtenir un sursis pour mauvaise santé, que croyez-vous qu'il fit ? Il alla frapper à la porte du Parti pour demander qu'on le fasse passer à l'étranger. Mais Reşat Fuat Baraner, qui était alors secrétaire général de notre glorieux parti, fit un accueil glacial à cet agent provocateur et l'éconduisit en lui disant : « Va t'adresser ailleurs ! » Et le poète purgea exactement douze ans de prison. Si vous voulez mon avis, cela lui fut bénéfique. En prison il a un peu mûri et, grâce aux paysans détenus avec lui, il a eu l'occasion de se rapprocher du peuple. Je me dis maintenant que s'il n'avait pas, dans un accès de panique injustifiée, dénoncé Ömer Deniz à la police, rien de tout cela ne serait arrivé. Les années passées en prison ont peut-être fait de Nâzım un grand poète, mais elles ne lui ont pas donné la maturité politique. Quand il fut libéré, après sa grève de la faim, il ne restait pas trace de son ancienne ardeur. Pourtant, on ne peut pas dire qu'il était revenu dans le droit chemin. La meilleure preuve en est qu'il s'est abstenu d'informer le Parti de son plan d'évasion.

Je pense vous avoir donné suffisamment d'informations sur Nâzım Hikmet, que j'ai eu l'occasion de connaître personnellement. C'est peu, bien sûr, mais je promets, dans mes autres rapports, de parler de sa vie privée, de ses fréquentations, de relater ce qu'il faisait au cours de ses voyages en qualité de membre du comité de direction du Conseil Mondial de la Paix.

Diable

« Mes plus beaux jours dans la blanche ville »

J'étais depuis peu à Moscou. La ville de mes rêves, la capitale du communisme. Je ne dirais pas que « tout allait bien », car nous vivions des jours difficiles. Mais j'étais heureux. Ou plutôt ému. Il y avait de quoi ! C'est non loin de l'hôtel Lux, où j'étais logé et où vous étiez installés vous aussi pendant toute la guerre, que Lénine s'est endormi de son dernier sommeil. Au Kremlin, Staline passait des nuits blanches, les lumières de son bureau restaient allumées jusqu'au matin. La nuit, parfois, j'allais parcourir à grands pas la place Rouge ; après avoir déposé un œillet sur le tombeau de Lénine, je me dirigeais vers les lumières du Kremlin. Moscou, en ce temps-là, était plongé dans les ténèbres, les dernières lumières jetant leur reflet dans la Moskova s'éteignaient de bonne heure et tout sombrait dans le noir. Seul le camarade Staline veillait, œuvrant à la prospérité du peuple et à l'éternité du communisme.

Oui, nous traversions des temps difficiles ; la guerre était finie, mais elle avait laissé des traces. Comme Leningrad, les nazis avaient assiégé Moscou sans pouvoir s'en emparer. Comme Napoléon, qui fut vaincu ici, un beau soir ils furent forcés de se retirer en abandonnant, dans les larmes, des quantités de tanks, de canons et de vivres. Mais je suis sûr que vous savez tout cela mieux que moi, et que, même si vous n'avez pas combattu dans les rangs de l'armée rouge qui est entrée à Berlin (bien entendu, ce n'est pas un reproche, nous avions besoin de vous pour répandre le communisme en Europe et préparer l'avenir de l'Allemagne), sitôt la guerre finie vous avez retroussé vos manches pour édifier, parmi les ruines, un monde nouveau, une nouvelle société, un homme nouveau et une nouvelle ville digne de lui. Pendant toute la guerre vous étiez à Moscou, moi je suis arrivé plus tard. Je n'ai pas vu Moscou renaître de ses cendres, mais je l'ai vue surgir dans la pierre, le béton et l'asphalte. Conformément aux plans élaborés durant ses nuits de veille par le camarade Staline et suivant ses directives, j'ai vu s'ouvrir de larges avenues, se multiplier les stations de métro, telles des taupinières géantes à sept étages, se dresser les statues de bronze de nos grands hommes, à commencer par celles de Lénine et de Staline, et s'élever jusqu'au ciel des édifices dignes de notre régime. Les parcs se sont ornés aussi des statues de Pouchkine, Maïakovski, Gogol, Gorki. Et le croirez-vous ? J'avais le cœur gros. C'est alors qu'en 1951 Nâzım Hikmet est apparu. Et en voyant, à la place du Moscou de sa jeunesse, cette ville ouverte à tous les vents, il éprouva un grand désenchantement. Selon lui, si cette ville s'élargissait, s'agrandissait ainsi dans tous les sens et s'emplissait d'horribles édifices, le vrai responsable, ce n'était pas l'architecte, c'était Staline. Au début il n'en dit rien, même à ses proches, mais à la fin il n'y tint plus et commença à se confier à moi. Après tout, j'étais un vieil ami, nous avions fait de la prison ensemble et exhalé notre peine en chantant près de la fontaine de la cour. Il faut dire que les flatteurs qui l'avaient assailli à son arrivée l'avaient abandonné, ils avaient pris le large en l'entendant déclarer mauvaises les pièces de théâtre entièrement vouées à l'éloge de Staline. Il n'avait pas encore fait la connaissance du docteur Galina, cette femme dévouée à qui il allait faire perdre la tête et avec qui il irait s'installer dans une datcha de Peredelkino. Il habitait seul dans le centre de la ville, rue Vtoraïa-Pechtchanaïa. Et il prétendait que si Staline le recevait, il lui ferait tout de suite ses doléances. Bien entendu, son désir ne fut pas exaucé, le camarade Staline repoussa sa demande d'audience. Ainsi, abandonné de tous, il se mit à chercher la consolation en faisant de longues promenades sur les bords de la Moskova. Si je l'accompagnais, c'est uniquement parce que j'aime bien la marche.

Il souffrait du cœur. Il avait eu un infarctus et était resté alité pendant des mois à attendre la mort. Heureux encore s'il n'avait souffert que du cœur. Il voyait tout en noir. J'étais étonné. En fait, je ne l'avais pas vraiment bien connu quand sa situation était au plus bas, lorsqu'il était en prison et ne recevait aucune lettre de sa femme. Sans aucun doute, le mal du pays était pour quelque chose dans son état dépressif. Je l'ai vu, dans son bureau, écrire une dédicace à son fils sur un brouillon de poème. Il laissait traîner ses manuscrits à la vue de tout le monde et n'éprouvait même pas le besoin de les ranger dans un tiroir. Pendant longtemps il ne publia pas un seul vers. Il faut dire qu'il n'était pas question de publier dans sa langue maternelle, ce turc qu'il aimait tant. Mais on a fini par éditer, traduit dans d'autres langues, un poème intitulé « Ma dernière lettre à Memet ». Cela vous a peut-être échappé, et il est vrai que ce poème n'a aucun caractère politique. J'ai tout de même été frappé par le fait que dans cette complainte il dit à son fils qu'il va mourir loin de sa langue maternelle, des chants de son pays, du pain qui l'a nourri, et en pensant avec tristesse à lui, à Münevver, à ses camarades et à son peuple. Il n'avait que faire des communistes de Moscou, du peuple soviétique, de nous, ses camarades, mais il pensait avoir le même droit qu'un vieux Moscovite de donner son avis sur l'architecture de la ville. Il ne se privait pas d'ajouter : « Mes plus beaux jours mourront dans la blanche ville. » Il se vantait d'être un vrai Moscovite et disait à qui voulait l'entendre qu'il l'était devenu dès le jour où, âgé de dix-neuf ans, il avait débarqué à la gare de Kiev. Moscou n'est plus la blanche ville entourée de murs blancs qui fut fondée jadis sur les bords de la rivière, vous avez vécu ici un certain temps et je n'ai pas besoin de vous le dire, mais je ne peux m'empêcher de le répéter : depuis la révolution et grâce à Lénine, Moscou, notre capitale, est rouge. Rouge comme les étoiles et les drapeaux qui trônent à tous les coins de rue et sur tous les édifices. Vous, moi, tous les communistes sommes franchement rouges. Et on a du mal à comprendre pourquoi Nâzım Hikmet, à tout bout de champ, appelle Moscou la « blanche ville ». Encore heureux s'il s'en tenait là ! Savez-vous ce qu'il m'a dit un jour ? « Ce sont surtout ces pyramides qui me rendent malade. » Les pyramides en question sont ces gratte-ciel qui sont les perles de la ville et font la fierté du régime. J'ai demandé d'un air étonné :

– Pourquoi, maître ? Qu'est-ce qui vous déplaît dans ces bâtiments ?

– Ils ne valent pas mieux que ceux de New York. Regarde cette laideur, cette folie des grandeurs, cette ostentation. Non seulement je ne pourrais pas y vivre, mais je n'y mettrai pas les pieds. Ces monuments à la laideur, c'est encore un des tours du Moustachu.

– Taisez-vous, maître, ai-je répondu, on pourrait vous entendre.

– Eh bien, qu'on m'entende. De toute façon, ce scandale est la première chose dont je lui parlerai. Dans quel état ont-ils mis le Moscou de ma jeunesse !

Selon lui, le camarade Staline n'était pas seulement un mégalomane doublé d'un ignare en matière d'architecture. Pardonnez-moi de reprendre ses termes, il disait qu'il faisait travailler les prisonniers de guerre comme des esclaves et il ajoutait qu'il avait planté ces pyramides au beau milieu de la ville « comme des pénis venimeux ». Pour lui, les sept gratte-ciel de Moscou étaient pires que les sept nains. Ils balançaient leur masse pesante, écrasante, de couples mariés satisfaits de leur beauté et, coiffés de leurs flèches surmontées d'une étoile rouge, ils avaient l'air d'une batterie de canons pointée vers le ciel. Ils ne convenaient ni à la capitale des soviets ni au communisme. J'étais indigné quand il parlait des « sept sœurs » ou les comparait à des couples mariés, mais je ne disais rien. C'était pourtant bien lui qui, à l'aéroport, sitôt débarqué de son avion, avait déclaré que Staline l'avait créé. Ce n'est pas pour rien qu'on a dit un jour de lui qu'il n'était « ni chèvre ni chou ».

Je tenais à vous faire connaître les jugements à l'emporte-pièce de Nâzım Hikmet en matière d'architecture. Et aussi ce qu'il pense de Staline. Il serait grand temps de lui river son clou, mais comment s'y prendre ? Voici quel serait mon humble conseil : il ne serait pas bon d'arrêter ou d'expédier en Sibérie un poète de renommée mondiale qui a dit que l'Union Soviétique est sa « deuxième patrie ». Cela ferait le jeu de nos ennemis. Mais s'il était victime d'un accident de voiture, nous aurions délivré le régime et les nouvelles générations d'un écrivain hostile et dangereux. Le chauffeur qui s'acquitterait de cette tâche mériterait une promotion. Lui, ou tout autre agent désigné par le camarade Beria.

Diable

P.S. :

N'allez pas imaginer que si je fais rimer les mots *ajan* (agent) et *Şeytan* (diable), c'est pour imiter le poète. Je ne cherche pas à faire concurrence à Nâzım Hikmet. Même si, à Istanbul, c'était toujours moi qui étais choisi pour lire des poèmes lors des fêtes de fin d'année du lycée militaire de Kuleli, je ne suis qu'un communiste convaincu.

Vous dites que mes rapports vous apprennent beaucoup de choses et que vous les trouvez même beaucoup plus intéressants que les rapports un peu secs des autres agents, mais que je vais parfois un peu trop loin. Vous avez raison.

Cependant je dois dire que Nâzım Hikmet, que je surveille à distance, n'est pas un simple opposant ou un quelconque adversaire du régime, je l'ai connu de près, il a souvent suscité ma colère, mais parfois aussi mon admiration. C'est pourquoi j'espère que vous verrez avec indulgence mon émotion et ma sensibilité et continuerez à lire mes rapports avec intérêt, mais aussi avec plaisir.

«Tout va bien, tout va très bien»

«Tue le cavalier, mais rends-lui justice», dit-on. Si j'ai parfois recours aux dictons et proverbes qui embellissent et enrichissent notre jolie langue, c'est parce que je ne trouve pas de meilleur moyen d'exprimer ma pensée. Ce que je veux dire, c'est que Nâzım Hikmet s'est dignement acquitté de la tâche qui lui a été confiée en Bulgarie. Soyez sans crainte, je vais vous narrer cela. Mais auparavant j'éprouve le besoin de relater un autre fait. Jusqu'à présent, en établissant les rapports que j'adresse à vos hautes instances, je me suis toujours efforcé de rassembler tous les renseignements possibles et de bien vous informer. Sachant que vous êtes attentifs aux détails, je cite même certains faits et situations qui me semblent sans importance. Parfois même je me permets de faire des commentaires, de donner mon point de vue, d'aborder certains sujets en rapport avec ma vie et ma personne. Je suppose que vous êtes bien informés des positions politiques et des agissements de Nâzım Hikmet; il convient de le surveiller de près. Si je prends la plume, aujourd'hui, ce n'est pas pour mettre en garde nos services de renseignements, mais pour que vous vous fassiez une opinion sur celui que l'on appelle « notre petit gars ». J'ose espérer qu'un jour cette plume sera un glaive qui fera voler les têtes de nos ennemis.

Peu après son installation à Moscou, Nâzım reçut une invitation du Parti Communiste frère de Bulgarie ; il voulut tout de suite avoir mon avis. L'invitation indiquait que les Turcs vivant en Bulgarie avaient commencé à émigrer en masse vers la Turquie, car ils s'opposaient à la collectivisation des petites propriétés agricoles. Il fallait trouver le moyen d'arrêter le plus tôt possible leur départ, sous peine de voir la production agricole chuter brutalement et tout le secteur s'effondrer. Nous décidâmes d'envoyer Nâzım Hikmet en Bulgarie, afin qu'il parle à nos compatriotes ; il accepta sans se faire prier. Comme il venait, par décision du Conseil des ministres, d'être privé de la nationalité turque et n'avait pas de passeport, je fus chargé de l'aider à passer la frontière dans les deux sens. Quand nous fûmes installés dans l'avion, ses premiers mots furent :

– Ma foi, Ali Albayrak, je n'aurais jamais imaginé que j'aurais un jour un passeport vivant.

– Taisez-vous, maître, dis-je, et pour commencer, oubliez mon nom. Vous savez, mon nom de code est Ange.

– C'est parfait, dit-il en riant, tu es un vrai ange. Tu feras un bon passeport !

Il semblait d'excellente humeur. Même le bruit des hélices du Tupolev n'arrivaient pas à couvrir ses éclats de rire. C'était la première fois que je le voyais rire aux larmes. Généralement, surtout s'il y avait une femme, il se contentait de sourire d'un air enjôleur, puis reprenait aussitôt son sérieux. Pour passer le temps, il lut le dernier poème qu'il avait écrit. Je gardai mon calme, mais ne cachai pas que j'étais vexé.

– C'est bon, tout va bien, tout va très bien ! dit-il en prenant l'accent des Turcs de Bulgarie.

Puis il me pinça la joue. Cet élan de familiarité ne me déplut pas, mais en même temps je n'avais pas envie qu'il se paie ma tête. Je ne savais pas s'il voulait se moquer de moi ou me manifester son affection.

Nous fûmes accueillis à Sofia par les dirigeants du Parti. Nous allâmes déposer une gerbe sur la tombe de Dimitrov, pour rendre hommage à ce grand leader du mouvement communiste mondial. À un certain moment, pendant la cérémonie, le regard de Nâzım, délaissant les murs blancs et les colonnes de pierre du mausolée, glissa vers les coupoles dorées de l'église Alexandre-Nevski, que le poète se mit à regarder. Quand je crus bon de lui en faire la remarque, il me répondit :

– Que veux-tu ! Elles me rappellent les coupoles de plomb d'Istanbul.

C'était un faux-fuyant. En fait, quand il avait été exclu du Parti, Dimitrov avait signé la résolution et Nâzım lui en gardait rancune. Il se vengeait en contemplant la petite église que les Russes blancs fuyant la révolution d'Octobre avaient fait bâtir à Sofia. Heureusement, elle était fermée, car sinon il aurait absolument voulu y entrer et nous aurait mis dans une situation délicate. Je m'attendais à l'entendre dire : « Entre nous, cette église aux coupoles dorées est plus belle que le mausolée de béton de Dimitrov! » Mais il n'en fit rien. Il se contenta de dire en passant qu'il admirait sa beauté.

Après la cérémonie, sans même trouver le temps de nous reposer un peu à l'hôtel, pendant quatre jours nous parcourûmes la Bulgarie en tous sens, sans manquer ni le Rhodope, ni la Dobroudja, ni la Thrace, ni le Deliorman, qui l'enthousiasma. Quand il était en prison, il avait, dans *L'Épopée du cheikh Bedreddin*, décrit cette forêt que les historiographes ottomans qualifient de « mer d'arbres », et il était très ému de voir de ses yeux ce lieu tout imprégné de la foi de Bedreddin et de pouvoir s'adresser aux disciples du cheikh, qui ont donné leur vie pour l'égalité et le partage. S'adressant aux paysans qui emplissaient la Maison de l'Armée, où avait lieu la réunion, et qui étaient venus qui en famille et en voiture attelée, qui à dos d'âne ou de mulet, il leur dit que s'ils allaient en Turquie ils seraient exploités, humiliés, opprimés et affamés, et leur promit un avenir heureux s'ils restaient en Bulgarie. Il déclara qu'il rentrerait avec eux au pays quand le moment serait venu. Pour ceux qui, aujourd'hui, ne voulaient pas adhérer aux coopératives et refusaient la mécanisation de l'agriculture, leur situation allait très prochainement s'améliorer, ils bénéficieraient gratuitement de l'éducation, des soins, et du droit de circuler, ils seraient fiers toute leur vie d'avoir pris part à la construction du communisme et laisseraient cet héritage à leurs enfants. Il damait ainsi le pion aux politiciens intouchables et, tout en prononçant ses discours, il en avait l'eau à la bouche.

Il réussit à convaincre les candidats à l'émigration de rester dans leurs villages et de se laisser confisquer sans protester leurs terres et leurs bêtes. Comme si cela ne suffisait pas, il posa la première pierre de deux coopératives. Il trouva même les mots pour dissuader les paysans de demander une mosquée. J'aurais voulu que vous voyiez tous ces gens baiser les mains de Nâzım, déchirer leurs passeports en pleurant et danser la ronde en criant : « Le marié dans sa maison, le paysan dans son village ! » Personne n'osa prononcer la suite de la locution : « et que celui qui est sans maison entre dans un trou de souris ! ». Car ce sont ceux qui vivaient en Turquie qui vivaient dans des trous de souris, et c'est à la Bulgarie et non au peuple turc qu'était promis un brillant avenir. J'étais tout heureux de partager les convictions de Nâzım et son enthousiasme. Je voulus le serrer dans mes bras et le féliciter, mais il ne l'entendait pas ainsi.

– Ange, me dit-il, occupe-toi du ciel et laisse-moi m'occuper de la terre.

– Mais, maître, protestai-je, un jour viendra où nous nous retrouverons tous au ciel.

Il se figea soudain et l'éclat de ses yeux bleus s'éteignit.

– Pas au ciel, mais sous la terre. Tu comprends, cette terre noire, lumière des paysans, c'est pour elle que nous sommes venus ici et que nous transpirons, que nous donnons et prenons la vie ! Et c'est sous elle que nous nous retrouverons.

Je ne savais que répondre. Je ne crois ni à Dieu ni au diable, mais depuis mon enfance j'ai toujours rêvé d'anges parcourant le ciel en battant des ailes.

– Mais bon, dit-il, pour l'instant, ne soyons pas pessimistes. Pardonne-moi si je t'ai attristé. En ce moment, je déborde d'optimisme.

Et il me récita posément le poème « Optimisme » : « Nous verrons de beaux jours, les enfants / De beaux jours, nous verrons / Nous conduirons nos canots à moteur vers les lointains bleutés, les enfants / Nous les conduirons vers les bleus lumineux. » Et tout en parlant il exécutait un mouvement de brasse.

Disons qu'il avait réussi là où avait échoué la grande nation bulgare. À notre retour à Sofia, le camarade président Tchervenkov exultait. Il nous accueillit sur le pas de la porte et, avant de nous remercier, il nous embrassa sur les lèvres à la russe. C'était un très bel homme. Je ne sais pas ce qu'en pensait Nâzım, mais pour moi, j'avoue sans honte que j'étais ravi. Je dirais que mon bonheur aurait été complet si, au lieu de la langue de Tchervenkov, c'était celle de Nâzım, cette belle langue grâce à laquelle le poète avait réussi à convaincre ces Turcs, qui avait effleuré la mienne, mais il vaut mieux ne pas parler de ça. La journée se passa au milieu des cris de triomphe. Le soir venu, Nâzım reprit sa vie indépendante. Il disparut après le dîner en me laissant dans une situation embarrassante. Le lendemain, il ne donna pas signe de vie et nous étions très inquiets. Avec les camarades, nous le cherchâmes dans tous les coins. Il était tout simplement chez la poétesse Blaga Dimitrova, en train, soi-disant, de chanter des chants révolutionnaires, mais ces chants-là, nous n'aurions pas osé les chanter, même en prison.

Diable

P.S. :

Même si le voyage de Nâzım Hikmet en Bulgarie a eu un résultat très positif, je dois avouer que je me pose certaines questions sur les conséquences de sa rencontre à Sofia avec les réfugiés politiques turcs. Car selon son habitude, au cours de ce voyage, le poète n'a pas vu que des paysans. L'un de ces réfugiés, paraît-il, avait été envoyé en Bulgarie pour assassiner un de nos dirigeants. Il avait laissé sa femme en Turquie et s'était remarié. Ayant appris, je ne sais comment, que Fahri Erdinç, qui avait, par l'entremise de Cambazov, président sans parti de l'Association des Réfugiés Politiques, mené une action contre les communistes, n'avait pas été invité, il se rendit à l'aéroport, s'approcha de Nâzım à l'issue de la cérémonie d'accueil et lui proposa à voix basse de le rencontrer. Nâzım donna son accord à haute voix. Mais nous l'avions installé dans un pavillon de Semenovska, à quinze kilomètres de la capitale, et comme il ne pouvait voir personne d'autre que le personnel attaché à sa personne, il lui était impossible d'aller retrouver qui que ce soit. Pourtant cette entrevue eut bel et bien lieu au siège du Parti de Sofia, après notre voyage à Ruchtchuk et dans d'autres régions.

Il y avait là six personnes : Muhammed Tuğrul Deliorman, Ziya Yamaç, Sıtkı Tuzcu, Fahri Erdinç, Halil Muhammet Gürsoy et Tahsin Aliev. Nâzım leur demanda quand et comment ils étaient arrivés en Bulgarie. Il posa des questions détaillées à Gürsoy et Tuzcu, mais, visiblement, il ne s'intéressait pas du tout aux autres. J'imagine que ce n'étaient pas des gens bien recommandables et même qu'ils constituaient un danger pour le régime. C'est pourquoi, en plus des rencontres avec les paysans turcs, je tiens à évoquer le dénommé Deliorman.

Né en 1917 à Razgrad, en Bulgarie, il s'est rendu en Turquie en 1930 et, après y avoir étudié la pédagogie, il a terminé l'École de Guerre. Je ne l'y ai jamais rencontré. Ou alors je ne m'en souviens pas. Il faut dire qu'ayant été arrêté, alors que j'étais en première année, pour avoir lu les poèmes de Nâzım Hikmet, à part quelques exceptions je n'avais confiance en personne. Je me dis que si Deliorman, comme il le prétend, avait eu à l'époque des idées de gauche, il aurait rallié notre groupe. Cet individu, en sortant de l'École de Guerre, où, je le répète, je ne l'ai pas connu, au lieu de faire une carrière d'officier, a commencé à travailler dans une imprimerie pour un salaire de 550 livres. Après avoir été interrogé par deux officiers du contre-espionnage le jour où Sabahattin Ali fut tué à la frontière bulgare, il quitta la Turquie et on le vit aussitôt après dans la voiture de service de Koskot, chef du service du contre-espionnage à Édirne. Il est maintenant typographe au journal en langue turque *Yeni Işık* (Lumière nouvelle). Personne ne semble avoir remarqué, dans un article publié dans le journal, la déformation d'une phrase du camarade Tchervenkov: «les coopératives servent les paysans» est devenu «les coopératives desservent les paysans». Quant à l'article «Le consul de Turquie prend du galon» envoyé au journal sur ordre du ministre des Affaires Étrangères de Bulgarie, il a tout simplement disparu de la rédaction. Notre homme n'est pas seulement attaché aux idées réactionnaires, c'est aussi un coureur de putes. Il n'a qu'un petit salaire, mais il est aussi débauché que Nâzım Hikmet. Et il dépense beaucoup.

Nâzım n'a pas informé les autorités de cette réunion. J'ai tenu, quant à moi, à le mettre en garde contre les réfugiés politiques turcs. Je lui ai rappelé qu'il pouvait y avoir des espions parmi eux. Il m'a sommé de présenter des preuves ou de la boucler, et j'ai préféré soumettre à votre compétence les informations appropriées. Nous avons veillé à ce que Nâzım ne puisse pas rencontrer à nouveau les réfugiés politiques. Quelques heures plus tard, nous repartions pour Moscou.

« Ce Varna m'a rendu fou, complètement fou »

Six années ont passé. Les enfants nés en Bulgarie lors du voyage de Nâzım Hikmet et à qui on avait donné son nom avaient déjà six ans. Les paysans qui avaient renoncé à partir en Turquie n'étaient pas très prospères, mais leur vie s'était améliorée. Cependant, ils étaient encore mécontents. Cette fois, le régime les forçait à changer de nom. On aurait pu faire encore appel à Nâzım, mais il était fatigué. La maladie et le mal du pays faisaient leur effet. Et puis il se sentait floué. Les dirigeants n'avaient pas tenu les promesses qu'il avait faites à la minorité turque et cela le mettait très mal à l'aise. Nâzım Hikmet, qui avait rendu un grand service à la Bulgarie, en voulait aux dirigeants de ce pays et notre parti cherchait un moyen de conciliation. Il fut donc décidé d'envoyer à nouveau Nâzım en Bulgarie, non pour convaincre les Turcs, mais pour qu'il se repose sur les bords de la mer Noire.

Ce n'est pas à moi de critiquer la politique de la Bulgarie vis-à-vis de la minorité turque. Mon rôle est de surveiller Nâzım et de vous informer de ses faits et gestes. On peut qualifier cela de dénigrement, mais je prends ma tâche au sérieux et m'en acquitte en tenant l'oreille aux aguets. Malheureusement, cette fois, je ne suis pas allé en Bulgarie avec Nâzım. C'est Galia qui l'accompagnait. Vous savez, elle a beau être des nôtres, je ne suis pas sûr qu'elle ait tout rapporté au KGB. Je suppose qu'elle n'a pas signalé que le poète est allé s'asseoir sur un banc dans le parc de la Liberté et a écrit à son « bouton de rose resté dans la ville aux sept collines », autrement dit à Münevver, la mère de son fils, cette lettre en forme de poème : « Je n'ai pensé qu'à toi sous les marronniers/Rien qu'à toi et à Memet/Autant dire à mon pays », qu'il est ensuite allé, un bouquet de roses à la main, chez Blaga Dimitrova écrire des poèmes et chanter des chants révolutionnaires jusqu'au matin, et que le lendemain, à Varna, en regardant la mer Noire du balcon de l'hôtel Bor où il était descendu, il s'est écrié : « J'appelle, de Varna/le pays qui est en face, /m'entends-tu/Memet, Memet ! » D'où est-ce que je tiens cela ? Qui me l'a dit ? C'est l'hirondelle « aux ailes noires et au thorax blanc » qui, passant au-dessus du poète en train de se dorer au soleil sur le balcon, a été immortalisée en se glissant dans les vers qu'il écrivait à ce moment-là. Croyez-le si vous voulez, mais c'est cette hirondelle « enivrée par son propre chant » qui m'a raconté le séjour de Nâzım à Varna. En revanche, ce sont les camarades qui m'ont informé de ce qui s'est passé à Sofia. Les ivrognes mentent, pas les camarades. Ni les hirondelles.

Diable

«J'ai traversé la forêt des idoles»

En 1952, la première fois que Nâzım est allé en Hongrie, je ne l'accompagnais pas, mais j'ai été frappé par le fait que, sitôt arrivé à Budapest, il est monté au sommet du Szent Gellért pour voir le monument à la liberté. En un certain sens, il peut sembler tout à fait naturel qu'un poète qui a passé de longues années en prison agisse ainsi une fois libéré, mais j'ai tout de même eu le sentiment qu'il y avait anguille sous roche. Au cours de ce voyage, le poète a visité en tous sens ce petit pays, ses écoles, ses kolkhozes, ses usines, il a été partout bien accueilli et traité avec les plus grands égards. Et il a écrit des poèmes sur la Hongrie. Dénigrant son propre pays, il la portait aux nues, de même que ses chevaux et ses jeunes femmes. Il a fallu que je vive les jours de l'insurrection et que je fasse feu dans les rues sur les traîtres en m'abritant derrière les tanks soviétiques pour que je comprenne ce qu'il veut dire dans ces vers: «Au revoir, terre de Hongrie/je ne suis pas digne de l'accueil que tu m'as fait/Au revoir/au nom de mon peuple/j'ai déposé au sommet du Gellért/un bouquet de tes fleurs, terre de Hongrie.» Je tiens à préciser ceci : si Nâzım Hikmet prétend avoir fait quoi que ce soit au nom de son peuple, c'est absolument faux. Ce qu'il a entrepris au nom du peuple ne concerne que lui et n'engage en rien notre parti. Ni le Parti ni le pays ne lui ont confié cette mission. Il se figure peut-être qu'il représente le peuple de Turquie, mais en réalité il ne représente que lui-même et je ne sais quels poètes décadents.

Il est en tout cas intéressant de savoir qu'en présence des quelques proches en qui il avait confiance, il dénigrait le socialisme et racontait de bonnes blagues sur ses leaders. J'ai entendu dire qu'au cours de son dernier voyage en Hongrie il a inventé une anecdote où il se gausse de la calvitie de Rákosi et qui m'a été rapportée par des membres du Parti dont il me paraît inutile de préciser le nom. Dans une école primaire rurale, l'instituteur montre à ses élèves des photographies de Karl Marx et de Rákosi et leur demande qui sont ces personnages. Les élèves répondent : « Le premier est Karl Marx et le second est une réclame pour un remède contre la chute des cheveux. » Comme si ce n'était pas assez, il a inventé une autre anecdote où il tourne en dérision l'économie planifiée. La voici : en Hongrie, on a oublié de mentionner dans le plan les fonds de culotte des enfants et pendant un an les petits Magyars sont restés cul nul.

Quand Nâzım Hikmet est retourné en Hongrie en 1954, il a rendu visite à Rákosi, dont il s'était si bien moqué, avec l'intention de plaider la cause de l'opposition. Il faut croire qu'il y a réussi puisque Rákosi, quelques jours après l'avoir reçu, a passé le pouvoir à Imre Nagy. Nous savons qu'ensuite Nâzım s'est fréquemment rendu en Hongrie : était-ce parce qu'il aimait beaucoup ce pays ou parce qu'il était mêlé au complot contre-révolutionnaire qui se préparait en secret ? Je l'ai accompagné dans un de ces voyages qui ont échappé à la presse et à l'opinion publique, mais non à la direction du Parti : c'était en mai 1956. Je l'ai vu de mes yeux prendre contact avec des groupes hostiles au régime, par exemple le Club Petöfi. Dans le discours agressif qu'il a fait devant l'assemblée générale de l'Association des Écrivains, il a plus ou moins dit ceci : « Je vois que vous êtes embarrassés. Si j'en juge par vos écrits et vos poèmes, vous ne dites pas ce que vous souhaitez. Je le comprends fort bien. Parce que j'ai connu le même embarras. Mais vous vivez dans un régime socialiste et vous pouvez exprimer librement votre pensée. Vous n'êtes pas forcés de prendre des détours. » N'était-ce pas inviter les écrivains et les intellectuels à s'opposer au régime ? Assis dans mon coin, j'écoutais Nâzım sans rien dire. Je n'étais pas le seul à me taire, personne ne bronchait. Et par peur, j'imagine, personne n'a applaudi son discours.

Le soir, à l'hôtel, je lui ai dit que je ne partageais pas son point de vue. Nous étions confortablement installés au Grand Hôtel de l'île Marguerite. Après dîner, il m'a déclaré qu'il allait se retirer dans sa chambre, qu'il ne voyait pas l'utilité de discuter avec moi de questions politiques et idéologiques, et même qu'il commençait à en avoir assez et que je ferais mieux, à cette heure tardive, de m'intéresser au violoniste aux sourcils arqués qui jouait de la musique tsigane. Ensuite, il a allumé un cigare et m'a soufflé sans façon la fumée au visage. J'étais vexé, mais je n'ai pas insisté. Il avait l'air désabusé et las de vivre. Quand il est allé se coucher, j'ai couru m'installer au bar, à côté du violoniste aux sourcils arqués, pour déguster des vins de Tokay. J'étais sur le point de lier amitié avec lui quand soudain, que vois-je? Nâzım, les cheveux en désordre, l'air exalté, vêtu d'une chemise de lin et d'un pantalon froissé, sortait de l'hôtel! Je vous avoue que je n'en revenais pas. D'ailleurs, vous savez bien que si j'écris ces lignes, c'est uniquement pour vous dire la vérité et relater des faits réels. Bien entendu, je lui ai aussitôt emboîté le pas.

Il s'est dirigé vers Buda. La nuit de mai était chaude, pas une feuille ne frémissait. On entendait au loin aboyer des chiens. Les lumières de la rive opposée se miraient dans l'eau. Un moment, Nâzım a regardé du haut du pont le Danube qui coulait à grand bruit. Le fleuve était gonflé par les eaux de fonte des neiges et ses eaux écumantes tourbillonnaient. Je pouvais imaginer ce qui se passait dans sa tête. Sans doute n'avez-vous que faire de mes suppositions et voulez-vous seulement savoir ce qu'a fait l'homme que je suivais et qui il a rencontré, mais je crois devoir poursuivre, car je suis absolument certain que ce soir-là Nâzım, seul face au Danube, était encore en train d'ourdir un de ses complots. Il murmurait pour lui-même ces vers: « Chaque instant de silence appelle une ascension / rien ne peut endiguer ce flot écumant / Héraclite, Héraclite / nul ne peut enfermer l'eau vive! » Ces vers qu'il avait jadis écrits en l'honneur de la révolution et de la dialectique, il était clair qu'en mai 1956, à Budapest, il leur assignait un tout autre but. De toute évidence, le

« flot écumant » était la contre-révolution attisée par nos ennemis, et en premier lieu par l'Amérique.

Là-dessus, il a jeté un dernier regard au fleuve, puis il est reparti vers Buda. Ces flots nocturnes écumants semblaient avoir agi sur lui. Et j'imagine que, par-delà la contre-révolution, il songeait à Istanbul, à Münevver et à son fils Memet, qu'il voyait grandir sur les photos. Il prétendait que s'il était allé en Bulgarie quelques années plus tôt, c'était pour dissuader les Turcs d'émigrer et les gagner au socialisme, alors qu'en fait, tout ce qu'il voulait, c'était chasser sa nostalgie en mangeant de la pizza turque et du *cacık*. Il avait écrit alors : « Le ciel était sans nuages/Parmi les saules pleureurs/J'ai rencontré le Danube/Et ses flots limoneux. » Il retrouvait ce fleuve à Budapest. Tout en pensant que, comme l'a dit Héraclite, on ne se baigne pas deux fois dans la même rivière, il regardait couler le Danube, bleu comme dans les valses de Strauss, et peut-être avait-il la nostalgie de la dynastie des Habsbourg qui, du château de cette ville, régnait sur le vaste Empire austro-hongrois qui s'étendait des Alpes aux Carpates. Cette nation avait eu un destin pitoyable. Elle avait grossi, grossi, comme la grenouille qui veut se faire aussi grosse que le bœuf, pour enfin exploser et redevenir toute petite. À l'évidence, Nâzım s'en affligeait. En ancien marin, il s'indignait et se désolait avec l'amiral Miklos Horthy, qui, lorsque l'ennemi priva son pays de tout débouché sur la mer, en fut réduit à faire voguer son navire sur le lac Balaton. Il comptait parmi ses ancêtres des nobles polonais et il ressentait dans son corps la douleur d'être privé de son pays et de sa mer. Le nationalisme turc qui coulait dans ses veines le portait à sympathiser avec les Hongrois, qui, en tant que peuple, sont un peu nos frères. Je suis de plus en plus persuadé qu'en fait il n'est pas un communiste, mais un nationaliste turc. J'y reviendrai. Pour l'instant, reprenons ma filature nocturne à Budapest.

Sans se soucier de sa maladie de cœur, il se hâtait vers le sommet de la colline comme on court à un rendez-vous. Je ne le lâchais pas. Montant vers le château, nous avons gravi quelques rues escarpées et longé des ruelles obscures. Un tramway est passé à grand fracas. Ses feux ont illuminé un instant les fenêtres des immeubles aux façades décrépies. À un coin de rue, nous avons croisé un groupe d'ivrognes. Ils sortaient du hammam et rentraient chez eux. L'envie m'a pris de me joindre à eux, mais j'y ai renoncé. Il était plus important pour moi de savoir où allait Nâzım. En arrivant à la cour pavée, il était tout essoufflé. Il s'est assis sur un vieux banc pour se reposer un instant. Ensuite, il a tourné son regard vers l'oiseau Turul qui, du haut de sa colonne, déploie ses ailes pour s'envoler, comme dans la légende magyare. Je me demandais ce qui avait bien pu le pousser à sortir de son lit en pleine nuit pour monter dans le vieux Buda. En fait, il voulait écrire un poème sur ce Turul qui a jadis conduit les tribus magyares des vieux monts Oural vers la plaine hongroise. C'est ce que j'ai compris le lendemain en fouillant sa chambre en son absence. Il avait pris quelques notes sur le nationalisme hongrois et travaillé à un poème consacré au Turul, peut-être pour montrer la voie à l'insurrection qui allait commencer en octobre et dresser la jeunesse contre le régime. Je m'apprêtais à photographier ces documents lorsque j'ai entendu un bruit de pas. Et comme vous pouvez l'imaginer, j'ai quitté promptement les lieux. Je n'ai pas trouvé d'autre occasion de pénétrer dans sa chambre. Mais je peux affirmer qu'il est resté assis un long moment devant la statue du Turul, comme en adoration devant une idole, après quoi il s'est levé brusquement et est rentré à l'hôtel par le dernier autobus. Il n'a peut-être pas écrit son poème sur l'oiseau de la légende hongroise – ou, s'il l'a écrit, il ne l'a pas publié –, mais nous savons en revanche qu'il a fixé dans un autre poème tout ce qui lui a traversé la tête cette nuit-là tandis qu'il retournait à l'hôtel. Je pense m'être bien acquitté de ma tâche, car je peux vous présenter un extrait de ce poème : « Minuit / le dernier autobus. / Le contrôleur a déchiré le billet. / Chez moi ne m'attendent ni mauvaise nouvelle / ni festin et beuverie. / Ce qui m'attend, c'est la séparation. / Je marche vers elle sans peur / et sans chagrin. / Les grandes ténèbres sont toutes proches. / Je peux désormais, calme et serein, / regarder le monde. / Je ne m'étonne plus de la lâcheté de l'ami / qui me poignarde en me serrant la main. / C'est en vain, l'ennemi ne me fait plus peur. / J'ai traversé la forêt des idoles / en brandissant ma hache, / elles sont faciles à renverser. »

Est-il nécessaire de commenter ? Les idoles en question ne sont certainement pas les statuettes qu'adoraient les tribus primitives ou les Peaux-Rouges, ni les filles d'Allah, Lat, Uzza et Manat, qui ornaient la Kaaba avant l'islam. Ces idoles, dont Nâzım assure qu'elles sont faciles à renverser, ce sont, comme vous pouvez vous en douter, nos dirigeants. Ceux du Parti, de l'État, du gouvernement. Quand « notre petit gars » (j'ai plutôt envie de dire « le Fils Ingénu », car je connais mieux que personne sa ruse et sa perfidie) parcourt la forêt des idoles en brandissant sa hache et en abattant les arbres, et qu'il s'en prend au plus majestueux de tous, le grand Staline, qui ouvre ses bras protecteurs à tous les peuples du monde, il ne lui vient même pas à l'idée qu'on peut l'écraser comme un moucheron. « Elles sont faciles à renverser » ! Ce n'est pas là qu'il aurait dû dire cela, mais à son retour à Moscou ! Il s'en est bien gardé ! Dans le rapport que j'avais envoyé au début, j'avais déclaré que son éloge de Staline était mensonger. Le temps m'a donné raison.

Je m'emporte parfois, mais en fait je suis d'un naturel paisible. Pourvu qu'on ne me pique pas au vif. Qu'il ne me force pas, pour la cause du Parti, à tremper mes mains dans le sang. Dans sa jeunesse, Nâzım Hikmet a entrepris de renverser les vieilles idoles de notre poésie, maintenant il s'en prend à nos grands hommes. Il trahit notre cause. Il serait grand temps de river son clou à ce rimailleur. On n'a que trop attendu !

Diable

« Les médailles sont comme les perruches inséparables »

J'attendais que Nâzım montre son vrai visage en portant un coup fatal au communisme et à la direction du Parti. Il s'y préparait depuis longtemps et guettait, en embuscade. Oui, vous avez bien lu, c'était depuis le début un traître, un dangereux provocateur, un ennemi du régime. Comme on sait, le loup aime le temps brumeux, et quand les nuages noirs apparurent à l'horizon, il ne tint plus en place. Au nom du renouveau de l'art, il recommandait de renoncer au « héros positif » et faisait tout son possible pour détourner du réalisme socialiste les jeunes gens qu'il rassemblait autour d'un café turc et de plats orientaux. Je suis loin d'être expert en matière d'art et ne comprends rien au théâtre, mais je lis. Ou plutôt, j'ai lu, autrefois. J'ai acquis quelques connaissances et je ne peux pas pardonner qu'on inocule du poison au peuple au nom du renouveau, que l'on se dresse contre l'État et le régime et que l'on dénigre le camarade Staline, qui nous a dotés d'une industrie lourde et nous a apporté la paix. Pardonnez-moi de m'emporter, mais je voudrais lui arracher la langue. Car, comme vous savez, la littérature est surtout une question de langue.

Il était évident depuis le début que Nâzım prendrait ce chemin, mais il cachait son jeu, il attendait patiemment son heure. C'est seulement quand le camarade Khrouchtchev a publié son rapport secret qu'il s'est mis à dénoncer les crimes staliniens. Sans trop se mêler de politique, il a choisi, pour atteindre ses vils objectifs, le moyen le plus efficace pour toucher les masses : il s'est servi du théâtre, qui fait rire et pleurer le peuple et qui l'exalte parfois. Il a sonné à toutes les portes pour pouvoir mettre en scène, au Théâtre de la Satire, sa pièce *Ivan Ivanovitch a-t-il existé ?*, dans laquelle il s'en prend au culte de la personnalité, à la bureaucratie et aux dirigeants qui ont perdu tout contact avec le peuple. Il a fini par arriver à ses fins en faisant intervenir des ennemis secrets du régime (que je désignerai dans un autre rapport). En fait, la pièce a été écrite en 1955, autrement dit avant le XXe Congrès du Parti, mais il a attendu le moment propice pour la faire jouer, ce qui montre bien sa duplicité et sa fourberie. Ainsi donc, sans que l'on s'en doute, il avait entrepris son œuvre destructrice dès son arrivée en Union Soviétique, sa « deuxième patrie », comme il disait. À mon avis, vous vous en doutiez, mais les dirigeants fermaient les yeux. Quant aux larmes qu'il a versées à la mort du camarade Staline, ce sont des larmes de crocodile.

Quoi qu'il en soit, la pièce a été retirée du répertoire après seulement quelques représentations et personne ne s'est laissé duper par le chantage de l'auteur, qui protestait : « Comment pouvez-vous me faire ça ? Vous voulez donc que je me suicide ? » Il va de soi que je n'aurais pas éprouvé le besoin d'écrire ce rapport si cet *Ivan Ivanovitch* qui a judicieusement été interdit à Moscou n'avait pas montré à nouveau le bout de son nez en venant me relancer jusqu'en République Démocratique Allemande. Je ne sais pas quelles mains perfides sont intervenues, la question n'est pas là, mais je vais vous surprendre. Ne voilà-t-il pas que la première d'*Ivanovitch* était annoncée et qu'elle aurait lieu au Théâtre Municipal de Senftenberg, qui plus est avec la participation de l'auteur ! Bien entendu, je m'y suis rendu dare-dare. J'ai suivi attentivement la pièce d'un bout à l'autre, j'ai été témoin des applaudissements du public et j'ai vu la salle comble manifester violemment son hostilité au régime. Quand Nâzım est apparu, j'ai ravalé ma colère et je l'ai serré dans mes bras.

Je ne comprends toujours pas comment on a pu permettre la représentation, grâce aux deniers publics, d'une pièce injurieuse et destructrice qui ridiculise ainsi le Parti et sa direction. Que fait la police ? La censure est-elle en train de bayer aux corneilles ? Il faut absolument exclure du répertoire cette pièce qui est parue dans la revue de Jean-Paul Sartre, ce nain bigle de la pensée qui attend impatiemment à l'Ouest et qui, d'après les informations que je reçois, a montré, en ces jours particuliers, qu'il est un ennemi de l'Union Soviétique.

La pièce, en trois actes et dix scènes, est jouée par trois acteurs : un homme à casquette censé représenter le peuple, un autre en chapeau de paille qui figure les intellectuels pédants, et enfin Sergueï Konstantinovitch Petrov, responsable du Parti dans une petite bourgade. Mais le véritable héros, l'instigateur, est Ivan Ivanovitch, le double de Petrov, qu'il pousse à la faute. L'auteur laisse entendre que ce genre de personnage se cache en chacun de nous et que, quand l'occasion se présente, il prend en main notre conduite et nous manipule comme des pantins. Selon lui, celui qui écrit ces lignes et signe « Diable » serait l'Ivan Ivanovitch que je porte en moi ! C'est à se tordre de rire. Mais revenons à cette pièce.

Petrov est un dirigeant du Parti compétent, bienveillant, et surtout épris de justice, et, selon l'auteur, Ivan Ivanovitch, qui pousse son entourage à lui rendre un véritable culte, est un serpent dont il faut écraser la tête. Pensez donc ! Un serpent ! Selon moi, c'est un héros, dont nous avons absolument besoin à cette étape de la fondation du socialisme. Nâzım insinue qu'Ivan Ivanovitch est à Petrov ce que le ver est à la pomme ou la rouille au fer, et qu'il est l'ennemi de chacun de nous. En fait, il règle ses comptes avec la direction de l'État et du Parti. Et il va si loin dans sa critique que, selon moi, il met en accusation non seulement le régime et ses dirigeants, mais aussi les pères fondateurs du communisme. Et ensuite il cherche à faire passer cette infamie en s'abritant derrière Lénine. Prenons par exemple la scène où Ivan Ivanovitch se fait rosser par l'homme à la casquette, c'est-à-dire par le peuple. Non content de le battre comme plâtre, celui-ci déclare « ce n'est pas ta tête que j'ai peur d'abîmer, c'est le bâton ». Qui plus est, Nâzım s'en prend bassement à l'Union Soviétique, qui lui a ouvert les bras dans un moment particulièrement difficile, alors que dans son propre pays on s'apprêtait à l'éliminer. À un certain moment, Ivan Ivanovitch lui dit, dans cette réplique que j'ai notée à la virgule près : « Nâzım Hikmet, Nâzım Ran, fils de Hikmet, si vous préférez. Je sais que l'Union Soviétique est votre seconde patrie. Vous aimez et respectez les Soviétiques... Vous êtes un vieux membre du Parti, c'est bien, mais fallait-il vraiment que votre première pièce, dont l'action se passe chez les soviets, soit une satire ? Pourquoi voulez-vous ternir la réputation de Petrov ? Pourquoi vous mêlez-vous de nos affaires ? Nous avons déjà assez de soucis. Laissez-nous tranquilles. Cela ne se fait pas. Après tout, vous n'êtes ici qu'un hôte de passage. » Il fait cette réponse ingrate : « Vous perdez votre temps, Ivan Ivanovitch... J'écrirai cette pièce parce que j'aime Petrov à la folie. Soit, je suis un hôte de passage en Union Soviétique, mais le bon hôte écrase la tête du serpent qui veut mordre l'aubergiste. Et si j'étais moi-même l'aubergiste, cela ne changerait rien. Je t'écraserai la tête. Les choses ne finiront pas comme tu le veux... » L'homme à la casquette intervient alors. Il dit en éclatant de rire : « Ce sera comme moi je le veux. »

Je ne vais pas vous raconter toute la pièce. Si vous ne me croyez pas, vous pouvez aller vous rendre compte par vous-même. Mais je suis sûr que vous n'avez pas envie de perdre un temps précieux. C'est pourquoi j'ai noté les passages qui me paraissent dangereux et qui doivent absolument être censurés. Je les soumets à votre attention :

L'homme au chapeau de paille : « Es-tu obligé de toujours parler dans le jargon des réunions de ton parti ? »

Anna Nikolaevna : « On doit trouver dans le magasin ce qui est exposé en vitrine... On n'expose pas des poulets, des oies, des canards, des dindes, du veau et du porc s'il n'y a rien d'autre à vendre que de la purée de poisson. » Ivan Ivanovitch : « Les médailles sont comme les perruches inséparables. Elles ne supportent pas de vivre seules. » Ivan Ivanovitch : « Ce qu'il vous faut avant tout, c'est une porte à double paroi, rembourrée, capitonnée, qui ne laisse rien passer de l'intérieur vers l'extérieur ni de l'extérieur vers l'intérieur... Une porte-chef... Une porte qui ait de l'autorité. » L'homme au chapeau de paille : « Soit dit entre nous, je prépare une autre thèse pour nos chers camarades. Ce qui est important, dans les immortelles maximes de Petrov, ce sont les virgules et les points-virgules. » Petrov : « Il n'est rien que je ne comprenne... Je sais tout, je comprends tout. » Petrov : « Je me mets tout de suite en route... Il ne faut pas tarder d'une minute. Une minute de retard peut faire échouer une entreprise vouée au succès et arrêter le progrès, l'expansion, la consolidation... Je me rends compte qu'ils m'appellent à l'aide... Et je vais les aider. »

Ça suffit ! Jusqu'à quand allez-vous passer la main dans le dos de cet écrivain qui tourne en dérision nos plans de développement, nos dirigeants, nos héros décorés, cet homme dangereux, ce prétendu communiste qui est en fait un ennemi du communisme ? Bien entendu, ce n'est pas à vous que je m'adresse, mais à ceux qui applaudissent Nâzım Hikmet.

Diable

P.S. :

Je dois préciser qu'il n'a pas présenté la pièce sous son titre d'origine ; pour une raison mystérieuse, peut-être pour complaire à la République Démocratique Allemande, il lui a donné le titre extravagant de *Mayer a-t-il existé ?*

« La mer Caspienne est semblable à un lac mort »

Un jour, le téléphone a sonné. J'ai décroché, c'était la voix de Nâzım. Il semblait tout heureux. Il ne m'appelle pas souvent, sauf s'il se passe quelque chose d'important.

– Je vais en Azerbaïdjan, que veux-tu que je te rapporte ?

– Profitez bien de tout ! Je n'ai besoin de rien, vous me raconterez à votre retour ce que vous avez vu.

– Bon. Pour une fois, tu ne seras pas du voyage.

– Je peux venir, si vous le souhaitez, maître.

– Non, ne viens pas. Pour aller en Azerbaïdjan, je n'ai pas besoin de passeport !

Sans faire d'histoires, je lui ai souhaité un bon voyage. Et j'ai appelé aussitôt notre agent à Bakou. Il était à Gence. Je l'ai prié d'aller accueillir Nâzım à Bakou et d'indiquer dans son rapport qui il rencontrait et de quoi il parlait. Il était déjà informé de la venue du poète. Il m'a dit qu'il devait venir à Gence. Il ne l'a pas quitté, ni à Gence ni à Bakou. Vous trouverez ci-dessous les passages les plus frappants de son rapport, rédigé en langue azérie :

« Le train a fini par arriver. Normalement, il stoppe sur la voie 3. On sait pas trop pourquoi le train qui amenait

Nâzım Hikmet s'est arrêté sur la voie 1. Nâzım Hikmet, Süleyman Rüstem, Mehdi Hüseyn, Ekber Babaïev et Galia, le médecin du poète, sont descendus de voiture. Nâzım Hikmet, il fait pas de chichis, il m'a même serré la pogne. Il a relevé le col de son imper et s'est avancé à pas rapides vers les dirigeants. Il a parlé à tout le monde. Il a invoqué le nom d'Allah.

« Mehdi Hüseyn, en saluant, a employé la formule traditionnelle "*Ya Allah*". Il a fait l'éloge de nos dirigeants. Au bout d'un quart d'heure, on s'est rendus à l'hôtel qui se trouve à côté du cinéma Engels. Après s'être reposés une demi-heure, les invités sont descendus les uns après les autres dans le hall. Le communiste Müseyip Dadaşov est sorti d'une des chambres. On se connaît bien. Au début de la révolution, il bossait avec mon père dans la police militaire. Il m'a demandé qui étaient les invités. Je lui ai dit qu'il y avait Nâzım Hikmet.

« – Il faut absolument que je lui parle, qu'il a dit.

« Il a été ravi de voir Süleyman Rüstem. C'étaient de vieux potes. Dadaşov, quand il a vu Nâzım Hikmet, il s'est approché de lui et il l'a serré dans ses bras en lui souhaitant la bienvenue. Il a parlé de ses activités révolutionnaires et de ce qu'il a enduré, prenant à témoin Süleyman Rüstem (lui aussi, il en a bavé en 1937), qui acquiesçait de bon cœur. Lui-même il a beaucoup parlé, et quand il s'est mis à chialer, Nâzım Hikmet l'a serré dans ses bras.

« Ensuite, on a dressé la liste des visites à faire le lendemain. Il devait y avoir un discours à l'hôtel. J'avoue que j'ai eu du mal à piger ce que disait Nâzım Hikmet.

Il s'exprimait de façon très littéraire dans le dialecte d'Istanbul. J'étais très ému, il faisait de son mieux, mais il ne pigeait pas bien mes questions.

« Le soir, on est allés au théâtre. C'était une vraie fête. Le directeur a annoncé que Nâzım Hikmet était présent. Même les loges des acteurs avaient été décorées. Il y a eu un vrai concert d'acclamations. Avant le début du spectacle, Nâzım Hikmet a été longuement et bruyamment applaudi. Il y avait aussi Mehdi Hüseyn, Süleyman Rüstem et Ekber Babaïev. Le spectacle a commencé. À l'entracte, on est allés dans la loge d'un des acteurs. Nâzım Hikmet a fait la connaissance d'Elekber Seyfi et de l'académicien Firuz Melikov et ils ont tout de suite sympathisé. Il s'est plaint des directeurs de théâtre. Il a parlé de sa pièce *Le Crâne* qui a été interdite à Istanbul.

« Le lendemain, on est allés au lac de Göy. Pendant tout le voyage, Süleyman Rüstem n'a pas cessé de raconter des blagues. Tout le monde se marrait dans la voiture. À Çaykent, un sanglier a traversé la route. Süleyman a fait des plaisanteries à propos du sanglier. À l'approche de Kürekçay, les plaisanteries ont cessé. Nâzım avait un air bizarre. Il était perdu dans ses rêves. Dans cette région, les feuilles n'étaient pas encore tombées. Il y en avait de toutes les couleurs, des jaunes, des rouges.

« On est enfin arrivés au lac de Göy. Le poète regardait autour de lui, frappé par la beauté du paysage, on aurait dit qu'il avait peur d'oublier ça une fois parti. Il se taisait. Il sait que la beauté ne fait pas bon ménage avec le bruit. À un certain moment, alors qu'on était tous debout derrière lui, il s'est accroupi et il a fait une photo.

« Il a dit :

« – Ici, il ne faut pas construire de grands immeubles, ça détruirait l'harmonie. On peut juste bâtir de petites villas.

J'ai demandé naïvement :

« – Lesquelles de vos pièces de théâtre ont été interdites, et pourquoi ?

« – Dans notre mer Noire vit un gros poisson à long museau, très vigoureux (il a employé un nom que je ne connaissais pas). Il est très difficile à capturer. Si on le prend au filet, il le déchire avec son bec et il se sauve. Dès qu'il est coincé dans le filet, les pêcheurs, pour qu'il ne se sauve pas, le frappent à coups d'aviron. Il faut dire que les filets sont chers et que les pêcheurs sont pauvres. Ils ont du mal à en venir à bout. Quand c'est fini, ils peuvent tranquillement tirer leurs filets. Moi aussi ils me tapent sur la gueule à coups de rame, ils s'en donnent à cœur joie, mais je ne suis pas le genre de poisson qui reste pris dans un filet. »

Dans ce dernier paragraphe, le poète fait allusion à la façon astucieuse dont il a réagi à l'interdiction à Moscou d'*Ivan Ivanovitch*.

Je crains que le rapport de notre agent ne soit plus difficile à traduire que les miens. Il a été rédigé en azéri et je pense qu'il faudra tout d'abord le traduire en turc. C'est pourquoi je ne le produis pas *in extenso*. Les conférences que Nâzım Hikmet a faites devant les étudiants à l'université de Bakou portaient surtout sur la littérature et le métier d'écrivain et sont sans intérêt pour vous. Mais il est bon que vous sachiez qu'il a attisé le nationalisme azéri en disant : « Vous êtes turcs, exprimez-vous dans votre langue maternelle.» Il a fait une demande en ce sens à Mirza Ibrahimov, le président de la République d'Azerbaïdjan, qui est son ami, et ce n'est là qu'un échantillon de ce qu'a pu tramer «notre petit gars». Je dois ajouter ceci : dans son rapport, notre agent écrit qu'à Bakou, Nâzım Hikmet ne s'est pas contenté de visiter l'université et qu'il est allé dans tous les bordels. Je connais bien le poète et cela ne m'a pas surpris. Mais tout de même je me suis demandé pourquoi il avait éprouvé le besoin d'aller dans les bordels alors qu'il était accompagné de Galia. Je dois donc préciser que le mot «maison de rapports» qui est utilisé en Turquie avec le sens de «maison publique» signifie «usine» en azéri. Je précise ce détail pour le cas où la traduction serait défectueuse. Dans un discours qu'il a fait à Bakou, Nâzım Hikmet a déclaré que Lénine n'était pas mort et que son âme, «semblable à un lac mort», parcourt encore les bordels de la Caspienne.

Diable

« Lénine. Je dis bien Vladimir Ilitch »

Un beau jour, sans raison apparente, comme si tout n'allait pas bien, ou plutôt comme si après son XXIIe Congrès le Parti s'était orienté vers le stalinisme, Nâzım Hikmet a commencé à se poser mille questions à propos de Lénine. C'était une véritable obsession. Non content de louer Lénine dans ses poèmes, il ne ratait pas une occasion de traîner dans la boue Staline, qu'il avait jadis porté aux nues. À cette époque-là, ses relations avec le camarade Khrouchtchev se sont gâtées. Visiblement, il était mécontent du sort fait aux jeunes et ne manquait pas d'aborder ce sujet lors des discussions. Un jour, il m'a téléphoné pour me dire qu'il voulait voir la maison dans laquelle Lénine avait vécu ses derniers jours. Nous sommes montés dans sa Volga cramoisie et nous voilà partis. J'étais au volant et il était assis à côté de moi. Je le trouvais songeur. J'ai essayé de le taquiner : « Alors, maître, votre bateau a sombré dans la mer Noire ? » Mais il n'a même pas répondu. Pourtant, je ne voulais pas me moquer de lui, mais seulement le faire rire. Je savais ce qui lui était arrivé en mer Noire lors de sa fuite de Turquie, mais il ne s'en doutait pas. D'ailleurs, ces jours-là, il ne remarquait rien du tout. Je ne sais si c'était parce qu'il était malade ou parce qu'il avait peur de mourir, il n'arrêtait pas de broyer du noir. Pendant toute la route il n'a pas desserré les dents.

Je m'étais donné la peine d'annoncer notre visite et les employés du musée nous attendaient sur le pas de la porte. Sitôt entré, Nâzım a demandé pourquoi Lénine, atteint d'une maladie mortelle, avait été conduit précisément ici. La réponse: «Parce que c'est relié à Moscou par le téléphone», n'a pas paru le convaincre. Je savais, comme tout le monde, que le fondateur de la nation soviétique pouvait, grâce à ce téléphone, diriger le pays, qu'il était en relation avec l'appareil du Parti et communiquait ses décisions aux autorités. Certes, il correspondait avec les hauts dirigeants du Parti, notamment avec le camarade Staline, et préférait dicter ses décisions et ses avis qui étaient ensuite envoyés sous forme écrite, mais en cas d'urgence il n'hésitait pas à recourir au téléphone. Pour changer de sujet, Nâzım a demandé quels livres lisait ici Lénine. Les employés sont demeurés un instant interdits. Puis l'un d'eux a déclaré qu'il avait lu quelque part qu'il relisait *La Défense du marxisme* de Trotski. J'aurais voulu que vous voyiez Nâzım à ce moment-là. Ses yeux bleus lançaient des éclairs. «Tu entends ça? m'a-t-il dit. Il faudra le dire à tous les camarades!» «Bien sûr», ai-je répondu, mais vous vous doutez bien que je pensais à tout autre chose et ne voyais pas l'intérêt de rendre public ce détail sans importance. D'ailleurs, Kroupskaïa, dans ses souvenirs, n'a-t-elle pas écrit que le dernier livre que Lénine a lu avant de mourir, ou plutôt qu'elle lui a lu, était un recueil de récits de Jack London? Bien entendu, nous ne connaîtrons jamais la vérité, mais nous avons le testament de Lénine. Nâzım savait fort bien qu'il a confié le Parti au camarade Staline, mais il feignait de l'ignorer. Comme on dit chez nous, il cherchait midi à quatorze heures. «Avant de mourir, il a compris le danger potentiel que représentait Staline, m'a-t-il dit, c'est pour cela qu'il s'est éloigné de lui et rapproché de Trotski.» Il avait l'air tout à fait sûr de lui. Je savais bien que c'était faux, que Lénine, dans son testament, tout en louant les qualités de Boukharine, Piatakov, Zinoviev, Kamenev, Staline et Trotski, critique leurs défauts, mais j'ai préféré me taire. Prenant sans doute mon silence pour une approbation, il a demandé: «Pourquoi ne dit-on pas que dans une note envoyée au Congrès il s'est plaint de la brutalité de Staline, qu'il ne voulait pas qu'il soit secrétaire général du Parti et qu'il a demandé qu'on lui retire ce poste?» J'ai eu de la peine à me retenir de lui dire: «Parce que ce que vous dites est faux, maître», je me suis contenté de répondre: «Qui sait...» Les employés avaient sans doute remarqué que nous parlions turc entre nous, car l'un d'entre eux a fait observer: «Que vous avez une belle langue! Nous aimerions beaucoup la comprendre.» Je ne pouvais que lui donner raison. Je m'apprêtais à le remercier lorsque Nâzım a demandé à brûle-pourpoint si les rideaux étaient là depuis l'époque de Lénine. Dehors, la neige avait commencé à fondre au soleil printanier, mais dedans il faisait froid et sombre. Après les rideaux, il s'est intéressé à la table où Vladimir Ilitch prenait ses repas en compagnie de Nadejda Kroupskaïa, à la chambre où logeait Gorki et à d'autres détails insignifiants. Je suis sûr que vous le savez, mais je pense qu'il est bon de rappeler ceci : après le perfide attentat, Lénine fut amené dans cette maison, le bras droit et la jambe droite paralysés. Il resta dans cet état jusqu'à sa mort. Mais Nâzım, au lieu de s'intéresser à la façon dont Vladimir Ilitch est décédé, voulait seulement savoir si Staline était venu lui rendre visite. Il a fini par poser la question, tout en sachant fort bien la réponse, et quand on lui a répondu ce qu'il attendait, il s'est tourné vers moi : « N'est-ce pas dans les mauvais jours que l'on voit les amis ? » Staline n'est pas allé voir Lénine une seule fois durant le trimestre et demi qu'a duré sa maladie, mais dès qu'il est mort il a rappliqué pour porter, avec les autres camarades, le cercueil sur ses épaules.

Nous sommes restés un bon moment devant les vitrines où sont exposés les manuscrits et Nâzım a minutieusement examiné les documents. Il a saisi l'un d'entre eux et mis ses lunettes pour l'étudier, comme s'il était d'une importance vitale, puis il a demandé pourquoi la feuille qu'il tenait en main était à moitié blanche et à moitié jaune. On lui a répondu qu'avant le XXe Congrès on n'en laissait voir que la moitié et que c'est seulement à partir de 1956 qu'on a été autorisé à la montrer tout entière. Il a eu un sourire ironique, puis il a soupiré d'un air furieux. Il y avait longtemps que je ne l'avais pas vu dans un tel état.

Le soir, au retour, nous avons dîné dans sa datcha. Le docteur Galina était là elle aussi. Je sais qu'elle est agent du KGB, mais elle ignore que je travaille pour la Stasi. Ou elle fait semblant de l'ignorer. C'est à l'hôpital qu'il a fait la connaissance de cette femme dévouée qui veille sur lui comme sur la prunelle de ses yeux. Il a vécu avec elle un certain temps, mais sans cesser d'avoir d'autres aventures ni d'envoyer des lettres d'amour à son épouse restée à Istanbul. Je dirais que, s'il n'avait pas eu une maladie de cœur, il aurait « sauté sur tout ce qui bougeait », mais il vaut mieux éviter ce sujet.

Diable

«Trotski carillonne et sonne le tocsin»

Peu de temps après notre visite à la maison de Lénine, j'ai découvert dans nos archives un document qui prouve que Nâzım a commencé par être trotskiste. En fait, il s'agit d'un témoignage, mais il est absolument authentique. Je vous le soumets.

En 1920, à Moscou, alors qu'il était élève de l'UCTO, il a fait partie du comité qui, peu avant la mort de Lénine, a invité Trotski à donner une conférence dans l'établissement. Selon toute vraisemblance, c'est lui qui a proposé d'organiser cette conférence. Quoi qu'il en soit, les étudiants ont décidé à l'unanimité de boycotter Trotski. Et dès qu'il a pris la parole, ils ont tous quitté la salle. Seul Nâzım est resté jusqu'à la fin. Et il n'a pas cessé de prendre des notes. Cet incident m'a rappelé les mésaventures d'un certain Merkez efendi, derviche de la confrérie des Halvétis, que j'ai entendu raconter lorsque j'étais exilé à Balıkesir.

Ce Merkez efendi, lors de son passage à Manisa, avait fondé le fameux asile d'aliénés de la ville, où l'on s'efforçait de guérir les malades en leur jouant de la musique, et avait rendu la santé à Hafsa sultan, mère du sultan Süleyman (que vous appelez le Magnifique, mais qui, pour nous, est le Législateur), grâce à un onguent de son invention, le baume de *mesir*, que l'on jette encore au peuple du haut du minaret le jour du *Nevruz Bayramı*, la fête du printemps. Il s'était ensuite rendu à Balıkesir. À mon époque, ce lieu était une petite ville de province, au carrefour de plusieurs lignes de chemin de fer, qui, à part les trains qui allaient et venaient, n'avait pas beaucoup de visiteurs. Mais à l'époque de Mehmed efendi, c'était une ville ottomane importante, célèbre pour la mosquée qu'y fit construire Zaganos pacha, précepteur, puis gendre du sultan ottoman Mehmet II (que nous appelons le Conquérant, car il initia une ère nouvelle en faisant la conquête de Constantinople), pour ses coupoles de plomb, ses carreaux de faïence et sa communauté de croyants.

Apprenant la venue dans la ville de Merkez efendi, la population le pria de faire un sermon. Le cheikh n'avait pas l'habitude de parler en public, toutefois il accepta, pour ne pas faire de peine aux fidèles. La mosquée était pleine à craquer, mais les gens trouvèrent son propos si ennuyeux qu'ils commencèrent à se lever, un à un ou deux à la fois, et à gagner la sortie. Au bout du compte, il ne restait plus que le gardien de la mosquée. Celui-ci patienta un moment, puis, finalement, prétextant qu'il devait travailler dans les champs, il remit la clé au cheikh et s'esquiva. Le cheikh vit qu'il n'avait plus un seul auditeur. Il poursuivit cependant son sermon, car, peut-être, les anges l'entendaient.

Nâzım Hikmet, qui, non content d'écouter jusqu'au bout la conférence de Trotski, trouva le moyen de prendre des notes, était-il un ange ? Je pense quant à moi que c'était plutôt un diable. Je vous laisse le soin d'en juger, moi qui signe justement mes rapports de ce pseudonyme. Et j'espère que vous ne traitez pas mes rapports comme les élèves de l'UCTO ont traité Trotski ou comme les croyants de la mosquée de Zaganos pacha ont traité Merkez efendi, et que, même si parfois je me laisse un peu emporter, vous les lisez sans embarras et sans ennui et non, si vous me permettez l'expression, comme les propos du copte « qui voulait être un héros, mais parlait comme un voleur ».

Diable

« Ils ont essayé de me chasser du Parti, mais ils n'ont pas réussi »

Peu de temps après, la conférence du PCT a pu se réunir à Leipzig. Après bien des manœuvres, des tentatives, des querelles, des pièges, des règlements de comptes (dois-je continuer ?) et plusieurs retours à la clandestinité. En fait, cette conférence aurait dû avoir lieu beaucoup plus tôt. La situation dans le monde et en Turquie avait changé, on était entré dans une ère nouvelle. Gagarine avait été envoyé dans l'espace. Oui, nous avions notre part dans ce grand succès, le communisme, quittant la Terre, était parti à la conquête de l'espace. Certes, nous œuvrions pour la paix, mais nos réacteurs nucléaires étaient au point et ceux de nos adversaires aussi. En dépit du déviationnisme des Albanais, d'Enver Hodja et de la sale gueule de Mao, presque la moitié du monde était dans notre camp, tandis que l'autre moitié était dans les rangs de l'ennemi. Les anciennes colonies, l'Algérie en tête, avaient acquis leur indépendance. Comme l'écrit Nâzım Hikmet dans son « Reportage sur le Tanganyika », si l'on posait l'oreille sur le sol du continent noir, on entendait gronder les foules en colère. Fidel et ses compagnons barbus vêtus de parkas avaient planté le poignard de la révolution dans la gorge de l'impérialisme. Dans ces moments inattendus, je me sens devenir poète, surtout s'il s'agit de la révolution. Disons que le monde était sur le point de rajeunir et de changer.

Après le coup d'État du 27 mai 1960 à Ankara, le moment était venu de mettre en place une Constitution démocratique, même si les militaires avaient envoyé à la potence le Premier ministre Menderes et deux de ses ministres. Mais le Parti Populaire n'était pas le seul à être furieux. Nous l'étions aussi. Voyez comment « notre petit gars » exprime cette profonde colère dans ces vers injurieux à l'adresse de l'ancien Premier ministre : « Nul sanglier qui rôde dans nos champs n'est pire que toi. / Nos villes n'ont connu nul incendie plus sanglant que toi. / Ton nom, Adnan bey, ressemble aux nôtres. / Mais notre langue se dessèche lorsque c'est toi qui la parles. »

Nous étions entrés dans un important processus. En raison de l'expansion du mouvement ouvrier, la nouvelle période qui avait commencé avec le coup d'État militaire offrait au Parti l'occasion d'intervenir. Le moment était venu de prendre les grandes décisions. Nous devions bien nous préparer pour la conférence. Comme tous les camarades de la direction du Parti, je devais retrousser mes manches pour « réagir à la situation » – pour reprendre une formule qui appartient au langage de l'École de Guerre, même si l'on combattait dans les rangs du prolétariat. En particulier en ces jours critiques où notre parti cherchait à étendre son champ d'action.

Je fus informé au dernier moment de la date de la conférence, car la direction, ou plutôt le secrétaire général, souhaitait réduire au minimum la participation (je dis « général », comme s'il y avait eu plusieurs secrétaires, alors qu'en fait il n'y avait en tout et pour tout qu'un président et un secrétaire). Pour cela, il fallait, comme toujours, recourir à la ruse et à la tricherie, procédé incontournable, qu'on l'appelle « mesure subtile » ou « habileté politique ». Mon but n'est pas de critiquer le secrétaire général, avec lequel, d'ailleurs, je gardais des distances. Mais je ne peux m'empêcher d'évoquer ma contrariété. Venons-en à la conférence du Parti. Il est grand temps de faire taire nos ressentiments ; malgré tout, nous avons gardé les uns pour les autres une réelle affection.

À Leipzig il y avait notre secrétaire général Zeki Baştımar et moi-même, Sabiha Sertel et sa fille Yıldız, Hak Açıkgöz et Fahri Erdinç, et enfin I. Bilen (autrement dit « Celui qui sait »), dit encore Üstüngel (« Celui qui est au-dessus de tout ») ; il était passé maître dans l'art d'éliminer ses rivaux, il avait fait expédier en Sibérie plusieurs camarades en les accusant d'être des « agents de l'impérialisme » et des « liquidateurs ». Quand il voulait faire disparaître quelqu'un, il le dénonçait comme espion ou agent au service de la police turque. Nâzım Hikmet et Vartan İmalyan venaient de Moscou, Bilal Şen de Bulgarie, Gün de Hongrie. Un artiste peintre, Abidin Dino, s'était joint à nous. En descendant du train qui l'amenait de Paris, il s'était égaré, puis son tramway était tombé en panne ; furieux, avec son écharpe rouge et sa parka verte, il avait fait une entrée très remarquée dans la salle de réunion de l'hôtel du Parti. Je ne me souviens d'aucune autre personne présente. Avec l'arrivée de Dino, les participants étaient au complet et la conférence pouvait commencer.

C'est le secrétaire général qui a pris la parole en premier. Au lieu de faire l'analyse marxiste-léniniste de la situation que nous attendions avec intérêt, il a évoqué les désaccords personnels qui divisaient le Parti et le violent conflit qui l'opposait à Reşat Baraner, qu'il qualifiait de « liquidateur doublé d'un opportuniste ». Après avoir expliqué ce qui caractérise un provocateur typique et un révisionniste atypique, il a déclaré que l'on ne pourrait venir à bout de ces maux que grâce à une approche léniniste et à une discipline de fer. Ensuite, il a fouillé dans les vieux livres de comptes en ravivant les anciennes blessures. Et il a étalé le linge sale qui s'était accumulé tout au long de son infructueuse carrière. Comme nous étions en comité restreint, nous avions les coudées franches. Avant de conclure, avec le même entrain il s'en est pris à Nâzım Hikmet. Sans en avoir l'air, je buvais du petit-lait. Tout le monde écoutait bouche bée. Seul Nâzım prenait fébrilement des notes en gribouillant je ne sais quoi. À un certain moment, il a levé les yeux de ses papiers et m'a fait un clin d'œil. Je n'ai pas compris ce qu'il voulait dire et lui ai lancé un regard interrogateur. Il a alors écrit quelques mots sur un bout de papier qu'il a plié et m'a fait passer par l'intermédiaire de Vartan İhmalyan, qui était assis à côté de lui. Je l'ai déplié et j'ai lu ceci : « Nous ne sommes ni de droite ni de gauche, d'ailleurs/Nous sommes des footballeurs, des footballeurs ! » La rime était correcte, mais nul n'avait le droit de tourner en dérision une conférence du Parti que nous avions réussi à mettre en place au prix de tant d'efforts et de sacrifices. Quand je me suis approché pour lui dire de faire preuve d'un peu plus de sérieux, j'ai vu, à ma grande surprise, qu'il n'avait pas pris la moindre note. Depuis le matin, il dessinait au crayon noir le portrait de tous les participants. Il avait commencé par moi, avec mes joues rondes, mes cheveux bouclés, mon regard distrait et mes lèvres épaisses, en m'affublant d'une sorte de flûte semblable à celle des anges des tableaux de la Renaissance et d'une paire d'ailes ; ensuite il avait donné au secrétaire général Zeki l'aspect d'une girafe portant même sous la pluie des lunettes de soleil (avril, à Leipzig, est le temps des giboulées printanières) ; I. Bilen était représenté en Azraël ; je termine mon rapport en précisant que la bonne éducation ne me permet pas de dire quel aspect il avait donné à nos deux camarades féminines.

Diable

« Me voici amoureux à près de soixante ans »

Une fois confortablement installé à Moscou avec appartement meublé au centre-ville, datcha réaménagée à Peredelkino, voiture et chauffeur, Nâzım Hikmet aurait dû connaître le repos, mais il n'en fut rien. Un nouveau malheur venait de le frapper. Il était amoureux comme un collégien. À près de soixante ans. Pour être franc, je ne m'y attendais pas. Alors qu'il avait eu tant de malheurs, passé tant de caps difficiles, qu'il avait connu la prison et fait pleurer tant de femmes, nous avons été surpris de le voir s'éprendre follement, désespérément, de cette Vera Tulyakova qui avait trente ans de moins que lui et qui, par-dessus le marché, était mariée et mère d'une fillette ; il en perdait toute contenance, se jetait à ses pieds et la suppliait en pleurant de divorcer pour se marier avec lui. « Épouse-moi, lui disait-il, je n'en ai plus pour très longtemps. Ensuite, tu pourras vivre à ta guise. » Pour la convaincre, il ne reculait devant rien, pas même le chantage au suicide. Si seulement elle en avait valu la peine ! C'était un petit bout de femme à la peau blanche, aux lèvres charnues et aux cheveux filasse. Une Russe bien fraîche à la chair tendre comme du poisson. Grosses jambes et petits seins. Si je donne toutes ces précisions, c'est parce que le camarade Mielke, quand j'ai demandé à être recruté, m'a assuré que tous les détails sont importants. « Ne vous laissez pas tromper par les photos », disait-il. Je sais que vous avez surveillé les moments où le poète était seul avec la fille, que vous les avez discrètement photographiés et que vous avez même enregistré leurs conversations téléphoniques. Mais il y a des choses que vous ne savez pas et que même les appareils les plus perfectionnés ne permettent pas de voir. Tout ce que Nâzım m'a avoué comme à un frère et à un confident. Et ce qu'il m'a dit à l'oreille quand il « était sûr qu'on ne l'écoutait pas ».

Son amour pour Vera lui avait fait perdre la tête. Il se mettait constamment sur son trente et un. Il portait des chemises blanches et des nœuds papillons – Dieu sait d'où il les sortait –, remplaçait parfois ses complets noirs par d'élégantes tenues de sport, se teignait les cheveux et se donnait un mal fou pour dissimuler son appareil dentaire. Il téléphonait tous les jours à Soyouz Multifilm, où travaillait Vera. Et pas une fois ou deux, mais toutes les heures.

Il avait vieilli. Les années de prison l'avaient profondément marqué. Il avait de grosses taches sur les mains et l'air fatigué. Il se gavait de médicaments et suivait un régime. Mais ses yeux d'un bleu violet étaient toujours aussi brillants. Il était impossible de résister à ses regards sincères et chaleureux. Il avait eu deux infarctus et son cœur cognait comme un vieux moteur. Mais il n'en avait cure. L'angine de poitrine était le dernier de ses soucis. À la prison de Bursa, il avait dit au médecin qui avait posé le diagnostic : « La moitié de mon cœur est ici/l'autre moitié est en Chine, docteur/avec l'armée en marche/vers le fleuve Jaune. » Désormais, s'il envisageait de mourir, ce n'était plus pour la cause mais pour les beaux yeux d'une femme. Son cœur risquait de se rompre, mais il était incapable de repousser les émotions et la souffrance, il ne pouvait résister à l'amour. Il avait confié le soin de sa santé au docteur Galina, avec qui il avait vécu pendant près de sept ans sans lui consacrer le moindre poème et qu'il a complètement délaissée une fois amoureux de Vera. Pourtant, c'est bien grâce à cette petite brunette toute menue qu'il a échappé à la mort. C'est à elle qu'il doit d'avoir pu aller et venir, déclarer sa flamme à Vera et circuler sans cesse d'une ville à l'autre, d'un pays à l'autre. Jusqu'à son coup de foudre, Galina a été non seulement son médecin mais sa garde-malade, partageant à la fois ses soucis et sa couche. Que dire de la façon dont il a traité cette femme dévouée et tout à fait exceptionnelle ? Mais je m'égare. Mon propos, ou plutôt mon devoir, n'est pas d'incriminer Nâzım Hikmet ni de le juger. Je ne suis pas son ange accusateur, même si j'ai parfois signé du pseudonyme « Ange » des articles dans la presse clandestine de notre parti. Je ne suis pas non plus son juge. Chacun doit regarder ses propres défauts. Je veux seulement vous informer de ce qu'il m'a dit et de ce que j'ai pu voir de ses relations avec Vera.

Un soir, il m'a téléphoné de Peredelkino pour me dire de tout laisser tomber et de venir tout de suite. C'est ce que j'ai fait. Il faisait un temps de neige. À travers les bouleaux, on distinguait les fenêtres illuminées. Il m'a accueilli sur le seuil. En entendant le bruit de la voiture, Diable, le chien, a bondi hors de sa niche. Nous étions devenus familiers. Mais si je signe parfois mes rapports du pseudonyme «Ange», au lieu du «Diable» habituel, c'est par une sorte de réaction. En fait, on ne peut pas dire que j'aimais beaucoup le chien de Nâzım Hikmet. Il devait l'avoir compris, car, une fois, il a voulu me mordre. Il a fallu pour qu'il se calme que son maître le gronde.

Je suis monté avec Nâzım sur la terrasse par l'escalier étroit. Le poète avait aménagé là une vaste pièce. Comme si les sept pièces de la datcha ne lui suffisaient pas, il avait transformé la terrasse en salle de séjour. Je le comprends, parce qu'il a passé ses plus belles années entre les quatre murs d'une prison. Mais j'avais du mal à supporter l'amoncellement d'objets divers, de tableaux et de livres qui encombraient les lieux. Le sol et les murs étaient peints en jaune brillant. On avait l'impression d'être dans la steppe, sur une aire de battage. Des poivrons rouges, des épis de maïs, des bouquets d'oignon et d'ail pendaient du plafond. Les murs étaient entièrement recouverts de tableaux, parmi lesquels figuraient des portraits du poète exécutés par des peintres étrangers dont le nom m'était inconnu et que je n'aurais pas pu identifier d'après leur style. Sur l'un de ces portraits, il était derrière des grilles et son regard exprimait une profonde solitude. Il avait l'air inquiet. Une fleur rouge, placée à l'arrière-plan, a attiré mon attention. On la retrouvait dans d'autres portraits, mais chaque fois sous un aspect différent.

En plus des tableaux, il y avait jusqu'au plafond des étagères chargées de livres. Des bibelots venus des quatre coins du monde, des jouets en terre cuite et des poupées gigognes russes s'alignaient sur le buffet comme des soldats de plomb.

Il y avait aussi un coin turc arrangé minutieusement, plein d'objets choisis avec soin mais qui détonnaient avec l'environnement. Par exemple, une malle en bois de cyprès qui contenait Dieu sait quoi, peut-être des notes secrètes ou des lettres intimes. Un divan couvert de peaux d'animaux, une aiguière dont on se demandait à quoi elle pouvait bien servir (ce n'était certainement pas pour pratiquer l'ablution rituelle) jouxtaient un bassin de cuivre étincelant et des kilims. On se serait cru dans les hauts pâturages, il vous prenait l'envie de boire du lait cru ou une gorgée d'eau de source. Les kilims exhibaient des gazons vert émeraude et des fleurs épanouies. Il y avait aussi des cuillères de bois à motifs d'oiseaux, aussi grandes que des louches, objets décoratifs avec lesquels on n'aurait pu ni manger sa soupe ni jouer un air comme on fait à Konya. Qui dit cuillères de bois dit aussi tasses et poêle de porcelaine : ils étaient bien là. Il y avait aussi une paire de socques incrustées de nacre et un narghilé. Tout ce qui doit figurer dans un coin turc s'étalait là. Et parmi cet amoncellement d'objets folkloriques on remarquait tout de suite les portraits de Mustafa Suphi et de deux autres camarades. Mais je tiens à préciser que ni là ni nulle part ailleurs dans la maison je n'ai pu voir le portrait de Staline ou celui de Lénine. Il y avait, pendues aux fenêtres, les marionnettes en peau de chameau de

Hacivat et Karagöz, mais pas le moindre portrait des grands hommes du socialisme, Marx, Engels et les autres.

Nous sommes restés un long moment sans parler. Je pensais qu'il m'avait fait venir en raison de quelque problème d'ordre politique. Au bout d'un moment :

– Tu sais, m'a-t-il dit, j'ai peur dans le noir. C'est pour cela que j'ai allumé toutes les lumières.

– Elles m'ont guidé, ai-je répondu. Cela donne un air de fête. Mais, vous devriez réduire le nombre de ces dessins et de ces tableaux.

– Impossible. Toi aussi tu as été en prison. Pendant des années j'ai contemplé des murs nus, maintenant, je veux que mes yeux soient à la fête.

Je l'ai approuvé. Mais ces murs surchargés m'écrasaient de plus en plus. Je n'en ai rien dit à Nâzım. Je ne lui ai pas parlé non plus de ce que je ressentais à Balıkesir, à Asmalımesçit, dans les chambres des hôtels où je descendais sous une fausse identité. Dans un de ses poèmes, il a qualifié ces chambres de « pays ennemi ». Pour moi, le « pays ennemi », ce ne sont pas les chambres d'hôtel, mais tous les lieux qui se trouvent de l'autre côté du Mur. J'en profite pour dire que je me sens ici comme chez moi.

Dehors, la neige s'est mise à tomber à gros flocons, soyeuse, molle, chaude à l'intérieur. Mais les vitres s'étaient embuées et on ne la voyait pas. Nous restions là, face à face, dans un monde clos. Il ne tenait pas en place, allant et venant de la table à la fenêtre et de là à la bibliothèque. L'eau bouillait dans le samovar. Il s'est servi un thé et a allumé une cigarette. Il m'en a offert une à moi aussi.

– Tu sais, une seule cigarette peut me tuer.

– Alors, ne fumez pas, maître.

– Comment veux-tu que je fasse, quand mon cœur a tant de peine?

J'ai allumé sa cigarette. Soudain, il s'est mis à pleurer. À sangloter, même. C'était la première fois que je le voyais aussi désemparé, abandonné, sans défense. J'ai songé aux vers qu'il avait écrits à propos de sa femme Piraye du temps où il était dans la prison d'Ankara, et dont j'avais eu la primeur: «Et comme le petit orphelin/de ces récits anciens/et tristes/il frotte ses yeux bleus/et son petit nez rougi par le froid/il a envie de s'enfouir dans ton sein.» C'était comme si toutes ces années n'avaient pas passé, comme si nous n'étions pas allés aux quatre coins du monde. Comme maintenant, nous étions alors en tête à tête, non à Peredelkino mais dans la prison militaire. Nous avions la vie devant nous. Nous étions tous deux encore jeunes. J'étais élève de l'École de Guerre, il était déjà un grand poète plein d'expérience et de sensibilité. J'étais en quelque sorte amoureux de lui. Cet aveu vous déplaît peut-être, le camarade Mielke m'a prévenu. Mais à cette époque-là j'aimais Nâzım Hikmet d'un amour platonique. Ensuite, nous avons changé de rôle, maintenant, en matière d'amour, c'est lui qui est lié à moi. Mais il semble que je m'égare, revenons au vrai sujet. En évoquant les jours anciens, je me suis soudain attendri. Je dois vieillir! Revenons-en à Nâzım et Vera.

J'ai fait de mon mieux pour l'apaiser, j'étais même prêt à le consoler.

– J'ai été ridicule, a-t-il dit, mais tu dois me comprendre!

Il se trompait d'adresse. Non seulement je n'ai jamais pleuré à cause d'une femme, mais je n'ai pas versé la moindre larme depuis la mort de ma mère. J'ai eu envie de lui dire : « Au nom de Dieu, ressaisis-toi, tu n'es plus un enfant ! » Mais j'ai trouvé la force de me taire.

– Je suis bien accroché, a-t-il dit, je ne peux pas me passer d'elle. Je lui téléphone tous les jours à son travail, je lui envoie des fleurs et des gâteaux. Une fois, même, pour lui faire plaisir, je lui ai fait porter un bocal de cornichons au vinaigre.

– Grand bien vous fasse, maître. Où a-t-on vu envoyer des cornichons à une jeune femme ?

– Ne dis pas ça. J'ai entendu un ami dire que Vera les aimait.

– En ce cas, c'est différent. Ne vous inquiétez pas, maître, si les cornichons ne font pas l'affaire, nous trouverons autre chose.

Il m'a fixé d'un air plein de candeur. Ses yeux bleu foncé avaient un regard ardent et complètement fou. Dehors, la neige avait cessé et le ciel s'était éclairci. Tout baignait dans le clair de lune.

– Regarde, a-t-il murmuré, je n'aime pas le clair de lune, mais aujourd'hui la lune a un éclat insolite.

Il avait l'air de douter :

– Vraiment, tu ferais ça pour moi ?

– Bien sûr, maître, vous avez ma parole. Vous n'avez qu'à demander.

À cet instant-là, j'ai été pris de compassion, j'avais envie de le prendre dans mes bras pour le consoler. Mais il avait l'âge d'être mon père. Et si quelqu'un avait besoin d'être consolé, en fait, c'était moi. Quand j'étais enfant, ma mère me battait, et bien des fois j'ai pleuré dans les bras du jardinier qui me tenait lieu de père. Mais le pauvre homme n'a pas fait de vieux os. Il est mort, à présent. Je ne peux plus vous cacher ce secret, vous devez absolument savoir que je n'ai pas connu mon véritable père, que je suis un « bâtard » et que, moi aussi, j'avais grand besoin d'être consolé.

– J'ai tout essayé, a poursuivi Nâzım. Pour oublier cette fille, j'ai quitté Moscou, j'ai fait de grands voyages, j'ai tenté de me consoler avec d'autres femmes, mais rien n'y a fait.

– Cela ne sert à rien de vous torturer ainsi.

– Comment la convaincre de quitter son mari et de m'épouser ?

– Laissez-moi faire. À malin, malin et demi.

– Alors, nous allons fêter ça.

Nous sommes descendus nous installer au salon. Il est allé à la cuisine chercher une bouteille de raki qu'il a débouchée. Nous avons trinqué.

– À votre bonheur, maître !

– À Vera ! À mon malheur !

– Un malheur aux cheveux filasse.

– À ta santé, mon petit ! Vera ressemble à un épi de maïs.

– Alors, à Vera !

Il a bu une gorgée de raki, puis une autre. Puis il a fait la moue.

– On ne boit pas ça sans amuse-gueules.

– Vous avez peut-être envie de fromage blanc.

– Écoute, mon petit, avec ce breuvage, il faut tout d'abord

du fromage blanc, et ensuite un maquereau. Et, selon la saison, des prunes ou un concombre de Çengelköy bien frais, bien dodu, suivi d'olives de Kalamata, et si possible d'une aubergine frite à l'ail, au poivre et au yoghourt, de thon salé, de fèves, de boulettes crues, et aussi, si tu veux, de foie à l'albanaise, oui, pourquoi pas?, du foie à l'albanaise avec des pickles.

– Les cornichons au vinaigre de Vera.

– Oui, les cornichons qu'elle aime.

– J'ai compris, maître, mais, bon sang!, il n'y a rien de tout ça dans notre beau Moscou.

– «Notre beau Moscou», hein? C'est vrai qu'elle est belle, notre ville. J'étais ici quand j'avais dix-neuf ans, j'y suis de nouveau vers la soixantaine, dans cette blanche ville de mes rêves. Autrefois, magasins et vitrines étaient complètement vides, et c'est pareil maintenant.

Il livrait enfin le fond de sa pensée. J'avais réussi à le faire parler comme un capitaliste.

– Qu'importe, maître! De toute façon, vous faites venir vos vêtements d'Europe. Et votre armoire est pleine de bouteilles, du vin de Hongrie à la vodka en passant par le cognac d'Arménie.

– C'est vrai, mais il n'y a pas le moindre amuse-gueule pour accompagner ce poison. Pas le moindre, mon petit! Ni à Moscou ni ici, à Peredelkino. Je vais te dire: passe encore si c'étaient seulement mes vêtements qu'il me fallait faire venir d'Europe... Mais il y a un certain Pasternak, mon ami, qui habite près d'ici, et j'ai dû acheter son livre à Stockholm.

– Quel livre?

– *Le Docteur Jivago*, mon cher. Il n'est pas en vente dans les librairies de Moscou.

– Et vous l'avez lu ?

– Je l'ai lu aussitôt et je l'ai trouvé un peu barbant. Mais il contient de beaux poèmes. Si tu veux mon avis, Pasternak a beau avoir reçu le prix Nobel, ce n'est pas un bon romancier, mais c'est un bon poète.

J'ai acquiescé :

– Vous avez raison, maître.

Bien sûr, j'aurais bien voulu qu'il s'étende sur le talent de romancier de Pasternak. C'était déjà bien beau qu'il ait manifesté son intérêt pour un écrivain ennemi du régime, mais malheureusement je n'ai pas pu lui arracher un mot de plus. Jusque-là, j'avais pensé qu'il se contentait de critiquer la pression exercée sur certains artistes, des dissidents ou des peintres abstraits, et de les soutenir en achetant leurs tableaux. Mais j'ai compris ce soir-là qu'il avait commencé à remettre en question la politique économique du pays et le plan quinquennal. Bien entendu, je ne l'ai pas contredit. Je l'ai laissé parler et s'épancher tranquillement.

Il a continué à se plaindre :

– Tu sais, mon petit, je mange à ma faim et j'ai un toit au-dessus de la tête, Dieu merci, mais il me manque quelque chose.

– Une femme.

– Oui, mais pas n'importe laquelle. Il s'agit de Vera. Et d'elle seule. Sans elle, chaque jour est un enfer. En plus, je suis jaloux comme un tigre. Pas seulement de son mari, mais de tout le monde. Même de sa fille.

– De sa fille ?

– Comprends-moi bien. J'aime les enfants, mais je ne supporte pas de partager avec eux les femmes que j'aime. Autrefois, j'étais même jaloux de l'attention que ma femme portait à notre fils.

– Je ne vous crois pas, maître ! Les poèmes que vous écrivez pour Memet montrent à quel point vous l'aimez.

– Ce ne sont que des poèmes, mon petit. Les vieux maîtres disaient : « Ne crois pas ce que dit le poète, ce sont sûrement des mensonges. »

Cette façon qu'il avait de me dire « mon petit » me remuait jusqu'au tréfonds de l'âme. J'avais envie de pleurer dans ses bras. Je me disais : S'il pouvait me prendre dans ses bras au lieu de Vera et me serrer contre lui, pour ne plus jamais me quitter ! Parmi les tableaux qui recouvraient les murs du salon, j'ai reconnu *L'Enfant turc* d'Abidin Dino. Il y avait aussi des toiles de Picasso et de Youri Vassiliev. Une tête de sanglier empaillé était suspendue au plafond. Je lui ai demandé d'où elle venait, il m'a répondu que c'était un cadeau de Pablo Neruda. Si je donne ces détails, conformément aux recommandations du camarade Mielke, c'est pour que vous sachiez qui sont les amis de Nâzım Hikmet et qui lui fait des cadeaux. Après le deuxième verre, il s'est détendu et a retrouvé sa bonne humeur.

– Tout ça, c'est le passé, a-t-il dit. Pour l'instant, comme tu voudras, mais amène-moi Vera !

Je ne suis peut-être pas très malin, mais je savais comment m'y prendre pour attirer la jeune femme vers cet homme célèbre beaucoup plus vieux qu'elle et qui avait déjà un pied dans la tombe. Et j'ai réussi l'impossible.

À l'approche de l'été, j'ai noué des relations amicales avec Vera. Je l'ai liée à Nâzım grâce à un stratagème qui m'est familier et qu'il ne me paraît pas nécessaire de préciser ici. Je n'ai pas fait de miracle, je me suis contenté de la menacer. Vous comprenez ce que je veux dire. Du même coup, j'ai gagné l'amitié et la confiance de Nâzım. Quand Vera est allée avec son mari et sa fillette passer les vacances dans le Caucase, à Arkhipo-Osipovka, je les ai suivis en emmenant Nâzım. Apparemment, le mari n'était pas au courant de leur liaison, ou il faisait semblant. De Prague, Stockholm, Leipzig, Berlin-Est, Nâzım avait envoyé à Vera une montagne de lettres où il lui écrivait qu'il pensait à elle à chaque seconde, qu'il ne pouvait pas vivre sans elle, il avait noirci page après page pour dire sa passion. Il avait décidé que sans elle sa vie était un véritable enfer. En présence du mari, cet homme paisible, disons même ce brave homme, il était tout miel, il mentait effrontément et n'avait pas honte des procédés auxquels il avait recours pour lui voler sa femme. Il a pu enfin échapper à ce double jeu. Grâce à moi, il n'a pas retrouvé la paix, certes, mais il a eu sa Vera, ce fléau qui a empoisonné sa vie.

Cela n'a pas été facile. Tout était sous le contrôle de Galina. Rien ne lui échappait. Non contente de s'inquiéter pour Nâzım, je dirais, pour employer une expression en usage dans l'armée, qu'elle était nuit et jour à son poste. En bonne gardienne, elle portait les clés de la maison pendues à sa ceinture. Elle détenait non seulement les électrocardiogrammes de Nâzım mais aussi son passeport. Et elle contrôlait toutes les allées et venues; ainsi que le facteur, qui sonnait à la porte tous les matins. C'est elle qui décidait quand il fallait écrire à Münevver. Tout ce qui vivait à la datcha, oiseaux et poissons, tous les chiens qui ont succédé à Diable, et Nâzım lui-même, tous lui étaient soumis. Elle s'assurait qu'il prenait bien ses médicaments à l'heure prescrite, veillait à ce qu'il évite de transpirer et mette, en hiver, pour ne pas prendre froid, le gilet de flanelle qu'il affectionnait, lui faisait enfiler un bonnet et des bottes en peau de chèvre pour qu'il ne s'enrhume pas quand il allait se promener dans la forêt de bouleaux. Et elle le tenait à l'écart des relations dangereuses. Mais elle ne se méfiait pas de Vera, et la grande erreur de sa vie a été de ne pas éloigner cette jeune femme du vieil homme qu'elle aimait.

Nous avons eu bien du mal à tromper la vigilance de Galina. Pour y parvenir, Nâzım a fait appel à son ami Ekber Babaïev. Ils ont mis au point ensemble le plan d'évasion. Je les ai aidés. J'y étais bien forcé puisque j'étais dans le coup depuis le début. Et j'avoue que j'y ai pris un immense plaisir. Je tiens à préciser que c'est moi qui étais chargé d'aller chercher Vera chez elle à l'insu de son mari et de la conduire au lieu de rendez-vous.

Le soir était venu, tout semblait normal, Nâzım, en pyjama, allongé sur un divan du rez-de-chaussée, écoutait les nouvelles de Turquie diffusées par son vieux poste de radio et Galina préparait le repas à la cuisine, lorsque Babaïev a frappé à la fenêtre. Nâzım s'est levé sans bruit, il a monté le son de la radio et regardé pour la dernière fois sa chère datcha. Il n'avait aucun regret. Il laissait tout à la femme qui était occupée à la cuisine. Il est sorti par la fenêtre, aidé de Babaïev, et lorsqu'il est monté dans la voiture qui les attendait il portait encore son pyjama et les pantoufles que Galina lui avait offertes. Il était tout excité et prêt à exploser de bonheur.

Il abandonnait tout ce qu'il possédait. Je n'ose pas affirmer que cette sorte d'évasion a mis fin à sa tranquillité, mais c'est probablement ce qui s'est produit. À la réflexion, je me dis que s'il avait mis autant de ruse et d'ingéniosité à s'évader de prison, il aurait peut-être réussi. Aux jours critiques de la guerre, le Parti a bien songé à le faire évader, mais nous y avons renoncé au dernier moment, afin de ne pas compromettre Tahsin bey, le directeur de la prison, qui aurait pu nous être au moins aussi nécessaire que Nâzım en cas d'invasion du pays par l'armée allemande, car les prisons se seraient emplies de communistes.

Vera commençait à s'inquiéter. Pour être franc, je dois avouer que j'avais peur moi aussi qu'ils n'aient eu des problèmes. Ils sont arrivés au rendez-vous avec une heure de retard. Nâzım était toujours en pyjama. Quand il a mis, avec mon aide, les vêtements que je lui avais apportés, on aurait dit un jeune marié. Il a saisi vivement le bras de Vera. Ils ont réussi à sauter *in extremis* dans le train de Kislovodsk.

À leur retour, Vera a divorcé et épousé Nâzım. En guise de cadeau de noces, ils ont reçu ce télégramme de Galina : « Qu'Allah vous frappe de tous les malheurs ! » J'utilise le nom « Allah », mais j'imagine que les Russes emploient un autre mot. Le mari trompé n'a rien dit. Ouvrez les Évangiles. Si, comme je le suppose, vous n'en avez pas sous la main, trouvez-en un exemplaire. Et lisez le passage qui commence par la phrase « Et il n'a rien dit ». Vous comprendrez ce que je veux dire.

Diable

«Elle m'a dit meurs»

À en croire notre secrétaire général, quand, grâce à vous, le Bureau Extérieur du Parti est arrivé à Berlin et que notre radio a commencé ses émissions à Leipzig, «notre petit gars» s'y rendait fréquemment.

Il descendait à la Maison du Parti ou à l'hôtel Astoria, attendait le tramway en songeant avec nostalgie à Istanbul et, pour reprendre son expression, gardait les yeux fixés sur les filles «qui passaient en chaussures légères». Qui sait? Il commençait peut-être à s'ennuyer à Moscou, à oublier Vera, et essayait de se dérober aux soucis et aux désagréments de la vie commune.

Comme je l'ai expliqué en détail dans mes rapports précédents, ses relations avec le Parti sont toujours restées médiocres, car il avait commis des fautes qu'il était difficile, pour ne pas dire impossible, de réparer. La décision de ne pas l'inviter au XXIIe Congrès du Parti Communiste Soviétique malgré ses démarches auprès du camarade Khrouchtchev a été fort opportune. Nous hésitions à lui dire ses quatre vérités et lui donnions des marques d'amitié. Après tout, c'était un poète de renommée mondiale et il était membre du Conseil mondial de la Paix. En dépit de ses antécédents, il demandait à être décoré de l'ordre de Lénine, mais le camarade Bilen, Celui qui sait, *alias* Marat, s'y est opposé au dernier moment. Disons qu'il pouvait encore nous être utile. Nous avons fermé les yeux sur les entorses à la ligne du Parti qui émaillaient ses propos radiodiffusés. Nous avons passé sous silence ses approches sentimentales et son indiscipline. À contrecœur, nous lui avons de nouveau fait place parmi nous. Il se disait communiste et s'en expliquait ainsi : « Quand est-ce que personne au monde n'aura plus faim / que nul n'aura plus peur de personne / que nul ne dénigrera plus personne / que nul ne trompera plus les espoirs de personne ? / Si je suis communiste, c'est que j'ai répondu à cette question. »

Il critiquait parfois les décisions du Parti, mais cela n'apparaît ni dans ses poèmes ni dans ses autres écrits. Il a commencé à Leipzig son roman autobiographique, dans lequel il évoque sa jeunesse, son adhésion au mouvement communiste et ses actions au sein de notre parti, qui, à l'époque, en était à ses premiers pas. Je saisissais la moindre occasion de photographier ses manuscrits. Mais il remaniait constamment le texte, déchirait et jetait les passages critiques, et je ne savais plus que faire. N'y tenant plus, j'ai fini par lui demander : « Quand votre roman sera-t-il terminé, maître ? » « Je n'en sais rien », m'a-t-il répondu. Je lui ai dit que nous attendions tous avec impatience et il a rétorqué : « J'ai tant de choses à dire que beaucoup, apparemment, resteront en moi. Je ne peux pas dénigrer le Parti. » Il jetait au panier les chapitres que j'avais photographiés et qui le dénigraient bel et bien, mais je voulais cependant les soumettre à votre attention. Or un beau jour, à mon insu, ils ont disparu de la circulation. On m'a dit par la suite que, par manque de papier, on utilisait le verso des feuilles pour faire des photocopies, sans regarder ce qu'il y avait au recto, et qu'ensuite on les jetait à la poubelle. Bien entendu, je n'ai pas cru à cet énorme mensonge. Je suppose que quelqu'un de chez nous m'a devancé et vous a remis ces documents. Si tel est le cas, vous avez pu constater qu'on est bien loin du poème que Nâzım a écrit sur Staline et dédié au Parti. Je pense que le moment est venu de vous soumettre cet autre poème qui reflète l'évolution de l'auteur : « Parti Communiste de Turquie / mon PCT, / je pense à toi. / Tu es notre hier, notre aujourd'hui, notre demain, / notre plus grand talent, notre plus fine adresse. / Tu es notre cerveau, notre cœur et notre poing. / Tu as en ce monde une glorieuse famille ; / tu es le petit frère du Parti Communiste Soviétique. / On t'a reconnu à la blessure qui marque ton front saint et à l'empreinte des chaînes sur les poignets des travailleurs. / Tu marches, droit et net. / Je me flatte d'avoir passé ma vie avec toi et dans tes rangs. »

En effet, il avait de nouveau rejoint nos rangs, mais quand il dit qu'il s'en flatte, il n'est pas très convaincant. Si vous voulez mon avis, Nâzım Hikmet ne croyait ni à notre parti ni à son avenir. Il ne pensait qu'à sa jeune épouse restée à Moscou et à la mort. Il savait qu'il allait bientôt mourir et sa peur de la mort était indigne d'un communiste. Vous savez aussi bien que moi que ses interventions à Notre Radio ne déviaient pas de la ligne du Parti, qu'il stigmatisait l'impérialisme américain et son valet, le gouvernement turc, qu'il allait jusqu'à parler de « notre étendard captif », qu'en présentant au peuple turc les acquis du communisme il rivalisait avec nos militants les plus zélés et qu'il ne proférait pas la moindre critique à l'encontre de l'Union Soviétique et des pays frères. D'ailleurs, les enregistrements de ces propos démonstratifs vous étaient immédiatement transmis. Mais il y a d'autres choses que vous ne savez pas et que je suis le seul à pouvoir vous révéler. Il est de mon devoir de vous informer de ce qu'il tramait ici, en abusant de votre confiance et de votre protection.

Tout en s'acquittant des tâches positives que j'ai évoquées rapidement ci-dessus et que vous connaissez, il ne se privait pas de courtiser les filles et de leur faire une « cour pressante ». J'ai trouvé en fouillant sa chambre de l'hôtel Astoria des poèmes de bas étage qu'il ne montrait à personne et qu'il écrivait, à mon avis, non pour les publier, mais pour épancher son cœur. Il serait intéressant de comprendre comment un poète communiste qui prétendait servir la cause de la paix a pu écrire de pareilles trivialités. Quoique : « intéressant » n'est pas le mot qui convient. Sans même parler de leur médiocrité littéraire, ces poèmes sont un outrage aux bonnes mœurs. Et je n'arrive toujours pas à comprendre comment un homme qui avait épousé et se disait follement épris d'une femme de trente ans plus jeune que lui a pu écrire cela. J'estime que ces poèmes, s'ils venaient à être publiés, nuiraient non seulement à la jeunesse, mais au communisme lui-même. Je suis fier de vous présenter, pour l'exemple, les microphotographies de quelques-uns d'entre eux ; mais en même temps, j'en ai honte, au nom de la morale de notre parti.

« Il y a en ce monde bien des belles femmes/qui sont encore à l'âge tendre./Sors sur le balcon de l'hôtel/et regarde, vieillard./D'une part chante dans tes poèmes leur beauté éclatante/d'autre part entretiens-toi avec la mort. »

« Les jambes des filles de Leipzig sont fort belles/bien courtes sont leurs jupes/je n'aurais pas compris que ma vie est passée/si les filles de Leipzig n'avaient pas de si belles jambes. »

J'ai moi-même été témoin de ce qui suit. Après un déjeuner au restaurant de l'hôtel Astoria, il a rajusté son dentier, puis il a écrit ces mots sur sa serviette en papier : « Au restaurant de l'Astoria/Il y avait une serveuse : une vraie goutte d'argent./Elle me souriait par-dessus son plateau lourdement chargé/Elle ressemblait aux filles de mon pays perdu. Mais je ne sais pourquoi/Parfois ses yeux étaient cernés. »

Après le retour à Moscou du poète qui assurait, à Leipzig, que sa vie était passée, la nouvelle de sa mort ne s'est pas fait attendre. Malheureusement, je n'ai pas pu être là à temps pour assister à l'enterrement. Quand je suis arrivé à Moscou, il était déjà enterré depuis longtemps au cimetière Novodievitchi. Mais j'ai assisté à l'ouverture de son testament organisée peu après par le Parti. Son ex-épouse Münevver et son fils Memet, âgé de douze ans, étaient venus de Varsovie. Vera, sa nouvelle épouse, sanglotait dans un coin et s'écriait de loin en loin: «Nâzım! Ah, Nâzım!» Quant à son ex-maîtresse, le docteur Galina, elle tenait fermement le testament et ne voulait pas le lâcher. Je me suis approché et j'ai réussi à grand-peine à m'en emparer. Et j'ai bien fait. Le poète s'est montré un bon père, il a légué soixante-dix pour cent des droits d'auteur à son fils et le reste au Parti. Vera était incapable de s'occuper des gens venus présenter leurs condoléances et c'est moi qui ai dû m'en charger.

Le soir, quand tout le monde a été parti, je suis resté près de la jeune veuve pour tenter de la consoler. Elle m'a déclaré qu'elle souhaitait se coucher de bonne heure. Et comme si ce n'était pas son mari qui était mort, elle s'est endormie aussitôt. J'ai ainsi pu fouiller tranquillement la maison et examiner les documents qui se trouvaient dans la salle de travail du poète. Je vous envoie une photocopie des pièces qui m'ont paru importantes, ainsi qu'une photo de Vera. L'important n'est pas la photo elle-même, mais ce qui est écrit au dos. Dans un petit texte de sa main, le poète explique comment il a vécu et pourquoi il est mort. Au cas où vous n'arriveriez pas à le déchiffrer, je le transcris ci-dessous:

À VERA

Elle m'a dit viens
Elle m'a dit reste
Elle m'a dit souris
Elle m'a dit meurs.

LE POÈTE ET LE DIABLE

Je suis venu
Je suis resté
J'ai souri
Je suis mort

Diable

Ali Albayrak

1

Dès qu'il glissa la clé dans la serrure, tout sombra dans le noir. Dans une nuit impénétrable. Mais la clé, elle, pénétrait bien dans la serrure. Seulement, une fois qu'elle y était entrée, tout le problème était de l'en retirer. Il ne s'était pas encore habitué aux clés berlinoises. On les appelle *Schließzwangschlüssel*. Non mais quelle langue, vous vous rendez compte ! Il avait mis un temps fou à apprendre à introduire ces maudites clés, et maintenant il n'arrivait pas à les faire sortir. Or pour refermer la porte, une fois entré, il fallait bien récupérer la clé. Est-ce que c'est une blague à faire à un ancien détenu ? C'est ça, la mentalité allemande, c'est comme ça depuis le siècle dernier : qu'on soit dedans ou dehors, on ne se sent en sécurité que si la porte est fermée à clé. Mais sa clé à lui était toujours dans la serrure, et il aurait eu beau s'escrimer jusqu'au matin, il ne l'en aurait pas fait sortir. Il avait bien connu ce genre de problème, autrefois, quand il était obligé de se cacher, en tant que communiste.

Dès que la clé fut dans la serrure, la lumière s'éteignit. Soudain inquiet, il se demanda ce qu'il allait faire. Réfléchirait-il quarante ans, il ne comprendrait jamais pourquoi la lumière s'éteignait ainsi, dans cette ville où tout était réglé comme du papier à musique. Quarante ans… C'était pourtant vrai qu'il y avait déjà quarante ans. Peut-être même cinquante. Est-ce que par hasard on avait rétabli le couvre-feu ? Il songea à Istanbul tous feux éteints, toutes les fenêtres occultées par des rideaux opaques. Il revit la chambre de célibataire qu'il louait sous un faux nom à Asmalımesçit. Un lit effondré, une table, des chaises de paille, un portemanteau et un miroir accroché au mur. Et son visage, le matin, dans le miroir. Le soir aussi, toujours son visage, alors qu'il y avait tant de gens dehors, tant de femmes et de jeunes gens vigoureux. Plus tard, quand tout irait bien, il les verrait eux aussi dans ce miroir, il y aurait des dos et des torses velus dans ce lit en ruine. Il transpirait toute la nuit, harcelé par les punaises. Les souris dansaient la farandole. Au plafond, des toiles d'araignées. L'hôtesse grecque changeait les draps une fois par mois. Quand elle les changeait. Les tramways aux lumières bleues se dirigeant vers le tunnel faisaient jaillir des étincelles qui illuminaient la nuit. Les lumières de Cadde-i Kebir étaient éteintes, les lampes voilées. Les phares des automobiles qui sillonnaient la nuit, telles des chauves-souris, étaient camouflés sous une couche de bleu. Le dernier bateau partant du Pont pour gagner le Bosphore dans des tourbillons d'écume avait, lui aussi, ses phares peints en bleu. Le temps était brumeux, en hiver l'air avait toujours cette odeur de pluie et de charbon. Bientôt le vent du Sud se lèverait sur les îles, annonçant une averse ou une catastrophe.

Parfois des sirènes déchiraient la nuit, puis les bombardements commençaient. Quels bombardements ? Quelle défense anti-aérienne ? Il était en plein délire. Il ne savait plus s'il était à Berlin ou à Istanbul. Il était enfoui en lui-même, perdu dans le dédale de son passé. Il aurait bien aimé partager ces instants avec son neveu Çelik, mais celui-ci était mort depuis longtemps. Il avait rejoint les héros de la révolution. Il était parmi les anges… Oui, les anges, qu'est-ce que tu crois ? Ha ha ha ! Voilà ce qui arrive quand on y va un peu trop fort sur la bouteille : soit la lumière s'éteint, soit on se met à voir des anges. Et tout ce que tu voudrais oublier, y compris l'Ange du lycée de Kuleli, ton enfance, ton adolescence, le début de ta vie, tout cela te tombe dessus.

Oublier tout… et pas seulement les nuits de défense passive, elles étaient loin maintenant, et ce n'était pas à Berlin mais à Istanbul, qui n'avait pas été bombardé de toute la guerre et où il n'y avait pas de tirs de DCA. Car si cela s'était passé à Istanbul il n'en serait pas resté une pierre, la coupole de Sainte-Sophie se serait écroulée la première, puis les minarets de la mosquée Süleymaniyé, fins comme des roseaux, se seraient brisés, et ensuite, horreur ! la tour et le pont de Galata seraient tombés. Alors qu'en réalité même les tours de la caserne Selimiye étaient toujours debout ! Que de gens avaient été torturés dans ce bâtiment maudit, à commencer par Çelik et ses camarades, et tant d'autres, gamins, étudiants, ouvriers, intellectuels, communistes… Et le Sansaryan Han, où se retrouvaient les communistes et leurs cercueils… il aurait pu, lui aussi, frappé par une bombe, exploser à grand bruit. Mais cela ne s'était pas produit. Fort heureusement. L'armée avait sauvegardé Istanbul en imposant le couvre-feu, et s'il n'avait pas été exclu de l'École de guerre pour y avoir lu publiquement les vers de Nâzım, notre Şair baba, notre Papa Poète, il aurait été un jour officier d'état-major. Mais maintenant il voulait oublier l'armée, le couvre-feu et le cri des sirènes qui déchirait la nuit. Il ressentit une violente douleur dans l'anus, ou plutôt une brûlure, un affreux déchirement. Et il crut entendre cette horrible voix goguenarde qui disait : « En tout cas, la clé entrera dans la serrure ! » Le sang lui monta à la tête, son regard s'assombrit, il voulut appuyer sur le bouton de l'interrupteur proche de l'ascenseur, puis il se ravisa. Il tourna la clé dans la serrure et, non sans peine, déverrouilla la porte. Il la poussa, entra et alluma la lumière du vestibule. Ensuite, pour pouvoir retirer la clé, il verrouilla la porte de l'intérieur.

Tout était dans l'état où il l'avait laissé : ses casquettes accrochées aux patères à côté de son imperméable et de son parapluie – qui ne servait plus à rien, avec toute cette neige ! Ses souliers alignés sur les étagères de l'armoire. Dedans, il faisait chaud et cela sentait le tabac froid. Et aussi la sueur, les légumes moisis, le vin. Du fond des bouteilles abandonnées un peu partout montait une odeur pesante. Il longea en titubant l'étroit couloir. La porte de sa chambre à coucher était entrouverte. Il eut tout d'abord envie d'entrer et de s'allonger sur le lit, mais il se ravisa et alla au salon, prit dans le bar une bouteille de whisky et la porta à ses lèvres ; il but à peine une ou deux gorgées, puis il se laissa tomber dans le fauteuil.

*

* *

Il rêva qu'il demandait à une femme inconnue : « Quel âge a cet enfant, belle-sœur ? » Ils étaient dans un parc au bord du Bosphore, du côté de Kuleli. Les arbres avaient perdu leurs feuilles, le monde se colorait en rouge sous le soleil d'automne.

Rouges, les feuilles mortes, mais aussi les pavillons des bateaux qui circulaient sur le Bosphore en jetant des éclats rougeoyants, et rouges les cheveux des femmes. « À peine dix-sept », répondait la femme. Assis sur un banc, ils contemplaient tous deux la danse des mouettes et des bateaux de pêche. L'enfant jetait du pain à la mer. « Dix-sept mois ? » « Non, dix-sept ans ! » disait l'inconnue. Ce n'était pas sa belle-sœur, car elle avait les cheveux rouges. Comme la mer. Curieusement, le bleu du Bosphore, prenant la couleur des feuilles, avait tourné au rouge. « Alors pourquoi ne marche-t-il pas ? » « Bien sûr qu'il marche ! Que veux-tu qu'il fasse d'autre ? » répondait la femme. Mais l'enfant, debout, leur tournait le dos et restait sur place. « Alors il a dix-sept mois, hein ! Hier encore il tétait, et maintenant il marche. »

Il se dit que l'enfant devait être une statue ; en effet, il ne marchait pas, il ne pouvait pas marcher, il restait cloué sur place, sa main qui jetait du pain aux mouettes restait suspendue en l'air. « Mais c'est mon neveu ! C'est Çelik* ! » « Bien sûr ! Qu'est-ce que tu croyais donc ? disait la femme. Oui, c'est ton neveu, c'est bien lui. » C'est de lui, de notre Çelik, notre Acier, qu'il est question dans *Et l'acier fut trempé***. On a dressé sa statue au bord du Bosphore et on l'a trempée… Il est revenu, il a regagné le pays natal et, en signe de gratitude, on lui a érigé ici une statue, oui, une statue. « Et l'acier fut trempé ! » Cette proposition tournait et retournait dans sa tête, ce n'était pas une quelconque proposition, c'était le titre d'un livre qu'il avait dévoré jadis.

* Mot turc signifiant « acier ».
** Un livre de Nikolaï Ostrovski, paru en 1932.

Mais il n'est pas encore temps de conter l'histoire de Çelik, de dire comment ce n'est pas l'acier qu'on a « trempé », mais bel et bien Çelik, son unique neveu. D'ailleurs, il avait vécu cela, lui aussi, ils l'avaient bel et bien « trempé », ces salauds, ils les avaient fait suffoquer en leur plongeant la tête dans l'eau, à lui-même et à ses camarades. Il se mettait à hurler : « Çelik ! Çelik ! Toi aussi ils t'ont plongé la tête dans l'eau, mon petit ! Mon petit ! » Effrayée, la femme assise à côté s'enfuyait, les feuilles qui jonchaient le sol étaient d'un rouge éclatant, et ces bateaux à pavillon rouge, qui passaient sur le Bosphore, où allaient-ils donc ? Ils viraient de bord, ils partaient là-bas, ils gagnaient leur seconde patrie, le paradis des prolétaires. Çelik jetait du pain aux mouettes, mais il ne marchait pas, il ne pouvait pas marcher. Il restait cloué sur le quai comme une statue, comme un arbre. Lui, il n'irait nulle part, car il ne pouvait plus bouger. Mais il plongeait ses racines dans le sol. Comme le noyer de Yunus le Boiteux. Était-ce bien le moment d'évoquer Yunus le Boiteux ? Şair baba lui avait consacré un poème et il y pensait souvent, à tout propos et hors de propos, et jusque dans ses rêves. Se rendait-il compte qu'il rêvait dans son rêve ? Çelik ne pouvait pas marcher, mais il pouvait sauter dans un bateau et gagner le pays de Lénine. Il avait encore envie de crier : « Çelik ! Çelik ! Çeliiiiik ! » Mais il était sans voix. Soudain il crut entendre un bruit. Non, ce n'était pas lui qui criait. Le son s'amplifia jusqu'à lui déchirer le tympan. C'était la sonnerie du téléphone. Arraché à son rêve, il saisit le combiné et, croyant toujours, dans son demi-sommeil, être privé de voix, de toutes ses forces il hurla :

– Allô ! Allô ! Ici Ali Albayrak.

– J'ai compris, ce n'est pas la peine de hurler, dit une voix féminine. J'appelle au sujet de l'immeuble.

– L'immeuble ? Quel immeuble ? Ah oui ! L'étage qui est à vendre… Vous voulez l'adresse ?

– Non, je ne la veux pas. Vous n'êtes pas bien réveillé et vous délirez.

– Attendez une minute, balbutia-t-il, excusez-moi.

– Je n'ai que faire de vos excuses et de votre étage, espèce de sale Turc !

La voix parlait avec l'accent de l'Allemagne de l'Est. Peut-on être raciste à ce point ! Il lança un juron et raccrocha le combiné. « Sale pute ! hurla-t-il encore. Qu'Allah vous fasse tous crever ! » Il sembla se calmer un peu. Ils avaient tous cette manie de l'appeler à l'aube et de raccrocher dès qu'il prononçait son nom. Comme si un Turc ne pouvait pas être propriétaire d'un étage ! Y a-t-il un rapport entre la propriété et la nationalité ? Après tout, peut-être qu'il y en a un. Il avait donc bien raison d'être hostile, depuis toujours, à la propriété privée. En ce monde odieux, il n'avait ni planté un arbre ni souhaité posséder une maison où s'abriter. Les hôtels ne sont pas faits pour les chiens. Il y avait les foyers d'accueil du Parti, les chambres, les foyers d'ouvriers et les prisons. Mais il valait mieux oublier les jours de prison. C'était bien loin, le temps avait passé, la plaie s'était refermée. Quand ils avaient trempé Çelik – pourquoi pensait-il à cela à ce moment ? –, ces salauds avaient dû surtout se servir de l'électricité pour torturer le gosse, mais c'est vrai qu'on commençait par l'eau, pour que le courant passe mieux et se répande dans tout le corps, surtout dans les parties génitales, on faisait passer l'eau et le courant en même temps par l'extrémité du pénis… Est-ce qu'ils ne lui avaient pas fait ça à lui aussi ? Non, ils ne l'avaient pas fait, ils l'avaient complètement déshabillé et mouillé… non, c'est peu dire, ils l'avaient presque noyé avant de le jeter à terre et de lui attacher les pieds pour lui administrer la bastonnade. C'était avant, bien avant, quand le chameau était crieur public et la puce barbier, quand je balançais mon père dans son berceau, vous savez ce qui est arrivé, il est tombé par terre et s'est emparé des pincettes pour me menacer, je l'ai menacé à mon tour, mais au fait, avec quoi l'avait-il menacé ? Plutôt que d'agiter les bras, il avait brandi sa bite pour menacer ce jardinier qu'il prenait pour son père.

Son père était un homme doux et tranquille. Il ne méritait pas d'être ainsi maltraité. Quant à sa mère, elle ne méritait pas le jardinier du *yalı**, cet homme paisible et réservé. Mais il avait bien fallu obéir aux ordres de papapacha – lui, quand il était enfant, il ne se doutait de rien, comment aurait-il pu savoir que papapacha et grand-mère étaient convenus de marier sa mère en toute hâte, alors que lui-même n'était pas encore né ?

Le jardinier méritait mieux que sa mère, il était digne d'une femme plus belle et plus vertueuse. Mais que venait faire ici la vertu ? Après tout, la « vertu » (en turc : *erdem*) n'est pas seulement un trait de caractère, c'est également un prénom. Et d'ailleurs Erdem n'habitait pas là. Il n'avait plus rien de commun avec elle, il ne la connaissait plus. Si elle s'était montrée, il aurait eu l'impression de voir un fantôme. Le spectre d'Erdem errait dans ce lieu maudit sans qu'il s'en

* Demeure en bois au bord du Bosphore.

rende compte. Il allait d'une pièce à l'autre, regardait dans le couloir, dans le salon, mais il n'y avait personne d'autre que lui, ce « vieux fusil » écroulé dans le fauteuil.

Ils étaient partis sans retour, comme ils étaient venus. C'était Çelik qui était parti le premier. Ils l'avaient torturé à l'eau et à l'électricité. Il n'avait pas tenu le coup, il était mort. Ensuite, c'était Veli, son frère, qui était parti. Il était mort peu après et on l'avait enterré à côté de son fils. Il ne restait plus au monde que sa belle-sœur et Erdem. Mais ce n'était pas avec Erdem, c'était avec les fantômes de sa vie qu'il vivait là, dans l'étage vide de cet immeuble. Il allait vendre cet étage et envoyer l'argent à sa belle-sœur, car, au pays, elle était dans le besoin. Sa situation à lui ne valait guère mieux, mais c'était pour d'autres raisons. La vie est pleine de fantômes ! Çelik, par exemple, ne lui laissait pas un instant de répit. Şair baba non plus, on ne sait trop pourquoi. En fait, il y avait de bonnes raisons, moins graves que pour Çelik, certes, mais il savait bien que sa conscience n'était pas nette. Seulement il n'osait pas se l'avouer ; il « s'abstenait », comme on disait autrefois. Si seulement, au lieu du jardinier, il avait eu pour père Şair baba, s'il avait pu être le fils de Nâzım Hikmet ! Le jardinier n'était pas son véritable père, et il avait grandi avec ce mensonge. Il se rappelait vaguement cette femme qui disait : « Il y a eu Ali, puis Veli, mais avant, mon petit, ta mère, est-ce qu'elle a eu un autre mari ? » Il lui semblait qu'il avait rêvé ça, mais non, c'était juste une plaisanterie stupide. Comment pouvait-on se moquer ainsi de sa pauvre mère ? Sa pauvre mère ? Tu parles ! De toute façon tout cela était passé, la vie n'était plus qu'un songe peuplé de fantômes. Il vivait avec des fantômes, dans cet étage à vendre. En fait, il n'avait connu personne qui s'appelât Erdem. Il n'y avait pas eu dans sa vie la moindre trace de vertu. Sa mère était « sans vertu », il l'avait appris de sa bouche, un maudit matin, à Istanbul. Après bien des années, alors qu'il était devenu un homme – ou plutôt non, un communiste qui n'arrivait ni à être un homme ni à servir à quelque chose. C'était après être devenu communiste, avoir été torturé, emprisonné et déporté, après être passé de l'autre côté du Mur, après l'instauration du communisme et alors que certains de ses camarades, sinon lui-même, avaient accédé au pouvoir qu'il avait appris l'amère réalité. Appelez cela comme vous voudrez, sa mère était une femme sans vertu. Et maintenant il n'y avait plus ni vertu ni communisme, et nul ne s'intéressait plus aux « vieux fusils » comme lui !

Il s'était mis à délirer. « Si tu bois trop, le lendemain tu as les idées confuses, tu restes prostré dans un fauteuil. Tu n'es plus capable de vendre la maison de ton frère, tu n'es plus bon à rien. » Il aurait peut-être dû être plus ambitieux. À une certaine époque, il espérait plus que des seconds rôles, il voulait être un leader de la classe ouvrière. Mais c'était avant, bien avant. Il était emporté par ses rêves. Soudain il se sentit mal. Il se leva, alla dans la chambre à coucher et s'allongea sur le lit sans se déshabiller. Il s'abandonna au sommeil, dans les bras de Morphée, comme on dit. Ce n'était pas un sommeil léger mais une torpeur profonde, venue de loin, comme la veille au soir, quand il s'était abandonné dans les bras de cette femme à qui, par bribes, il avait raconté sa vie. Elle n'était plus de première jeunesse mais elle était encore belle, elle avait les cheveux roux, ou plutôt non, elle était brune et se teignait les cheveux en roux, elle avait un anneau d'argent accroché au nez, mais pas seulement au nez, elle en avait aussi au nombril, au bout de la langue et même, oui, même à cet endroit-là. Il voulait dormir. Avant de sombrer, il regarda, par la porte ouverte, le jour qui se levait.

La lumière, par la fenêtre sans rideau, envahissait le salon à haut plafond. Son regard courut sur le plancher noueux dont le vernis s'écaillait par endroits, glissa jusqu'au fauteuil placé près du bar, puis, ne rencontrant aucun obstacle, atteignit le mur badigeonné de frais. C'étaient les premiers rayons du jour, blêmes, bien propres, à l'éclat mat ; ils semblaient annoncer une belle journée. Il faut dire qu'à Berlin les beaux jours étaient plutôt rares. Ce n'étaient que des jours d'hiver froids et courts, mais qui lui semblaient interminables. Juste comme il les aimait. Comme dans les contes que lui lisait sa grand-mère quand il était petit. C'était dans le *yalı*, le feu pétillait dans le poêle de faïence, dehors la neige tombait à gros flocons, et en face, sur la rive européenne, Rumeli Hisarı disparaissait dans la brume, on entendait les sirènes des bateaux qui allaient et venaient, et lui il balançait le berceau de son père. Ce père qui lui revenait constamment à l'esprit et auquel il ne pouvait s'empêcher de penser. Quand Blanche-Neige entra, elle vit sur la table sept écuelles pleines de soupe, mais il n'y avait personne. Les sept nains n'étaient pas encore rentrés de la forêt. Mais c'était l'hiver, comme à Berlin, où la neige recouvrait les toits, les rues et les ruelles.

L'hiver n'en finissait pas. Il avait été précoce. Il frappait à la porte. Si on ouvrait, il occuperait les lieux. Et il s'incrusterait, comme le communisme, que les nôtres, là-bas, de l'autre côté du Mur, avaient cru éternel. Cet hiver n'en finissait pas, tout le monde, ou presque, en avait assez, mais lui, c'était comme cela, sous la neige, qu'il aimait Berlin. L'hiver retenait prisonniers des hôtels les touristes venus faire la queue pour voir la coupole du Reichstag, il tenait les tilleuls à sa merci et recouvrait les lacs de glace. Parfois, les nuages s'écartaient et le soleil montrait le bout de son nez. Tandis qu'il était là, à somnoler, dans son étage à vendre, qu'il plongeait dans les caves de l'enfance et rêvait du temps où il dormait profondément, dans le dortoir du lycée militaire de Kuleli, l'astre, tout rond dans le ciel, rassemblait la neige avant de disparaître soudain. Et tout de suite après il se mettait à tomber une neige légère qui s'accumulait sur les toits et dans tous les coins. Il aimait beaucoup, le matin, une cigarette à la main, regarder, d'une des fenêtres de son étage désert, les employés de la voirie, armés de pelles, qui ramassaient la neige. Autrefois, dans sa chambre de célibataire d'Asmalımesçit, il s'allongeait sur son lit crasseux et grillait une Yenice. À contrecœur, il fixait le plafond. Ce qu'il voulait voir, c'était le ciel, les étoiles, la Voie lactée et la Grande Ourse. Par une habitude qui lui était restée de ses années de prison, il voulait voir la Grande Ourse et la Petite Ourse. Quand on verrouillait de l'extérieur la porte de sa cellule, il avait l'impression que le plafond se rapprochait et allait l'écraser. Sur la couche inférieure du châlit, Rıza se mettait à chanter. Il avait une voix fluette qui s'accordait mal avec sa stature de colosse. « Le mûrier est fin comme un doigt, *oy oy !* » Mais le membre de Rıza n'était pas comme un doigt, plutôt comme un chêne. Alors qu'il était là, à fixer le plafond, Rıza l'emmenait aux toilettes, ou il venait se glisser près de lui. Pendant un moment, les grincements du châlit couvraient les ronflements des détenus. Puis on entendait de nouveau, venue d'en bas, la voix rauque de Rıza qui attaquait une autre chanson : « Ne te l'ai-je pas dit, ma belle / les montagnes d'en face sont pleines de gendarmes ! »

À Berlin, en hiver, le soleil se levait tard et se couchait tôt, éclairant les rares immeubles épargnés par la guerre, les trottoirs, le béton, les arbres dénudés, l'amoncellement de verre et d'acier de la Potsdamer Platz, les lacs et les canaux. Parfois, il jetait sa lueur avant de se montrer. C'était comme la solitude triste et désolée que fait surgir la mort avant de nous frapper. Puis il s'élevait au-dessus des toits, de la ville, autrefois coupée en deux par le Mur, ciel compris, comme une pomme partagée, il parcourait le ciel qui était désormais à tout le monde et se retirait au sommet de la gare de Halensee, dont il faisait briller les rails. L'hiver s'était lové sur la ville comme un serpent, la nuit tombait de bonne heure et, comme disait Rıza : « Même si tu étais un dragon, ça ne changerait rien. »

*

* *

Quand il se réveilla, c'était déjà le soir. Il resta un moment à fixer distraitement le plafond, sans penser à rien, essayant d'oublier ce qui s'était passé la veille au soir. Il alluma une cigarette et vida dans la poubelle le cendrier plein à ras bord. Il n'arrivait pas à oublier la femme à l'anneau. « À l'anneau, répéta-t-il. Vous pouvez toujours parler de “piercing”, pour moi elle est comme les femmes d'Anatolie, qui portent des anneaux enfilés sur leurs chevilles, se passent les cheveux au henné, mais avec précaution, point trop n'en faut, juste pour leur donner un reflet rouge. » Oui, c'était la femme à l'anneau, en turc *hızmalı*. Il lui vint à l'idée de retirer la seconde syllabe, ce qui donnait *hızlı*, « rapide ». « *Hızlı !* La rapide ! La femme rapide ! » En fait non, le mot ne convenait pas, elle avait pris tout son temps, elle s'était donné beaucoup de mal pour stimuler sa virilité. Sans succès, d'ailleurs. Non, elle n'était pas rapide, c'était seulement la femme à l'anneau. Elle était patiente, compréhensive, compatissante. Est-ce que toutes les putes étaient comme ça ? Il n'en avait aucune idée, il n'en avait jamais fréquenté aucune. Elle l'avait entouré d'une tendresse maternelle, c'était la première fois, oui, la première fois qu'une femme le touchait. Elle n'était plus de première jeunesse, elle avait des anneaux sur la langue et aux lèvres, mais c'était une femme, elle avait rempli sa bouche de ses seins généreux. Et après tout, c'était la première fois qu'il avait eu envie de pénétrer dans un trou humide et doux, jusqu'alors c'était toujours lui que l'on pénétrait, ils déversaient en lui leurs saletés tandis qu'il se tordait de douleur et de plaisir et que des éclairs jaillissaient dans son cerveau… C'était quelques jours après son arrestation. On était venu le chercher dans sa cellule pour le conduire à l'interrogatoire avant de l'emmener chez le sous-off. Il savait ce qui l'attendait, ce n'était pas la première fois : déjà, dans le dortoir de Kuleli… Mais cette fois il n'était pas consentant. Pour commencer, ils l'avaient forcé avec une matraque, puis on l'avait allongé à plat ventre sur la table, et tandis que deux gardiens tenaient fermement ses jambes et ses bras, le sous-off était arrivé par-derrière, il avait écarté la lampe qui se trouvait sur la table et, dans la pénombre, il avait dit en ricanant : « En tout cas, la clé entrera dans la serrure… » Et lui, il n'avait pas oublié ces mots, ce rire répugnant, ni cette chose dure qui entrait en lui. Il avait tout d'abord essayé de résister, puis il s'était habitué et avait même pris un certain plaisir. Oui, c'était la première fois. Et maintenant il avait envie d'aller tout raconter à cette femme, même si à présent il avait l'âge d'être son père, sans gêne, sans honte, en caressant ses cheveux rouges – on les avait peut-être passés au henné mais ils paraissaient naturellement roux, coupés court et d'un roux intense, flamboyant, sa couleur préférée. Il voulait aller lui dire, tout doucement, d'un air grave mais d'une voix pleine de tendresse et n'exprimant nul regret : « Tu sais, même si je n'y suis pas arrivé, tu es la première femme avec qui j'ai eu envie de coucher. » Elle plaisanterait, peut-être : « À ton âge ? » À moins qu'elle ne le congédie en disant : « Fiche-moi le camp, sale pédé ! » Tant pis. Il la jetterait à terre d'une gifle, il lui ferait regretter d'être venue au monde, à cette pute. En fait, elle était beaucoup plus grande que lui ! Il était temps de se lever et de s'habiller. S'habiller ? Mais il ne s'était même pas déshabillé. Il portait encore ses vêtements, il sentait la sueur, l'anis, l'alcool. Il allait commencer la journée avec cette odeur, et ensuite il faudrait continuer, continuer à vivre, humilié, blasé, fatigué, aller jusqu'au bout de cette journée. Et il devait être à l'heure à son rendez-vous au café Weyers.

Il se leva et passa à la salle de bains. Comme toutes les autres pièces de la maison, la salle de bains était immense. Haute de plafond, large, spacieuse. Mais la baignoire était petite, on n'avait pas la place d'y allonger les jambes. « Si je voulais acheter une maison, se dit-il, ce que je demanderais à voir en premier, c'est la salle de bains. Il me semble que c'est dans un poème de Maïakovski qu'on voit cet ouvrier, à qui on a donné un deux-pièces gratuit, s'extasier devant la salle de bains équipée d'un chauffe-eau. Il est jeune, vigoureux, il est beau, ce n'est pas un ouvrier, c'est un prolétaire. Il s'émerveille devant l'eau chaude et la profondeur de la baignoire. “Bon sang ! Quand on entre là-dedans, on peut en même temps s'étendre et se laver !” Au hammam, l'eau qui coule des robinets remplit le baquet en un instant. Cette eau vivifiante, cette chère eau, dégage de la vapeur qui embue les vitres. Tu entres, enveloppé dans un drap de bain ou dans un peignoir, ça revient au même parce que tu l'ôtes tout de suite, avant de t'arroser avec l'eau des baquets. Ensuite, il y a les contacts, on s'allonge sur la table de marbre et, dans la vapeur épaisse, les membres virils sont tous au garde-à-vous : “À vos ordres, mon commandant !” » Eux aussi ils appartiennent au passé – les hammams, pas les membres virils –, ceux du pensionnat, ceux des années de prison et ceux de Balıkesir. On ne voit pas le bout de son nez, des corps nus et velus se trémoussent dans un coin. Le masseur t'empoigne, le gérant vient faire un tour. Au début, tu es réticent, et puis tu t'abandonnes. »

En se lavant le visage dans le lavabo, il se vit dans le miroir. L'expression de ses yeux lui fit peur. Ils avaient perdu leur éclat et leur couleur. Ils n'étaient plus bleus mais tout rouges. Comme ensanglantés. Ils avaient un regard vague, ils semblaient être ailleurs. Son front était ridé, son crâne chauve. Il vit sa calvitie dans le double miroir. Alors qu'il commençait à se croire encore assez jeune pour essayer de séduire la femme à l'anneau, et qu'il avait l'agréable impression de commencer une nouvelle vie, il avait déjà un pied dans la tombe, mais ni lui ni la police ne s'en étaient rendu compte.

Il aurait bien voulu être un noyer dans le parc de Gülhane, ou une jeune pousse verdoyante. Longue vie à toi, Şair baba, et à ton mal du pays ! Tu aurais bonne mine, maintenant, en noyer, « la tête dans les nuages, les pieds dans la mer ». Ses cheveux, jadis, étaient blonds et soyeux. Ceux qui les voyaient et qui les caressaient disaient qu'il était un « ange ». Il sourit, comme un ange, ou peut-être comme un diable, en se rappelant que l'appellation « Ange » était réservée aux tissus de soie fabriqués à Leipzig. Puis il lui revint à l'esprit qu'au lycée de Kuleli on le surnommait l'Ange, et il eut un sourire diabolique, cette fois, en regardant dans le miroir sa dent de devant crochue et ses cheveux collés par la sueur. C'est vrai qu'il y avait eu un « Ange », jadis, à Kuleli, un ange dépourvu d'ailes dont le surveillant du dortoir caressait la tête, et, plus tard, un autre « Ange » qui n'avait pas de comptes à rendre à son miroir, qui avait encore tous ses cheveux et écrivait des articles dans la presse du Parti, où il pourfendait les opportunistes, liquidateurs, traîtres et autres secrétaires incapables, comme il y avait eu un « Marat », un « Blondinet », un « Nain », un « Yakup Demir » et même un « Mussolini ».

Ce « Mussolini Ahmet » était réellement un bon communiste, son seul défaut était de ressembler au Duce. Il était joufflu comme lui, avec le même crâne rond et la même nuque plate. Il avait, comme lui, le regard dur, les sourcils froncés. C'était Mussolini tout craché. Tout de même, quand on l'avait torturé, on ne l'avait pas suspendu la tête en bas, on s'était contenté de lui administrer la bastonnade. Ils l'avaient battu jusqu'à ce que ses talons éclatent, mais il n'avait pas parlé. Qui sait ce qu'il était advenu de lui ensuite, après sa remise en liberté, qui sait s'il s'était fait reprendre ? Peut-être avait-il rallié sa « seconde patrie », pour être ensuite expédié en Sibérie, comme Salih Hacıoğlu ? Si cela s'était produit, Şair baba n'aurait pas manqué de lui dédier un poème, à lui aussi. On n'avait plus jamais entendu parler de lui. Şair baba l'avait suspendu à sa lampe dans la prison militaire. Pas le camarade Ahmet, bien sûr, mais le vrai Mussolini, le Duce. Comme s'il avait prévu comment il finirait, il avait trouvé je ne sais où un pantin représentant Mussolini et il l'avait suspendu à la lampe. Il l'admonestait fréquemment, en riant dans sa moustache. Il avait une belle moustache, blonde et bien ferme. Avec des reflets roux.

« Ne t'occupe pas de tes cheveux pour l'instant et regarde plutôt ce qu'on appelle une moustache ! Ta moustache ! Elle grisonne comme tes cheveux, il y pousse, çà et là, quelques poils blancs, elle dépasse au-dessus de ta bouche. Comme celle du camarade Staline… »

Lui, il avait une forte moustache, même quand il gisait dans son cercueil, elle était blanche et ferme comme sa vareuse. En fait, il ne se rappelait pas si on lui avait mis un uniforme ou s'il portait des vêtements kaki, mais il savait qu'en passant devant le cercueil il n'avait pas pu retenir ses larmes. Quand le grand cœur du « Petit Père des peuples » – il n'y a pas moyen d'échapper à ce problème de paternité ! – a cessé de battre, quand ce cœur immense s'est arrêté, les cœurs de tous les communistes se sont mis à battre pour lui. Le pays n'avait plus qu'un seul cœur. Et aussi tous les pays et tous les partis communistes, dans le monde entier. Comme souvenirs de Staline, il est resté la moustache et des millions de victimes, les camps, les barbelés, les arrestations en pleine nuit, la mort de ceux qui se sont suicidés ou qu'on a suicidés. Et puis un beau jour on a renversé ses statues, fait disparaître ses effigies des murs et des places publiques, mais sa moustache est toujours là, proche de nous, tout comme Allah est près de notre carotide – il sait tout, il nous voit et il nous entend. Il s'est écroulé, il a disparu, mais nous avons toujours à la bouche un goût de Premier Mai. On ne marche plus au pas de l'oie sous l'océan ondoyant des drapeaux rouges. On ne brandit plus le poing. Le communisme a rendu les armes, et dès lors il n'a plus été qu'un rêve. Chacun a sauvé sa peau comme il a pu. Désormais, nous sommes sans défense, nous n'avons plus ni notre parti ni notre volonté de fer. Ni notre drapeau, avec la faucille et le marteau. « Mets-toi bien ça dans la tête, Ali Albayrak, *alias* Ange ! Il n'a subsisté que dans ton nom d'*Albayrak*, qui est le nom du drapeau turc, rouge lui aussi, mais qui pour toi évoque le drapeau de la Révolution*. Ton nom le fait constamment revivre comme le lion porte bien haut le regard intrépide du gendre du prophète. »

Tout en répétant machinalement le mot « Ange », son ancien pseudonyme, il s'essuya la bouche d'un revers de main et se caressa la moustache, puis il se sécha le visage. Comme dit le proverbe, « à soixante-dix ans, on a fini sa tâche ». Il n'avait plus rien à faire. Une fois qu'il aurait vendu l'appartement de son frère à Berlin, il irait à Istanbul pour remettre l'argent à sa belle-sœur ; ensuite, il n'aurait plus qu'à attendre la mort. Mais avant tout il devait placer en mains sûres ces documents. Il avait remarqué ce biographe et lu avec intérêt tous ses ouvrages, notamment ce pavé sur Nâzım. En fait, il les avait littéralement dévorés, mais c'était il y a longtemps.

* *Albayrak* : littéralement « drapeau rouge » ; désigne le drapeau turc.

Maintenant, il ne faisait plus que boire, traîner dans les rues et aller draguer de jeunes garçons dans les jardins publics. Mais ça ne marchait plus, aucun n'acceptait plus de le suivre chez lui ou de faire ça sur place, au pied d'un arbre… Autrefois, d'abord il y avait des attouchements, puis un baiser profond, et on passait à l'acte. Pour Rıza, il s'était rasé de près, mais l'autre avait exigé qu'il se rase aussi la moustache, elle le gênait. Là encore, on se touchait, on se caressait, on se bousculait. Et puis debout, ou bien sur le châlit, on passait à l'acte.

Il avait rendez-vous avec cet écrivain au Weyers l'après-midi, à cinq heures précises. À l'heure où la mort commence sa ronde. Si tu l'attends, elle ne vient pas, mais ensuite elle te prendra à l'improviste sur les bords du Bosphore, ou à Beyoğlu, à Eyüp, à Çatalçeşme. Au fait, où se trouvait donc ce fameux Çatalçeşme ? Encore un quartier d'Istanbul au nom bizarre ! Il y avait des années qu'il aurait dû aller le voir ! « On ne sait ni d'où ni quand viendra la mort… » « Les morts par balle, fusil ou pistolet ne sont plus à l'ordre du jour. Salut à toi, le Che ! Mais ne t'en fais pas ! Toi, la mort viendra te chercher dans la fontaine de Çatalçeşme. Ou, pourquoi pas ?, ici, à Berlin, à cinq heures du soir. Bien sûr, elle te trouvera, et elle ne prendra pas l'aspect d'Azraël mais celui d'une femme. Pourquoi une femme ? Parce que, quand Allah envoie Azraël prendre ton âme, il lui donne l'aspect de l'être que tu aimes le plus au monde. Pour que tu n'aies pas peur. Pour que tu ne tentes pas de fuir, pour que tu sois pur et immaculé quand tu paraîtras devant lui. Car c'est ainsi que tu dois entrer dans la tombe. On t'ensevelira, prêt à affronter les souffrances du tombeau, dans un linceul blanc comme la neige. » Cela, il ne l'avait pas appris à l'école du Parti. Comme la plupart de ses camarades, à l'UCTO il avait lu d'un bout à l'autre les œuvres d'Engels et de Lénine. C'était sa mère, cette femme malheureuse et cruelle, vieillie avant l'âge, qui le lui avait murmuré à l'oreille. Quand il était enfant, après la mort de papapacha, alors que tout le monde dormait dans le *yalı*, même la grand-mère et sa fille. Dans le sous-sol dont les fenêtres s'ouvraient sur les roses, les jacinthes et le chèvrefeuille que le jardinier cultivait avec des soins infinis.

Avant de le border dans son lit, sa mère murmurait une prière dans le noir. Pour autant qu'il s'en souvienne, c'était son seul moment de tendresse : elle disait une courte prière pour chasser les démons et lui parlait un peu de l'autre monde et de la mort. Parfois, elle se contentait de soupirer. Le reste du temps, jour et nuit, à tout moment, les gifles pleuvaient. Et il allait pleurer dans les bras du jardinier. Il suppliait Allah de lui donner une autre mère, à la place de cette réfugiée. Mais tenez-vous bien ! Son père n'était pas celui qu'il croyait. Et sa mère, il l'aimait certainement, même s'il était persuadé du contraire. Elle avait perdu sa famille au cours de la guerre balkanique et on l'avait placée à Kandilli, chez les propriétaires d'un *yalı*. Il éprouvait pour elle compassion et amour, même s'il ne l'appelait jamais « maman ». Cela, il ne le pouvait pas. Mais il l'aimait autant qu'un enfant peut aimer un être qui ne cesse de le battre et de le gronder. Elle était taciturne et revêche. À la mort de son père, il avait beaucoup pleuré et eu très peur. Car son frère Veli et lui-même étaient désormais entièrement à la merci de leur mère. Elle leur faisait constamment payer l'humiliation et la douleur d'avoir été une enfant de l'Assistance. Il n'y avait plus, dans cette vaste demeure, le moindre coin où se cacher, la moindre personne auprès de qui trouver refuge. C'était seulement sur son lit de mort, au moment de rendre le dernier soupir, que sa mère lui avait avoué que le jardinier n'était pas son véritable père. Quand elle eut révélé son grand secret, il fallut lui nouer les mâchoires avec un linge, car elles restaient béantes comme si elle s'apprêtait à en livrer d'autres.

Il se rendait bien compte, maintenant, qu'il n'y avait plus rien à espérer. Il vivait là, à Berlin, en compagnie de ses fantômes, il avait peut-être raté sa vie, plus rien ne le touchait, pas même la chute du Mur.

« Ne faites pas souffrir les enfants, messieurs dames / sinon les nuages vous feront mourir », murmura-t-il, devant le miroir, avant de s'en écarter. Si l'ange blond de Kuleli avait pris un autre chemin, peut-être n'aurait-il pas été ce communiste qui écrivait des textes venimeux dans la presse du Parti et peut-être ne serait-il pas devenu ce vieil ivrogne. Il imaginait un autre sort pour cet enfant triste qui pleurait dans le sous-sol du *yalı*. Il aurait tant voulu que le passé revienne, que son esprit en fête danse la ronde en chantant : « Nous voici, réjouis-toi, ville d'Alep ! » On aurait dit que c'était pour lui que Şair baba avait écrit ce vers. Il avait écrit aussi « Ne serait-ce qu'une fois, confions le monde aux enfants ! » lorsqu'il avait abandonné dans les bras de sa mère son fils Memet – il y avait un autre Memet, fils de Piraye –, pour ne plus jamais revenir. Şair baba, comme Ange, comme Marat, avait quitté son pays pour toujours.

Il revit le visage de sa mère sur son lit de mort. Et aussi son dénuement, ses colères, ses crises de nerfs. Et ses derniers moments à l'hôpital grec de Balıklı. Dans la chambre, il y avait quatre autres femmes. L'une était en dialyse, les autres étaient allongées sur leur lit, avec à leur chevet un urinal plein d'un liquide cuivré. Leurs seins s'étalaient sur leur poitrine. Elles poussaient des râles effrayants. Cheveux épars, les yeux enfoncés dans les orbites, elles n'avaient plus que la peau et les os. Elles gisaient sans dire un mot, respirant de façon saccadée par leur bouche édentée. Il se pencha sur sa mère et la baisa au front, chose qu'il n'avait jamais faite. Qui sait ? Peut-être, à cet instant, vit-elle Azraël sous l'aspect de l'un de ses fils, ou des deux à la fois ; d'un homme à deux visages, celui d'Ali et de Veli. Elle tenta de se relever et murmura : « Mon préféré, c'est mon fils aîné. » Et lui, il revit cette femme, cette réfugiée, qui le frappait, l'enfermait dans la cave à charbon, le menaçait et, dans les cauchemars qu'il faisait dans le dortoir glacial de Kuleli, lui versait du poivre dans la bouche. Mais au lieu de l'envoyer promener il lui répondit simplement : « Vraiment ? » C'est alors qu'elle lui dit que le jardinier n'était pas son véritable père. D'une voix à peine intelligible, entrecoupée de râles, elle parla d'un officier de marine, de la flotte d'occupation, des années qui avaient suivi l'armistice. Il crut tout d'abord qu'elle délirait, puis, prêtant l'oreille, il entendit confusément : « Ton père était français. »

Il eut l'impression que le plafond lui était tombé sur la tête, il se sentait comme un cadavre condamné à pourrir dans les décombres d'un tremblement de terre. Tout avait sombré dans les ténèbres. Au dernier moment, sa mère avait accompli ce bel exploit, elle ne voulait pas emporter dans la tombe ce secret, que d'ailleurs papapacha, la grand-mère et le jardinier connaissaient déjà. L'ayant livré à son fils aîné, elle pouvait mourir tranquille, car elle n'avait rien à dire à son second fils, qui vivait en Allemagne. Et c'est ce qu'elle fit. Mais lui, à ce moment-là, il aurait bien voulu croire encore que les enfants naissent dans les champs de choux. C'était sa mère qui, la première, lui avait raconté cette fable, à moins que ce ne fussent ses camarades du quartier. Ou peut-être la grand-mère. Ce n'était certainement pas papa-pacha, parce qu'il ne parlait pas beaucoup. Il fumait son narghilé en regardant le courant emporter les bateaux à roue de la Compagnie maritime. Il est vrai que quand il était lancé, quand il évoquait Mustafa Kemal et l'invasion grecque, on ne pouvait plus l'arrêter.

Après bien des recherches, il avait fini par trouver l'identité de son vrai père, aide de camp à bord d'un des cuirassés qui, après l'armistice, avaient jeté l'ancre à Dolmabahçe. Comment s'y était-il pris pour réussir à faire un enfant à sa mère, placée par l'Assistance dans ce *yalı* de Kandilli ? Comment ? Mais en la violant, bien sûr. Il songea à Istanbul au temps de l'Occupation. Les gens se terraient, refusant de collaborer avec l'occupant et manquant de tout, les journaux traînaient dans la boue Mustafa Kemal, qui avait lancé en Anatolie le mouvement de résistance. Il pensa à ces années de misère où les filles étaient forcées de se prostituer dans les cimetières, où les rues grouillaient de soldats hindous et sénégalais et de coupe-bourses. Lors d'une réception donnée par le pacha en l'honneur du commandant d'un cuirassé français, le champagne, les vins coulaient à flots, les domestiques coiffés de fez allaient et venaient au milieu des officiers ivres et des profiteurs de guerre. Il y avait même quelques ministres du gouvernement ottoman.

Il voyait tourner dans sa tête, dans une profusion de couleurs, cette foule de débauchés, au son de chansons orientales. Il s'efforça d'imaginer le visage de l'aide de camp aux yeux bleus serrant de près la jeune servante occupée à rassembler les objets abandonnés dans tous les coins par les invités. Qui sait ? Ils s'étaient peut-être aimés, l'aide de camp, à l'instar de Pierre Loti, avait peut-être fait perdre la tête à sa mère, ils se retrouvaient dans le sous-sol où elle habiterait plus tard avec le jardinier et s'y aimaient en secret. Il ne saurait jamais la vérité, mais si sa mère, à sa manière – étrange, il est vrai –, l'aimait plus que son frère, c'était sans doute parce qu'ils avaient vécu un amour romantique. Bâtard pour bâtard, il vaut mieux être l'enfant de l'amour. Lorsque l'aide de camp repartit comme il était venu, après la libération, il ne laissa pas en souvenir la moindre bague de fiançailles. Mais il avait déposé sa semence dans la matrice de la servante aux yeux couleur du ciel. Quand on la maria précipitamment avec le jardinier, l'armée turque n'était pas encore entrée à Izmir et le drapeau rouge turc ne flottait pas encore sur le Cordon. Mais lui, Ali Albayrak, il remuait déjà dans le ventre de sa mère. Lorsque avait été édictée la loi imposant la déclaration d'un patronyme, le jardinier qui lui servait de père avait pris le nom d'Albayrak, comme s'il n'était au courant de rien ou voulait passer l'éponge. À la naissance de Veli, Ali, le bâtard de l'aide de camp, avait été confié à une nourrice.

Il ne se souvenait plus de la nourrice, mais il n'avait pas pardonné au pacha et à la grand-mère dans la maison de qui il avait vu le jour. Tous deux étaient morts depuis longtemps, laissant sa mère seule avec leur fille, son secret et le jardinier qui s'était occupé d'eux pendant quelques années. On l'avait inscrit à Kuleli non comme bâtard mais comme orphelin. Désormais, il était l'un et l'autre. Et, plus que jamais, il se sentait floué et rejeté. Il avait ressenti un chagrin comparable quand on l'avait exclu du Parti, mais il l'avait mieux assumé. D'ailleurs, alors qu'il n'avait jamais cessé d'être un bâtard, par décision du Comité central on l'avait réintégré ; peu après son retour au sein du Parti, on l'avait envoyé à l'étranger, on l'avait fait venir à Berlin.

Azraël prend l'aspect de la personne que tu as le plus aimée durant ta vie. S'était-il présenté à sa mère sous les traits d'un officier de la marine française ou sous ceux d'Ali Albayrak ? Si elle n'était pas morte ce jour-là, il l'aurait étranglée de ses propres mains.

Il songea tout d'abord à se raser, puis il y renonça. Il valait mieux qu'il garde sa barbe. Elle n'était pas aussi exubérante que dans sa jeunesse, mais il ne la raserait pas. D'ailleurs, il avait perdu sa pilosité et sa peau était glabre. La barbiche lui allait bien, elle ressemblait à celle de Trotski. Et Lénine, Marx et Engels n'étaient-ils pas barbus ? Et Che Guevara et Fidel ? Tous les révolutionnaires du siècle étaient barbus, même Hô Chi Minh. Seul Mao était complètement imberbe. D'où venait ce goût pour la barbe et la moustache ? S'il avait laissé pousser sa barbe, lui aussi, il aurait peut-être entraîné les masses à sa suite et planté l'étendard du prolétariat sur le bastion de la bourgeoisie. L'aurait-il vraiment fait ? Il était peut-être capable de planter son sexe dans un corps, voire dans la fente de la femme à l'anneau, mais c'était autre chose de planter un drapeau. Et puis le Mur était tombé, et tout ça, c'étaient de vieilles histoires.

Il lui prit l'envie de crier : « Le Mur est tombé ! Le Mur est tombé ! » Peut-être était-il encore ivre. Tout compte fait, il valait mieux qu'il se rase, qu'il soit bien frais, bien dégrisé, pour commencer cette courte et sombre journée d'hiver. Il se rasa, se déshabilla, et, après avoir pris une douche, il se sentit purifié, débarrassé de ses vêtements malodorants, des associations d'idées indésirables, des pensées délirantes et des cauchemars de la nuit. Il passa dans la chambre de derrière et enfila une chemise de laine, un chandail bleu marine et un veston de velours. Au moment où il boutonnait son pantalon, le téléphone sonna. Il traversa l'appartement en courant, passa par la cuisine et le vestibule vide, atteignit le salon. Lorsqu'il saisit enfin le combiné, la sonnerie cessa. Qui cela pouvait-il bien être ? Sans doute quelqu'un qui voulait visiter l'appartement. Ce n'était tout de même pas la femme à l'anneau ! Mais au fait, pourquoi pas ? C'était sûrement elle. La sonnerie avait été brève. Puis il se rappela soudain que la veille au soir, avant de la quitter, il ne lui avait pas donné son numéro de téléphone. « Bon sang, se dit-il, je n'y ai pas pensé ! Mais je sais où la trouver. Ce soir, demain soir au plus tard, j'irai sonner à sa porte. Façon de parler… Disons qu'une fois que je me serai bien saoulé au Hasret Imbiss, j'irai frapper à la porte du Mon Chéri. »

Là-dessus, le téléphone sonna encore. Cette fois, il décrocha immédiatement. Il entendit un bruit indistinct, on aurait dit quelqu'un qui retenait son souffle. « Allô ? dit-il. Qui est à l'appareil ? » Ne recevant pas de réponse, il répéta sa question. En vain. Au moment où il allait raccrocher, une voix articula : « Peu importe qui je suis. Nous, nous savons bien qui tu es. »

2

La maison du numéro 6 de la Schwarzbacher Strasse semblait se tapir au milieu d'une rangée d'affreux immeubles neufs. Autrefois, c'était le seul bâtiment qui subsistait d'un quartier où résidaient, avant la guerre, de riches familles juives. On remarquait au premier coup d'œil le grand toit très pentu sur lequel la neige ne s'accrochait pas, les ornements des fenêtres et les balcons de béton, visiblement rajoutés après coup. La maison, peinte en jaune foncé, avait trois étages. À la fenêtre de droite du troisième était fixé un morceau de carton portant l'inscription « ZU VERKAUFEN », « à vendre », en grosses lettres capitales. L'annonce était assez grande pour être visible du terrain d'en face. Mais en fait la maison n'avait pour tout vis-à-vis qu'un large trottoir avec, en son milieu, une allée cyclable. À droite du trottoir, un terrain vague descendait en pente douce vers des bouquets d'arbres qui cachaient la voie de chemin de fer. On pouvait dire qu'elle jouissait d'un bon emplacement. Du balcon ou des fenêtres de la façade, on avait vue sur des pins et des bouleaux, des robiniers, des peupliers et de majestueux marronniers. Et aussi, par-delà la voie ferrée, sur la gare de Halensee et les immeubles rose bonbon, bleus, rouges, verts et même violets qui se dressaient sur l'autre rive. Si l'on peut parler de rive !

Ce n'était pas une rivière qui courait devant la maison mais une large voie ferrée, trop large, peut-être, sur laquelle se croisaient des trains jaune et rouge, parfois entièrement rouges ; entre les traverses poussait en été une herbe verdoyante qui venait mourir parmi de petits potagers et des baraques dépourvues d'étage. Bien avant l'existence du Mur qui allait devenir le « Mur de la honte », c'était le cours d'eau qui coupait la ville en deux : canal aux eaux croupies tissant son filet parmi de tristes bâtiments et des courettes, des murs de brique, des dépôts de charbon et des cheminées d'usines. Mais de la maison jaune on ne voyait rien de tout cela. On n'apercevait que des bâtiments neufs. Et aussi, sur la droite, les trois usines de chauffage collectif, avec leurs hautes cheminées qui s'alignaient dans le sens de la marche des trains glissant, tels des serpents, vers Hohenzollerndamm.

Pendant des années, c'étaient ces usines qui avaient assuré les revenus de la famille Albayrak, mais à son arrivée à Berlin-Ouest, dans les années soixante, Veli Albayrak avait commencé par travailler dans une fabrique d'automobiles. Sur la chaîne de montage, il devait mettre en place la dernière portière des voitures en parcourant exactement cinq mètres, pas un de plus ni un de moins, tandis que trois camarades avançaient à tour de rôle de part et d'autre de la chaîne pour fixer les autres portières. Il devait faire vite, car une autre voiture arrivait aussitôt. Et cela recommençait, toujours les mêmes gestes, le même nombre de pas, la même voiture, la même tension. Il fallait être très attentif. Les voitures se succédaient, le temps était compté, au-dessus d'eux un Allemand vêtu comme un agent de la Gestapo tenait un chronomètre et répétait sans cesse : « Plus vite, plus vite ! » On équipait vingt voitures par jour, mais bientôt on passa à trente, puis à quarante et, chronomètre en main, on réduisit à trois, puis finalement à deux, le nombre d'ouvriers. Ils n'étaient plus que deux à accompagner la chaîne, mais, en allant plus vite, ils faisaient le même travail. Et Veli Albayrak parcourut ses cinq mètres pour la dernière fois. On n'avait plus besoin de lui. Avant de trouver son nouvel emploi à la centrale de chauffage, il connut la disette, travailla comme colporteur, traîna dans des foyers d'ouvriers, dans des chambres exiguës où l'on dormait sur des châlits, où les douches n'avaient pas d'eau chaude et où l'on réchauffait sa nourriture sur des réchauds à jeton. Les fins de semaine, il allait draguer les vieilles dans le quartier de la gare, comme la plupart de ses camarades. C'est seulement quand il eut trouvé un nouveau travail et un logement qu'il put faire venir sa famille auprès de lui.

Les Albayrak avaient été parmi les premiers à venir à Berlin. Parmi les premiers à monter dans le train à Sirkeci, avec leurs valises en bois, leur fatigue et leurs espoirs. Ils laissaient derrière eux une poignée de terre pour aller chercher une bouchée de pain dans la lointaine plaine prussienne. Ce pain-là n'était pas aussi dur qu'on le disait, il était un peu amer, mais accessible. Et si on était capable de supporter les dures conditions de travail, on peut même dire qu'il avait bon goût. Veli économisait des Marks, ces billets verts, il pouvait dire « mon pays est le lieu qui me donne à manger » et l'Allemagne aurait été pour lui non un lieu de souffrance mais sa seconde patrie s'il n'y avait eu l'éloignement et le mal du pays. En tant qu'étranger, on y était malmené et méprisé. À cette époque-là, on pouvait lire sur la porte de certaines brasseries : « Entrée interdite aux étrangers ». Veli Albayrak avait accepté tout cela et, finalement, il avait réussi à faire venir sa famille et à devenir propriétaire d'un logement. Son seul désir était que Çelik fasse des études et devienne quelqu'un. C'était un enfant vif, intelligent et travailleur. Si tout cela était arrivé, c'était à cause de son oncle, qu'il avait voulu imiter. Il avait voulu retourner en Turquie. Il avait interrompu ses études universitaires après le putsch de septembre, il était parti avec l'intention de renverser la junte, et il n'était jamais revenu. Tout d'abord, on l'avait porté disparu, et puis on avait appris sa mort. Pour imiter son oncle, Çelik, sans broncher, était allé se jeter dans la gueule du loup. Il n'allait pas gagner son pain, mais délivrer son pays de ses tortionnaires.

« Pauvre Çelik ! » avait envie de dire Ali Albayrak. Quand il pensait à son neveu, sa gorge se nouait et il suffoquait. S'il était mort à vingt ans, c'était à cause de lui, de sa maudite obstination, de son don de persuasion. Il n'arrivait pas à dire : de sa trahison. « Mon joli, mon neveu, mon petit héros. » Il répétait ces mots en les scandant comme on dit un poème – il faut croire qu'après tous ces événements il était resté sentimental. Tout cela était invraisemblable. Qui aurait pu le prévoir ? S'aimaient-ils vraiment ? Bien sûr qu'ils s'aimaient, de façon platonique, comme s'aiment un oncle et son neveu. Il se rappelait le temps où il prenait Çelik par la main pour l'emmener « à dada ». Ils allaient au parc d'attractions manger une glace et faire un tour de manège. Parfois, ils se baignaient dans le lac. À Rathenau, la main dans la main, ils passaient devant cette statue bizarre faite de deux Chevrolet scellées dans le roc. Ils arrivaient ensuite parmi les plus belles villas des Berlinois. Et les femmes et les hommes qui se baignaient dans le lac complètement nus étaient beaux aussi.

Quand il se promenait avec son oncle, Çelik se rendait compte qu'il n'avait d'yeux que pour les hommes. Parfois, il soupirait, pour une raison qui lui échappait. Était-il trop jeune pour comprendre ? Il grandissait loin de Kreuzberg, dans un quartier huppé de Berlin, parmi les petits Allemands, il allait à l'école avec eux et il lui arrivait d'être le premier de la classe. Il négligeait peut-être un peu le turc, que l'on parlait à la maison, mais il était sans doute assez grand pour comprendre le sens d'un soupir. Et il se posait de nombreuses questions au sujet de son oncle. Des Turcs moustachus passaient en égrenant leur chapelet parmi tous ces gens qui étalaient leur nudité sur les pelouses. Mais l'oncle disait : « Ne t'en fais pas, ils ne peuvent pas savoir que nous sommes turcs. Allez, déshabillons-nous ! » Et ils se baignaient tout nus dans le lac.

Çelik tenait de son père la couleur de ses yeux et de sa mère sa belle stature. Sa grand-mère, qu'il n'avait pas connue, répétait jadis à son père que c'était la Roumélie qui avait coloré en bleu les yeux de la famille. On avait fini par lui dire que sa grand-mère avait été placée dans un *yalı*, qu'elle y avait épousé le jardinier et mis au monde son père et son oncle. La Roumélie avait peut-être donné à Çelik, ainsi qu'à son oncle, la couleur de ses yeux, mais c'était certainement le climat de la Prusse qui l'avait fait beau, sain et vigoureux. Et aussi les aliments riches en protéines que produit le sol bien irrigué de Berlin.

Après son entrée à l'école primaire, l'oncle avait soudain disparu. On était resté longtemps sans nouvelles, puis il était revenu. Il séjournait tantôt chez eux, tantôt à une autre adresse ; mais il n'avait jamais cessé de s'occuper de lui. À chacune de ses visites il l'emmenait soit au cinéma, si c'était l'hiver, soit au bord du lac en été. L'automne, ils faisaient de longues promenades ou couraient derrière un ballon. Le week-end, quand le temps était au beau, comme toutes les familles turques de Berlin ils allaient en pique-nique et faisaient des grillades. Çelik admirait de plus en plus son oncle, mais il ne savait pas en quoi consistait son travail. Que pouvait-il bien faire ? Son père, par exemple, était ouvrier, il travaillait à la centrale de chauffage. Sa mère était repasseuse dans un atelier de confection, toute la journée elle poussait son fer, dans le crissement du tissu et la vapeur odorante. Mais que faisait donc son oncle, ce petit blond fluet qui, dans sa tendre enfance, l'emmenait faire du « dada » ? Quand il l'interrogeait, son père répondait évasivement, quant à sa mère, elle évitait soigneusement ce sujet. Lorsqu'il eut un peu grandi, c'est de son oncle lui-même qu'il apprit la vérité. Il chercha dans le dictionnaire ce qu'était un « professionnel » et il vit que c'était quelqu'un qui maîtrise parfaitement une spécialité, mais il ne savait toujours pas en quoi consistait son travail. Tout le monde s'acquitte d'une tâche, bonne ou mauvaise, le plus souvent mauvaise, à vrai dire, mais, même si son oncle s'acquittait de la sienne avec compétence, il se demandait toujours en quoi elle consistait.

Quand il fut adolescent, « révolutionnaire » vint s'ajouter à « professionnel ». L'oncle était donc un « révolutionnaire professionnel ». Çelik ignorait encore ce que cela signifiait, mais il ne fut pas long à l'apprendre. Et c'est son oncle, cet homme si réservé, qui le mit au parfum. Il était toujours en déplacement, mais il disposait d'un peu plus de temps, car il venait d'être exclu successivement du Comité central, puis du Parti. Mais Çelik n'avait jamais entendu parler ni de l'un ni de l'autre. Quand l'oncle ne passait pas à l'Ouest, c'était le neveu qui allait le voir le week-end et passait une journée à l'Est. Il se faisait expliquer les idées de Marx, Engels et Lénine. Et, bien sûr, pas seulement leurs idées. Car il fallait agir, pourvu que les « conditions objectives », comme disait l'oncle, fussent favorables. Au bout d'un certain temps, ils commencèrent à discuter de la façon de renverser la junte fasciste. Pour une raison inconnue, l'oncle n'employait pas le mot « fasciste » quand il évoquait le pouvoir militaire ; il incriminait généralement l'impérialisme américain et portait aux nues l'Union soviétique, le communisme et l'idéal de paix. En fait, il n'utilisait pas beaucoup non plus le mot « communisme ». Il était un « révolutionnaire professionnel » et Çelik, suivant son exemple, voulait le devenir aussi. D'accord, mais, dans tout cela, où était le communisme ? Il était trop tôt pour l'instituer, en mettant fin à l'exploitation de l'homme par l'homme, en instaurant l'égalité et en construisant une société sans classes. Pour y parvenir, il fallait d'abord passer par la « dictature du prolétariat ». Il faut bien admettre que ce terme de « dictature » n'était pas vraiment de leur goût. « Nous avons déjà une dictature, objectait Çelik, la Turquie est soumise à la dictature des militaires. » Et il avait hâte de retourner en Turquie et de se battre pour y mettre fin. En Allemagne, il ne troublait pas l'ordre public, mais s'il allait en Turquie, ce serait pour prendre part à la lutte révolutionnaire. Et pour cela, il fallait être membre d'une organisation.

Il avait tout d'abord voulu entrer au PCT, mais son oncle l'en avait dissuadé, se contentant de lui dire : « Si le Parti a besoin de toi, il saura où te trouver. » Mais il ne voulait pas rester isolé et, une fois à l'université, grâce à l'Association des étudiants de Kreuzberg, il était devenu membre de Dev Sol, la Gauche révolutionnaire. Désormais, à l'instar de son oncle, il n'était plus un simple opportuniste mais un révolutionnaire à part entière. Pour lui, la révolution passait par la guérilla urbaine et non par l'union des ouvriers et des paysans ou par Moscou. Il pensait que la junte serait renversée grâce à la lutte armée. Il ne se souciait plus ni du Parti, ni de l'Union soviétique, ni de la préséance de la classe ouvrière.

Un soir, son oncle, venu à l'Ouest informer les camarades des décisions du Parti, qui l'avait repris dans ses rangs, au lieu de descendre à l'hôtel, comme d'habitude, sous une fausse identité, avait passé la nuit chez son père. Et il avait longuement discuté avec lui. Ils s'étaient même violemment disputés. Si sa mère ne s'était pas interposée, ils en seraient venus aux mains. Ce jour-là, après s'être acquitté de sa mission, Ali Albayrak, au lieu de retourner à l'Est, avait emmené Çelik au Hasret Imbiss. Et après le deuxième verre, en souvenir du temps où lui-même, élève de l'École de guerre, avait assisté à la lecture de ce texte par l'auteur en personne – il avait toujours gardé ce vieux disque de « La Voix de son maître » –, il lui avait lu « Comme Kerem » de Nâzım Hikmet. Puis il avait ajouté : « C'est peut-être toi qui as raison. » Ils ne pouvaient avoir raison tous les deux. En tout cas, l'un d'eux devait être sacrifié. À l'instar de Kerem, l'un d'eux devait « flamber » « pour que les ténèbres s'illuminent ». Ali Albayrak avait déjà payé de sa personne, il était tombé à cause d'un poème, il avait subi la torture et la prison avant de fuir en Europe. Maintenant, c'était le tour de Çelik. Comme on dit, « il faut battre le fer tant qu'il est chaud ». Şair baba clamait : « Actionnez les soufflets, le fer est entré dans le feu. » Çelik s'apprêtait à y entrer, on aurait dit qu'il avait hâte de mourir. « Pauvre Çelik ! »

Aujourd'hui, par ce matin d'hiver, dans ce Berlin, capitale de l'Allemagne réunifiée, où plus rien ne marquait la différence entre l'Est et l'Ouest, Ali Albayrak avait l'impression que tout cela venait de se dérouler. Les jours où il passait à l'Ouest sous un faux nom pour aller voir son frère ; l'époque où, vivant de part et d'autre du Mur, ils restaient parfois longtemps sans nouvelles l'un de l'autre ; leur rapprochement lors de la disparition de Çelik ; sa belle-sœur effondrée dans un fauteuil du salon et qui, de temps en temps, regardait par la fenêtre en soupirant, comme si son fils allait revenir d'un instant à l'autre et franchir cette porte qu'il avait refermée derrière lui ; Veli s'exclamant soudain « Notre espoir demeure en Allah ! », ce qui, de sa part, était pour le moins inattendu ; le crépuscule s'abattant sur la maison plongée dans un silence pesant, à vous rendre fou, et qui semblait attendre, d'un instant à l'autre, la terrible nouvelle. Tout cela paraissait dater d'hier. La triste nouvelle, il y avait bien longtemps qu'elle était arrivée, et elle l'avait terriblement affecté, mais, curieusement, il ne se sentait nullement responsable. Quand on avait arrêté Çelik, il savait bien qu'il serait torturé, mais pas une seconde il n'avait songé qu'ils allaient le tuer.

Il évoquait tous les autres, dont on avait appris la mort, à Berlin, en même temps que celle de son neveu. La mort de ses camarades, mais aussi celle du communisme. Celui-ci avait disparu d'un seul coup, sans connaître une longue agonie. Il les avait laissé tomber. Les morts ne reviennent pas. Le communisme, lui, reviendrait peut-être. Il pouvait « débarquer un soir, à l'improviste », comme l'amant jaloux de la chanson. Mais le pourrait-il vraiment, après un tel anéantissement ? Sait-on jamais ? Il reviendrait peut-être rendre l'espoir aux opprimés et aux parias. À tous les hommes qui vivent de leur travail. Ceux qu'il fallait plaindre, c'étaient ceux qui étaient partis pour toujours : son frère, son neveu, tous ses camarades. Şair baba avait dit d'eux : « J'ai semé les morts sur le sol comme une graine. » Et, bien sûr, il devait aussi plaindre sa malheureuse mère. Quel mal avait-elle fait ? Elle avait aimé un Français qui lui avait fait un enfant, et à cause de cet enfant elle s'était étiolée et avait fini par mourir dans le sous-sol de ce *yalı* de Kandilli. Bien sûr qu'il devait plaindre sa mère, la veuve du jardinier. Quand elle était tombée malade, il s'était occupé de tout, il était allé à Istanbul, il avait pris toutes les mesures pour son dernier voyage. Mais cela avait mal tourné et son chagrin s'était mué en colère. Depuis ce jour-là, depuis cet échec, il n'était plus seulement « Ange » et « Communiste », mais aussi « le Bâtard ». Bâtard d'un chenapan de Français. Il lui avait fallu, désormais, porter ce nouveau fardeau.

Après s'être bien rafraîchi et bien lavé, tout propre, débarrassé de ses cauchemars nocturnes, il essayait de voir le bon côté des choses. Il aurait voulu dire : « Le temps a passé, les morts s'en sont allés, mais nous, nous sommes toujours là », mais il n'y arrivait pas. Même dégrisé, les fantômes du passé continuaient à le poursuivre. Çelik en tête, ils venaient lui demander des comptes sans lui laisser aucun répit. Le soir, quand il avait bu quelques verres au Hasret Imbiss, il se disait que tout était fini, que rien ne serait plus jamais comme avant. Et puis, sous l'effet de la fatigue, les spectres fuyaient l'un après l'autre. Il aurait voulu les saisir un à un et s'asseoir en face d'eux pour leur parler. Non pour se lamenter, mais pour s'expliquer. Et pour se réconcilier. Même avec Şair baba. Oui, si possible, même avec lui. Il n'arrêtait pas d'y penser. Ainsi qu'à Çelik. « Ah, Çelik ! Mon lion, mon héros ! » Il aurait voulu le serrer dans ses bras avec la tendresse d'un père, ou du moins d'un oncle. Non, ce n'était pas cela non plus ! L'embrasser, respirer son odeur avec nostalgie. Il regrettait ce jeune et beau garçon. « Mon chéri, mon orphelin, ma grenade ! » Il adorait les grenades, il en aurait bien mangé une, là, tout de suite, en crachant les pépins comme dans son enfance. Comme il avait, dans la vie, craché tous ceux qu'il aimait. Ce soir encore, au Hasret Imbiss, il penserait à eux avec tristesse. Tard dans la nuit, dans ce débit de boissons où il avait fait boire à Çelik son premier raki.

3

Quand il sortit, le soir tombait déjà. Il se mit à marcher dans la neige. On avait nettoyé les rues, sans toucher aux trottoirs. Ni à la piste cyclable. Il était en train de se dire « Qui pourrait bien faire du vélo par un temps pareil ? » quand il entendit un timbre de bicyclette. Il s'écarta pour laisser passer une jeune cycliste coiffée d'un béret de laine rouge, une écharpe autour du cou, et chaussée de bas de laine rouges. Elle le croisa et disparut au loin. Il aimait beaucoup le rouge. Pour ses camarades, il évoquait la révolution, mais pour lui c'était la couleur du sang. C'était sans doute pour cela qu'il aimait tant les grenades ; il s'en régalait et c'était le seul fruit dont il buvait le jus. Dans le jardin du *yalı* de Kandilli, il y avait un grenadier. Il donnait peu d'ombre en été, mais en automne il portait des fruits aussi lourds que des boulets de canon. Le jardinier les cueillait, les posait sur un plateau, les faisait éclater sur la table en tapant dessus et donnait les morceaux épars à ses enfants. Veli n'était pas gourmand, mais lui il adorait sucer les pépins et les cracher. Et chaque fois sa mère le battait. Dans la salle à manger, il était interdit non seulement de cracher, mais de manger avec les mains. Est-ce que sa mère à elle, quand elle avait son âge, chassée de sa maison et jetée sur les routes par la guerre des Balkans, était aussi pointilleuse sur la bonne tenue à table ? À chaque gifle il avait envie de poser cette question, mais il n'en avait jamais eu le courage. Plus tard, quand il était pensionnaire à Kuleli, dans le long réfectoire du rez-de-chaussée, une fois ou deux par an on leur servait des grenades. La guerre était finie, la pénurie n'était plus qu'un mauvais souvenir, et on n'allait tout de même pas leur servir tous les jours le même ragoût de haricots secs ! Lorsqu'il avait voulu cracher les pépins, le surveillant lui avait tellement tiré l'oreille qu'elle était devenue rouge comme une grenade et lui avait fait mal jusqu'au lendemain. Dans ses souvenirs, la grenade s'identifiait à Istanbul. Il faut dire qu'on n'en trouvait guère à Berlin, à part peut-être au marché turc de Kreuzberg, et encore, à prix d'or ! Quant à Moscou, Berlin-Est ou Leipzig, où il avait vécu en émigré, il était presque impossible d'y trouver non seulement des grenades, mais même des bananes. D'ailleurs, si le Mur était tombé, n'était-ce pas parce que quelques imbéciles avaient envie de manger des bananes ? Et lui-même, avec ses envies de grenade, n'était pas loin de ressembler à la foule qui s'était ruée sur le Mur. « Nous voulons des bananes », radotaient-ils avec l'entêtement des janissaires renversant leur chaudron. Et le régime, au lieu de les saquer, avait glissé sur cette peau de banane qu'il avait lui-même placée sous sa chaussure. Il avait mordu la poussière et n'était pas près de se relever. Finalement, c'était un régime de bananes qui avait eu raison du communisme. Puis le pillage avait commencé. Les valeurs, bonnes ou mauvaises, auxquelles il croyait et qu'il avait défendues toute sa vie avaient été piétinées. Et après ? La fille que l'Occident prétendait arracher aux mains des brigands, il avait commencé par la violer, avant de la laisser à d'autres. Autrement dit, aux autres nations européennes. Cela, Dieu sait pourquoi, on ne l'avait pas prévu, on n'en avait pas discuté. Pendant des jours et des nuits il s'était accusé et avait scruté le passé en se demandant où était son erreur.

Lorsqu'il fut sur le pont, il regarda vers le bas. Un train passait dans la neige en se tortillant comme un serpent. Ses fenêtres étaient éclairées mais les compartiments étaient vides. Si on avait allumé les lumières, c'était parce que la nuit tombait. Les Allemands ne gaspillent pas l'électricité. Il pressa le pas. Il ne voulait pas être en retard. Il serra un peu plus fort sa serviette à soufflet. Tout était là-dedans. Toute sa vie. Ou, plus exactement, sa trahison. Toutes ses trahisons. Mais en fait en quoi avait-il trahi ? Il avait fait ce qu'il estimait juste. Au nom de ses convictions, pour assurer la pérennité de la révolution, il avait livré les êtres qui lui étaient le plus chers. Et Çelik ? Il s'était bien dit qu'en dernier recours ils allaient le torturer, comme ils l'avaient torturé lui-même. À l'eau. Et au bâton. Mais il n'imaginait pas qu'il mourrait sous la torture. Au fond, c'était secondaire. Qu'il s'agisse de Şair baba ou de Çelik. Dans ce vaste conflit, ils n'avaient pas plus d'importance qu'une goutte d'eau dans l'océan. Ce qui comptait, ce n'étaient pas les individus, c'étaient la révolution et l'avenir du communisme. Certes, il y avait dans cette serviette des souffrances, des amours, des souvenirs, des sentiments, des voyages, mais l'important, c'étaient les documents, non les notes portées à la main dans les marges. En les lisant, l'écrivain irait de surprise en surprise, il serait conquis. Et il comprendrait mieux pourquoi le communisme était parti à jamais.

Après avoir franchi le pont, il eut envie d'aller se taper en vitesse un goulasch au buffet de la gare, mais il se ravisa. Il avait hâte d'arriver et de remettre au destinataire le contenu de sa serviette. Ensuite il pourrait manger et boire à sa guise. Il irait au Hasret Imbiss prendre une soupe de lentilles chaude, puis des amuse-bouches et du kebab accompagnés du premier raki de la journée. Et ensuite, pourquoi pas ?, faute de grenades, une banane. Car il y avait des bananes et ceux qui, pour en avoir, avaient démoli le Mur, pouvaient se les fourrer là où je pense !

En entrant au Weyers, il reconnut l'écrivain, assis à une table dans le coin des fumeurs. Arrivé à sa hauteur, il changea soudain d'avis, gagna le bar, se percha sur un haut tabouret en laissant pendre ses jambes et commanda une bière. Puis il alluma une cigarette. Au dernier moment, mû par un vieux réflexe, suivant son intuition, il s'était abstenu de se présenter et s'était éloigné de la table où était installé l'écrivain. Instruit par des années de clandestinité, il avait pris lorsqu'il devait rencontrer quelqu'un la sage habitude d'examiner les lieux. Et cette fois encore il avait eu raison. Juste derrière la table qu'occupait l'écrivain il y avait un de ses vieux camarades. Dès que celui-ci l'aperçut, il s'approcha de lui et lui demanda ce qu'il faisait là avec cette serviette. La réponse était toute prête.

– Ce sont les papiers concernant la maison de Veli.

– J'ai entendu dire qu'elle était à vendre.

– En effet. Ma belle-sœur a besoin d'argent.

– C'est urgent ?

– Oui, très urgent.

– Si tu veux, on peut se cotiser.

– On verra. On fera ça si je n'arrive pas à la vendre. Merci.

Puis ils parlèrent d'autre chose, de sujets familiers. Des camarades, du bon vieux temps. De leurs moyens de subsistance. Beaucoup étaient rentrés en Turquie, ceux qui étaient restés se faisaient discrets. C'était l'hiver, mais pour eux la chute des feuilles venait juste de commencer. C'était l'automne des « vieux fusils ».

– Allez, salut, dit le camarade en s'éloignant.

Il regagna sa place derrière la table de l'écrivain. Le « vieux fusil », visiblement, n'avait pas l'intention de quitter rapidement les lieux. Pas plus le café que la vie elle-même. Autrefois, à la différence des dirigeants du Parti, il était long comme une perche. Mais malgré sa maigreur il semblait fort bien se porter. Il avait fait de grands ravages quand il était membre du Politburo. Nombreux étaient ceux qui, grâce à lui, étaient partis en Sibérie pour n'en pas revenir. Ou avaient été expédiés à l'étranger. Maintenant il vivait à l'Ouest, il portait un chandail sale et des lunettes de soleil et allait d'un café à l'autre. Le plus souvent, il traînait à Kreuzberg. Il se croyait suivi, comme au bon vieux temps, se retournait à tout moment, changeait souvent de trottoir, dans le métro il sautait brusquement de son siège et se précipitait hors de la rame. Qu'est-ce qui avait bien pu l'amener au Weyers ce soir-là ? Avait-il lui aussi un rendez-vous dans ce café ou bien manigançait-il quelque ténébreuse affaire ? Des amis communs assuraient qu'il s'était lancé dans le trafic de drogue. « Un minable restera toujours un minable. "On peut se cotiser", qu'il disait ! Tu aurais mieux fait d'y penser quand nous étions tous dans la dèche, quand nous nous exercions à manger des patates. » « S'exercer ». Il en avait, des sens, ce mot, en turc !

À Kuleli, et aussi à l'École de guerre d'Ankara, l'exercice consistait en de longues marches harassantes, le fusil à la main, au son de chants entraînants. Et lors des jours difficiles du Parti, à Leipzig et à Berlin-Est, tandis que le peuple d'Anatolie mangeait son pain sec, ils avaient commencé à s'exercer à manger des patates.

Il rédigea un message qu'il donna à la serveuse en la priant de le remettre à l'écrivain quand il demanderait la note, vida d'un trait son demi de bière, paya et sortit du café. Il gagna le parc et se cacha derrière un arbre. Il gelait à pierre fendre et les passants se faisaient rares. Une demi-lune argentée se levait au-dessus des toits. Debout sous le porche de l'église, quelqu'un d'autre attendait. C'était un jeune homme vigoureux aux cheveux coupés en brosse. En apercevant le nouveau venu, il déboutonna son pardessus, puis son pantalon, et exhiba un membre viril qui, même vu à distance, semblait de dimension imposante. Puis il lui fit un signe de tête qui signifiait « On y va ? ». Lui, il hésita un instant. Même s'ils ne passaient pas la nuit ensemble, ils pouvaient s'offrir un bon moment. Pas dans l'obscurité du parc, bien sûr, mais dans une boîte gay des environs. Ou même, pourquoi pas ?, à Halensee. Il y avait un lit à deux places. Et aussi le canapé du salon. C'était d'ailleurs tout le mobilier de la maison. À vrai dire, il y avait aussi une armoire, mais elle était complètement vide. En tout cas, son portefeuille n'était pas vide. On ne faisait plus ça avec lui gratuitement. Qui sait, cependant ? Ce gars-là semblait particulièrement engageant et impudique, peut-être qu'il le ferait pour rien. Seulement, il risquait de perdre la trace de l'écrivain. Il faudrait alors repartir à sa recherche. Il ne savait même pas dans quel hôtel il était descendu. Il détourna la tête. Le jeune homme resta là un moment, puis il reboutonna son manteau, sortit de sous le porche et s'éloigna. Son cœur se serra. Non parce qu'il avait laissé échapper une occasion, mais parce qu'on l'abandonnait. Il se revit dans le dortoir de Kuleli, sur la couche supérieure du châlit, attendant le sommeil. La lune se levait derrière les crêtes de Çengelköy, les mouettes voletaient au-dessus des eaux argentées du Bosphore. Un élève qui s'était attardé se lavait les mains et le visage dans un des lavabos alignés. Quand il serait couché, le dortoir sombrerait dans un profond silence jusqu'à la sonnerie du réveil. Le surveillant qui faisait la ronde entre les châlits viendrait lui passer la main dans les cheveux. Ensuite, il soulèverait la couverture et tendrait la main vers son sexe recroquevillé par le froid. Parfois, les élèves appelaient leur pénis l'« outil » ou le « clairon ». Il faut dire que la vie des pensionnaires était rythmée par la sonnerie du clairon : on sonnait le lever, le hammam, la soupe, l'appel, les cours, les récréations, le coucher, le réveil, le sommeil. Et chacun avait en outre son propre clairon, dont il pouvait jouer à son aise, en ramant d'une seule main, après l'extinction des feux.

Une nuit, le camarade qui dormait au-dessous de lui avait entendu le surveillant lui dire qu'il avait des « cheveux d'ange », et du coup on l'avait surnommé « Ange ». Quelques années plus tôt, quand il était élève de la « première division », en annonçant son nom et son matricule lorsqu'on faisait l'appel il criait : « Ali, de Kandilli ! », et cela lui avait valu le sobriquet de « Lili ». « Ange », somme toute, c'était plutôt mieux. Quand on l'appelait « Lili », il était tellement mortifié qu'il ne pouvait regarder personne en face, pas même celui qui l'interpellait. Il avait envie de le frapper violemment au visage, de lui mettre le nez et les lèvres en bouillie, mais il se contentait d'aller pleurer dans un coin. En grandissant, il s'y était fait et il avait fini par accepter son surnom. Et pas seulement le surnom, mais l'idée même d'en avoir un. Il avait réussi à se tenir à l'écart des élèves qui brutalisaient les petits et faisaient de la lèche aux grands ; il s'était peu à peu replié sur lui-même.

Puis il tomba amoureux d'un condisciple au corps athlétique. Quand on s'exerçait aux armes dans le jardin et pendant les heures de sport, il ne quittait pas des yeux ce garçon souple et musclé. Mais il n'avait pas le cran de tenter de nouer avec lui une relation intime. Et son « grand amour » ne faisait pas attention à lui et semblait ne pas le voir. Parfois, la nuit, on le faisait lever pour l'emmener aux cabinets. Certes, il était consentant, mais on ne peut pas dire que ces promenades lui plaisaient vraiment. Il était devenu « Ange », ou encore « Brillant ». Revenu des cabinets, il restait éveillé jusqu'au matin, dans la lumière bleue de la veilleuse. Lorsque le jour commençait déjà à éclairer la fenêtre il était encore en train de rêver à son « grand amour ». Il se levait pour regarder le bleu foncé du Bosphore, le vol des mouettes qui suivaient le premier bateau à vapeur, les coupoles de Sarayburnu apparaissant au loin dans le brouillard, et il avait l'impression que les fins minarets qui dressaient vers le ciel leurs sommets pointus allaient s'enfoncer dans sa chair. Ce spectacle, tout en le rendant malheureux, lui procurait une sorte de plaisir. La silhouette d'Istanbul, avec ses verticales et ses courbes, était à la fois masculine et féminine. Comme les tours de Kuleli qui surgissaient au-dessus de la mer. Transi de froid, il retournait dans son lit se pelotonner sous les couvertures. Et il attendait en vain la venue de son « grand amour ». Durant les longues nuits d'hiver, il l'attendait jusqu'au matin, tout en sachant bien qu'il ne viendrait pas. Au printemps, il l'oublia, ayant trouvé un nouveau « grand amour », qui, comme le premier, finit avant même d'avoir commencé. Il rêva de lui durant tout le printemps et tout l'été. Il passa les vacances d'été non à l'école mais dans le jardin du *yalı*, près du débarcadère de Çengelköy.

Au mois de septembre, il entra en terminale. Il aurait bien voulu passer les week-ends à l'école avec les pensionnaires, au lieu d'aller chercher refuge auprès du jardinier après avoir encaissé les gifles dont le gratifiait sa mère, d'être obligé de rester là, de périr d'ennui en compagnie de ses parents à qui il n'avait rien à dire. Finalement, il commença à passer ses fins de semaine à l'école. Il s'était fait une nouvelle famille et avait noué un autre type de relation avec les camarades qui, la nuit, l'emmenaient aux cabinets. Mais un jour, alors que tout se passait normalement, sans aucune raison il alla se plaindre à la direction. Il déclara qu'on le forçait à faire ça, qu'on le menaçait et qu'il était victime d'un chantage. À la suite de quoi plusieurs élèves, dont lui-même, furent exclus temporairement – pour éviter un scandale, la direction avait préféré éviter un châtiment plus sévère. Et jusqu'à son diplôme de fin d'études il n'alla plus aux cabinets la nuit que lorsqu'il en avait envie. Mais, comme on dit, « chassez le naturel, il revient au galop ». Notre nature nous colle à la peau toute notre vie. Quelques années plus tard, alors qu'il était en prison au milieu de la steppe, il s'était lié à ce Rıza, un détenu à l'aspect des plus rustiques qui avait été condamné pour le rapt d'une jeune fille. Rıza venait d'un village de la région de Yalraç. Il avait le regard sombre et les sourcils noirs, mais une voix fluette. La nuit, il chantait des chansons langoureuses, et lui, il n'avait jamais repoussé ses avances.

Il se dit que s'il avait un défaut – le mot est faible – il était logé dans son âme, car, avant de rencontrer Şair baba et le communisme, lorsqu'il était encore un adolescent imberbe qui usait ses fonds de culotte sur les bancs de Kuleli, il croyait à l'existence de l'âme. Ensuite, sa vie avait pris un nouveau départ, il avait fait la connaissance de Şair baba et était devenu communiste. Il ne croyait plus à l'existence de l'âme ni à la vie éternelle, mais il avait désormais un idéal pour lequel il était prêt à donner sa vie et dont il rêvait la nuit. Pourtant, il avait gardé en lui ce défaut qu'il traînait comme un autre lui-même.

La lune s'était levée, et l'écrivain n'était pas encore sorti du café. « La lune se lève dans le froid glacial / Le monde entier blanchoie », chantait Rıza dans la prison. Le mûrier n'est pas toujours « aussi mince qu'un doigt » ! On a parfois besoin du clair de lune, l'âme se nourrit de sentiments ! Mais, hélas, le monde ne blanchoyait pas. L'église avait depuis longtemps sombré dans les ténèbres et les dernières fenêtres éclairées s'éteignaient peu à peu. Au bout d'un moment, alors qu'il gelait derrière son arbre, il aperçut l'écrivain, qui était sorti du café et marchait en direction de la boutique d'articles funéraires située un peu plus loin. Il lui emboîta le pas à bonne distance et le suivit jusqu'à son hôtel. Ensuite, sa serviette à soufflet à la main, il monta dans un autobus en provenance de Ku'damm et rentra chez lui. Il déposa sa serviette et repartit aussitôt. À une heure pareille, le seul endroit où il pouvait encore aller était le Hasret Imbiss.

4

Cette fois, il arriva en avance au rendez-vous et prit place à une table du fond du café Dressler. Il n'aurait pu trouver meilleur endroit. À sa gauche, une porte donnait sur un passage derrière l'immeuble, et un escalier, orné de part et d'autre de dessins et de gravures de Grosz, descendait aux toilettes. En cas d'urgence, il pouvait filer par le passage, et il était facile d'aller se cacher dans les toilettes. On ne sait jamais, un indésirable, simple connaissance ou agent de la Stasi, pouvait débarquer à l'improviste, comme le « vieux fusil » de la veille au Weyers. Maintenant, ces gens-là étaient en civil, ils avaient commencé à se montrer en public, avec leurs grosses joues rasées de près et leurs cravates de soie. Ils se retrouvaient au café pour évoquer le bon vieux temps en trinquant avec de la bière. Il estimait qu'il n'était pas des leurs et qu'il n'avait rien de commun avec eux. Il s'était contenté d'échanger avec eux des renseignements. Qu'est-ce qui le rendait différent ? Eh bien, lui, il était communiste, eux, c'étaient des fonctionnaires. Ils avaient reçu une formation, alors que lui il s'était fait tout seul. Ils sortaient du rang, beaucoup, la plupart, même, étaient d'anciens militaires et, finalement, c'étaient des employés, alors que lui était un militant, ou plus exactement un « vieux fusil ». Il avait toujours agi au nom de ses convictions. Même quand il avait livré Çelik.

Il tira un dossier de sa serviette à soufflet, l'ouvrit et se mit à le parcourir. Il finit par trouver le document qu'il cherchait. Il le détacha et l'examina longuement. Il fit mine de le déchirer, mais, au dernier moment, il se ravisa et le mit dans sa poche intérieure. L'écrivain ne devait pas le voir. Ni personne d'autre. L'affaire était trop grave et encore trop brûlante. À l'époque où sa collaboration avec la Stasi était à son apogée, on lui avait confié la tâche la plus difficile de toute sa vie. Avant de passer à l'action, la junte militaire turque avait demandé des informations sur les membres de Dev Sol, promettant de fournir en échange des renseignements de la plus haute importance pour la sécurité de la RDA. C'était l'époque où Çelik s'apprêtait à rentrer en Turquie. Après avoir bien réfléchi, pesé longuement le pour et le contre, et à la condition que Çelik ne serait pas torturé, il avait révélé à la Stasi que son neveu devait passer la frontière à Kapıkule. En remerciement, Markus Wolf, *alias* Mischa, l'avait reçu personnellement. « Der Mann ohne gesicht », l'« Homme sans visage », l'avait accueilli à visage découvert dans une salle secrète de l'immeuble de la Stasi et lui avait épinglé lui-même une décoration. Les Renseignements turcs avaient tenu parole et s'était contenté d'arrêter son neveu. Mais l'interrogatoire s'était prolongé, car la police souhaitait des aveux rapides. Et on avait « trempé » Çelik. Comme, jadis, à tous les communistes livrés à l'Homme aux doigts coupés, on lui avait plongé la tête dans l'eau, on lui avait infligé la bastonnade et on l'avait suspendu à un crochet. Le gamin était mort sous la torture sans livrer ses secrets. Par une étrange coïncidence, parmi les livres qui avaient causé son arrestation, il n'y avait pas seulement les œuvres de Şair baba mais aussi *Et l'acier fut trempé*, de Nikolaï Ostrovski.

Il se mit soudain à trembler comme une feuille. Il croyait sentir les électrodes sur ses parties génitales, il avait envie de hurler. « Ce que tu as fait là, se dit-il, la pire fripouille ne l'aurait pas fait. Aucun des vils assassins, des brutes que tu as connus en prison. » Ces gens-là avaient, à leur manière, une certaine éthique, ils respectaient certaines règles, tandis que lui, il était tout entier possédé par le mal. Il s'était vendu au diable ! « Peut-être, pensa-t-il, mais j'ai toujours agi au nom du communisme. Pour la sécurité du pays qui nous donnait asile. J'aurais été mauvais si j'avais agi dans mon propre intérêt. » « Mais tu es mauvais ! se disait-il comme s'il discutait avec lui-même. En fait d'"Ange" tu es le diable en personne. » Un vrai démon. Il voulait bien être un « vieux fusil », dans la mesure où cela pouvait justifier sa conduite. Mais lui, on l'avait renvoyé de l'École de guerre pour le jeter en prison alors qu'il n'était qu'en première année. Et, même s'il avait connu la prison, de toute sa vie il aurait été physiquement incapable de faire du mal à une mouche.

Il tira un autre dossier, épais, de sa serviette et commença à l'examiner. Bon Dieu ! Était-ce lui qui avait gribouillé ces notes sur ces rapports en turc reproduits au papier carbone ? Tout d'abord, il n'en crut pas ses yeux. Il ne pouvait pas croire que c'était lui qui avait écrit cela. On eût dit le délire d'un fou, la confession d'un somnambule. En même temps, il y avait là la main d'un délateur qui n'omettait aucun détail. Fou, somnambule, délateur ! À la rigueur, on aurait pu penser que tout n'était pas de son cru. Mais ces informations laconiques, ces commentaires personnels, ces détails inutiles ? C'était, sans nul doute, non l'œuvre d'« Ange », mais bel et bien celle de « Diable ». En effet, tous ces documents étaient signés « Diable ». Il esquissa une moue et finit par sourire. Il venait de penser à Diable, le chien de Şair baba. Ce n'était pas sans raison qu'il avait choisi ce pseudonyme pour signer ces rapports. Si Şair baba l'avait su, il l'aurait plongé dans l'eau, comme il faisait souvent avec son chien, dans la salle de bains de Peredelkino, mais, au lieu de le laver, il l'aurait noyé.

Diable était un lévrier russe, un borzoï au pelage jaune clair, qui avait un regard diabolique. Il adorait son maître, qu'il attendait souvent des journées entières assis sur son derrière. Chaque fois qu'il rentrait de voyage, il se précipitait pour lui lécher les mains, le visage et les yeux. Parfois, quand il allait à Moscou, Şair baba l'emmenait. Installé sur la banquette arrière, tel un haut fonctionnaire ou un aristocrate, Diable regardait défiler le paysage en entrouvrant sa gueule aux crocs acérés et en bavant. Lui, à une certaine époque, comme Diable, il aimait le poète d'une affection non partagée, il l'admirait, il en était littéralement amoureux. C'était bien avant Moscou, quand il était encore à l'École de guerre, jeune aspirant tout frais émoulu et prêt à partir au combat. En fait de combat, on l'avait jeté en prison. Mais il n'en était pas sorti, comme Şair baba, en faisant la grève de la faim. Il avait dû purger sa peine intégralement.

Ni lui-même ni le maître du chien n'avaient le cœur d'enchaîner l'animal ou de lui mettre une muselière. Il courait après les lapins parmi les bouleaux ou aboyait après les canaris qui gazouillaient dans leur cage. La datcha était une vraie ménagerie. Il y avait là toutes sortes d'animaux, du perroquet vert aux poissons d'aquarium. C'est vrai que le maître de Diable, lui, n'avait pas attendu sa libération, il s'était battu pour sortir de prison. C'était sans doute pour cela qu'il le regardait avec commisération, pour ne pas dire avec mépris, comme on regarde un chien muselé. Sans jamais lui accorder la moindre affection, la moindre caresse. La sollicitude est une chose, l'affection en est une autre ! Lui aurait tant voulu que Şair baba se conduise en frère aîné, qu'au lieu de le saluer d'un air distrait il le serre dans ses bras, qu'au lieu de lui donner du « camarade » il l'appelle « mon petit », comme ceux qu'il aimait.

Un jour, Diable avait attrapé une maladie, peut-être au contact d'autres chiens, et il en était mort. Certainement à cause de la négligence de Şair baba et de Galina. En tout cas, cette personne qui, à quatre reprises, avait arraché le poète à la mort, avait été incapable de guérir Diable. Mais, bien entendu, une fois le chien mort, son maître s'était cru obligé d'écrire une élégie. « Mon pauvre Diable ! soupirait-il. / Toi qui étais si intelligent, si gentil, si docile ! / Tu ne ressemblais en rien à ton nom. » Le diable, écrit le poète, est cruel, menteur et rusé. Est-il possible que cruauté et intelligence fassent bon ménage ? Diable était un bon génie. Quant à lui, ses rapports, qu'il signait « Diable », montraient qu'il était intelligent, mais aussi cruel et rusé. Disons plutôt habile. Comme un prestidigitateur qui joue avec la vie d'autrui. Malheureusement, à part la Stasi, personne ne s'en doutait. Désormais, tout allait changer, il allait remettre ses rapports à l'écrivain et le monde entier connaîtrait son habileté. À condition qu'il vienne au rendez-vous, prenne les documents et le libère de ce fardeau. Ensuite, le monde entier saurait combien il était sournois et rusé. Diable était peut-être un bon génie, lui, il voulait être un malin ! Quand son chien était mort, le poète avait écrit une élégie. Si c'était lui qui était mort, aurait-il seulement versé une larme ? Non, bien sûr. « C'est un peu moi qui ai tué mon chien / je n'ai pas su veiller sur lui », écrivait Şair baba. Mais s'il avait été un bon maître, s'il avait pris soin de son chien, il n'aurait pas eu à le pleurer ainsi. Dans son poème, il donnait aux autres ce conseil : « Ne plante même pas un arbre / si tu n'es pas capable de t'en occuper. » Toi, tu n'as pas planté d'arbre, tu as laissé mourir ton chien, et pendant toutes ces années tu as complètement négligé ton fils, tu n'as même pas pris de ses nouvelles. Passe encore pour moi, passe pour Diable. Mais tu aurais pu au moins t'occuper de Memet.

Voilà ce qu'il pensait, là, confronté à ses souvenirs. Mais à l'époque où il s'apprêtait à se lancer dans le combat, la première fois qu'il avait vu Nâzım, il avait été littéralement foudroyé. Il s'était fait une certaine idée de lui au travers de ses poèmes et des photographies parues dans les journaux, mais quand il avait vu de près la stature gigantesque de Nâzım Hikmet, ses yeux flamboyants, ses longs cheveux blonds épars, il avait été tellement frappé qu'il en avait eu le souffle coupé. Lors du procès, il avait eu du mal à s'exprimer. Şair baba, lui, se tenait droit comme un platane devant le tribunal composé exclusivement, président compris, d'officiers d'active. Tout en se défendant et en protestant de son innocence, à un certain moment il s'était retourné et les avait désignés, ses condisciples et lui, en disant : « Quel dommage ! Épargnez ces jeunes gens, ils méritent votre bienveillance. » Durant tout le procès, lui n'avait pas quitté des yeux le poète. Il le revoyait, la nuit, enfermé dans la cellule, au sous-sol de l'école, jouant avec ses moustaches blondes. Il froissait dans ses mains son chapeau de feutre vert à larges bords, qui s'affaissait de plus en plus à mesure que le procès avançait. Face au tribunal, il avait l'air d'une statue. Il était grave, mais calme comme quelqu'un qui est sûr de son innocence. Il croyait que lui-même, ainsi que les élèves, à qui la seule chose qu'on pouvait reprocher était d'avoir lu ses poèmes et quelques livres gauchistes, allaient s'en tirer sans dommage. Pourtant, le tribunal les avait condamnés à quinze ans de réclusion, sous l'inculpation d'« incitation de l'armée à la révolte ». Le procureur estimait que les livres présentés comme pièces à conviction et les aveux obtenus sous la torture constituaient des preuves suffisantes et, sous prétexte d'empêcher le communisme de se propager dans les rangs de l'armée, il avait, au défi de toutes les règles judiciaires, fait pleuvoir les condamnations. Comme l'écrivit plus tard le poète, lors de la lecture de la sentence le seul souci des juges était de conserver leur prestance. Mais ils n'y avaient pas réussi. « Ils ressemblaient plus à des objets qu'à des êtres humains. Ils étaient stupides et arrogants comme des pendules murales, tristes et ridicules comme des chaînes et des menottes. » D'autres souvenirs lui revenaient : c'était il y avait bien longtemps, avant son premier séjour à Berlin. Il était élève de l'École de guerre d'Ankara, on était à la veille du conflit qui allait semer la terreur dans le monde et détruire Berlin sans laisser une seule pierre debout. Il était plus ou moins au courant des événements. En Espagne, ceux qui chantaient « *¡ No pasarán !* » avaient été vaincus et Franco avait accédé au pouvoir en marchant sur leurs cadavres. En Italie, le Duce, les mains sur la ceinture, coiffé de son bonnet à houppe, haranguait, du haut de son balcon, les Chemises noires qui faisaient retentir Rome du bruit de leurs pas. L'Italie, aussi célèbre pour son fascisme que pour « son orgue de Barbarie bariolé dans lequel bat le cœur de Verdi / et ses macaronis », comme dit Şair baba dans *Lettres à Taranta Babu*, s'emparait de l'Éthiopie et s'apprêtait à d'autres conquêtes. Quant au Führer, il comptait les jours qui restaient avant l'annexion de l'Autriche. Après avoir pactisé avec Staline, il avait fait ses plans de guerre. En quelques années, les forteresses de la démocratie allaient tomber l'une après l'autre. Führer, Duce, Caudillo : les « guides » triomphaient. Bientôt, en Turquie, le Guide éternel allait céder la place au Guide populaire*. Mais les pseudo intellectuels et les pro-nazis ne perdaient pas leur temps. Ils avaient infiltré l'armée et voulaient s'emparer de l'état-major. Et le maréchal Fevzi Çakmak flirtait avec l'Allemagne. Quant à lui et à ses condisciples de l'École de guerre, ils n'étaient qu'une poignée de jeunes idéalistes qui ne voulaient pas que le pays se lance dans un nouveau conflit. Ils connaissaient mal le communisme et le bolchevisme. Ils avaient une vague idée de la marche du monde, mais ils n'avaient jamais entendu prononcer le mot « socialisme ». Ils avaient appris la rébellion en lisant les poèmes de Nâzım Hikmet et étaient si naïfs qu'ils se figuraient que le communisme consiste à aimer les pauvres.

Il n'avait pas encore dix-huit ans quand il avait lu *Taranta Babu*. Il avait lu ensuite « Le saule pleureur », « La chanson du Soleil » et « Comme Kerem », et c'était ce dernier poème

* Respectivement, Mustafa Kemal et İsmet İnönü.

qui avait tout déclenché. Ils auraient pu chanter le chant des détenus : « Si j'en suis arrivé là / C'est à cause de toi. » Et en effet, s'ils avaient trinqué, n'était-ce pas à cause de ces poèmes, qu'ils lisaient à haute voix, rassemblés dans le dortoir de l'École de guerre. C'est vrai qu'il avait trinqué, mais il avait aussi fait tomber Şair baba. Même s'il s'était rétracté ensuite au cours du procès, dans sa première déclaration, obtenue sous la torture, il avait avoué avoir été influencé par ses idées. Quand le sous-off, après l'avoir « trempé », s'en était pris à ses parties génitales, il avait tout d'abord cru qu'il allait mourir, et puis il avait dit oui à tout. Ensuite... La suite, il aurait voulu l'oublier. Mais il n'arrivait pas à la chasser de sa tête. Le sous-off arrivant par-derrière en disant « Viens par ici, mon beau ! », écartant la lampe qui était sur la table et marmonnant dans la pénombre : « En tout cas, la clé entrera dans la serrure. » Les années avaient passé, mais il savait qu'il ne pourrait jamais chasser le souvenir de cette chose qu'il avait vécue à l'âge de dix-huit ans. Elle le poursuivrait toute sa vie. Une fois par jour, la porte de sa cellule s'ouvrait, un homme lui faisait passer sa nourriture et verrouillait la porte de l'extérieur ; à défaut de clé, c'était le verrou qui entrait dans le trou une fois par jour. Et la nuit le sous-off s'introduisait dans ses rêves. Il se réveillait tout en nage, il allait au robinet, faisait couler de l'eau dans ses mains et s'en humectait le corps comme pour ôter la crasse qui collait à sa peau.

Condamné à deux ans, il avait purgé sa peine dans une prison au milieu de la steppe. Il n'y était pas si mal que ça. Il avait le temps de lire. Et de penser à ceux qu'il avait laissés à Istanbul. Sa mère vieillissait, son frère avait commencé à travailler à Paşabahçe. Après le jardinier, c'était le pacha et la grand-mère qui étaient partis pour l'autre monde. En fait, personne ne se souciait de lui. Il se rappelait parfois l'époque de Kuleli, sa famille, ses camarades et ses professeurs. Il se souvenait des fins de semaine au débarcadère de Çengelköy, quand ils laissaient pendre leurs lignes dans la mer. Les pêcheurs leur lançaient : « Tu n'as rien d'autre à laisser pendre ? » Mais ils ne répondaient pas, cela les laissait indifférents. Il songeait à sa première rentrée à l'École militaire, dans son uniforme gris, aux énormes colonnes de marbre qui, dès ses premiers pas, s'étaient dressées devant lui, aux bateaux qu'on voyait passer par les fenêtres ouvertes de la salle de classe donnant sur le Bosphore, à la cour intérieure, au dortoir qui s'animait au son du clairon, à ses idées et à ses rêves. Même en prison, quand les lumières s'éteignaient, allongé sur son châlit, par habitude sans doute, il continuait à rêver comme à Kuleli. Il songeait qu'une fois libéré il entrerait au parti communiste et consacrerait sa vie à la cause. Il combattrait aux côtés de Şair baba. Si Hitler, après avoir mis à genoux l'Europe tout entière, s'attaquait à la forteresse du communisme, il trouverait en face de lui l'armée rouge et le camarade Staline, et s'il s'en prenait à la Turquie il les trouverait, lui et ses camarades.

Pendant toute sa détention, sa mère n'était pas venue le voir une seule fois. Son frère lui avait rendu visite à l'occasion d'une fête, mais il était reparti dès le lendemain. Habitué au climat d'Ankara, il s'était fait très vite à la steppe, et même il s'y plaisait. Quand on les faisait sortir dans la cour, il s'adossait au mur et fixait le soleil sans ciller. La nuit, s'il ne pouvait pas compter les étoiles du ciel, c'était parce qu'il n'y avait, derrière les grilles de fer, ni ciel bleu, ni nuages, ni ciel étoilé. Il se consolait grâce aux chansons et à la chaleur de Rıza. Et la veille de son départ, quand Rıza, assis sur le lit d'en bas, avait entonné « À Istanbul tu m'oublieras ! », il n'avait pu retenir ses larmes. Sitôt libéré, il avait gagné Istanbul par le premier autobus. Et le Parti l'avait trouvé dans la chambre de célibataire qu'il louait à Asmalımesçit. Il l'avait pris en main, il l'avait formé et préparé à l'avenir. À l'École de guerre, les hommes chantaient souvent : « Ma mère m'a élevé pour m'envoyer dans l'armée. » Lui, c'était le Parti qui avait fait son éducation, il ne l'avait envoyé ni à l'école ni dans l'armée, mais il lui avait confié une mission. Désormais, il n'était plus un bizuth de l'École de guerre mais un gardien de la révolution.

Gardien, soit, mais il n'y avait pas la moindre révolution en vue. Après avoir soumis l'Europe, les armées allemandes forçaient les portes de Moscou et attaquaient le bastion du communisme. L'armée rouge, avec Staline dans ses rangs – mais non, le camarade Staline n'était pas dans ses rangs, il était à sa tête, cette expression, « dans ses rangs », c'était Şair baba qui l'avait utilisée beaucoup plus tard, à propos de la révolution cubaine et de Fidel Castro, mais parfois il s'embrouillait, comme des soldats combattant au corps à corps les mots s'entremêlaient, ainsi que les images, les souvenirs et les rêves : il y avait de quoi s'y perdre ! –, bref, conduite par Staline, l'armée rouge résistait, « Ivan au nez retroussé » et ses compagnons d'armes défendaient leur patrie et le communisme au péril de leur vie. Si Şair baba n'avait pas écrit et fait porter clandestinement hors de la prison *En cette année 1941*, si lui ne l'avait pas tapé à la machine sur papier pelure et reproduit, ils n'auraient été informés des progrès de la guerre que par la propagande nazie. Oui, on défendait la patrie du communisme ! La guerre des partisans battait son plein. Et pendant ce temps Şair baba écrivait l'histoire de Zoé qui, du fond de sa prison, s'efforçait d'encourager les soldats en disant : « Chez nous, les hommes se servent des tanks, chez eux ce sont les tanks qui se servent des hommes. » Saraçoğlu* s'apprêtait à lancer son pays dans le conflit aux côtés de l'Allemagne et à ouvrir à Hitler l'accès au pétrole du Caucase. De plus, le Komintern avait décidé de décentraliser et de suspendre l'action révolutionnaire. Lui, il avait décidé de combattre, même s'il risquait ainsi de retourner en prison et de périr noyé, dans les locaux de la première section, de la main de l'Homme aux doigts coupés. La direction du Parti avait sombré dans la léthargie. Ils se réunissaient à l'occasion à Ortaköy pour discuter avec les *tütüncü*** et faisaient distribuer par les militants des tracts polycopiés, à Feshane, au Pont, à Paşabahçe. Parfois, la nuit, sous couvert d'aller à la pêche au maquereau, ils traversaient le Bosphore en barque pour aller s'informer des décisions qui avaient été prises, puis ils attendaient l'accord de Moscou pour les appliquer. Mais Moscou avait ses propres soucis et restait muet. Le monde était en guerre, le Bosphore regorgeait de maquereaux, mais le pain était rationné et la révolution était dans la ligne de mire. À l'étranger, cependant, les armes parlaient et Hitler répandait la terreur. C'était probablement à cette époque qu'on avait fait courir le bruit qu'il était un crypto-musulman : il croyait à Allah et au prophète,

* Ministre des Affaires étrangères (1938-1942), puis Premier ministre (1942-1946).

** Ouvriers communistes rapatriés de Grèce.

mais personne ne s'en doutait. Croyez-le si vous voulez, certains assuraient que, à l'instar des Alevis, qu'ils avaient connus en prison, le Führer dansait la danse sacrée des derviches en tournant en rond sur la terrasse de son nid d'aigle bavarois, face aux montagnes enneigées ! On prétendait aussi qu'il était circoncis et qu'Eva, sa maîtresse, était seule à connaître cet important secret d'État. Une fois seulement, alors qu'il était encore caporal, on l'avait emprisonné après sa tentative de coup d'État, et un des détenus avait remarqué au hammam qu'il était bel et bien circoncis. Il avait failli en avaler sa langue. Ensuite, quand les nazis avaient pris le pouvoir, le malheureux avait dû en avaler bien d'autres : le détenu qui avait vu au hammam les parties intimes de Hitler n'avait été ni la première ni la dernière victime. Le glaive, une fois sorti du fourreau, devait frapper. Hitler était l'Antéchrist envoyé sur terre par Allah pour annoncer la fin du monde, il fauchait les humains comme le moissonneur fauche les blés.

Il souriait de ces affabulations, mais il se posait tout de même des questions. Après tout, même si Hitler n'était pas musulman, ni un envoyé d'Allah, il pouvait bien avoir passé un pacte avec le diable. Il avait peut-être envoyé Von Papen à Ankara pour faire des Turcs une nouvelle calamité. Il avait été fort surpris de voir que Nâzım abordait ce sujet dans un poème qu'il avait fait passer à l'extérieur et polycopier alors qu'il était en prison et il avait ri comme un fou, à se tenir les côtes, comme on dit, en imaginant le membre circoncis et les parties génitales du Führer. Dans *Paysages humains*, Halim Ağa, *alias* « halı-heybe » (tapis-besace), voyageant en troisième classe dans l'Anatolie Express, parle avec des paysans et leur déclare en se rengorgeant qu'il a entendu dire en haut lieu que « Hitler va gagner », que ce prétendu infidèle est en fait un musulman qui pratique la religion en secret. Il faut selon lui s'allier aux Allemands et les laisser passer afin qu'ils puissent accéder au plus vite au pétrole du Caucase et porter le coup fatal au communisme ! Mais il y en avait aussi qui disaient : « Jamais de la vie ! Ou alors il faudra marcher sur nos cadavres. » Les soldats qui avaient combattu les mécréants moscovites à Sarıkamış, puis affronté l'armée rouge aux côtés de Koltchak, n'étaient pas morts en vain. On connaît les plans de Nuri pacha, frère d'Enver pacha, qui souhaitait réaliser le rêve panturc et voulait soulever l'Azerbaïdjan, le Turkménistan et les Turcs de la Volga. En prêtant la main à la Wehrmacht, Nuri pacha entendait rassembler ses compatriotes sous le même drapeau national et les libérer du communisme. Mais qu'adviendrait-il alors de ceux qui, comme lui, avaient les yeux bleus ? Une fois libérés, ses compatriotes au visage aplati, aux pommettes saillantes et aux yeux bridés allaient certainement s'occuper de la graine d'infidèles, des traîtres communistes et de ceux qui n'avaient pas dans les veines le sang de la noble race. Or à cette époque-là il ne connaissait même pas l'identité de son véritable père. La nuit, dans sa chambre d'Asmalımesçit, tandis que les tramways passaient à grand fracas dans la rue Cadde-i Kebir, que la sirène du dernier bateau au départ du Pont déchirait le silence et que les projecteurs, en prévision d'un éventuel raid aérien, commençaient leur ballet dans l'obscurité, il allumait son poste de radio Telefunken et, après des crépitements, de la musique symphonique et les discours de Hitler, il finissait par capter Moscou. Il écoutait l'émission en langue turque sur fond d'*Internationale*. Et les nouvelles se succédaient.

Dans un même élan, Stalingrad, Leningrad, toutes les « grad » du monde résistaient à l'ennemi, les bombes pleuvaient et les gens mouraient. À Istanbul, pour l'instant, la mort ne frappait pas, mais c'était la misère noire : le pain était rationné, le marché noir, le pillage et le mensonge régnaient en maîtres. Lui, il suivait les actualités grâce à Radio Moscou, qui était la source la plus fiable. Écoutant les nouvelles diffusées par le double haut-parleur de son Telefunken, il n'était pas dupe de la propagande nazie et apprenait des tas de choses sur le déroulement de la guerre et les événements en cours. Mais il ignorait tout de ce qui avait été le grand mensonge de sa vie. Jusqu'au jour où il l'avait appris de la bouche de sa mère étendue sur son lit de mort, à Balıklı Rum. Il avait découvert alors qu'il était un bâtard, comme, lors de l'interrogatoire de l'Homme aux doigts coupés, il avait découvert qu'il était communiste.

Et là, à Berlin, en proie à la nostalgie d'Istanbul qui s'était peu à peu emparée de lui, il se rappelait l'époque du couvre-feu où, sans être ce qu'on appelle une « balle perdue », il s'engageait sur la voie qui, un jour, l'amènerait à être un « vieux fusil ». Le maréchal Von Bock, au nom éloquent (*bok*, en turc, veut dire la « merde »), avec ses divisions de Panzer, s'apprêtait, en Thrace, à forcer la ligne de défense. Il entendait encore les discours des maréchaux diffusés par la radio, le *saz* accompagnant les chansons langoureuses de Müzeyyen Senar, qu'il écoutait entre deux concerts de balalaïkas. Il revoyait, à Asmalımesçit, sa solitude, que la radio ne pouvait dissiper. Il croyait entendre les rires joyeux qui retentissaient à l'intérieur des boîtes de nuit éclairées d'une lanterne rouge, les vitres battues par la pluie, il revoyait les yeux des chats affamés briller par intermittence sur les dépôts d'ordures. Et aussi les proxénètes installés au coin des rues, les tramways vert et rouge, aux plates-formes prises d'assaut par les voyageurs, faisant la navette du tunnel à Taksim. Les gerbes d'étincelles qui jaillissaient des rails humides aux changements d'aiguillage. Les ateliers et les entrepôts déserts, les restaurants pleins à craquer. Une pluie fine descendant sur la foule qui piétinait sur les trottoirs. Les collégiens en vadrouille, les étudiants *Bob style* avec leurs fausses cravates et leurs longues vestes, les prostituées en manteau de fourrure sortant de la Niçoise, du Markiz ou de Chez Lebon, tenant des parapluies bariolés et donnant le bras à des messieurs qui se cachaient sous leur chapeau de feutre, les riches propriétaires fonciers, portant gilet et pantalons larges, se hâtant vers les claques des petites rues, les putes des théâtres et les petites vendeuses faisant la queue devant les cinémas, et enfin les ivrognes dégustant leur bière accoudés aux tonneaux qui faisaient office de tables, dans des attitudes de conquérants. Oui, chacun, même les marchands de salep et de marrons chauds, était à la fois dans son propre univers et avec les autres ; mais lui, il était toujours seul au milieu de la foule.

C'était le désir d'échapper à cette solitude qui l'avait mené au Parti, et non celui de défendre le peuple et de faire cesser la misère. Ou de réaliser le rêve de mettre fin au règne de la bourgeoisie. D'ailleurs, la première fois qu'il avait rencontré des ouvriers, ils l'avaient pris pour un mécréant et n'avaient pas du tout été emballés par ce communiste blond au visage d'ange et aux yeux bleus. Quel communiste était-il donc ? Il faut bien reconnaître qu'il n'était pas comme les autres.

Il n'avait pas lu les livres en langue étrangère achetés chez Hachette ou chez les bouquinistes, il s'était contenté des poèmes que Nâzım faisait distribuer à la sauvette. Il n'avait pas travaillé à l'usine, comme les communistes d'origine ouvrière, ni léché longuement de l'encre, comme les intellos qui formaient les cadres du Parti. Il faisait à peine la différence entre une pince et un tournevis. Il ne savait pas distribuer les tracts en criant des slogans. Pendant les années de Kuleli, il était seulement allé quelquefois pêcher en mer. Au risque de se noyer dans les vagues de la mer Noire, hautes comme des minarets, de partager le sort cruel de Mustafa Suphi et de ses camarades, il contemplait les étoiles assis à la poupe du bateau. Et cependant, grâce à la protection du secrétaire du Parti Reşat Fuat Baraner, qui l'aimait comme son fils, il ne lui avait fallu que quelques années pour prendre le chemin de Moscou. Là, il avait étudié le marxisme, vu la place Rouge et le tombeau de Lénine et appris le métier. Il avait fini par devenir un de ces apparatchiks qu'il détestait et dont il s'efforçait de se tenir éloigné. À son échelle, bien sûr, car il n'avait jamais été de ces hauts dirigeants qui ne font pas de vieux os. Il n'avait rien de ces révolutionnaires imbus d'eux-mêmes qui se donnent de grands airs. Il avait seulement servi le Parti avec le sens du devoir et une discipline de fer.

Un jour, pendant la guerre, deux policiers en civil de la Première Section avaient frappé à sa porte. Mais cette fois, contre toute attente, ils ne l'avaient pas emmené au Sansaryan Han pour le livrer à l'Homme aux doigts coupés. Chemin faisant, il s'était dit qu'on allait le torturer, lui demander de livrer les camarades avec lesquels il était en contact, voire l'enterrer vivant. Mais rien de tout cela ne s'était produit. Par décision du tribunal militaire, après avoir purgé sa peine de prison, il devait être exilé pendant deux ans, or le tribunal lui avait accordé un sursis – mais on ne l'en avait pas informé. Et soudain on lui demandait de prendre ses cliques et ses claques et de rejoindre son lieu de déportation dans un délai de vingt-quatre heures, non parce qu'on le soupçonnait d'être membre du Parti, mais en application d'une ancienne décision. Ses bagages avaient été vite faits. Il avait mis dans une valise de bois les quelques hardes et le peu de linge qui constituaient toute sa richesse et il avait filé à Balıkesir. Bien sûr, comparé au *yalı* de Kandilli, ce n'était pas un endroit de rêve, mais c'était tout de même mieux qu'Asmalımesçit. Et, même s'il était de nouveau « captif », c'était mieux que la prison. Comme s'il n'y avait pas eu d'autre poisson à capturer, ils l'avaient mis dans un aquarium et expédié dans cette ville qui devait peut-être son nom à ce genre de pratique. Il faut dire que *Balıkesir* signifie « poisson captif ». Et il était bel et bien une sorte de poisson rouge dans un aquarium, un communiste rescapé du pal et de la pendaison. Là, pendant deux longues années, sa vie avait été coincée entre les rues Milli Kuvvetler et Anafartalar. Dans une immense solitude. Nul parent, nul ami n'était venu le voir, à part cet Ömer qu'il avait connu à l'École de guerre. Quant aux camarades, ils avaient d'autres chats à fouetter et l'avaient oublié au fond de son aquarium. Il est vrai qu'il fallait respecter la règle du secret, mais, dans ce trou perdu, il aurait eu besoin qu'un ami, ou n'importe qui, vienne le sauver de ce total abandon. Faute d'ami, il avait tout de même trouvé quelqu'un – quelques-uns, même – parmi les employés du hammam, et il s'était rapidement accoutumé à la solitude. Comme il s'était, à Berlin, accoutumé au tabac, à la boisson, à la délation et à toutes ces choses odieuses.

En fait, il n'avait pas besoin d'avoir quelqu'un auprès de lui. À Kuleli, il avait souffert de n'être jamais seul. En classe, en récréation, au réfectoire, au dortoir, il était forcé d'être toujours avec les autres, de vivre en leur présence, avec leurs regards toujours posés sur lui, le brouhaha de leurs cris ou le poids de leur silence. En prison, c'était la même chose, à moins d'être placé en quartier isolé. On n'était jamais seul, ni au dortoir ni à l'infirmerie. Ni même lors des visites. Même les lettres, on ne vous les remettait pas avant d'y avoir apposé le sceau « vu ». On avait constamment auprès de soi un autre détenu ou un gardien. Oui, parfois, la solitude, c'était mieux que d'être plongé dans l'enfer des autres, d'être exposé à leurs bavardages, à leurs jurons, à leur amitié et à leur hostilité.

*

* *

Les copies des rapports qu'il avait présentés à la Stasi étaient encore dans leurs épais dossiers. Il les replaça dans sa serviette, en même temps que son passé, ses souffrances, ses moments de solitude et ses besoins d'être seul. Ensuite, il alluma une cigarette. Il souffla la fumée en direction du mur, sur lequel un dessin de Rudolf Schlichter représentait un jeune homme debout, habillé en artiste peintre, portant des lunettes noires à monture ronde. Ses cheveux courts étaient décoiffés mais sa chemise sans col était d'une propreté irréprochable. Il tenait dans sa main droite une botte de femme à talon haut et dans sa main gauche un pinceau. Visiblement, c'était à la fois un artiste peintre et un fétichiste. Pourvu de sa botte et de son pinceau, il se fichait bien du reste du monde ! Mais attendez un peu… Le malheureux était enchaîné au mur par un pied. Sur le sol gisait un livre portant le titre *Sadismus und Masochismus*. Il mit ses lunettes et, en regardant attentivement, il put lire le nom de l'auteur : « Dr Dühren ». Le pantalon du jeune peintre était déboutonné. Et il avait sorti son paquet. Il se rappela la scène de la veille. Il aurait peut-être mieux fait d'aller rejoindre ce jeune homme aux cheveux coupés en brosse. Mais, en ce cas, il n'aurait plus revu l'écrivain. Chose étrange, il avait hésité un instant, mais un instant seulement, car ensuite le sens du devoir avait repris le dessus. Il n'était donc pas esclave de ses désirs comme le jeune peintre du dessin. En tout cas, il ne l'était plus. Dieu merci, il s'était libéré de cette chaîne. Il faut dire que cette dépendance du désir était la seule chose qu'il eût encore à perdre.

Il commanda une deuxième bière. Il y avait déjà longtemps qu'il était là. Et toujours pas d'écrivain en vue. Il ne viendrait sûrement plus, maintenant. Où était-il passé, dans quel enfer avait-il disparu ? Dans quel trou était-il allé se cacher, par ce temps de neige ? Il était temps d'arrêter ce jeu de cache-cache. Il demanda au garçon une feuille de papier et écrivit : « Je vous ai vainement attendu au Dressler. Rendez-vous demain au même endroit et à la même heure, mais je n'attendrai pas longtemps. » Puis il se leva pour partir. Avant d'aller déposer le message à la réception de l'hôtel où était logé l'écrivain, il descendit aux toilettes entre les dessins de Grosz représentant des soldats unijambistes qui revenaient du front sur des béquilles, un squelette vidant une bouteille assis sur un cercueil, des généraux au visage rubicond et aux fortes moustaches dressés en rang d'oignons, des brochettes de médailles étalées sur la poitrine, des proxénètes au visage rongé par la vérole somnolant sous leur chapeau melon, des bourgeois chauves à la nuque épaisse, des prostituées obèses, à moitié nues, aux joues écarlates, blotties sous leur manteau à col de fourrure, des dames d'âge mûr aux fesses énormes rentrant au bercail au bras de leurs maris. Tout en urinant, il repensa au portrait du peintre fétichiste et se demanda : « Cette chose qui se dresse, tel un volubilis, dans cette botte de femme, est-ce un membre viril né du rêve du dessinateur, ou est-ce moi qui l'ai imaginé ? »

La femme à l’anneau

1

Depuis qu'il avait remis les documents à l'écrivain, il se sentait plus léger. Il était détendu, soulagé d'un fardeau ; quant à l'autre, il pouvait publier les documents ou les classer dans ses archives, c'était son affaire. Qui sait ce qu'on allait encore découvrir ? On n'était pas près d'en finir avec Nâzım Hikmet, Şair baba était un sujet inépuisable. Il y avait la politique, l'amour, les voyages, les femmes trompées, les camarades félons ! La vie a une fin, les chemins aussi… « Interrompant ma route avant d'avoir atteint ma ville / J'ai fait halte, grâce à toi, dans un jardin de roses ! » Il avait connu tant de bonheur ! Il avait aimé jusqu'à la mort, quand il avait dit adieu au monde il avait auprès de lui une jeune femme dont il était follement jaloux. Après une existence qu'il avait comparée à une tranche de melon parfumé. Mais avait-il été vraiment heureux ? Ce n'était pas si sûr ! Vera lui avait gâché ses dernières années. Elle allait souvent voir son ex-mari et sa fille, elle rentrait passé minuit, voire le lendemain. Alors que sa malheureuse épouse, la quatrième si je ne me trompe, et son fils tiraient le diable par la queue en Pologne, Vera dilapidait ses droits d'auteur et faisait venir ses toilettes de Paris et de Rome. « Ça y est, tu t'es débarrassé de ces rapports. Bonne opération ! Larguer l'objet de ses problèmes, ça marche en politique comme en amour. »

Il pensait avoir offert à l'écrivain un véritable trésor. Mais il était pris d'un doute. Peut-être que les rapports ne contenaient rien de nouveau pour lui. Peut-être qu'à son insu les spécialistes avaient depuis longtemps tiré au clair les positions politiques du poète, découvert ce qu'il avait fait pendant ses années d'exil, son goût des voyages, des femmes, son attachement à Trotski et à Lénine. On avait peut-être pillé les archives de la Stasi. En tout cas cela ne tarderait pas. Les chercheurs allaient s'en donner à cœur joie. Il y avait là des millions de dossiers : dénonciations, rapports des agents, enregistrements téléphoniques, et jusqu'à ses propres rapports. Tout cela attendait sur des kilomètres d'étagères. À deux pas de là, dans la Normannenstrasse, de l'autre côté de ce qui avait été le Mur. Dans un sinistre bâtiment de neuf étages construit tout spécialement. Quand Mielke l'avait convoqué, ce bâtiment n'existait pas. C'étaient les années du communisme triomphant et, à l'époque où lui-même présentait à la Stasi ses rapports sur Nâzım, Mielke n'était que colonel. Il n'avait pas encore été élu au Politburo, mais il était le plus haut responsable de la sécurité au Comité central. Au plus fort du nazisme, il avait tué deux policiers, puis il s'était réfugié à Moscou. Il avait pris part à la guerre civile en Espagne, avait longtemps travaillé avec Beria sous la protection de Staline et acquis une grande expérience en matière de sécurité et d'espionnage. Dieu sait pourquoi – quelqu'un sans doute lui avait parlé de lui –, il avait tenu à le voir. C'était il y avait longtemps, bien avant qu'on ne le convoque pour le décorer, à l'époque où on le chargeait de diverses missions et où il se croyait promis à un brillant avenir.

Une voiture était venue le chercher aux lieu et heure convenus, une petite voiture qui ne payait pas de mine, il s'attendait à mieux. Le chauffeur non plus n'avait pas beaucoup d'allure, on aurait dit un petit artisan. Ni dans sa mise ni dans sa conduite, rien n'indiquait que c'était un fonctionnaire du puissant ministère de la Sécurité d'État. « C'est ça, l'espionnage, s'était-il dit. Tu dois passer complètement inaperçu, le diable lui-même ne doit pas te voir, nul ne doit soupçonner ton existence. Toi, en revanche, tu es comme Dieu, tu vois tout le monde, rien ne t'échappe, tu sais tout. Tu dois être plus proche du peuple que sa carotide. Tu dois entendre respirer les ennemis du régime. »

Ils avaient remonté la Stalinallee déserte. La ville était silencieuse dans le jour naissant. En face, très loin, le soleil se levait entre les bâtiments à coupoles. Les façades de marbre des somptueuses cités ouvrières étaient encore dans la pénombre et on distinguait à peine les arbres trapus qui se dressaient devant elles. On se serait cru dans une rue de Moscou. Dans la capitale soviétique, on avait retiré les statues de Staline, mais là, la Stalinallee, où battait le cœur de Berlin-Est, avait gardé son nom et la statue de bronze du Moustachu drapé dans son manteau scrutait toujours l'horizon. Normannenstrasse, passant entre les deux hommes qui montaient la garde devant une porte d'aspect modeste, ils étaient entrés dans le ministère de la Sécurité d'État, un groupe de bâtiments lugubres qui semblaient prêts à s'écrouler sur vous. Un terrain de football entouré de peupliers conférait un aspect bizarre aux édifices de béton aux fenêtres toutes semblables. Avant de monter au bureau de Mielke, qui se trouvait au second étage, il avait examiné les lieux. C'était un complexe constitué d'une école, d'un hôpital et d'équipements sportifs, qui faisait penser aux constructions ottomanes. Quand, un peu timidement et dans un allemand approximatif, il en avait fait la remarque au camarade Mielke, qui l'avait accueilli sans se lever de son fauteuil, un sourire entendu s'était épandu sur les lèvres du « camarade colonel ». Les rides de son visage rond s'étaient effacées un instant. Il s'en souvenait très bien. C'était un homme tout menu et insignifiant. Ses cheveux pendaient en désordre sur son front. Depuis, il n'avait pas changé, il l'avait vu récemment à la télévision, tout penaud, devant le tribunal qui le jugeait non pour ce qu'il avait fait quand il était à la Stasi, mais pour le meurtre des policiers.

Il constata qu'il se rappelait le bureau de Mielke dans tous ses détails. Il était meublé avec un total manque de goût, mais, à l'époque, il lui avait fait une forte impression. Il y avait sur la table deux téléphones noirs, dont l'un était sans doute directement relié à Moscou, et sur une tablette placée à côté, jouxtant un buste de Dzerjinski, se trouvait un cadran téléphonique agrémenté de nombreux boutons et signaux lumineux. Sur la tapisserie murale étaient exposés, sur fond de drapeau à la faucille et au marteau, les portraits des pères du communisme, Marx, Engels, Lénine et Staline, avec l'expression rébarbative qu'ils arborent toujours et partout. C'était peut-être par contraste que le visage rond de Mielke lui avait paru si souriant. Sur le mur, protégées par des sous-verre, s'alignaient des médailles ornées d'un marteau et d'un compas. Il était loin de se douter qu'un beau jour, beaucoup plus tard, on épinglerait une de ces médailles sur sa poitrine. Et que Çelik mourrait sous la torture. Il y avait des armoiries partout et les fauteuils garnis de bleu qui entouraient la table de réunion semblaient vernis de frais. Dans un coin, face à un poste de radio logé dans un meuble d'acajou, étaient disposés deux fauteuils et une table basse recouverte d'un tapis rouge. Derrière le bureau, par une porte entrouverte, on apercevait une grande chambre, un lit à deux places et une salle de bains. Les nuits où il travaillait tard, Mielke couchait-il seul dans ce lit, ou avec un de ces agents féminins de la Stasi dont la beauté était légendaire ? Et en ce cas, qu'en disait son épouse ? Cette personne, qui aimait bien parader, ne mettait jamais deux fois la même robe et ses toilettes bariolées lui avaient valu le surnom de « Perroquet ». Il était en train de chercher la réponse à cette question lorsque la voix de Mielke l'avait fait sursauter.

« Nous sommes satisfaits de votre travail. Nos amis ont fait traduire en allemand et classé vos rapports sur le poète de l'opposition Nâzım Hikmet. Mais vous soulignez fréquemment que vous ne voulez pas entrer dans les détails. Or, pour nous, les détails sont importants.

– Vous avez raison, avait-il répondu, mais je ne suis pas constamment avec lui et ne suis pas toujours en mesure de le surveiller.

– En ce cas, nous allons placer un micro dans sa datcha. D'après ce qu'on me dit, on ne sait pas trop qui vient le voir.

– C'est la même chose dans son appartement de Moscou. Şair baba aime bien recevoir.

– Şair baba ? "Poète", soit, mais pourquoi "papa" ? »

Pris de court, il n'avait su quoi répondre.

« Ce n'est pas pour ça que je vous ai fait venir ici, avait poursuivi Mielke. Vous devriez faire un peu plus attention à votre vie privée. »

Il s'était senti rougir jusqu'aux oreilles et avait baissé la tête.

« Nous trouvons déplacé que vous alliez traîner la nuit dans les parcs. Vous devriez mettre un peu d'ordre dans votre vie personnelle. Surtout quand vous allez à l'Ouest. »

Ils étaient donc au courant de ce qu'il faisait à l'Ouest. Ils savaient tout à propos de Çelik. Que le diable l'emporte ! Il n'avait pas su protéger son neveu. En fait, il l'avait carrément jeté dans la gueule du loup. Tandis qu'il répondait, tout penaud, à ces accusations, il n'avait pas remarqué que Mielke avait pris la place du loup.

« J'ai compris », avait-il fini par dire.

Mais jusqu'à la fin de l'entretien il avait gardé la tête basse et n'avait plus regardé le visage de Mielke.

Après lui avoir ainsi fait comprendre qu'ils le tenaient à leur merci, Mielke lui avait dit que les informations sur les personnes citées dans les rapports les intéressaient beaucoup, mais que les détails concernant la poésie les laissaient indifférents.

Quand il était ressorti, avant de remonter dans la même voiture il avait remarqué une camionnette garée dans la cour. Elle était dépourvue de vitres, mais, jetant un regard par la porte entrouverte du fourgon en bois, il avait distingué des cellules individuelles basses et étroites, pires que les cachots, dits « cercueils », du Sansaryan Han. Les cinq cellules étaient pleines de détenus menottés qui attendaient leur interrogatoire. Deux employés avaient quitté le bâtiment où se trouvait le bureau de Mielke et refermé la porte du fourgon, l'un d'eux avait pris place au volant et l'autre s'était assis à côté de lui. Il avait entendu le conducteur dire dans le talkie-walkie qu'il tenait à la main : « Ça y est, on a chargé le matériel ! » Il s'était senti mal à l'aise et avait eu du mal à réprimer un juron, mais il s'était dit que cela ne servirait à rien et s'était contenté de murmurer : « Que le diable les emporte ! » Quand le Mur était tombé et que le diable les avait bel et bien emportés, il avait à son tour maudit la foule qui criait : « Nous voulons des bananes ! » Désormais, il n'avait plus personne à maudire. Le temps n'était plus aux malédictions, mais à la lecture publique du Coran.

2

Que pouvait bien faire l'écrivain à cet instant, au petit matin ? Il s'apprêtait peut-être à sortir de l'hôtel. À moins qu'il ne soit en train de prendre son petit déjeuner. Ou de boire un café au Weyers en fumant un cigare. Peut-être marchait-il dans la rue en direction de Savignyplatz. Avec son manteau et son écharpe rouge, sous le pâle soleil d'hiver. Où diable était cet écrivain tandis que lui-même faisait la grasse matinée, étalé sur le dos, bien au chaud dans son lit ? S'il était venu dans cette maudite ville sombre et froide, prison pour les uns, jardin de roses pour les autres, ce n'était certainement pas pour prendre du bon temps. Le jour qui se levait était ensoleillé et il faisait un peu moins froid. La neige s'était mise à fondre.

Il avait envie de se lever et de sortir rapidement au lieu de rester là, allongé sur le dos, à regarder le plafond. Il faut dire qu'il était très haut, le plafond, comme dans toutes les maisons de Berlin, et même dans les chambres d'hôtel où il descendait autrefois sous un faux nom… À Balıkesir, le soleil d'hiver entrait dans sa chambre par l'embrasure des rideaux, il éclairait en premier le plancher, puis les murs sales. Là aussi il avait envie de se lever et de sortir, mais il n'avait nul lieu où aller, à part le poste de police où il devait se présenter tous les jours, et pas le moindre ami à qui se confier. Sachant qu'il était communiste, le boulanger évitait de le regarder dans les yeux et les voisins le traitaient comme un pestiféré. Seuls les gamins s'intéressaient à lui. Leurs mères leur interdisaient de jouer avec lui, mais ils lui criaient : « Tonton communiste, couilles revolvers ! » Vous aussi, si vous n'aviez pas d'endroit où aller, pas de caverne où hiverner, si, la nuit, le désir vous tourmentait, si vous traîniez des jours interminables couché dans votre lit, vous repenseriez aux vieux jours. Il avait gardé de ses jours d'exil cette habitude de rester couché sur le dos à regarder le plafond, une cigarette à la main. Et de replonger dans le passé. Les yeux ouverts ou fermés, cela ne changeait rien. Il revoyait tout d'abord le visage de sa mère mourante, puis la main qui caressait ses cheveux dans le dortoir de Kuleli. Devant le *yalı* de Kandilli passaient des bateaux dont chacun portait un espoir et des pétroliers dont les cheminées arboraient la faucille et le marteau. Tel un cormoran qui plonge au crépuscule dans les eaux bleutées, étendu sur son lit dans la chambre exiguë qu'il louait dans une maison de bois d'Anatolie, il plongeait et replongeait dans ses souvenirs. Le temps semblait figé, suspendu, interminable. La grande et la petite aiguille se poursuivaient sur le cadran de l'horloge de la tour, mais les jours étaient tous semblables, les nuits identiques, et les rues qu'il arpentait jour et nuit étaient toutes les mêmes. Rue Milli Kuvvetler, rue Anafartalar et rue de la Gare. Il allait regarder passer les trains. L'express d'Ankara passait à huit heures du soir. La lumière du wagon-restaurant tombait sur le quai et éclairait l'édifice de pierre grise. Les voyageurs étaient là, derrière les vitres, dans leur propre univers. On avait débouché les bouteilles, on servait le repas. Ces bâtards allaient d'Izmir à Ankara. C'était parce qu'il voulait mettre fin à leur règne qu'on l'avait enfermé entre quatre murs, puis expédié dans ce trou de province où il se retrouvait exilé et comme enfermé dans une autre cellule. Le train de Bandırma arrivait deux fois par jour, matin et soir. Poussif et haletant, il semblait las de vivre ; les attelages à deux chevaux et même les voitures à ressort allaient plus vite que lui. La cheminée de la locomotive crachait des volutes de fumée blanche, les pistons s'activaient, les roues tournaient, mais les wagons restaient sur place. Des hommes à longue barbe, des paysannes coiffées de fichus regardaient par les fenêtres des wagons de troisième classe. Parfois un gamin chétif, les yeux écarquillés, posait ses mains fatiguées sur les vitres. Et comme dans le poème que ressassait Galip Ömer Tiryaki, professeur de littérature à Kuleli, « Nul bras, nul mouchoir ne s'agitait ».

Galip Ömer aimait bien les poètes Yahya Kemal et Haşim, mais il ne prononçait jamais le nom de Nâzım Hikmet. Il lui arrivait de chicaner un poète sur une simple syllabe. Un jour il avait lu ces vers de Gürtunca : « Tu verras comme elle est belle / Si tu parcours l'Anatolie / Cela chassera ta peine / Si tu parcours l'Anatolie. » Mais quelques années plus tard, à l'École de guerre, en découvrant la poésie de Nâzım, il s'était rendu compte que l'Anatolie n'était pas l'endroit idéal pour pique-niquer. Le poète l'évoquait en ces termes : « Sur nos têtes le soleil / est un turban de feu / Le sol aride / est pour nos pieds une sandale de cuir brut. » Quand Nâzım parcourait l'Anatolie, loin de cheminer dans un rêve, il allait d'un tas d'ordures à l'autre. Cette voix, ce nouveau regard sur son pays avaient profondément modifié sa personnalité.

Il n'avait jamais entendu, ni même imaginé, des vers comme ceux-là. Ils avaient bouleversé sa conception de la poésie. Ils n'avaient rien de commun avec ceux que l'on apprenait lors des cours de littérature ou qu'on déclamait le week-end, attablé dans un café de Çengelköy ou couché sous un vieux platane dont les branches se penchaient au-dessus du Bosphore en un geste de supplication. Ils ne respectaient ni la métrique ni la prosodie qui régissaient la poésie turque depuis des siècles. On se demandait même si ces vers-là avaient pu être écrits, tant ils ressemblaient au débordement d'une profonde colère, d'une violente émotion, d'une tempête soudaine. On était comme emporté dans un grondement de tonnerre et un scintillement d'éclairs. Tandis que, à l'instar d'Ahmet Haşim, les poètes qu'on lisait aux cours de littérature parlaient de roses saignant au soleil et de rossignols, Nâzım Hikmet hurlait qu'on allait emprisonner le soleil. Curieusement, Galip Ömer Tiryaki n'avait jamais fait la moindre allusion à ce jeune poète impétueux dont même le sultan, malgré sa surdité, avait entendu parler. Pourtant, en spécialiste de la littérature du *divan*, il écrivait des articles pour les revues littéraires et prenait de grands airs quand il passait dans les couloirs. Un jour, cédant aux supplications des élèves, il avait accepté de publier un texte dans le journal de l'école. Et c'est ce qui avait déclenché la catastrophe. Comme son nom était très long, l'élève chargé de la rédaction du journal, pour des raisons de mise en pages, l'avait réduit à ses initiales : G.Ö.T. Or chacun sait qu'en turc *göt* signifie « cul ». Et c'est ainsi que cet éminent et sévère professeur de littérature, ce passionné des œuvres du *divan*, avait désormais été affublé du surnom de « CUL ».

À Berlin, bien au chaud dans son lit, tenant dans sa main une cigarette éteinte, il esquissa un sourire. Mais c'était un sourire forcé, car ce qu'il évoquait n'était pas un simple souvenir d'école mais la substance même de sa vie. Et sa solitude, que même le communisme n'avait pas réussi à faire cesser. Tandis que ses condisciples se gaussaient de la forme abrégée du nom de leur professeur, il soupirait, seul dans son coin. Galip Ömer Tiryaki ! Ou, pour faire plus court, G.Ö.T. CUL !

La sonnerie du téléphone le ramena de Kuleli, des poèmes de Nâzım et de G.Ö.T. à Berlin et à son étage à vendre. Les murs de l'appartement vide la faisaient retentir comme un signal d'alarme. Il se leva à contrecœur et alla au salon. Il décrocha le combiné. « Ça va bien pour ce soir, dit une voix, remercie le ciel d'être encore en vie. » Avant de raccrocher précipitamment, il entendit encore : « Demain... » Quoi, demain ? Nous verrons demain ? Qu'allait-il se passer le lendemain ? Peut-être qu'il ne verrait pas ce jour-là. Que le diable emporte cet individu ! Pouvait-on ne pas voir le lendemain d'un jour qui avait commencé de façon si détendue, si optimiste, dans des souvenirs doux-amers ?

Il s'habilla. Au moment où il allait sortir, le téléphone sonna à nouveau. Cette fois, il ne décrocha pas. Mais ensuite il le regretta. C'était peut-être un acheteur potentiel. Ou la même voix menaçante, disant : « Allez, c'était une blague, c'est moi, tu ne m'as pas reconnu ? » Il ne se doutait pas que quelques minutes plus tard, quand il décrocherait après avoir laissé sonner le téléphone pendant un moment, il allait entendre cette même voix lui dire : « On va te régler ton compte avec deux balles. Une dans la tête et une dans le cul ! »

3

Il cheminait dans Ku'damm. Il avait l'impression d'être non à Berlin mais à Kandilli, à Kuleli, de parcourir tous les lieux dont le nom se termine en « li » et tous les sentiers sinueux de sa mémoire.

– Lili !

Quelqu'un l'interpellait. Il se retourna, mais il n'y avait personne. « Pas Lili Marleen. Lili de Kuleli et de Kandilli ! » Le trottoir était désert, à part un homme à chapeau noir drapé dans un manteau et qui rentrait chez lui en toute hâte. La large avenue était déserte, sillonnée par des autobus à étage presque vides. Il avait pourtant l'impression d'être suivi. Bien sûr qu'on le suivait ! Après tant d'années d'expérience, il ne pouvait pas se tromper. Il entendait encore la voix menaçante : « On va te régler ton compte avec deux balles. Une dans la tête et une dans le cul ! » Il avait tout d'abord cru à une blague. Qui pouvait bien l'appeler à cette heure matinale ? C'était ainsi qu'avait commencé la journée de la veille, mais ce matin-là personne ne l'avait appelé. Pas même au sujet de l'étage à vendre. Il gelait de nouveau, il passait peu de voitures et il n'y avait pas grand monde sur les trottoirs. « On a encore empoisonné mon vin ! » Mais non, il n'y avait pas de vin empoisonné, il s'était juste tapé ses deux rakis du midi au Hasret

Imbiss. Il songeait au passé, aux paroles tristes des vieilles chansons et aussi aux boulettes de viande. « *Ich möchte fünf köfte**. » Après tout, il valait mieux en rire, il n'allait tout de même pas se gâcher la journée à cause de cette voix.

Il avait recommencé à douter de l'importance des documents qu'il avait remis à l'écrivain. En traînant ainsi dans les rues ou dans les cafés il allait peut-être le rencontrer. Il pourrait alors lui demander son avis et l'entendre dire que c'étaient des pièces essentielles, qu'il les avait lues avec plaisir et intérêt. Oui, mais s'ils se rencontraient, n'allaient-ils pas à nouveau jouer au chat et à la souris, comme ils avaient fait au Dressler ? Si l'écrivain se plaignait de ne pas trouver un lien entre les différents rapports, il lui resservirait la vieille formule : « Vous avez raison, il n'y a aucun lien. Ce n'est pas facile de relier les choses entre elles. Mais à quoi cela servirait-il ? Ne vaut-il pas mieux qu'elles soient dispersées ? »

Il eut envie de crier : « J'ai perdu le fil, camarades ! », mais à qui eût-il pu s'adresser ? Il faillit éclater de rire. Il se retint, mais ne put s'empêcher de pouffer bruyamment. Un passant, surpris, se retourna. Un autre s'enfuit en courant. Ça lui était bien égal qu'on le regarde comme une bête curieuse ou qu'on se sauve devant lui comme à la vue du diable. On n'avait qu'à l'enfermer chez les fous. D'ailleurs, il n'y avait plus de place que dans les asiles d'aliénés et dans la tombe.

– J'ai perdu le fil, camarades ! cria-t-il.

Cette fois, personne ne se retourna ni ne s'éloigna en courant. Il se rappela la place d'armes où l'on faisait l'appel, à l'École de guerre.

* « Je voudrais cinq boulettes. »

Les élèves attendaient l'allocution du commandant. Ils portaient des uniformes flambant neufs. Ils étaient, comme dit cette marche qu'ils chantaient souvent tous en chœur, « les descendants d'une race née de la foudre ». Leurs bottes reluisaient, leur cravate était bien en place, leur fusil était accroché à leur épaule. Leur baïonnette pendait à leur ceinturon, tel un membre viril prêt à se dresser. Ils étaient tous ravis, au seuil d'une vie nouvelle. Élèves de la première classe de l'École de guerre. Quand le commandant était monté sur l'estrade, rompant le garde-à-vous, ils s'étaient mis au repos. Le commandant avait jeté un long regard sur les futurs officiers qui emplissaient la place, puis il avait commencé son discours. Sa première période, interminable, évoquait, en une impeccable rhétorique et de façon très convaincante, la guerre qui menaçait, le martèlement des bottes et la patrie sacrée. Il avait parlé de la discipline qui devait régner dans les rangs de l'armée, du patriotisme, du courage, de la nation indivisible, avec force circonlocutions et exclamations. Sa voix, tour à tour, baissait et s'amplifiait dans le haut-parleur, il s'égarait dans des digressions, et il n'arrivait pas à conclure. Soudain, en pleine péroraison, il s'était tu. Un lourd silence était tombé sur la place d'armes. Les sommets dénudés des collines se profilaient dans la lumière matinale, les peupliers murmuraient dans la brise. Tout le monde attendait, au repos, que le commandant achève sa première période et attaque la seconde. Mais, pour une raison inconnue, le discours, qui avait commencé par une de ces longues phrases dont les officiers de haut grade pleins de morgue ont le secret, avait tourné court. Les regards durs du commandant s'étaient adoucis et son visage avait affiché un parfait désarroi. Au bout d'un moment, en avalant sa salive, il était parvenu à dire : « J'ai perdu le fil, mes amis ! Montrez-vous zélés ! » Et il était descendu précipitamment de la tribune tandis que les apprentis officiers lançaient tous en chœur un « À vos ordres ! » retentissant.

Il prit une rue adjacente et passa devant un marchand de pizzas, un boulanger et un salon de coiffure. Au kiosque à journaux du pompiste, il acheta le journal *Hürriyet* et le glissa dans la poche de son pantalon sans même lire les gros titres. Il changea de trottoir. Il songea à passer à l'hôtel de la Bleibtreustrasse pour laisser un message à l'écrivain, mais il se ravisa. Il n'avait pas demandé à le revoir. Et après tout, s'il le rencontrait, rien ne l'empêchait de l'inviter à boire un verre. Qui sait ? Il était peut-être déjà rentré à Istanbul. Mais quelque chose lui disait qu'il était encore là. Il alla jusqu'au bout de la rue et revint vers Ku'damm en faisant mine de regarder les vitrines. Il était sûr qu'on le suivait. Où qu'il aille, cet homme brun vêtu à la turque lui emboîtait le pas. Et effectivement il était là. Il décida de rentrer chez lui. En arrivant à Halensee, il sentit que le jeune homme ne le suivait plus. Il se retourna : en effet, il avait disparu.

Traversant le pont, il vit les hauts immeubles bordant la voie ferrée et les peupliers chargés de neige. Et aussi la tour qui se dressait vers le soleil. Elle le faisait penser à la tour Eiffel. Il avait beaucoup voyagé mais il n'était jamais allé à Paris. Si Nâzım n'avait pas rencontré Vera, si cette jeune femme ne s'était pas glissée comme un serpent dans la vie du poète, qui sait ?, il aurait peut-être accompagné Şair baba dans un de ses voyages en France. Mais à quoi bon, après tout ? Il y avait tout ce qu'on voulait à Berlin, même la tour

Eiffel. Il n'avait jamais compris pourquoi les Allemands enviaient tellement les Français. « Après la chute du Mur et la réunification de l'Allemagne, ils constituent de nouveau le plus puissant pays d'Europe, mais ils sont toujours aussi fascinés par les Français. Surtout les Berlinois », se dit-il.

« Si on regarde bien, pensa-t-il, il n'y a pas une grande différence entre Balıkesir et Berlin. Dans ces deux villes j'ai été prisonnier. Du gouvernement à Balıkesir, et de moi-même ici. En ce moment, j'aimerais bien être à Paris. Au lieu de traverser le pont de Halensee sous lequel passent non un fleuve mais des trains de banlieue, je voudrais marcher sur l'un des ponts qui enjambent la Seine. » À Balıkesir, dans le quartier d'Aygören, il était cantonné dans un périmètre comprenant sa chambre au pied de la tour de l'Horloge, trois rues et la gare. À Berlin, ce n'était pas très différent. Il ne dépassait pas Charlottenburg. Il passait ses journées dans les cafés des petites rues donnant sur Ku'damm, dans le parc de Savignyplatz ou au Hasret Imbiss, juché sur un des hauts tabourets, à regarder des affiches qui représentaient le pont sur le Bosphore, la tour de Galata et Rumeli Hisarı, tout en songeant à l'époque où le pont n'existait pas encore. Les bacs faisaient la navette d'une rive à l'autre, le ressac venu de Rumeli Hisarı venait frapper le quai du *yalı* et bousculer les roses du jardinier, une barque, emportée par un courant diabolique, passait devant Kuleli. Diable et courant, diable et poète, diable et ange, il n'y avait pas moyen d'en sortir.

Il y avait tout de même une différence entre Balıkesir et Berlin. À Balıkesir, il était jeune. Dans le parc de la ville, ou plutôt dans cette espèce de grande cour qui consistait en un bassin desséché entouré de quelques tables et chaises de bois et d'ampoules colorées qui ne brillaient que les soirs d'été, il ne trouvait personne pour partager sa solitude, ni camarade ni jeune dévoyé, alors que dans les parcs de Berlin il n'avait qu'à claquer des doigts… Il faut dire qu'il avait vieilli. On ne faisait plus attention à lui, on ne le suivait que pour de l'argent. Et même l'hiver, quand il neigeait et que la nuit tombait de bonne heure, le temps semblait se figer. En accord avec la saison, il était pris dans les glaces. Comment lui échapper? «Le jour est long, mais la vie est courte.» Il avait fini par se rappeler un vers qui n'était pas de Şair baba. Goethe avait raison. À Berlin, même quand les jours rallongeaient, l'hiver n'en finissait pas. Le temps s'étirait, dans sa tête, aux dimensions d'une vie entière. Tous les jours de sa vie se condensaient en une seule journée, qui se muait elle-même en une interminable attente. «C'est fini, la vie a passé et tu n'as plus rien à attendre. Tu attends, tout simplement. La nuit, l'église en ruine, à l'autre bout de Ku'damm, n'est plus qu'un tas de pierres noircies, elle est comme le squelette de ta vie passée. Les piranhas ont attaqué, ils l'ont dévorée, il n'en reste plus que les os.» Parfois, il imaginait un cormoran se débattant à la surface glacée d'un canal ou d'un lac, ou une corneille perchée sur une branche dénudée et picorant son propre cœur. «Tu es las de marcher, de boire, ta pensée s'endort. Tu n'es pas couché sur le sein douillet de la femme à l'anneau, tu gis, tout seul, dans un lit à deux places, nul ne se blottit contre toi, ne respire ou ne ronfle à tes côtés.»

4

Il resta au Hasret Imbiss plus longtemps que d'habitude, mais il toucha à peine aux amuse-bouches qu'il avait commandés. Il prit un peu de chou farci, en grignota un brin et laissa le reste. Il fit la même chose avec le rouget à l'oignon. C'étaient des conserves. À Berlin, dans les buffets turcs, à part le kebab il n'y avait que des conserves, et on ne pouvait tout de même pas accompagner le raki d'un sandwich au kebab. Il commanda du fromage blanc, une salade du berger, des olives de Kalamata. Il aurait bien voulu commander d'autres amuse-bouches et bien garnir sa table, comme il faisait autrefois à Istanbul et à Asmalımesçit, mais il ne restait que des boulettes à l'allemande. « *Ich Möchte fünf Köfte !* » C'était la première phrase en allemand qu'il avait apprise à son arrivée dans ce pays, avant de jeter l'ancre à Berlin-Est. Quand il était allé à Budapest avec Şair baba, dans un restaurant azéri, il avait eu toutes les peines du monde à se faire comprendre par le garçon, qui ne savait pas un mot de turc. « Mon pays, mon pays, mon pays / il ne me reste ici ni ma casquette / ni mes souliers usés sur tous tes chemins », écrivait le poète rongé par le mal du pays et condamné à ne manger que des aliments de régime. Il avait dit à Nâzım qu'il l'emmènerait un jour déguster les fameuses boulettes de

Sultanahmet. Curieusement, Şair baba connaissait la prison de Sultanahmet, mais il n'avait jamais entendu parler du petit restaurant, il avait séjourné un certain temps dans la prison mais il n'était jamais allé chez le spécialiste des boulettes de viande. Il faut dire qu'il était fils de pacha. Ce jour-là, quand ils étaient sortis de la Maison de la radio, il rêvait de cinq boulettes grillées accompagnées d'oignon finement haché. Il avait tout de même réussi à indiquer au garçon le nombre de boulettes, mais il avait été incapable de dire « grillées ».

Ce soir, les amuse-bouches étaient insipides et le raki ne lui procurait aucun plaisir. « Garde-toi du sucre de Damas et du pénis de l'Arabe ! » Ce genre de dicton vulgaire lui venait parfois à l'esprit tout à fait hors de propos. La veille au soir, dans une rue voisine, au Mon Chéri, la femme à l'anneau lui avait chuchoté celui-ci dans le creux de l'oreille en remplaçant le mot « Arabe » par « Allemand » et il s'en souvint soudain. Voulait-elle dire que, même s'il était homo, elle le préférait à un Allemand ? À quoi faisait-elle allusion ? À son homosexualité ? Mais que dire alors d'un pénis français ? Il valait mieux ne pas penser à ça. Chaque fois qu'il évoquait la prostituée aux cheveux teints en rouge, il repensait à sa mère. Avec peine, mais aussi avec haine. Une haine qui augmentait au lieu de diminuer avec le temps était accrochée à lui comme une tique et buvait son sang. Même les chameaux ne connaissent pas une chose pareille ! Et Dieu sait pourtant s'ils sont rancuniers... S'il était vrai que les Arabes avaient des chameaux rouges, qu'il y avait des tiques, qu'il y avait du sucre et des pénis plus doux que le sucre, il y avait au Mon Chéri une belle prostituée brune. « En avant, mes braves, volez au secours de notre pays ! » Elle avait beau se teindre en rouge, il savait bien qu'elle était brune. « Tu es belle, ma brune. » Oui, quand il la reverrait, il ne manquerait pas de lui murmurer à l'oreille les paroles de cette chanson.

On lui ouvrait conserve sur conserve, il grignotait un morceau, puis il renonçait. Non parce qu'il avait perdu l'appétit, mais par nostalgie. Il n'arrivait pas à déterminer la cause de ce vague à l'âme. Pour Şair baba, il y avait deux sortes de nostalgie : le mal du pays et la « grande nostalgie de l'humanité », autrement dit le communisme. Il y avait aussi la nostalgie de la jeune femme qu'il avait aimée jusqu'à son dernier souffle. Elle avait malmené son cœur malade, elle était intolérable, mais on pouvait la cataloguer. « Ne me cataloguez pas ! » braillait Sezen Aksu sur les ondes de la radio. Il pria le garçon d'éteindre le poste. Le jeune homme tourna le bouton et se rassit sans rien dire. Il s'aperçut alors qu'il était le seul client. Il était troublé d'être seul avec le jeune serveur, mais il s'efforça de n'en rien laisser paraître.

– Tu n'as pas d'appétit, ce soir, *amca*.

– C'est vrai, mon petit.

Amca ! Tonton ! Ne pouvait-il pas dire *abi*, grand frère ? « Tonton communiste, couilles revolvers ! » C'était pourtant vrai qu'il n'avait pas d'appétit, ce soir. Mais il n'y avait plus de politesse. Le jardinier, lui, avait du savoir-vivre : quand il cueillait des grenades il lui donnait toujours la première, Veli avait la seconde. Et sa femme ? À elle, tout ce qu'il pouvait encore offrir, c'était son honneur. Mais il valait mieux oublier tout cela, le jardinier aussi bien que sa femme. Il ne restait plus rien des deux nostalgies de Şair baba, mais quelle était sa nostalgie à lui ? C'était quelque chose de confus, qu'il n'arrivait ni à nommer ni à approfondir, mais dont il ne pouvait pas se débarrasser. Une sorte d'« état d'âme », n'est-ce pas, monsieur ? Après le deuxième verre, avant que ladite nostalgie ne prenne forme et ne tourne au « pénis d'Arabe », il paya l'addition et sortit.

– *Amca* ! cria derrière lui le jeune garçon. Tu devrais au moins manger les pâtés à la viande !

Il n'était pas gourmand, à aucun moment de son existence il n'avait vécu pour manger, mais jamais jusque-là il n'avait boudé les biens de ce monde, y compris les mezze, les amuse-bouches turcs. Il était un enfant du Bosphore et, en quelque sorte, un enfant de *yalı*. Même s'il n'avait jamais été un fêtard, dans sa jeunesse il aimait bien, à l'occasion, boire quelques verres. Mais depuis qu'il était exilé, son goût des mezze était revenu. Il faut dire que dans son adolescence, quand il était pensionnaire à Kuleli, il s'était pendant plusieurs années exercé au menu à trois plats : haricots secs – pilaf – compote. Dès sa première année à l'École de guerre il s'était retrouvé en prison. Ensuite, il y avait eu Balıkesir, Moscou, ces restaurants à la salle grande comme un hangar mais à la cuisine microscopique, le börek à la viande crue qu'il mangeait quand il en trouvait – on appelait ça le börek tartare – et les pirojki. Et puis Budapest, Leipzig et Berlin-Est, beaucoup de pommes de terre, de chou et de saucisses, parfois un peu de viande, dans une sauce toute sèche et indigeste. Les amuse-bouches, c'était la spécialité de la Méditerranée, vive la Méditerranée ! « C'est nous que voilà. » Ah, mais non ! Là, il s'agissait de la mer Noire : « Mer Noire ! Mer Noire ! Ce n'est pas l'ennemi, c'est nous que voilà ! » Comme les disciples de Bedreddin, ils avaient franchi la mer noire en pantoufles de feutre et rejoint leur seconde patrie, lui et les siens avaient bien transpiré et affronté des vagues hautes comme des minarets. Quand ils parlaient de la mer Noire, ils songeaient au communisme, aux tankers soviétiques qui faisaient route vers elle avec leurs drapeaux rouges ornés de la faucille et du marteau. Même s'il n'avait jamais mis les pieds sur les rives de la Méditerranée, elle évoquait pour lui des tablées de mezze et de raki. Est-ce que par hasard cette nostalgie qu'il ressentait au fond de son cœur sans pouvoir la définir était la nostalgie de la *Mare Nostrum* ? Ou tout simplement de la mer ? Quand il allait faire un tour à l'Ouest, il fréquentait les restaurants turcs, mais jamais il ne s'était saoulé comme les jours précédents. Pourtant, ce soir il avait à peine touché aux amuse-bouches, « une bouchée, une tunique, c'est assez pour moi », comme on dit, il était ressorti après le second verre, plusieurs fois dans la journée il était allé faire les cent pas à Ku'damm, comme s'il était encore dans la cour de la prison militaire d'Ankara, tournant en rond comme un cheval de noria ; dans le passage où se tenait l'exposition *The Story of Berlin*, il avait plusieurs fois suivi les empreintes de pas qui ressemblaient à des taches de sang, et cela n'augurait rien de bon. Qu'est-ce qui l'attirait irrésistiblement vers ce passage tout à fait quelconque et qui n'avait rien de particulier ? Ce n'était certainement pas l'histoire de la ville ; ni la guichetière blonde qui se limait les ongles. En suivant les empreintes de pas, il arrivait devant le guichet, se demandait un instant s'il allait entrer, puis, après avoir salué la blonde, il allait s'installer au Dressler ou se percher sur l'un des hauts tabourets du bar, dans la pénombre d'un café à l'extrémité du passage.

Il se sentait étrangement attiré. Il avait déjà éprouvé cette sensation, mais jusque-là il n'y avait pas prêté attention Cette fois, il essaya de comprendre. Puis il se dirigea vers Ku'damm. Il n'entendit même pas le bruit du train qui traversait la gare de Charlottenburg. Tel un serpent, les wagons jaune et rouge sortirent de l'obscurité. Dieu sait pourquoi, il pensa à la mort. C'était peut-être la première fois qu'il pensait à sa propre mort. Il tournait en rond, dans une sorte de cercle vicieux, sans savoir où il allait. Le premier soir où il avait joué à cache-cache avec l'écrivain, il avait regardé en passant la boutique d'articles funéraires. Parmi les spécimens de fleurs artificielles, de couronnes, de croix et de pierres tombales, était exposé un cercueil. « Voilà notre ultime destination, s'était-il dit, tout le reste, y compris le communisme, n'est que vain bavardage. » Certains, au nom de ce « vain bavardage », étaient entrés dans un cercueil avant même d'être morts. Il se demandait encore comment ils faisaient pour respirer et tenir le coup. Il revit les cachots dits « cercueils » du Sansaryan Han. Presque tous ses camarades de route qui combattaient en première ligne étaient restés enfermés pendant des mois dans ces caissons. Sa grande frayeur était qu'on l'enferme là-dedans, mais après son premier interrogatoire, faute de place, sans doute, on l'avait bouclé dans une grande pièce. Les cercueils se succédaient de part et d'autre d'un long couloir sentant le moisi et éclairé par une ampoule sans abat-jour. Ils étaient tous occupés. Il y avait là-dedans, bien vivants, ses courageux camarades. Ils étaient prêts à mourir mais ils n'avaient pas envisagé d'être ainsi enterrés vivants. La plupart étaient devenus fous et, à leur libération, on les avait enfermés à Bakırköy, chez les malades mentaux. Lui, par la fenêtre, il pouvait voir la gare de Sirkeci, les locomotives qui approchaient des quais dans un nuage de fumée blanche, et même les voyageurs. Il ne se doutait pas que bien des années plus tard sa belle-sœur monterait dans le train de Berlin en portant son fils unique dans ses bras. Chance suprême, de la grande cellule de Sansaryan Han on pouvait même voir un petit bout de mer, large comme la main, la mer d'Istanbul, d'un bleu éclatant. Il faut dire qu'il avait toujours eu de la chance, même en prison, lors des séances de torture et durant son exil à Balıkesir. Ensuite, il avait fui, exilé volontaire, et s'était réfugié dans sa « seconde patrie ». Là, il n'y avait pas de cercueils, mais on était tout de même sous pression. Discipline du Parti, sens du devoir, culte de la personnalité : il y avait tout ce que peut offrir le communisme, tout, sauf la liberté. Et l'égalité. Il avait tenté de se faufiler parmi les privilégiés, il y était même parvenu à un certain moment, puis il avait résolu son problème en gagnant les bonnes grâces de Şair baba. Et en l'espionnant. Et, sans même s'en rendre compte, il s'était écroulé en même temps que le Mur. Oui, il avait vieilli. Et la vieillesse était pire que la prison, que la torture, que l'exil. Elle était la sœur jumelle de la solitude. C'était peut-être l'autre nom de l'enfer. Pour parler comme Şair baba, « il n'avait pas pu s'habituer à vieillir ». Il le revoyait, près du bassin, dans la cour de la prison militaire d'Ankara, lisant un poème à haute voix : « La nuit : /un grand jardin d'azur. /Dansent les danseuses du destin dans des paillettes d'or. /Et les morts gisent dans leurs cercueils de bois. » Les détenus faisaient cercle autour de lui et l'écoutaient. La cour était silencieuse. On n'entendait que le vrombissement des hannetons. Quand il avait terminé la lecture du poème, il y avait eu un tonnerre d'applaudissements. Şair baba avait dit en riant : « Ces vers ne sont pas de moi, mais d'un certain Al-Ghazali. » Il ne l'avait pas cru. Le style ressemblait trop à celui de Nâzım. Et aussi la pensée dialectique. On ne pouvait exprimer l'association des contraires avec plus de force, plus de densité. Il y avait de la vie dans le mouvement des danseuses, de l'infini dans le silence des morts. La vie et la mort dormaient, serrées dans les bras l'une de l'autre, comme les amoureux des vers d'Al-Ghazali. Maintenant, il allait se rendre au Mon Chéri, et s'il trouvait la jeune femme à l'anneau, cette donzelle turque brune – il avait honte de dire « prostituée » – aux cheveux teints en rouge, il lui raconterait sa vie en un seul souffle, non, pas en un seul souffle, il y avait trop de choses, cela durerait jusqu'au matin, oui, il parlerait jusqu'au matin, il épancherait sa peine, et ensuite ils s'endormiraient dans le même lit, comme deux amoureux, mais sans se toucher. L'un dans l'autre. Non, pas l'un dans l'autre, mais l'un contre l'autre. Et dehors le jour se lèverait sur les toits enneigés. Ah, si seulement il avait pu ne plus jamais se lever !

5

Il était de nouveau au Hasret Imbiss, le temps s'était assombri depuis longtemps et la nuit était sur le point de tomber. Comme le Mur s'était soudain écroulé, en novembre, le soir allait bientôt s'abattre, dans la tempête de neige. La neige recouvrait tout, et lui, il avait une braise dans le cœur. Il était vieux, maintenant, on pouvait même dire qu'il avait un pied dans la tombe. Si cette braise s'éteignait, tout serait fini, sa vie serait révolue. « Tu ne m'as pas compris, je me consume d'amour pour elle », braillait Ajda Pekkan dans le juke-box. Lui, il ne se consumait pas, il ne se plaignait de rien. À l'évidence, la plus grande partie de sa vie était derrière lui et il ne vivrait même pas autant que sa mère. Et son père ? Il ne savait ni quand son véritable père était né, ni ce qu'il avait fait de sa vie, ni quand il était mort. Tout ce qu'il savait de lui, c'était qu'il était venu en 1919 à Istanbul avec les forces de l'Entente. Exactement soixante-dix ans avant la chute du Mur. « À soixante-dix ans, dit-on, tout est fini ! » Il s'était contenté de déposer sa graine dans la matrice de sa mère – avec ou sans son consentement ? Cette semence, maintenant, à Berlin, perchée sur un haut tabouret, regardait dehors par la vitre : c'était un « vieux fusil », l'« Ange » de Kuleli, le « Diable » de Moscou et de Leipzig et le « Nabot » de la pute à l'anneau du Mon Chéri. Ce n'était pas lui mais quelqu'un d'autre qu'il voyait en essuyant la vitre embuée. Cet autre avait vécu sa vie, soixante-dix ans d'un énorme mensonge. Il avait l'âge où les marins font naufrage, où meurent ceux qu'on enterre, l'âge qu'il avait lors de la chute du Mur. Même si sa vie continuait, il n'irait pas plus loin. C'est ça, il était toujours à l'âge du Mur.

Qui sait ? Son père était peut-être encore vivant. Non, probablement pas. Puisque sa mère, son frère, même son neveu – oui, même Çelik ! – étaient morts. Mais peut-être aussi était-il maintenant un centenaire entouré de l'affection de ses petits- et arrière-petits-enfants. Dans une pension de vieillards, dans un village de France, ou même à Paris, et, pourquoi pas ?, un drapeau à la main, une médaille sur la poitrine, à une cérémonie commémorative, parmi les « invalides de guerre ». Un jeune soldat poussant son fauteuil roulant. Leur race ne s'était pas tarie, ni ici, à Berlin, ni là-bas, à Istanbul. Du moins pas encore. Les invalides de guerre étaient immortels, les « vieux fusils » aussi ! Même les dinosaures avaient disparu, mais eux ne disparaîtraient jamais !

Maintenant, s'il descendait de ce tabouret, s'il faisait disparaître son visage de cette vitre, s'il posait les pieds par terre, s'il reprenait sa place dans l'espace et dans le temps, puis s'il allait vers Ku'damm, non, pas là, mais vers la Stuttgarder Platz, en longeant le chemin de fer, en passant devant les bars qui jetaient sur le trottoir des taches de lumière rouge, non, pas là non plus, s'il allait au contraire du côté opposé, vers le centre de la ville, sans se soucier de la tempête de neige, sa casquette noire sur la tête et son écharpe rouge autour du cou, s'il marchait comme s'il poursuivait le passé en rêve, sortirait-il d'un tunnel obscur pour déboucher sur « les platanes et les coupoles de ce port bleu » dont Şair baba avait une telle nostalgie ? En montant de Galata vers Pera, ou en descendant par Cadde-i Kebir, verrait-il son père, en uniforme d'officier de l'Entente ? Ou le trouverait-il à la Pâtisserie de Petrograd, tenant la main gantée de blanc d'une Levantine à grand chapeau et au regard enamouré ? Ou, un peu plus loin, calé dans un des fauteuils de velours du salon de la maison de rendez-vous Kalyopi, écoutant jouer du luth en buvant du raki en carafe, ou dans une chambre de passe, à demi nu dans un lit de laiton, le sexe dressé, prêt à se vautrer sur l'énorme pute qu'il tient par les fesses ? Ou sur la terrasse du Pera Palace, regardant le soleil se coucher sur la Corne d'Or ? Le soir descend tout d'abord sur les coupoles des minarets de la mosquée Süleymaniyé, puis sur les tombes ; et, même si nul ne les entend, les cyprès bruissent dans le vent. Ou au *yalı* de Kandilli, débouclant sa cartouchière et baissant son pantalon pour se coucher sur sa mère sans même ôter ses bottes avant d'aller, comme si de rien n'était, se mêler aux autres invités et boire une coupe de champagne avec papapacha, étalé sur un sofa au motif de tulipes et de cyprès, et de s'écrouler ivre mort ? À lui, il lui était interdit de se coucher sur ces sofas et de se promener autour. Mais quand papapacha n'était pas au *yalı*, grand-mère l'autorisait parfois à monter. Il grimpait, tout essoufflé, l'escalier de marbre, et quand il se hissait lentement sur l'un des sofas de la grande salle où le bleu du Bosphore pénétrait en même temps que la lumière, ses pieds ne touchaient plus terre. Et, tandis qu'il regardait tomber la neige, juché sur un tabouret du Hasret Imbiss, ses pieds ne touchaient pas terre non plus. Ils pendaient vers le bas, dans leurs chaussures boueuses. Le sol était jonché de mégots, de taches grasses et de serviettes en papier. En face, derrière la vitre, l'arrêt d'autobus, comme tous les soirs, était à sa place. Bientôt le dernier bus allait arriver. Mais le temps passait vite, grâce à la boisson, grâce au raki qui descendait dans l'estomac comme un œillet. Il allait plus vite que les voitures qui avaient mis leurs chaînes et les autobus vides. Bientôt la nuit ferait place au matin, le Hasret Imbiss fermerait et le dernier bus partirait. Jadis, il était la fenêtre d'un train, maintenant il était un « vieux fusil ». La gare était désaffectée. Non seulement les trains rapides mais même les trains de marchandises n'y passaient plus. Elle était là, déserte, abandonnée, toute seule dans la neige. Şair baba avait dû éprouver ce genre de sentiments en écrivant « Le dernier autobus ». Il le comprenait mieux, maintenant. Assis seul face à cette vitre embuée. Pas vraiment seul, mais en connivence avec son reflet dans la vitre. Là, à Berlin, au terme de son voyage, il se rappelait le passé. Il adorait ce poème, à l'époque où, à Budapest, il l'avait lu pour la première fois avant de l'envoyer à la Stasi. Ce voyage, comme tous ceux qu'il avait faits avec Şair baba, appartenait au passé. Sofia, Budapest, Leipzig, Moscou…

Il s'imaginait, descendant de ce tabouret, posant les pieds sur le sol, puis, sortant du tunnel ténébreux du temps, débouchant sur la place Rouge ; comme jadis, il déposait sur le tombeau de Lénine un œillet de la même couleur qui avait le parfum que le raki déposait en lui en cet instant, et, à la lumière du flambeau qui brûlait là en permanence depuis la révolution, il disait sur un ton de léger reproche au camarade Vladimir Ilitch : « Je me demande si tu te souviens à quel point je t'ai aimé. » Il se glissait parmi les bouleaux et allait frapper à la porte de Şair baba, pour lui dire la comptine que le surveillant du dortoir venait lui murmurer tous les soirs à l'oreille après la mort du jardinier : « Ma calebasse fait tin tin/Mon papa m'a abandonné ! » Ou bien il cheminait sous les ponts de Moscou en quête de quelqu'un et contemplait l'eau sans rien dire. Ou encore, levé de bon matin, il montait au sommet de la plus haute tour du Kremlin, tel Ivan le Terrible, pour regarder si quelqu'un n'attendait pas en embuscade sur la place Rouge. Il tombait dans le vide comme un sac de farine et se disloquait sur les dalles de pierre. On jetait son cadavre dans un puits où même Kayıpbuldu baba, le père Perdu-Trouvé, n'aurait pas pu le retrouver. C'était le jardinier qui lui avait conté l'histoire de Kayıpbuldu baba. Un jour où, pour échapper aux mauvais traitements que lui faisait subir sa mère, il s'était caché dans le charbon. Il faut dire qu'il n'y avait pas, au *yalı*, beaucoup d'endroits où se cacher : sous l'escalier, dans le hangar à canots, sous les combles, où les souris dansaient la sarabande, et enfin dans la citerne, désaffectée depuis longtemps mais qui était si profonde et qu'il entendait encore résonner. Où qu'il se cachât, le jardinier le retrouvait sans peine même dans le noir, il disait qu'Ali ne pouvait se cacher nulle part, pas même dans un trou de souris, parce que Kayıpbuldu baba le menait toujours à sa cachette.

Kayıpbuldu était un derviche de la confrérie des Bektachis, un disciple de Hadji Bektaş Veli. C'était un homme d'une grande piété, mais il ne savait ni faire marcher un mur ni aller tous les soirs à La Mecque sur son tapis volant. Les autres saints hommes s'étaient approprié tous les miracles et ne lui en avaient laissé aucun. Un jour où il s'était rendu chez le maître et lui avait dit : « Maître, donne-moi, à moi aussi, un pouvoir surnaturel », le maître avait répondu : « Eh bien, tu n'auras qu'à retrouver les objets perdus ! » Et depuis ce jour il retrouvait tout ce que l'on perdait.

C'était maintenant qu'il aurait dû se montrer, ce Kayıpbuldu baba, qu'il avait oublié depuis longtemps et à qui il n'avait jamais rien demandé. Il aurait retrouvé le communisme, où qu'il se cachât, fût-ce en enfer, pour en faire cadeau au monde entier.

Le dernier chic, quand on avait quelques sous en poche, c'était d'aller chez un bouquiniste acheter une ou deux gravures découpées dans de vieux bouquins et de les faire encadrer pour les suspendre au mur. Pour chasser son propre ennui et faire plaisir aux autres émigrés, le garçon qui découpait les tranches de kebab avait accroché, parmi les affiches en couleurs du ministère du Tourisme, une de ces vieilles gravures qu'il avait trouvée Dieu sait où : elle représentait Kuleli. Pas dans son aspect actuel, ni tel qu'il était dans ses années de collège, mais tel qu'au temps d'Abdülmecid, avec les escaliers qui montaient des quais vers les encorbellements soutenus par des piliers, le bosquet verdoyant derrière les tours, la petite mosquée à l'ombre des majestueux platanes, les barques prêtes à partir, alignées le long du rivage, et les rameurs à longues moustaches. En sortant du collège, il avait envie de monter sur une de ces barques, de passer devant les forteresses, celle d'Anatolie et celle de Roumélie, en faisant la course avec les vapeurs de la Compagnie maritime, et, en soulevant l'écume à chaque coup de rame, de déboucher sur la mer Noire. Les rameurs l'emmenaient au pays de Lénine, dont il rêvait quand il était en prison. Si seulement il pouvait n'avoir pas vu et vécu ce qu'il avait vu et vécu. S'il pouvait ne pas avoir espionné Şair baba pour le compte de la Stasi, s'il n'avait pas été séparé de ses camarades, si le communisme n'était pas allé se cacher en un lieu où même Kayıpbuldu baba ne pourrait jamais le retrouver, si Staline n'avait pas existé. Si un ange n'était pas descendu du ciel sur la terre pour se laisser tenter par le diable !

S'il avait pu recommencer, il n'aurait pas pris le même chemin ni fait les mêmes fautes, il ne se serait pas baigné dans la même rivière. Les mêmes eaux n'auraient pas coulé sur lui. Il était vrai qu'en lisant l'« Héraclite » de Nâzım il avait beaucoup aimé la dialectique. Mais il avait certainement aimé le poète plus que sa poésie. Et aussi le drapeau rouge à la faucille et au marteau. Oui, il avait aimé tout cela, mais, Dieu sait pourquoi, son étoile ne l'avait pas réconcilié avec ces choses-là. Pas même avec cet Albayrak, cet autre « Drapeau rouge », qui riait jaune dans la vitrine. « N'aie pas peur, le drapeau rouge qui se déploie dans ces petits matins ne s'éteindra pas ! » En fait, ces mots étaient tirés de la *Marche de l'indépendance* turque, mais peu importe. « Ali Albayrak, hein ? » se demandait-il à lui-même, et puis il songeait au passé, aux anciens camarades, aux « vieux fusils », et il se lançait avec eux dans d'interminables discussions. Si l'on boit, n'est-ce pas pour s'entretenir avec sa propre solitude ? Le raki, l'odeur d'anis, cet œillet qui descendait en lui, n'était-ce pas une façon de revenir à Kandilli, de jeter un regard sur le Bosphore, de remonter le temps ? Mais si, bien sûr. Il retrouvait Diable en face de lui. Tous deux, ils levaient leur verre. « Le diable l'a emporté, puis il l'a rendu sans le vendre ! » criait-il, à Kandilli, quand il perdait un jouet. Oui, il criait cela. Et maintenant c'était le communisme que le diable avait emporté ; peut-être le rapporterait-il gratuitement. Il se sentait comme l'église Saint-Basile, dont les coupoles en forme d'oignon s'ensanglantent à l'aurore. L'extérieur est tout ornementé, peinturluré en rouge, et l'intérieur est sens dessus dessous.

Le dernier autobus allait partir. Il hésitait à le prendre... Il valait mieux boire encore un verre.

– Mon petit, dit-il au jeune homme, sers-moi un dernier coup pour le voyage.

– On ferme, *amca*.

– Tu ne pourrais pas dire *abi* ?

– Bien sûr que si, *amca* !

Il tenta un instant de laisser glisser ses pieds et de se mettre debout, puis il chancela et s'écroula comme un mur vermoulu.

6

Comme s'il n'y avait personne d'autre dont il pût se souvenir, il repensait souvent, ces jours derniers, à Galip Ömer Tiryaki, à son surnom et à ses grands airs. Comme s'il n'avait plus rien à faire avec les vivants, il ne pensait plus qu'aux morts. À Şair baba, à Çelik, et, remontant plus loin, à sa mère – il avait plutôt envie de dire la « réfugiée », même dans son enfance il n'avait jamais pu l'appeler « petite maman » –, et puis à Veli, et à leurs voyages à Berlin, même s'ils ne les avaient pas faits ensemble. Et aux jours passés près de lui à Berlin. C'étaient de beaux jours, qui s'écoulaient dans une chaleur familiale qu'il n'avait jamais trouvée nulle part ailleurs, de paisibles nuits de neige. Désormais, la maison était vide, il n'y restait nulle trace ni de son frère ni de Çelik. On aurait cru que personne n'avait habité là, qu'on ne s'était pas aimé dans ces pièces, qu'on ne s'y était pas amusé, qu'on n'avait pas ri dans ce salon, qu'on n'avait jamais préparé de repas dans cette cuisine. L'étage de l'immeuble de Halensee était toujours vide, silencieux et désert. Comme les corridors de Kuleli. Comme le *yalı* de Kandilli, qui, la nuit, bourdonnait et craquait dans le noir. Aucun des habitants de ce *yalı* ne s'intéressait vraiment à lui, ni papapacha, ni la grand-mère, ni même le jardinier et son épouse, cette femme aux yeux bleus. Aucun d'eux n'avait pour lui l'importance du professeur Galip. S'il avait surmonté ces jours difficiles, c'était grâce à son professeur, et ensuite à Şair baba. Sans s'en rendre compte, le professeur Galip avait occupé dans sa vie une place essentielle. Grâce à lui, il avait beaucoup appris. Il lui devait d'avoir pu accéder à la littérature, ou plutôt à la poésie. Şair baba n'avait fait que plus tard son apparition. Il aimait bien ce mot « apparition », car Galip l'utilisait souvent. Galip Ömer Tiryaki était un bon professeur, mais aussi un érudit. Le seul problème, c'était son nom, mais il n'y était pour rien. Peut-être était-il un peu trop imbu de lui-même. C'était le moins que l'on puisse dire. Sa démarche particulière, sa façon de « fléchir sur ses longues jambes », ses regards conquérants, sa notation sévère et parcimonieuse montraient à l'évidence qu'il était extrêmement épris de sa personne. Mais bon ! Les enseignants sont généralement des gens étriqués. Galip, lui, avait la trempe d'un politicien, d'un meneur d'hommes. Il aurait bien voulu être poète, mais, n'ayant pas assez de talent, il s'était résolu à enseigner la littérature. Il n'appartenait pas à une famille de militaires, néanmoins il était ferme et résolu. Qui sait ? C'était peut-être pour cela qu'il l'aimait. On lui avait fait une grande injustice en l'affublant de ce surnom de CUL. On peut dire que sa vie avait basculé sur un coup de tête. Ou, plus exactement, il était victime d'une mise en pages. Tout avait changé en un instant, le manque de place sur une page l'avait frappé à son point vulnérable.

Un beau jour, quand tu t'y attends le moins, le destin bascule. Même si le rideau est tombé, tu dois continuer à jouer ton rôle. Tu es forcé de jouer. Sinon, les spectateurs ne te le pardonneront pas. Les œufs vont pleuvoir sur toi, tu seras hué et humilié. Et si tu joues... Il ne savait plus depuis quand il jouait le même rôle. Peut-être depuis les années de Kuleli, depuis son enfance. À l'École militaire, pendant un certain temps, il avait pu être lui-même, il avait foi en la cause – en ce communisme qui était un mensonge encore plus grand que l'identité de son père –, pour elle il était allé en prison et avait connu l'exil. « Pour elle, je suis descendu parmi les morts. » À cette époque-là, ce vers n'avait pas encore été écrit et ne circulait pas de bouche en bouche. Et d'ailleurs le poète, emprisonné, n'y exprimait probablement pas son amour de la cause, mais sa nostalgie de sa bien-aimée. C'était après la fuite de Şair baba à l'étranger. Bien après la guerre et les années d'exil. Jamais, pour la cause, il n'était descendu parmi les morts, mais, même après la chute du rideau, il avait été forcé de jouer secrètement son rôle. Il faut dire que ce rôle lui allait comme un gant. Et si le costume était trop grand pour lui et que ses pans traînaient par terre, il avait l'art de les rattraper sans se démonter. « Les lutteurs ont montré ce que tu vaux », disait Şair baba en parlant de la lutte des classes. Certes, il n'était pas descendu dans l'arène en tenue de lutteur, mais il avait fait mordre la poussière aux ennemis du régime. Diable et Ange, les deux rôles lui allaient bien, et en récompense de ce drame qu'il avait bien joué en solitaire, il avait reçu une médaille. Mais, en fait, il n'était ni Ange ni Diable, il n'était qu'un homme malchanceux. Pourtant, sans se soucier de leur stature, il avait terrassé les ennemis du communisme. Tel Keloğlan, le jeune héros des contes pour enfants, il avait combattu les géants et frappé de son épée ceux qui l'attendaient en embuscade. C'était G.Ö.T. qui avait découvert qu'il possédait un autre talent. Et il en fallait, du talent, pour monter sur la scène, à Kuleli, lors de la fête de fin d'année, lire des poèmes héroïques, faire pleurer la salle en évoquant les héros et être félicité non seulement par le professeur de littérature, mais aussi par l'administration de l'établissement ! C'était d'ailleurs en considération de ce talent que, quelques années plus tard, lors de l'affaire des toilettes, on lui avait témoigné de l'indulgence en le traitant plus en victime qu'en coupable. Il s'était lancé dans la lecture de poèmes sentimentaux, voire romantiques – « ormantiques », comme disaient les potaches. Les mots « sang » et « patrie » avaient fait place à « chagrin » et à « automne ». Plus tard, comme sur un coup de baguette magique, étaient apparus « drapeau rouge », « martyrs » et « prolétariat ». Certes, Şair baba était insurpassable en matière de rimes, mais avant de crier à pleine voix « Bahri Hazer », « Le saule pleureur » et « Comme Kerem », en terminale de Kuleli, sous l'influence de G.Ö.T. et à sa demande il allait au tableau déclamer les vers de Yahya Kemal :

> À Kandilli, nous nagions en rêve
> Glissant sur les eaux avec le clair de lune.

Oui, il s'en souvenait, en automne Kandilli sombrait dans un profond sommeil et des chants mélodieux s'élevaient des bateaux voguant au clair de lune. Qu'ils étaient beaux ! C'étaient, d'abord, quelques voix isolées, puis des ombres s'agitaient dans la lumière des phares. Et tout le monde chantait. L'onde miroitante se balançait, les voyelles d'appui se succédaient. Ces chants, en tons aigus, évoquaient l'« amour », l'« amour », la « bien-aimée », répétant le mot « automne » dans l'enchaînement des rimes. Au couchant, des nuages multicolores, bleus, mauves, se posaient sur les collines, les cormorans plongeaient dans les eaux enténébrées. Kandilli dormait profondément, le *yalı* et ses habitants aussi. Lui seul ne dormait pas.

Comme dans les contes de Keloğlan, tout le monde dort sauf lui. Il a peur des gifles. Les gifles de la « réfugiée » sont réputées, ses doigts ont durci en lavant le linge, les « cinq frères » laissent sur la joue une empreinte rouge et le monde s'obscurcit. Coincé dans l'obscurité du sous-sol, ou dans le charbon, ta vie s'assombrit. La gifle t'éblouit, le sang te monte à la tête. Tu vois des étoiles, mais pas de clair de lune. Ni de bateaux voguant au clair de lune. Tu te sens comme au Sansaryan Han, quand l'Homme aux doigts coupés te fera subir la bastonnade. La seule différence, c'est que lui te frappera sur la plante des pieds, alors qu'elle, la « réfugiée », te frappe sur les joues. Sur ces petites joues d'ange rondes et innocentes.

Mais ce n'est pas seulement la peur des gifles qui le tient éveillé. Passé minuit, le *yalı* se met à craquer. Des bruits bizarres viennent du jardin, l'eau clapote dans le hangar à canots. Et les fantômes se mettent à danser dans la grande salle. Les papapachas de papapacha, coiffés de hauts bonnets, vêtus de jupes semblables à celles des derviches, se mettent à tourner en rond. Au son des tambourins, du *rebap** et des cliquettes, ils tournent comme des toupies. Le gémissement du *ney*, la flûte de roseau, se mêle au murmure des vagues. Les femmes du harem se mettent à psalmodier des prières

* Violon à deux cordes.

en égrenant leur chapelet, elles se purifient de leurs péchés, la « réfugiée » se joint à elles. Et ces servantes au visage lumineux, et sa mère avec elles, se transforment soudain en ogresses. Elles répètent la même question : « Qui dort ? Qui ne dort pas ? » Et il leur répond : « Tout le monde dort, sauf moi. » Il se lève et s'approche tout doucement d'elles. Elles ont rejeté leurs seins sur leurs épaules. Il commence à téter la plus vieille. « Ah ! Ah ! Ah ! Hélas, gémit l'ogresse, au lieu de ne faire de toi qu'une bouchée, je t'ai nourri de mon lait ! Maintenant, tu es mon fils. » Elle lui donne une gifle qui le transforme en balai et le pose contre le mur derrière la porte. Là-dessus, les vrais fils de l'ogresse arrivent en foule. En sentant l'odeur d'un être humain, ils s'écrient : « Oh, maman ! Ça sent la chair fraîche. » Leur mère leur dit : « Alors, curez-vous les dents. » Ils s'emparent chacun d'une bûche et se mettent à farfouiller dans leurs gencives. Et ils font chauffer dans un chaudron leur soupe d'où émergent tantôt un bras, tantôt une jambe, tantôt un crâne. L'ogresse les regarde manger leur soupe avec appétit puis, d'une claque, elle lui rend sa forme humaine. Bien sûr, dès qu'ils l'aperçoivent, avec ses joues rondes et ses oreilles charnues, leur appétit redouble, mais l'ogresse le prend sous son aile en disant : « Il a tété mon lait, il est désormais votre frère. »

Tant bien que mal, ils grandissent ensemble. Mais un beau jour il se sauve sans crier gare. L'ogresse se lance à sa poursuite. Elle déracine un platane du jardin, le jette sur son épaule et se met à le poursuivre. Dans les branches du platane, les oiseaux chantent : « Tchito tchitématchik ! Tchito tchitématchik ! » et le cordon de la culotte de l'ogresse leur répond en cadence : « La piécette tinte ! Mon mari cliquette ! » Ni les tortues ni les grenouilles qu'il croise en chemin ne lui portent secours. Soudain, il voit un hérisson. Il est installé au milieu du chemin et il fait : « Tchikikli tchikinakli ! Tchikikli tchikinakli ! » Mais il a beau le supplier, le hérisson aussi refuse de l'aider. Il continue à fuir et les oiseaux, dans le platane que l'ogresse porte sur son épaule, font retentir leur « Tchito tchitématchik ! Tchito tchitématchik ! ». L'ogresse essaie de le rattraper. Ils courent par monts et par vaux, mais quand ils se retournent, que voient-ils ? Ils n'ont pas parcouru plus d'un arpent !

Finalement, l'ogresse le saisit au collet et l'avale en faisant « Gloup ! ». Ou non, plutôt, elle l'enferme dans la cave à charbon. Elle lui allonge une gifle qui le fait chanceler, mais il ne se change pas en balai. Elle lui tire les oreilles jusqu'à ce qu'elles deviennent toutes rouges. Elle lui fait regretter d'avoir une mère. Et de ne pas avoir de père. La « réfugiée » l'a mis au monde sans lui donner une famille, que sa matrice vole en éclats ! Il voudrait, comme Tom Pouce, se cacher dans la poche du sultan ou dans les tripes d'un chameau. Dans le *yalı*, les bruits sont de plus en plus forts. Ce ne sont que pépiements d'oiseaux et claquements de cordons de culotte, bruits de gifles, de meules de moulin, grincements de plancher et murmure de feuilles. Tout le monde dort, sauf lui. Il reste éveillé jusqu'au matin.

Le matin, surtout en automne, les eaux s'illuminent peu à peu. Le Bosphore passe du vert au bleu turquoise, du mauve au bleu marine et au vert foncé et les vagues commencent à s'agiter. Juste à ce moment-là les mouettes suivent le premier bateau à vapeur. Elles plongent dans l'écume et en ressortent pour aller d'un coup d'aile se poser sur les bâtiments. L'orient déploie toutes ses couleurs, fantômes et rêves s'évanouissent. Les pêcheurs rentrent de la pêche au hareng, les fêtards sortent des auberges. La voix du muezzin appelant à la première prière se répercute dans le hangar à canots, puis dans le sous-sol, avant de venir emplir ses oreilles. Elle couvre les sons étrangers, les oiseaux, les cordons de culotte, les gifles s'éloignent. Les objets retrouvent leur place, le monde familier est là, à portée de main. Les couloirs s'imprègnent de lumière, les salons s'illuminent. Le sous-sol aussi. Et aussi le lit et la lampe à gaz. Ainsi que le visage du jardinier et celui de sa réfugiée d'épouse qui frémissent dans leur sommeil. Kandilli s'éveille avec la joie de sortir de ses rêves et d'entamer un jour nouveau. Les bateaux voguent sur le Bosphore et les nuages courent dans le ciel. Rouges sont les roses du jardin et jaunes les feuilles des arbres. Le sol a une odeur de boue, l'eau une odeur d'algues. Sur l'autre rive, on voit se dresser dans le petit bois les murailles, les tours adossées à la pente et les remparts. On entrevoit les stèles des tombes parmi les cyprès. Le passé revit, les beaux jours reviennent, on ne pense plus à la mort !

Si le monde n'était pas mortel, il n'y aurait ni poésie ni poètes. Et lui-même, lors des fêtes de fin d'année, il ne serait pas monté sur la scène et n'aurait pas fait pleurer tout le monde. Autrefois, quand il était tout petit et que son père adoptif, dans le logement du sous-sol, balançait son berceau, ou, dans son enfance, peut-être quand il était à Kuleli, ou à l'École de guerre, quand il était Lili de Kandilli, il avait barbouillé quelques vers, mais il n'avait pas réussi à être poète. Ce n'est pas donné à tout le monde. Il avait aimé Şair baba, ce n'était déjà pas si mal. Sa poésie, d'abord, et ensuite l'homme. Et pour finir sa conception du monde. Maintenant, il sombrait dans un chagrin sans remède. Il avait connu la prison, l'exil, les voyages. En automne, alors que les feuilles jaunissaient au bord du Bosphore, ici, soudain, un beau soir, le Mur s'était écroulé. Il n'en était rien resté, tout était parti chez les brocanteurs, les collectionneurs et les antiquaires. Mais la forteresse de Mehmet le Conquérant se dressait toujours sur la rive qui fait face à Kandilli. Le Boğazkesen Hisarı, la forteresse Coupe-gorge, était là depuis des siècles, elle était toujours telle que dans ses cauchemars d'enfant et dans la confusion de son adolescence. S'il n'y avait pas eu de Mur, si derrière le mur érigé par Alexandre pour contenir les hordes de nains le monde ne s'était pas couvert de murs, il n'y aurait pas eu de liberté. Il n'y aurait eu en ce monde ni poésie, ni poètes chantant la liberté, ni rien, que ces ténèbres et cet interminable jour d'hiver. « Le jour est long, la vie est courte ! » La vie de l'homme est plus courte que toutes les murailles du monde.

Dieu sait pourquoi, quand il pensait au Bosphore, il le voyait toujours dans le beau temps, en un harmonieux flamboiement de couleurs. Quand, en rêve ou dans les vapeurs de l'ivresse, il montait à bord d'un bateau amarré le long du quai, ou qu'il se glissait, sur la rive opposée, parmi les bateaux ancrés à Bebek, il débouchait sur un coin du rivage où poussait un vieux platane. Pour faire la nique à Berlin et à ces jours de neige sombres, tristes et maussades, le Bosphore qu'il voyait en rêve était toujours ensoleillé. Avec ses eaux verdâtres, il coulait en lui comme un poison issu des profondeurs de sa mémoire, et même lorsque les jours d'hiver le prenaient à la gorge et l'étouffaient, loin, bien loin du *yalı* de Kandilli et du dortoir de Kuleli, il le voyait palpiter, avec ses poissons, ses pêcheurs, ses hérons et ses vagues. Quand le ciel d'hiver descendait au ras du sol et que les nuages se posaient sur les versants des collines, la pluie effaçait toutes les couleurs et le monde prenait la teinte du plomb. Et si le vent du Nord se levait, nul bateau ne voguait plus vers la mer Noire, nulle mouette n'effleurait l'onde de son aile. Le Bosphore se changeait en un puits profond et ténébreux, plus triste que Berlin, que l'hiver dans cette ville sinistre, c'était comme le bout de la nuit. Mais bien sûr, quand il était venu ici, il ne savait pas qu'il partait au bout de la nuit, il avait toute sa vie devant lui. Il avait l'espoir des beaux jours, de ces jours de joie qu'annonçait Şair baba. On allait vers les lendemains qui chantent. Il oubliait que ses blessures saignaient encore, il croyait en avoir fini avec ce *yalı* qui grinçait la nuit, avec la « réfugiée », les cellules exiguës des prisons, les chambres de célibataire et les couloirs étroits et sombres de Kuleli qui pesaient sur lui comme un cauchemar. Et maintenant, au bout du voyage, il se rendait compte qu'il n'avait pas pu, comme Şair baba, se reposer ne fût-ce qu'un jour dans un jardin de roses. Les chemins ne menaient pas à Rome, ils menaient tous à Şair baba. À son univers, à son rêve, à son chagrin et à sa nostalgie. À son héritage. Cela avait peut-être été la grande malchance de sa vie de le rencontrer, de s'attacher non seulement à sa vision du beau et à sa poésie, mais aussi à ses rêves. « La plus belle mer/est celle sur laquelle nous n'avons jamais navigué. » C'était à la fois le plus joli mensonge et la plus amère réalité. Nos plus beaux jours sont ceux que nous n'avons pas encore vécus. Mais la vie avait passé, il ne restait que peu de jours, et la fin du voyage nous mène au bout de la nuit. Même le bel enfant dont Şair baba disait qu'il n'avait pas encore grandi avait vieilli. Il était déjà dans la tombe. Même les mers connues étaient loin, désormais, les révolutions avaient fait leur temps. Le temps est sans retour. La vie se mesure à ce que tu consommes. À ce que tu bois, manges et chies. Tu baises et tu te fais baiser. Ce qui vient ensuite est un vide ténébreux, ce qui précède est un destin amer. Ce qui t'attend ensuite ne vaut pas plus que la cigarette éteinte que tu tiens dans ta main. Ce qui précède est resté en arrière et a été inscrit dans le livre des bonnes et des mauvaises actions. Des mauvaises, surtout. Tout ce qu'il y a à ton actif, ce sont les bordels où tes pas t'ont mené. Qui sait où est la femme à l'anneau en ce moment, qui sait quel homme la culbute ? Elle est peut-être dans la rue, ou bien au café. Elle ne peut tout de même pas être constamment au boulot ! « Que fait-elle maintenant, en cet instant, maintenant, maintenant ? / Est-elle à la maison, dans la rue, / travaille-t-elle, est-elle couchée ou debout ? / Peut-être tient-elle sur ses genoux un petit chat / qu'elle caresse. » À la prison de Bursa, quand Şair baba était fatigué d'avoir travaillé toute la journée à ses *Paysages humains*, quand, après le repas du soir, on verrouillait les portes de l'extérieur et qu'on éteignait les lumières, il songeait à Piraye, son grand amour, et écrivait des lettres pour elle seule, pour sa « grande sœur aux cheveux roux ». Mais même alors il restait fidèle à sa littérature des pauvres et truffait ses vers de propos révolutionnaires. « Pense-t-elle à moi ? Ou bien / est-ce que je sais / est-elle en train de se demander pourquoi elle n'a pas cuisiné des haricots ? Ou de se demander pourquoi la plupart des gens / sont des salauds ? Que pense-t-elle maintenant / en cet instant, maintenant, maintenant ? » Ce qui était certain, c'était que la femme à l'anneau ne pensait pas à lui. Les « vieux fusils » non plus. Lui, il pensait presque à tout le monde, et surtout à Şair baba, il pensait au temps passé. Avant de se lever, il lança à son adresse un juron retentissant. Et il se demanda pourquoi nous ne maudissons jamais l'avenir, mais seulement le passé : est-ce que nous essayons de l'améliorer ?

Il se leva et gagna le salon. Il faisait déjà sombre. Aujourd'hui, il n'était pas du tout sorti. Il avait passé la journée à regarder le plafond en tenant une cigarette éteinte. La nuit était sur le point de tomber. Ces vers de Şair baba lui vinrent à l'esprit : « Dans la rue la nuit, la neige, le vent et eux. / Et ils savent bien qu'Il a dit : Hier est trop tôt, demain est trop tard / L'heure exacte, c'est aujourd'hui ! » À Petrograd, l'heure exacte, c'était 1917. Mais aujourd'hui, à Berlin, hier n'était pas trop tôt et demain n'était pas trop tard. « Nous sommes à l'horizon d'un soir sans retour, il est très tard ! » Là, c'est de Yahya Kemal. Celui-ci était amoureux de la mère de Şair baba, amoureux fou. Quant à Şair baba, avant d'être un *baba*, avant même d'être un jeune homme, quand il n'était qu'un petit blondinet aux yeux bleus chouchou de sa maman, qui saurait dire à quel point il était jaloux de Yahya Kemal ? Il avait écrit un poème où il faisait l'éloge du vilain chat de la maison. Mais Celile hanım, laissant là le fils qu'elle tenait sur son sein, était allée se blottir dans les bras de Yahya Kemal, le grand poète de son temps. « C'est le dernier couplet, eh, ma vie passe, d'une façon ou d'une autre ! » Galip Ömer Tiryaki lisait « Le soir des hédonistes », dont il louait la prosodie. Et le soir des communistes, alors ? Dehors, c'était la nuit, la neige, le vent. Il regarda par la fenêtre. Il n'y avait personne en vue. Où étaient donc passées les masses ? Et où se cachaient les leaders qui les entraînaient à leur suite ? Où étaient les neiges d'antan ?

Soudain, voici que deux barbus, venus d'on ne sait où, surgissent au milieu du salon. Ils commencent à tourner lentement sur eux-mêmes. Puis ils accélèrent. Par-dessus leurs redingotes noires, ils ont revêtu une tunique à manches amples. Vêtus de la jupe des derviches, ils ouvrent peu à peu les bras. L'un des deux a un large front, la barbe et les cheveux épars, l'autre est plus soigné et plus calme, leurs yeux baissés révèlent une profonde intelligence. Il est évident qu'ils viennent de loin et que c'est la première fois qu'ils se laissent emporter par le son du *ney*, du *rebap*, de la cliquette et du tambourin. Et qu'ils ne savent pas danser la *sema*, la danse rituelle des derviches. D'autres barbus les regardent. Un petit chauve ôte sa casquette, dégrafe le col de sa chemise et entre dans la danse, puis, comme les autres barbus, il se drape dans un linceul en forme de jupe, un autre barbu, grand et maigre, portant des lunettes, l'observe, et un moustachu en uniforme de soldat, chaussé de bottes, rejoint les danseurs en faisant craquer le plancher. Il agite la main droite comme s'il saluait le peuple du haut de la tribune du Premier Mai, puis il écarte les bras. Les pères du communisme, comme les ancêtres de papapacha, tournent en rond en entraînant les masses à leur suite. Les masses ne portent pas de linceuls, mais ce ne sont que des squelettes. Elles se joignent à la *sema* en une danse macabre. Le salon est plein à craquer, on se croirait au jour du Jugement dernier, il y a tant de monde que si l'on jetait une aiguille elle ne toucherait pas le sol. Pour venir là, Marx a interrompu la rédaction du *Manifeste du parti communiste*,

Engels est parti de l'usine qu'il a donnée aux ouvriers, Lénine a quitté Petrograd. Quant à Trotski, il n'a pas encore reçu le coup de piolet qui a fait jaillir son sang sur ses lunettes. Tous rassemblés, ils sont comme soudés, ils ne font qu'un avec les squelettes et, tous ensemble, ils dansent la *sema*. Et ce qui tressaute sous leurs pieds, semble-t-il, ce n'est pas seulement le plancher, ni même Halensee et Berlin, c'est la terre entière. « Hier est trop tôt, demain est trop tard / L'heure exacte, c'est aujourd'hui ! » Dehors, la neige et le vent hurlent « aujourd'hui » eux-mêmes, ils hurlent « aujourd'hui », les ténèbres descendent peu à peu sur la terre et à Berlin il fait déjà nuit.

Devant la porte du Mon Chéri, il n'y avait pas cet homme tout chamarré qui se démenait pour attirer les clients. La rue était déserte, ainsi que les cafés donnant sur la voie ferrée. Deux ivrognes se querellaient devant l'hôtel. Des trains traversaient la gare de Charlottenburg, des voitures équipées de chaînes passaient dans la rue au-dessous du pont. Qui d'autre circulait à Berlin à cette heure tardive ? Des autobus vides, des ivrognes et des prostituées. Mais on ne voyait pas ces dames, car elles n'attendaient pas, comme dans les films, sous les réverbères ou au coin des rues, elles étaient bien au chaud. Dans les maisons de rendez-vous ou les boîtes de nuit. Ou dans les bars louches. Les parcs étaient livrés aux homos et aux travestis, les rues aux ivrognes.

Il entra, déposa son manteau et sa casquette au vestiaire, juste à l'entrée. À une table, au fond de la salle, deux femmes étaient en train de discuter. Il leur lança un regard furtif et gagna le bar. Il était encore le seul client. Tant mieux. Il pourrait ainsi passer plus de temps avec la femme à l'anneau, voire lui offrir du champagne. Il commanda une vodka. Sur l'écran de la télé, au-dessus du comptoir, passait l'habituel film porno. Un couple, puis deux, puis plusieurs, s'enlaçaient, puis se séparaient, ce n'étaient que corps agités qui se pénétraient, regards langoureux et gémissements. Ces images résumaient-elles ce qu'il avait vécu jusqu'à ce jour, toutes ces souffrances et tous ces sacrifices, ces rêves, ces bons et ces mauvais jours – des mauvais, surtout ? Ces corps nus qui s'enlaçaient et s'éloignaient tour à tour en se tordant sous le fouet du plaisir, qui remuaient les uns dans les autres, était-ce l'état de l'humanité en cette fin de siècle, ou une oasis où l'on pouvait, dans cette ville grouillante des fantômes du passé, échapper un instant à ce monde hideux ? Le Mon Chéri, avec ses lumières rouges, ses loges, ses canapés garnis de velours et ses femmes peinturlurées venues de tous les coins du monde, était une île déserte au cœur de ce sombre hiver.

Une des femmes assises à la table du fond se leva et disparut du champ du miroir. Tout de suite après elle vint s'asseoir sur le tabouret placé à sa droite. C'était une blonde aux yeux bleus plus âgée que la femme à l'anneau. Elle avait peint ses lèvres en rouge et ses paupières en bleu turquoise. Ses cheveux dégageaient un parfum pesant. Elle avait de très longs cils et les seins dénudés. On voyait tout de suite qu'elle s'était épilé les sourcils. Tout en sirotant sa boisson, elle regardait du coin de l'œil ce qui se passait sur l'écran. On distinguait, dans la pénombre rougeâtre, les rides de son front et son expression fatiguée. Tout à coup, tirant la langue, elle fit un geste obscène. Ensuite, elle se colla contre lui. Il aperçut alors ses grosses cuisses, sous la jupe courte. Elles étaient toutes blanches. Il éprouva une sorte de dégoût. Les jambes de la femme à l'anneau, dans leurs bas résille, étaient longues, fuselées et bien musclées. Elle avait des seins énormes. Dieu sait pourquoi, elle ne semblait pas être là. Il se renseigna auprès de la matrone du bar, ajoutant qu'il était venu pour la « Turque ». La matrone lui dit qu'elle était là et n'allait pas tarder à se montrer.

Soudain, les images de l'écran s'effacèrent. Il leur tournait le dos mais il entendait toujours le son. C'étaient surtout les femmes qui gémissaient, les hommes poussaient de curieux grognements, on aurait dit qu'ils ronflaient. Alors, c'était donc comme ça, avec les femmes… C'était très différent des hommes. Ceux-ci, entre eux, sont doux, mais aussi, parfois, très violents. Mais quand on se met à besogner, personne ne grogne comme ça. Quand les gémissements des femmes tournèrent aux cris aigus, la femme à l'anneau apparut, sortant de l'une des loges du fond de la salle. Elle était suivie par une sorte de brute. Son visage se plissa et il ressentit une sorte de douleur. Il eut un instant envie de se lever et de partir. D'imaginer la femme à l'anneau avec un autre, cela lui sapait le moral, il éprouvait un sentiment pénible et entièrement nouveau, l'impression d'être abandonné, laissé pour compte, autrement dit, il était jaloux. Il avait envie de partir, et cependant il ne bougeait pas. La blonde assise à côté de lui proposa :

– On y va ?

Il hésita un instant, mais à ce moment-là la femme à l'anneau surgit derrière lui et, avant de s'installer à sa gauche sur le tabouret inoccupé, elle déposa un baiser sur sa nuque.

– Qu'est-ce que je vois ? lança-t-elle en guise d'introduction. Tu es jaloux ?

Il ne répondit pas. Il resta là un moment, l'air penaud, entre ces deux femmes, puis il prit son verre, descendit de son tabouret et se dirigea vers une table inoccupée. La femme à l'anneau lui emboîta le pas.

– Tu m'offres quelque chose ?

– Commande ce que tu veux, mais ferme-la.

– Es-tu mon mari, pour être jaloux ?

– Ton mari ! Je ne connais même pas ton nom.

– Je te l'ai dit, je m'appelle Süheyla. D'ailleurs, c'est sans importance.

En fait, ce n'était pas la première fois qu'il avait affaire à une prostituée. Des années plus tôt, dans un bordel de Balıkesir, il avait même giflé une pute. Elle n'était pas aussi imposante que celle-ci, mais elle était plus jeune et plus belle. Un jour, son copain Ömer était venu le voir et, après s'être saoulé au café de la gare, il avait tenu absolument à aller au bordel, et il avait été forcé de l'accompagner. Tandis que l'autre faisait son affaire dans une chambre du premier étage, il attendait en bas, dans la salle chauffée par un poêle à bois. Soudain, un individu mal embouché avait fait irruption et l'une des filles avait crié : « Fais vite, ma petite, ton mari est là ! » Il avait pensé que c'était effectivement le mari de la fille qui était montée avec Ömer. N'étant jamais allé au bordel, il ne pouvait pas savoir que le mot « mari » désignait les clients fidèles. Pour empêcher la fille, qui s'était levée précipitamment, d'aller prévenir Ömer, il lui avait donné une gifle. Mais il avait trouvé à qui parler. « Tu lèves la main sur moi ? Mais tu ne t'es pas regardé, espèce de nabot ! » Et ils s'étaient copieusement crêpé le chignon…

– J'avais cru, tout d'abord, que tu étais allemande. Mais puisque tu es turque, c'est important, bien sûr.

– Sache encore ceci : je suis à moitié allemande.

– Tu ne veux pas me dire ton vrai nom ?

– Eh bien, je m'appelle Ange.

– Tiens donc ! Tu t'appelles Ange ? Eh bien moi, je m'appelle Diable. Ravi de te connaître.

Ils éclatèrent de rire. Spontanément, comme des gosses, comme s'ils étaient sur une balançoire à l'école. Diable et Ange ? Ils étaient faits l'un pour l'autre. Ainsi donc, malgré la différence de gabarit, ils se convenaient parfaitement, ils ne faisaient qu'un. Comme les deux faces d'une même pièce, une pièce usagée, bien sûr, et retirée de la circulation.

L'autre nuit, quand elle avait terminé le boulot, ils étaient restés dans un café jusqu'au matin. Ali Albayrak l'avait attendue patiemment. Elle n'avait pas agi comme une pute, elle avait tenu parole, elle était venue le rejoindre en pataugeant dans la neige profonde. Son maquillage était parti et elle avait les yeux cernés. Elle n'avait plus l'air très jeune mais elle était encore belle. Le manque de sommeil donnait à son visage une autre dimension, elle avait laissé au Mon Chéri ses manières aguichantes. Ali Albayrak lui avait proposé de venir dormir chez lui. Ils s'étaient blottis dans les bras l'un de l'autre comme deux amoureux. Mais sans se toucher. Quand il avait rouvert les yeux, elle était au salon en train de fumer. Chaque fois qu'elle soufflait la fumée avec sa bouche, l'anneau d'argent qu'elle portait au bout de la langue jetait des reflets. Dehors, le soleil était au zénith. Tout était blanc. La pièce était plongée dans une étrange pénombre. Il avait allumé sa première cigarette. Ils étaient restés là un moment, sans parler, sans se regarder. Et soudain, de but en blanc, elle avait lancé :

« Je m'appelle Ipek.

– Et moi Ali.

– Je ferais mieux de partir.

– D'accord, je viendrai ce soir.

– Ne viens pas à la boîte, nous nous retrouverons à la sortie. Au même café.

– Entendu, je t'y attendrai en fin de soirée. »

Quand ils s'étaient retrouvés, Ipek ne lui avait pas raconté sa vie. Elle ne lui avait pas parlé des jours de Kreuzberg, du temps où elle était chanteuse, ni de l'amour de ce pauvre écrivain, qui était si collant. Mais elle lui avait raconté qu'à l'époque du Mur elle avait trempé dans des affaires louches. Elle lui avait dit qu'elle était une « enfant de la balle ». Elle avait envie de se confier à quelqu'un. Il lui avait demandé comment elle en était arrivée là, et elle s'était expliquée en quelques mots. Elle travaillait pour le chef d'un réseau qui faisait passer des gens à l'Ouest. Quand elle avait voulu arrêter, il l'avait fait virer de son travail à Kreuzberg et elle avait été forcée de se prostituer au profit du réseau.

Ali Albayrak, de son côté, ne lui avait pas dit qui il était, ni raconté la véritable histoire de sa vie. Mais il avait évoqué son enfance, le *yalı* de Kandilli, son père le jardinier, le secret que sa mère lui avait fait partager sur son lit de mort. Lui aussi il avait besoin de se confier. Il avait envie de lui dire qu'à Kuleli, fier de son patronyme, il faisait croire à ses camarades qu'il était le fils d'un héros, mais il s'en était abstenu. Pour une enfant de la balle de Kreuzberg, l'histoire d'un bâtard qui se fait passer pour le fils d'un héros n'aurait pas eu beaucoup de sens. Albayrak, hein ? Dans le monde d'Ipek, on ne vénérait pas le sang versé pour ce drapeau. Et dans son univers à lui ? Même s'il n'était pas orné du croissant de lune et de l'étoile, le drapeau à la faucille et au marteau, l'étendard du communisme, qui suscitait dans son cœur tant d'émoi et d'enthousiasme, était rouge lui aussi, de la couleur du sang. Et il avait versé beaucoup de sang pour lui, sans compter celui qui coulait sur le plancher lorsqu'on l'avait torturé. Jadis, le drapeau rouge s'était déployé dans ses rêves. Et à Kuleli le drapeau à l'étoile et au croissant avait galvanisé le « fils de héros ». Lors des fêtes de fin d'année, il montait sur la scène pour déclamer des poèmes à sa gloire. Et lorsque, levant son poing serré, il s'écriait : « Que douce vous soit la terre, ô martyrs ! » les spectateurs du premier rang, tous, y compris sa mère, ne pouvaient retenir leurs larmes. « Tu es le fils d'un héros, sois digne de ton père ! » Il y avait dans son histoire quelque chose de frustrant, mais son père n'y était absolument pour rien. En terminale à Kuleli, les fins de semaine, quand ses camarades rentraient dans leur famille, il gagnait le débarcadère de Çengelköy et laissait pendre sa ligne dans l'eau, entre les madriers auxquels s'étaient fixées des algues. Parfois, des poissons de roche venaient mordre à l'hameçon. Et quand il attrapait un hareng on aurait dit qu'un morceau d'argent tombait sur le quai. Mais il ne mangeait pas ces poissons. À l'époque, il s'était lié d'amitié avec les pêcheurs et, au lieu d'aller au lycée jouer au ballon, il avait commencé à s'embarquer avec eux, gratuitement, pour aller vers la mer Noire. En ce temps-là, il n'avait jamais entendu parler ni de Mustafa Suphi ni de Nâzım Hikmet. La nuit, calé sur son derrière à la poupe du bateau, perdu dans ses rêves, il regardait les étoiles. Avant cela, il rêvait aussi, quand sa mère, folle de rage, criait après lui. Il se repliait sur lui-même et rêvait d'un père qui le délivrerait de cette femme qui empoisonnait sa vie et celle de son frère. Mais ce père-là, ce n'était pas ce lourdaud de jardinier, c'était un bel homme blond de fière allure.

Ensuite, quand ils se retrouvèrent, ils étaient tous deux fatigués et tendus, et aussi un peu ivres. Enfin, disons plutôt qu'ils avaient leur compte. En attendant Ipek, Ali Albayrak avait bu bière sur bière, tandis qu'Ipek faisait honneur aux tournées offertes par les clients du Mon Chéri. Comme d'habitude, Ali Albayrak se morfondait en pensant à Şair baba et à Çelik. Ipek songeait au temps où elle était chanteuse. Au bar, en attendant les clients, elle fredonnait pour elle-même des airs de son ancien répertoire : « Sois heureuse, c'est tout », ou encore « Tu es belle, ma brune ». Mais, à part la matrone installée au bar, nul ne lui prêtait attention.

Ils ne parlèrent pas longtemps. Cette fois, il n'éprouvait pas le besoin de se confier. Il songeait à la surprise qu'il avait éprouvée quand Şair baba lui avait appris qu'il ne fallait pas dire *şu eda*, « cette façon », mais *şuheda*, « les martyrs ». Il se disait que, de même qu'il avait déclamé de façon erronée les vers d'Akif, erreurs et mensonges avaient pesé sur sa vie entière. Quant à Ipek, il lui tardait d'aller se coucher. Pas avec Ali Albayrak, bien sûr, dont le nom de famille rimait avec un mot obscène*. Elle songeait avec nostalgie à son écrivain et à leurs amours à Wannsee et à Kreuzberg. Pour Ali Albayrak, la nostalgie n'avait plus la même saveur que

* *Yarak* : la « pine ».

dans les rêves qu'il faisait jadis à Kuleli, Balıkesir, Moscou et Berlin-Est. Ipek commençait à éprouver pour lui une sorte de tendresse fraternelle, et du coup elle n'avait plus envie de coucher encore dans le même lit, blottie dans ses bras, certes, mais comme une sœur. Elle paya la note et se leva. Elle sortit sans dire un mot. Ali Albayrak lui emboîta le pas. Ils se dirent au revoir sur le pas de la porte. Ipek sauta dans le premier bus et prit le chemin de son ancienne maison de Kreuzberg. Ali Albayrak se dirigea vers Ku'damm, pour boire un dernier verre en regardant les dessins de Grosz. Juste au moment d'entrer dans le passage, les empreintes rouges menant à *The Story of Berlin* attirèrent son regard et il les suivit. L'exposition avait fermé ses portes, mais le café au fond du passage était encore ouvert. Il avait à peine fait deux pas lorsqu'un individu surgi de derrière la Trabant suspendue lui barra la route. Utilisant un revolver à silencieux, il l'abattit de deux balles. Avant qu'il ne lui loge la seconde balle dans le postérieur, il l'entendit crier : « La première était pour Çelik, celle-ci est pour la révolution ! » Ensuite, il n'entendit plus rien. Tout devint rouge, puis sombra peu à peu dans le noir.

Je mentirais si je disais que je n'ai pas été surpris en lisant, à la une du journal *Hürriyet*, qu'un « vieux fusil » nommé Ali Albayrak avait été abattu devant l'exposition *The Story of Berlin*. Mais cela ne m'a causé aucun chagrin. Non parce que je pense qu'il méritait son sort, mais parce que je sais que ces empreintes de pas qui ressemblent à des taches de sang montrent le chemin aussi bien aux assassins qu'à leurs victimes. Vous vous doutez bien que j'ai quitté Berlin le jour même et que je n'ai plus remis les pieds dans la capitale de l'Allemagne réunifiée. Les assassins reviennent toujours sur les lieux de leur crime, mais moi, cher lecteur, je suis innocent.

janvier-octobre 2010
Berlin-Paris

Table

Du même auteur

ROMANS ET NOUVELLES

Un long été à Istanbul
Gallimard, 1980
et coll. « L'Étrangère », 1992
coll. « L'Imaginaire », 2007

Les Lapins du commandant
Messidor/Temps actuels, 1985
Seuil, 1997 et « Points », n° P366

La Première Femme
Seuil, 1986 et « Points Roman », n° R648

Le Dernier Tramway.
Nouvelles de l'exil et de l'amour
Seuil, 1991 et « Points », n° P243

Le Roman du Conquérant
Seuil, 1996 et « Points », n° P692

La Mort de la mouette
Fata Morgana, 1997

Les Turbans de Venise
Seuil, 2001 et « Points », n° P1077

Balcon sur la Méditerranée
Seuil, 2003

Au pays des poissons captifs.
Une enfance turque
Bleu autour, 2004

Les Filles d'Allah
Seuil, 2009 et « Points », n° P2889

RÉCITS DE VOYAGE, ESSAIS

Nâzım Hikmet et la Littérature populaire turque
L'Harmattan, 1987

Istanbul, un guide intime
Autrement, 1989

Paysage littéraire de la Turquie contemporaine
L'Harmattan, 1993

Paroles dévoilées.
Anthologie de la littérature féminine turque
Arcantère – UNESCO, 1993

Journal de Saint-Nazaire
Maison des écrivains étrangers
et des traducteurs de Saint-Nazaire, 1995

Retour dans les Balkans
Quorum, 1997
rééd. Empreinte temps présent, 2012

Un Turc en Amérique
Publisud, 1997

Le Mouvement perpétuel d'Aragon
L'Harmattan, 1997

Le Derviche et la Ville
Fata Morgana, 2000

Yachar Kemal.
Le roman d'une transition
L'Harmattan, 2001

Le Voyage de Candide à Istanbul
Comp'act, 2001

Mirages du Sud
L'Esprit des Péninsules, 2001
Seuil, « Points », n° P1357

Le Chant des hommes
Le Temps des cerises, 2002

De ville en ville.
Ombres et traces
Seuil, 2007

Besançon, nature intime du temps
Empreinte temps présent, 2007

La Turquie : une idée neuve en Europe
Empreinte temps présent, 2009

Sept Derviches
Seuil, 2010

Belle et rebelle, ma France
Empreinte temps présent, 2011